D1420728

Lekker dier

Elsa Watson

Lekker dier

Uitgeverij Luitingh-Sijthoff

Uitgeverij Luitingh-Sijthoff en drukkerij Bariet vinden het belangrijk om op milieuvriendelijke en verantwoorde wijze met natuurlijke bronnen om te gaan.

© 2013 Luitingh ~ Sijthoff B.V., Amsterdam
Alle rechten voorbehouden
Oorspronkelijke titel: *Dog Days*
Vertaling: Els van Son
Omslagontwerp: Studio Marlies Visser
Omslagfotografie: Getty Images
Foto auteur: Kol Medina

Ook als e-book verkrijgbaar

ISBN 978 90 218 0620 4
NUR 343

www.boekenwereld.com
www.lsamsterdam.nl
www.watleesjij.nu

Voor Kota,
die een fantastisch gevoel voor humor heeft.

Proloog

 Zoë

Ik loop mijn neus achterna en besnuffel iedere stoeprand en elk hoekje, maar het ruikt nergens naar thuis. Dat is eng. Thuis heeft zoveel geuren, ik zou toch ergens iets bekends moeten tegenkomen, maar in deze straat ruikt helemaal níéts bekend. En in de volgende ook al niet. Hijgend blijf ik stilstaan. Waar ben ik?

Eén ding is zeker: ik ben níét thuis.

Een kort, blij moment word ik afgeleid door een mus. Ik jaag achter hem aan. Ik race, mijn poten lijken vleugels, de wind voelt heerlijk om mijn snuit. Heel even ben ik helemaal gelukkig – tot in mijn haarpunten. Ik ren langs mensen en deuren en auto's. Ik ben een bliksemschicht van een hond. Niemand kan me tegenhouden! Niemand! Niks! Totdat de mus wegvliegt en ik weer terug ben in de werkelijkheid.

In een vreemde straat. En nou heb ik nog dorst ook.

De wind speelt nog steeds door mijn vacht, maar dat maakt me niet meer blij. Ik zie een man met twee grote dozen in zijn handen en ik ren de andere kant op. Waarom, weet ik eigenlijk niet. Ik vind mensen meestal leuk. Maar dat is als ik thuis ben, als alles is zoals het hoort te zijn, als ik me veilig voel. Dan vind ik mensen die ik niet ken spannend. Maar hier in deze winderige straten ben ik te nerveus om iemand te vertrouwen. Plotseling ritselt er een plastic zak in de wind en met een verschrikte sprong maak ik dat ik wegkom.

Ik kijk om me heen en ontdek dat ik op een groot, rechthoekig plein ben. Er staan drie bomen. Ik snuffel aan elke stam en plas tegen de populairste. Zo. Nu zullen mijn mensen me wel weten te vinden. Dat is maar goed ook, want ik ben bang dat ik verdwaald ben. Mijn staart hangt moedeloos naar beneden.

Plotseling zie ik een hond. Hij zit midden op het plein. Doodstil. Ik loop voorzichtig op hem af, maar blijf dan weer staan omdat er iets vreemds is met die hond. Ik ruik hem niet. En hij zit nog steeds even roerloos. Merkt hij soms niet dat ik er ben? Ik sluip voorzichtig naderbij en snuif nog een keer, maar nee, niets. Welke hond heeft er nou geen geur?

En hij blíjft maar zo stilzitten. Dan doe ik iets heel moedigs: ik loop gewoon tot vlak bij hem. En dan laat hij zomaar toe dat ik mijn snuit tegen hem aan duw en hem besnuffel! Er staat een hondenhok achter hem met een bak water ernaast en daar neem ik een flinke slobber uit.

Dan ga ik zitten. Ik denk aan thuis.

1

De dag dat ik een hond werd

 Jessica

Het stortregende en ik verwenste mijn hoge hakken, terwijl ik mijn best deed de plassen te ontwijken. Doordrongen van het belang van mijn missie, deed ik er nog een schepje bovenop en rende ik nog harder. Het personeel van het Spiegelcafé rekende op me. En Kerrie, mijn geweldige zakenpartner, al helemaal. Ik mocht hen niet teleurstellen.

Het was eb, want er zweemde een vleugje zout in de lucht. Eén seconde liet ik me afleiden door de gedachte aan het strand dat bij ons stadje hoorde en zag ik de terugtrekkende golven en de grijze meeuwen die dansten op de wind voor me. Maar toen richtte ik me vastbesloten weer op de taak die voor me lag.

Het kantoorgebouw van Northwest Electric stond pal naast de statige ingang van het plein – een arcade met daarop de tekst: EEN GELUKKIGE HOND IS EEN SIERAAD VOOR DE MENSHEID. De boog was nu volgeplakt met de felgele posters voor het Natte Neuzenfestival, dat de volgende dag zou beginnen.

Hijgend stormde ik de dubbele toegangsdeuren van het elektriciteitsbedrijf binnen. Eerst schudde ik de ergste druppels van mijn regenjas, zodat ik geen natte spetters zou achterlaten op de papieren van de mensen die er werkten.

Ik stond in een hal met een heleboel deuren en op de muren ertussen dezelfde gele posters van een grijnzende hond met daaronder: NATTE NEUZENFESTIVAL IN MADRONA, EEN WALHALLA VOOR HONDEN. EEN WEEKEND VOL PLEZIER VOOR HONDEN IN ALLE

SOORTEN EN MATEN. Het Natte Neuzenfestival was een vaste traditie in Madrona en vond altijd plaats in het eerste weekend van september.

Ik ademde diep in en stevende op de receptiebalie af. Erachter zat een vrouw van een jaar of vijftig met kort blond haar verwoed op een stuk kauwgom te knauwen. Ze droeg een naamplaatje met daarop: MARGUERITE. Boven de rand van haar T-shirt piepte een tatoeage van een dolfijntje uit.

'Kan ik je helpen?' vroeg ze.

'Ja, graag,' zei ik, plotseling beseffend dat ik niet had bedacht hoe ik dit ging aanpakken. 'Ik ben een van de eigenaressen van het Spiegelcafé aan de overkant van het plein. We zijn te laat met het betalen van onze rekening... en dat spijt me echt heel erg. En nu is de elektriciteit net afgesloten. Maar als we niet open kunnen tijdens het Natte Neuzenfestival, ben ik bang dat we niet genoeg verdienen om het nog langer te redden. Dus eh...' Ik beet op mijn lip. 'Ik ben hier eigenlijk om te bedelen.'

Marguerite knikte, liet binnensmonds haar kauwgom klappen en begon op de toetsen van haar computer te tikken. Ik vond het vervelend om naar haar te blijven staren terwijl ze bezig was, dus sloeg ik mijn ogen neer en bestudeerde de folders voor het Natte Neuzenfestival nog maar eens een keer die voor me op de balie lagen. Mijn maag kromp samen terwijl ik het overbekende lijstje met feestelijke activiteiten voor dat weekend weer doorlas: de hond-en-baasje-schoonheidswedstrijd, de behendigheidsloop, de wandeling van vijf kilometer, de gehoorzaamheidsproef, het *microchippen*, de run van twee kilometer en het eindfeest in het stadspark.

Horecazaken zoals het Spiegelcafé mochten het hele weekend een stalletje in het park bemannen, om er kortingscoupons en hapjes uit te delen. Wij waren van plan er de fantastische espresso te verkopen waar we om bekendstonden, maar als de elektriciteit in het café was afgesloten en we dicht waren, had reclame maken geen enkele zin.

Marguerite keek op van haar scherm. 'Het Spiegelcafé? Er staat tweehonderdnegenenveertig dollar en zesendertig cent open. Wij kunnen de elektriciteit pas weer aansluiten als die rekening is voldaan.'

Ik haalde de acceptgiro uit mijn tas tevoorschijn en vulde daar mijn persoonlijke banknummer op in. 'Als de rekening is betaald, wanneer hebben we dan weer elektriciteit, denkt u?'

Schouderophalend antwoordde Marguerite: 'Op zijn laatst morgenmiddag.'

Mijn mond voelde plotseling droog aan. 'Morgenmiddag? Maar morgen is de eerste dag van het Natte Neuzenfestival. We missen enorm veel omzet als we niet vroeg in de ochtend open kunnen.'

Weer een schouderophalen.

Ik ademde diep in om rustiger te worden.

'Alstublieft. Is er iets wat u kunt doen om de boel te versnellen? Ik weet dat we te laat met betalen zijn en dat deze situatie aan onszelf te wijten is, maar het Spiegelcafé heeft het moeilijk en als we dit weekend geen goede omzet draaien, moeten we sluiten. Alstublieft, is er een manier waarop het eerder zou kunnen?'

Marguerite wierp een korte blik op het computerscherm en daarna op mijn acceptgiro. 'Jessica Sheldon, dat ben jij?'

'Ja.' Ik hield mijn adem in en kon haar hersens bijna hóren ratelen. Waar kende ze mijn naam toch van? Wat had er ook weer in de *Madrona Advocate* gestaan? 'Was jij dat niet, die hondenhater?' Ze keek me recht aan. 'Ja... het Spiegelcafé... jíj bent zo tekeergegaan tegen die hondjes, is het niet?'

Ik probeerde iets weg te slikken, iets wat niet gemakkelijk is als iemand je met zoveel afkeer aankijkt. 'Ja,' zei ik zachtjes. 'Dat was ik.' Toen ik mijn ogen neersloeg, viel mijn blik op een foto van twee chihuahua's die op haar monitor was geplakt. De moed zonk me in de schoenen. Ik wachtte af tot ze in een scheldpartij zou uitbarsten of op z'n minst een preek van drie kwartier zou beginnen. In plaats daarvan kneep ze haar ogen tot spleetjes.

'Wat is er toen eigenlijk precies gebeurd? Ik bedoel, je hebt toch niet écht een hekel aan honden? Toch?'

Ik schudde mijn hoofd, ervan overtuigd dat ze me niet zou geloven. Het was moeilijk precies uit te leggen wat er was gebeurd.

Mijn hondenramp had zich vorig jaar tijdens het Natte Neuzen-festival voltrokken, op het moment dat het Spiegelcafé tjokvol klanten zat. Kerrie ontving de gasten en dirigeerde hen net zo tref-zeker als een geroutineerde Las Vegas-croupier zijn kaarten schudt, naar een tafeltje. Onze serveersters raceten de keuken in en uit en namen nauwelijks de tijd om eerst te kijken, voordat ze door de klapdeurtjes holden. Ik vloog van de ene noodsituatie naar de andere. Een paar seconden nadat ik de stekker van de wa-ter spuitende espressomachine uit het stopcontact had getrokken, gaf er een kind over op tafel 6 en botsten er twee serveersters te-gen elkaar op, waardoor de gasten aan tafel 11 dropen van de to-matensoep met basilicum.

Precies op dat moment vlogen alle blikken naar de deur, waar een oudere dame met een roze hoedje op en vier aangelijnde dwergkeesjes plus een Deense dog binnenkwam.

Ons beleid wat honden betreft was hetzelfde als dat van alle ho-recagelegenheden in Madrona: als het rustig was en niemand zich eraan stoorde, mochten goed opgevoede honden naar binnen, on-danks de gezondheidsinspectie en het feit dat ik eigenlijk nogal bang was voor honden. Maar aan de andere kant moesten alle honden als het druk was, hoe welopgevoed ook, buiten blijven.

Ik was op dat moment al nerveus en liep op de vrouw af om te vragen of ze de honden buiten wilde laten wachten, toen ze haar grip op de vijf hondenriemen verloor. De honden vlogen als dol-len alle kanten op, alsof ze net uit de gevangenis waren ontsnapt. Een ervan stak zijn neus meteen diep in het kruis van een dame die aan tafel 9 zat. Een tweede schoot weg tussen de tafeltjes en verdween uit het zicht. Er flitsten onmiddellijk de meest vreselij-ke rampscenario's door mijn hoofd. Een slachtpartij. Bloed. Ver-wondingen. Kinderen met afgebeten vingers en volwassenen met stukken uit hun benen gehapt.

Vanuit mijn ooghoeken zag ik de Deense dog met zijn voorpo-ten op een tafel staan, terwijl hij soep slobberde uit de kom van een kind dat het uitgierde van het lachen. Een van de keeshondjes schoot met een broodje in zijn bek langs me heen en ik sprong op hem af in een poging het beestje te vangen, maar maakte geen enkele kans. Diep vanbinnen was ik ook te bang om het dier écht te durven pakken. Een seconde later sprong ik ongeveer een meter de lucht in. Er werd aan mijn enkel gelikt!

Het café tolde om me heen. Een caleidoscoop aan gezichten, sommige lachend, andere alleen maar verwezen naar alle tumult starend. Ik zag een dwergkeesje bij een mevrouw op schoot springen en snelde erheen, van plan het beest weg te meppen, zodat de vrouw van hem verlost zou zijn. Het kreng was duidelijk op haar halsslagader uit. Maar voordat ik de vrouw kon redden, kwam de Deense dog aan galopperen; er bungelden lange kwijlslierten uit zijn bek. De bek van een menseneter.

Ik gilde. Het was zo'n horrorfilm-gil, het soort gil dat je slaakt in doodsangst. Alle gasten hoorden dat vreselijke gekrijs van me, natuurlijk, maar dat kon me op dat moment niks schelen. Zelfs al had ik het geprobeerd, dan nog had ik die gil onmogelijk kunnen inhouden.

'Rot op, gemene klotebeesten! Ik haat jullie! Ik háát jullie!'

Op dat moment werd ik verblind door een flits. Toen de lichtvlekken enigszins verdwenen en ik met mijn ogen knipperend weer iets kon zien, keek ik recht in het gezicht van de journalist van de *Madrona Advocate*.

De volgende ochtend sloeg ik de krant met angst en beven open en zag ik dat mijn vrees bewaarheid was geworden. De foto was afgrijselijk, ik stond er met slordige en stekelige piekharen op, mijn mond vertrokken in gekrijs. Ik had een lepel in mijn hand die ik als een zwaard naar de Deense dog uitstak. Onder de foto stond: *De eigenaresse van het Spiegelcafé, Jessica Sheldon, bestraft enkele honden die haar etablissement hebben betreden. Mary Beth Osterhoudt, de eigenaresse van de honden en tevens de eigenaresse van Oster organisch honden- en kattenvoer, is de hoofdsponsor van het Natte Neuzenfestival. Mrs. Osterhoudt heeft deze krant gemeld dat zij haar financiële bijdrage aan het belangrijkste festival van Madrona, meer dan 10.000 dollar per jaar, hoogstwaarschijnlijk niet zal continueren.*

Dat was een van de aller-, allerafgrijselijkste momenten van mijn leven.

Ik begreep direct dat het allemaal míjn schuld was. Zoals Kerrie zei, hadden die honden zich doodgewoon als honden gedragen en was ík degene die dol was geworden. Ik was het die alle chaos had veroorzaakt. En ik was het, mijn verlammende, paranoïde angst voor honden, door wie de situatie was uitgelopen op een regelrechte ramp.

Madrona tegen me innemen was wel het allerlaatste wat ik had gewild. Nu had iedereen natuurlijk een hekel aan me omdat het stadje door mij de hoofdsponsor van het Natte Neuzenfestival was kwijtgeraakt. De reserveringslijn van het Spiegelcafé stopte met rinkelen. Mensen trokken hun hond weg als ze me op straat tegenkwamen. De winkeliers van Madrona vreesden voor hun omzet, de gemeente vreesde voor haar reputatie, en Kerrie en ik vreesden dat het Spiegelcafé zou moeten sluiten. Die bewering dat alle publiciteit goed is, ook de negatieve? Onzin!

Het idee dat het Spiegelcafé misschien zou moeten sluiten was niet te verdragen. Het café was de enige plek voor me die een beetje als een thuis voelde. Ik vond het echt vreselijk dat door mijn schuld alles op het spel stond. Gelukkig dwong Kerrie me er rustig voor te gaan zitten met een kopje thee en hielp ze me een 'goedmaak'-plan te bedenken, iets waar ik me met heel mijn hart in stortte.

Ik maakte een afspraak met de gemeenteraad en bood hun mijn excuses aan. Ik stond een week lang op het plein, naast het standbeeld van Spitz – de held van Madrona – gratis hondenkoekjes uit te delen. Spitz was een dobermann die twintig jaar eerder twee kinderen uit Madrona van de verdrinkingsdood had gered. Toen hij stierf, liet de gemeente een bronzen beeld met een bijpassend hondenhok van hem maken, dat midden op het plein waaraan ook het café lag een plaatsje kreeg. Het was een plek waar heel Madrona elkaar ontmoette en de perfecte locatie om om vergeving te vragen.

Als laatste daad van boetedoening gaf ik me op als vrijwilliger om de zakelijke leiding van het Natte Neuzenfestival op me te nemen, iets waarvoor ik de hele stad moest doorkruisen om donaties los te peuteren bij mijn collega-ondernemers. En daarbij moest ik op de sluitingsavond van het festival ook nog een toespraak houden!

Het weekend van het Natte Neuzenfestival zou een regelrechte lijdensweg voor me worden en ik had eerlijk gezegd geen flauw idee hoe ik er, zonder mezelf te klonen, ooit doorheen zou komen. Behalve de toespraak die ik moest houden, moest ik het espressokraampje van het Spiegelcafé bemannen en daarbij ook nog zo veel mogelijk festiviteiten bezoeken om daar het café te promoten door er kortingsbonnen en menukaarten uit te delen. Zoals Kerrie het zei moest ik 'de straat op en klanten werven'. Maar zonder elektriciteit viel er natuurlijk helemaal niets te serveren, geen cent omzet te draaien. En daarbij was ik, zelfs als Marguerite me kon helpen met de elektriciteit, nog altijd doodsbang voor honden. Honden die me het hele weekend aan alle kanten zouden omringen.

'Maar ik heb echt geen hekel aan honden,' vertelde ik Marguerite. 'Echt niet. Ik ben er alleen vreselijk bang voor. Ze zijn zo onvoorspelbaar. En daar word ik heel zenuwachtig van. Toen die kleine hondjes om me heen begonnen te rennen, was ik... ik raakte gewoon volkomen in paniek.'

Marguerite zweeg een tijdje. Toen zei ze: 'Vind je het dan eigenlijk wel leuk om hier in Madrona te wonen?'

Die vraag had ik niet verwacht. 'Tuurlijk. Natuurlijk vind ik het leuk om hier te wonen.'

'Dan kun je maar beter zorgen dat je over die hondenfobie van je heen komt. Serieus, ik meen het. En mocht dat niet lukken, dan zou ik echt over verhuizen nadenken. Dan pas je hier helemaal niet en zul je het overal elders in Kittias County veel beter naar je zin hebben.'

Ik drukte hard met mijn handen op de balie en wachtte tot het bonken van mijn hart verminderde. Ik híéld van Madrona. Ik kon uren doorbrengen met alleen maar naar de meeuwen kijken die zich lieten voortglijden op de wind, of naar de zeilboten op het water tijdens een race. Mijn beste vriendin Kerrie woonde hier. Het Spiegelcafé, het eetcafé dat we vier jaar geleden waren begonnen, was hier. Kerrie en het café waren mijn ankers. En daarom was het zo belangrijk dat we weer elektriciteit kregen, zodat we onze zaak nog een laatste kans konden geven.

En trouwens, Madrona is een prachtig stadje dat vol staat met kantachtige esdoorns en oude stenen gebouwen. Zes jaar geleden, op mijn tweeëntwintigste en net klaar met mijn studie aan de Universiteit van Washington, bracht ik een bezoekje aan een vriendin hier en werd ik meteen verliefd op het stadje. Als de rododendrons in het voorjaar in bloei staan, slingert er een kleurig lint door Madrona. Het heeft hier precies dat kleine en gezellige waar ik altijd naar heb verlangd. Nee, ik wilde helemaal niet verhuizen!

Maar ik kon ook niet ontkennen dat Marguerite gelijk had. Madrona is gek op honden en ík had juist een hondenfobie. De rest van Madrona werd door de rest van Kittias County als hartstikke gestoord beschouwd, hoewel ons stadje heel goed scoorde bij festiviteiten als het Natte Neuzenfestival. Toen de gemeenteraad zelfs vóór een verordening stemde die erin voorzag dat honden overal naar binnen mochten – in horecagelegenheden, in winkels en in openbare gebouwen, sloeg de gezondheidsinspectie volkomen op tilt. Maar ze konden er niets tegen beginnen. Madrona had haar identiteit gekozen... en die had duidelijk een natte neus.

'Ik vind het geweldig hier,' zei ik zachtjes. 'En ik wil absoluut niet weg.'

Marguerite sloeg haar armen over elkaar. 'De eerste stap naar herstel is de erkenning van het probleem. Je moet eraan werken. Als je je probleem negeert, wordt je leven alleen maar steeds beperkter. Zo gaat dat met angst. Het verwoest je leven.'

Zoë

Ik heb me verstopt in het hok van de glimmende hond en houd mijn oren plat tegen mijn kop gedrukt. Ik ben overal geweest vandaag en voel me moe en hongerig. Dus probeer ik een dutje te doen. Maar ik schrik steeds wakker. Eerst van de bladeren aan een boom die opeens beginnen te ritselen, daarna van een bloem die over de grond naar me toe rolt. En toen dacht ik dat ik een hond zag! Maar die veranderde in een paraplu.

Het regent en ik hou van regen. Mensen meestal niet. Er loopt een vrouw op tikkende hakken langs me heen, helemaal weggedoken in haar jas. Ik steek mijn snuit een klein stukje het hondenhok uit en snuif en snuif, zo diep ik kan. Ze ruikt vriendelijk. Als een warm huis. En ze ziet er aardig uit, hoewel ze erg snel voorbijloopt. Maar ik ben sneller. Ik kruip het hondenhok uit en drentel achter haar aan. Misschien helpt ze me wel naar huis te komen. Of geeft ze me iets te eten. Of zal ze me afdrogen met een grote, zachte handdoek.

Ze rent op een deur af. Dat vind ik reuzespannend. Ik ben dol op deuren! Ik hoop dat ik met haar mee naar binnen mag. Misschien zijn mijn ouders wel achter die deur. Die zijn graag binnen. Ik vind het binnen én buiten heerlijk. Allebei.

Als we bijna bij de deur zijn, zij voorop en ik erachter, word ik verblind door een lichtflits. Ik draai me geschrokken om en met mijn staart tussen mijn poten spurt ik terug naar het glimmende hondenhok.

☕ Jessica

Ik liep met gebogen hoofd terug over het plein. Het regende nog altijd gestaag en ik dook diep weg onder mijn capuchon. Hoe moest ik Kerrie vertellen dat de elektriciteit nog wel de hele dag afgesloten zou blijven?

Ik was bijna bij ons eetcafé toen de hemel oplichtte door een felle bliksemschicht. De stormachtige grijstinten om me heen verbleekten een moment tot overbelichte pasteltinten. Het licht was verblindend, zoiets als de flits van een fotocamera recht in je ogen. Op bijna hetzelfde moment was er een donderklap. Oorverdovend.

Ik zag en hoorde niets meer, maar rende door en vond intuïtief de weg naar het Spiegelcafé. Ik rukte de deur open en vluchtte hijgend naar binnen.

Met kippenvel over mijn hele lijf en mijn rug stevig tegen de deur aan gedrukt, draaide ik voorzichtig mijn hoofd om, om naar buiten te kijken. Het plein was duister, vreemd duister voor een zomerochtend. Maar ik zag geen bliksemflitsen meer.

Gek...

Ik draaide mijn hoofd weer om en keek het donkere café in. De moed zonk me in de schoenen. Het was kwart over acht 's morgens en onze lichten waren uit. Een nachtmerrie voor de eigenaar van een horecagelegenheid. Iemand had het bordje op de voordeur omgedraaid. GESLOTEN, stond er nu. Normaliter was het op dit moment spitsuur met de ochtendkoffie, maar vandaag niet. Zonder elektriciteit konden we niets.

Met een diepe zucht luisterde ik naar de doodse stilte in ons eetcafé. Het was er in ieder geval brandschoon. Hier, op deze kleine vijfhonderd vierkante meter, voelde ik me beter thuis dan in mijn eigen appartement. Ons Spiegelcafé bestond uit twee ruimtes met een gezamenlijke ingang waar de mensen werden ontvangen en een tafeltje kregen toegewezen. Links was het eetgedeelte met vijftien houten tafeltjes, die nu leeg waren en wachtten op de drukte die niet zou komen. Rechts was de koffiebar met een vitrine met broodjes en gebak, de goedkopere etenswaren die de laatste tijd het beste verkochten. Behalve vandaag, omdat zelfs de koffiebar gesloten was.

Ik rukte mezelf los uit mijn gepieker en ging op zoek naar Kerrie. Maar eerst liep ik even de wc in om een plens water in mijn gezicht te gooien. Iemand had overal kaarsen aangestoken en er scheen licht onder de deur door. Toen ik binnenkwam zag ik Naomi, onze souschef, bij de wasbakken staan. Ze stond met haar rug naar me toe en praatte in haar mobiele telefoon. 'Tja, ik weet het niet,' zei ze. 'Het gaat snel bergafwaarts, dat is zeker. Ze konden zelfs de energienota niet betalen. Het zou natuurlijk verstandig zijn als ik nu een andere baan ging zoeken, terwijl ik nog...'

Al pratend draaide ze zich om en toen ze mij in het oog kreeg, stopte ze midden in haar zin. 'Eh, ik moet hangen. Doei,' zei ze snel en ze klapte het toestel dicht. We keken elkaar aan, allebei nogal ongemakkelijk.

Ik deed mijn mond open. En weer dicht. Het liefst had ik haar gerustgesteld en gezegd dat ze het mis had, dat het Spiegelcafé nog wel honderd jaar zou bestaan en dat ze altijd van haar loon op aan kon. Maar zo was het niet en ik kon niet liegen tegen haar. Ik vond het vreselijk te zien dat ons personeel zich zorgen maakte om hun baan. Naomi had twee kinderen. De huur moest betaald worden. Het overblijfgeld voor de kinderen...

'Het spijt me, Naomi,' zei ik, met een stem die schor klonk van emotie. Ik kreeg een rotgevoel in mijn maag. 'Het spijt me echt heel erg. We doen onze uiterste best, maar we staan er niet goed voor. Als we weer elektriciteit hebben en een goede omzet draaien tijdens het Natte Neuzenfestival, komt het misschien wel goed.' Ik glimlachte en besefte dat dit wel heel luchtkasteelachtig klonk. Was het wel fair om haar hier te houden, aan het werk op een zinkend schip, terwijl ze haar tijd en energie ook in iets nieuws kon steken? We hadden haar al meer taken gegeven: nu het zo stil was in het restaurantgedeelte, had Kerrie haar gevraagd om het bakwerk voor de vitrine te verzorgen. Dat bespaarde ons geld, omdat we dan het gebak niet meer hoefden te bestellen. Maar koekjes en taarten bakken was niet het werk waarvoor Naomi was aangenomen. 'We zullen alles op alles zetten om het Spiegelcafé open te houden. Ik wil absoluut zien te voorkomen dat je je baan kwijtraakt.'

Naomi legde haar hand op mijn arm. 'Goh, Jess, dat weet ik wel. Ik werk veel liever voor Kerrie en jou dan voor wie dan ook. Ik probeer gewoon praktisch te zijn, dat is alles. Voor mijn kinderen en zo. Maar jullie zijn de beste werkgevers die ik ooit heb gehad.' Ze gaf me een knuffel.

Toen ze me weer losliet, stonden er tranen in mijn ogen. 'We komen er wel doorheen,' zei ik, vurig hopend dat dat inderdaad zo zou zijn. 'En bedankt dat je zo trouw bent.'

'Tuurlijk,' zei ze met een 'het is goed'-blik in haar ogen. 'En maak je maar niet druk, Jess. Voordat Hot Max zijn koffie komt halen, hebben we hier alles weer aan de gang. Wedden?'

Ik bloosde. Hot Max, een superlekker ding en een klant van ons, kwam iedere ochtend om negen uur een espresso halen. Zijn komst maakte altijd mijn hele dag goed. Als de elektriciteit niet werd aangesloten en ik hem die ochtend niet zou zien, werd deze dag geheid een opeenstapeling van teleurstellingen.

Zucht... Hot Max... Om te beginnen had hij de edele jukbeenderen van een trots indianenstamhoofd. In mijn geheime fantasieën kuste ik hem op een van die prachtige jukbeenderen (in mijn verbeelding voelde zijn huid altijd koel aan door een frisse bries) en liet ik daarna mijn lippen langzaam naar beneden glijden – naar zijn mond, zijn hals en nog verder... Alleen de gedachte al deed mijn hart sneller kloppen.

Maar Max had natuurlijk meer dan alleen geweldige jukbeenderen. Hij was lang – doorgaans langer dan de andere klanten in de rij – en had inktzwart haar en bakkebaarden die hij keurig kort hield. En donkere ogen waarin je helemaal kon verdrinken als je niet oppaste.

Naomi en ik liepen allebei de wc-ruimte uit en botsten in de gang bijna tegen Kerrie op; ze hield een brandende kaars in haar hand. Kerrie is een topkok, maar wat het meeste in het oog springt aan haar, is haar kledingstijl. Ze is midden veertig, heeft een scherpe asymmetrische coupe en bezit een stuk of vijftig verschillende brillen, de ene nog opvallender dan de andere. Die dag droeg ze een dikomrande, groene bril die wat kleur betreft goed bij haar bungelende oorbellen paste. Na één blik op ons zei ze: 'Hé, meiden, niet van die sombere gezichten. Het is hier al donker genoeg.'

En precies op dat moment sprongen de lampen aan! We stonden allemaal even met onze ogen te knipperen vanwege het plotselinge felle licht.

'Yes! Ze doen het weer!' Kerrie keek me stralend aan. 'Goed gedaan, Jess! Het is je gelukt! Kunnen we toch open vandaag.'

'Hoera, hoera,' juichte ik, terwijl ik me voornam een '10 gratis koffie'-kaart als bedankje naar Marguerite te sturen. Ik haastte me naar de voordeur om snel het bordje met GESLOTEN erop om te draaien en alles op te starten. Sahara, onze barista, kwam naast me achter de koffiebar staan, klaar om te beginnen met haar werk. Ze was een meester in het bereiden van alle ingewikkelde koffievariaties die we in ons assortiment voerden. Naomi en Kerrie waren intussen in de keuken druk bezig croissants en zoete broodjes in de oven te leggen.

Langzaamaan begonnen de klanten binnen te druppelen en durfde ik weer adem te halen. De verkoop van alleen koffie en dergelijke leverde natuurlijk niet genoeg omzet op om de zaak open te houden, maar in onze situatie waren alle beetjes meer dan welkom.

Het was vijf over halftien toen Max binnenkwam. Gewoonlijk kijk ik de hele ochtend naar hem uit, maar vandaag had ik het zo druk dat zijn komst me verraste. Net op het moment dat Sahara naar het magazijn was gegaan om Kerrie ergens mee te helpen, stond hij opeens voor me. Meestal doe ik mijn haar nog even goed voor zijn komst en zorg ik ervoor dat ik op een goede plek sta vanwaaruit ik hem vanuit mijn ooghoeken kan bekijken en, zogenaamd verdiept in mijn taak, niet opval. Melk opstomen is bijvoorbeeld perfect. Of de tafeltjes schoonmaken. Op die manier kan ik heimelijke blikken op hem werpen en geregeld een glimp van die prachtige jukbeenderen opvangen, voordat ik mijn ogen weer veilig richt op de melkstomer of het tafelblad. Als hij dan eenmaal voor de koffiebar stond, hield ik de rest van de tijd dat hij binnen was mijn ogen neergeslagen. Ik durfde geen oogcontact met hem te maken. O nee, ik moest er niet aan denken.

Het is niet dat ik zo verlegen ben, of bang voor mannen, of iets dergelijks. Met andere mannen kan ik gewoon kletsen en flirten, geen probleem. Maar met Max is het ingewikkeld. Méér dan ingewikkeld. Max is namelijk niet alleen de aantrekkelijkste man van Madrona, maar ook de dierenarts hier. En omdat ik bekendsta als de grote hondenhater van dit stadje, ben ik natuurlijk staatsvijand nummer één in zijn ogen.

Toen hij binnenkwam, stond ik in mijn eentje bij de espressomachine en toen hij zo opeens voor me stond, was ik in een fractie van een seconde knalrood. Paniekerig controleerde ik mijn haar even in de zijkant van de espressomachine, maar die was helemaal met stoom beslagen.

Max droeg een druipende, groene regenjas met daaronder een rood-wit Manchester United-shirt en toen hij zijn capuchon af deed, zag ik dat zijn haar nog vochtig was van de douche. Of van de regen? Nee, duidelijk van de douche...

Meestal kijkt hij eerst een tijdje in de vitrine voordat hij zijn bestelling doet, maar vandaag kwam hij rechtstreeks naar de koffiebar toe. Ik keek haastig om me heen, half hopend dat Sahara opeens zou verschijnen en Max' bestelling van me zou overnemen, maar ze was nergens te bekennen. Ik stond er alleen voor, met het zweet in mijn handen.

'Hoi,' zei hij. Terwijl hij glimlachte, gingen zijn jukbeenderen een eindje omhoog en begonnen zijn ogen te stralen. Mijn maag kneep zich nerveus samen. 'Ik geloof niet dat wij ooit kennis hebben gemaakt. Ik ben Max Nakamura.'

Dat wist ik natuurlijk allang. 'Hoi,' zei ik, terwijl ik mijn best deed mijn stem in bedwang te houden, zodat die niet oversloeg. 'Ik ben Jessica. Jessica Sheldon.' Ik mompelde mijn achternaam expres onduidelijk, maar afgaande op de manier waarop hij naar me knikte, had hij die wel verstaan. Zijn ogen bleven op mijn gezicht rusten en ik voelde dat ik nog roder werd.

'Jij bent een van de eigenaars hier, toch?'

Ik knikte en voelde mijn hals nu ook rood worden. Als hij dat wist, wist hij natuurlijk ook alles over het beroemde hondenincident. Net als iedereen. Stelde hij zich aan me voor omdat hij wel eens wilde weten wie zijn vijand was? Ik voelde me misselijk worden, ik wist zeker dat hij alles al over me wist. Dat kon niet anders. Dit was ons eerste gesprek, als je het een gesprek mocht noemen, en hij had natuurlijk een hartgrondige hekel aan me. Ik kon maar beter zo snel mogelijk zijn dubbele Americano maken – normale hoeveelheid, maar in een grote beker – en zorgen dat dit achter de rug was.

'Mag ik een dubbele Americano van je?' vroeg hij. 'Normale hoeveelheid, maar in een grote beker.'

Ik glimlachte flauwtjes. Terwijl ik druk doende was achter de espressomachine, hoopte ik dat hij zou denken dat ik zo rood was door de hete stoom.

'Leuke zaak heb je,' zei hij.

Mijn hoofd schoot omhoog. Begon hij nou een praatje? Met

míj? Hij, de populaire dierenarts, begon een praatje met een vrouw met míjn reputatie? *Nou*, dacht ik. *Misschien weet hij het dan toch niet. En dan moest ik natuurlijk snel iets terugzeggen. Maar niet over honden beginnen, alsjeblieft niet!*

'Dank je,' zei ik, als reactie op zijn compliment over het Spiegelcafé. 'Ze doen het goed, hè, dit seizoen? Manchester,' zei ik. En meteen kon ik mijn tong wel afbijten. Stom, oerstom!

Max' ogen lichtten op. 'Volg je het voetballen?'

'Eh, niet echt.' En daarom was het ook zo'n ontzettend stomme opmerking. Ik wist dat hij van voetbal hield, maar dat was nog geen reden om over een onderwerp te beginnen waar ik geen ene jota verstand van had. 'Ik zag je sweatshirt en dacht dat je misschien fan van ze was. Maar... eh... ik weet niks van voetbal.'

'O,' reageerde hij, terwijl hij zijn grote beker dampende Americano van me aannam. Zijn wijsvinger raakte mijn pink even aan – zijn huid voelde verrassend warm. Hij glimlachte nog een keer, maar had duidelijk niets te zeggen als reactie op mijn bekentenis dat ik niets van sport wist. Dus hief hij in een groetend gebaar zijn beker naar me op en zei: 'Bedankt.'

En dat was dus het einde van onze eerste – en waarschijnlijk laatste – armzalige conversatie. *Goed gedaan, Jess. Goed gedaan!*

Terwijl hij zich omdraaide, keek ik naar de achterkant van zijn nek en zag een paar natte druppels uit zijn haar over die prachtige, goudglanzende huid van hem rollen. *O Hot Max, als je eens wist hoe graag de grootste hondenhater van Madrona die nek van je zou kussen!*

Ik bleef hem nastaren terwijl hij de deur uit liep en zijn capuchon weer over zijn hoofd trok. Mijn hart maakte een duikeling omlaag toen ik zag dat hij buiten bijna tegen Leisl Adler op botste, onze concurrente, de eigenaresse van het café aan de overkant van het plein. De moed zonk me nog verder in de schoenen. Na het hondenincident was Leisl de eerste geweest om het Spiegelcafé binnen te struinen om me te verwijten dat ik het Natte Neuzenfestival voor altijd had geruïneerd. Ik wist zeker dat ze me haatte.

Toen Leisl bleef staan om een praatje met Max te maken, zag

ik haar met een boos gezicht naar ons café gebaren. Ik draaide me om en deed net of ik de espressomachine aan het schoonmaken was. Mijn ogen prikten. Het was voorbij. Afgelopen. *Kaput.* Leisl zou hem het hele rottige verhaal uit de doeken doen en dan zou Max nooit meer een woord met me willen wisselen.

2

De hondenhater

 Jessica

Ik maakte me los uit mijn dagdromen over Max. Hij was een fantastische ontsnapping uit het dagelijks leven, maar ik verdiende het helemaal niet om daar nu aan te ontsnappen. Ik verdiende het om de rekeningen te gaan doen. Dus liep ik naar het kantoortje, maar in de gang kwam ik Kerrie tegen die me bij mijn arm pakte, me om liet draaien en me met zich meetrok naar de espressomachine.

'Meekomen, jij. Je moet iets voor me proeven. Ik heb een geweldig idee voor een nieuw drankje voor het Natte Neuzenfestival en ik heb een proever nodig. Wat vind je van een supersterke espresso met een mix van smaakjes erin en slagroom erop die "Blaft erger dan het bijt" heet?'

Ik knikte. 'Leuk! Geweldig! Maar ik was op weg...' Ik wees naar het kantoortje, dat we de bijnaam 'moordkuil' hadden gegeven.

Kerrie schudde haar hoofd. 'Ik weet dat je de rekeningen ging doen. Maar die lopen echt niet weg. Integendeel, die blijven rustig liggen en hebben zich over tien minuten vast vermenigvuldigd en talloze kleinkinderen voortgebracht.'

Bij de espressomachine deed ze gemalen koffie in de metalen houder en keerde vervolgens haar rug naar me toe, terwijl ze allerlei mysterieuze combinaties van smaaksiroop in onze wit geglazuurde kopjes goot. 'Je moet eens een beetje rust nemen, Jess. Je bent hier de hele week al vanaf het moment dat we opengaan tot we sluiten. En daarbij heb jij nog twee extra taken op je genomen: de espressokoffiebar en de bediening 's avonds. Je moet het kalmer aan doen, anders red je het Natte Neuzenfestival niet eens. En over het Natte Neuzenfestival gesproken: ik heb twee studentes ingeroosterd als extra serveersters voor dit weekend. Dan staan we vóór met zijn drieën, en hebben we er achter twee in de keuken. Jij doet de promotie, Sahara de ochtendkoffie, en ik ontvang iedereen, zorg dat alles goed verloopt en fungeer als vliegende kiep. Als we genoeg klanten krijgen, is dat precies toereikend.' Kerrie draaide de koffiehouder in het espressoapparaat, zette het kopje eronder en drukte op de knop. Er begon een toffeekleurige vloeistof in een dun stroompje het kopje in te sijpelen. 'Dus laat me jou nou maar even verwennen. Alsof je een baby bent.'

Baby. Dat woord zorgde ervoor dat ik in een flits de lila envelop voor me zag die gisteren bij de post had gezeten. Ik wreef over het litteken op mijn arm, dat ik al zolang ik me kon herinneren had, en verjoeg de gedachte eraan met een slokje 'Blaft erger dan het bijt'.

'O, heerlijk! Heerlijk! Je hebt er niet alleen chocoladesiroop in gedaan, is het wel? Chocolade en sinaasappel? Ananas?'

Kerrie wilde net antwoord geven, toen de bel boven de deur rinkelde en er een vrouw in een regenjas binnenkwam met de meest reusachtige hond bij zich die ik ooit had gezien. Het beest zag eruit als de duivel op vier poten. Zijn behaarde snuit droop. Was het water of slijm? Mijn mond voelde opeens kurkdroog. Ik voelde dat mijn ademhaling steeds gejaagder werd en dat mijn ogen zich opensperden. Voor het beven begon, had Kerrie me al bij mijn arm gepakt om me, met haar hand stevig om mijn middel, mee te trekken naar de moordkuil. *Zo moet ze JJ, haar zoontje, ook uit de speeltuin hebben meegenomen toen hij uit het klimrek was gedonderd*, schoot het door mijn hoofd.

Kerrie rukte de stoel onder het bureau vandaan en drukte me er zachtjes op neer, waarna ze mijn hoofd tussen mijn knieën duwde. 'Diep inademen,' beval ze. 'En langzaam weer uit. Rustig en kalm.' Ze boog zich naar me over. 'Ben je aan het hyperventileren? Moet ik een papieren zakje halen?'

Ik schudde mijn hoofd, mijn neus wreef heen en weer over mijn zwarte rokje. Ik ging rechtop zitten. 'Nee, het gaat wel.'

'Weet je het zeker?' Ze hurkte voor me neer en keek me aandachtig aan. 'Je bent lijkbleek. Dat was ook een reusachtig beest.'

Ja, gigantisch. En mijn slokje 'Blaft harder dan het bijt' brandde in mijn maag. Maar ik wilde wanhopig graag kalm worden. Kerrie had heel veel te doen, ze was tegenwoordig onze gastvrouw, degene die de mensen naar hun tafeltje bracht en alles regelde, en dan sprong ze ook nog vaak bij als serveerster, allemaal tegelijkertijd. Ik moest de rekeningen doen. We hadden gewoon geen tijd voor een paniekaanval.

'Niks aan de hand,' zei ik, terwijl ik een enorme grijns op mijn gezicht toverde. 'Helemaal niks. Of, in ieder geval híér, terwijl ik de rekeningen doe in dit fijne, rustige kantoortje. Zónder honden.'

Kerrie knikte. 'Goed zo, kanjer.' Ze ging rechtop staan en wierp een blik op de ongeveer zes centimeter hoge stapel rekeningen op mijn bureau. 'Ik neem aan dat we binnenkort een serieus gesprek moeten hebben over hoe we ervoor staan?'

'Dat moet zeker,' zei ik. 'Na het weekend. Dan weten we hoe de vlag erbij hangt. Als we de salarissen volgende week niet kunnen betalen, moeten we...'

Ik hoefde mijn zin niet af te maken. We wisten allebei wat er zou gebeuren als we niet genoeg geld hadden om de salarissen te betalen.

Het was halverwege de middag en ik was net klaar met het doen van de bestellingen, toen ik Kerries stem hoorde. Die klonk zo hoog dat ik zeker wist dat ze ruzie aan het maken was. Ik liep in de richting van de herrie en ontdekte dat de storm buiten een stuk heviger was geworden. De regen striemde tegen de ramen en de wind loeide over het plein, waar de vlaggen van het Natte Neuzenfestival als zeilen klapperden in de storm.

Zodra ik de klapdeurtjes door was, greep Kerrie mijn arm beet en sleurde ze me naar haar kant van de keuken, weg van Guy, onze vreselijke chef-kok. Naomi gooide met een geïrriteerde beweging gesneden uien in de pan.

'Wat is hier aan de hand?' vroeg ik, terwijl ik precies wist wat er aan de hand was.

'Guy was te laat vandaag. Alweer.' Op Kerries voorhoofd verscheen een geïrriteerde frons.

Aan de andere kant van de keuken stond een zwaar beledigde Guy met zijn borstkas opgezet en zijn armen over elkaar geslagen. Hij was niet zo lang als Kerrie, wat hij compenseerde door zich zo groot te maken als hij maar kon. Guy had een cilindrisch hoofd, waardoor hij me altijd deed denken aan Beaker uit de *Muppet Show*. Maar als Guy zijn mond opendeed, kwam er een hoop méér uit dan alleen maar 'mie-mie-mieee'.

'Alsof dat iets uitmaakt,' zei hij snerend. 'We waren tóch dicht!'

'We waren anders voor negenen al open,' bracht Kerrie ertegenin. 'En jij was hier nauwelijks op tijd voor de lunchdrukte!'

Guy wierp ons allebei een minachtende blik toe. 'Het is hier nog nooit druk geweest met de lunch. Wat was er trouwens aan de hand? Waren jullie vergeten je energienota te betalen?'

Ik voelde mijn wangen rood worden. Kerrie kwam tussenbeide. 'Je was laat en daardoor duurde het lang voordat de gerechten geserveerd konden worden. Jouw te laat zijn heeft het Spiegelcafé geld en klanten gekost.'

'En wat denk je daaraan te gaan doen?' vroeg hij, zijn kin vooruitgestoken. 'Me ontslaan? Ja, natuurlijk, dat is een goed idee. Je kúnt me niet eens ontslaan. Niet voor dit weekend.'

Naast me hoorde ik Kerrie ademhalen als een fluitketel die op het punt staat over te koken. Ik deed een stap naar voren en moest mijn uiterste best doen om mijn stem kalm te laten klinken. 'Guy, ik weet zeker dat je je ons gesprek van afgelopen dinsdag nog wel herinnert. Toen ik je vertelde dat Kerrie en ik, als je nóg een keer te laat kwam, geen andere keus hadden dan je te ontslaan.'

Guy rukte zijn koksmuts van zijn hoofd en gaf een harde klap op het roestvrijstalen aanrecht om zijn woorden kracht bij te zetten: 'Jullie hebben nooit ook maar één klacht gehad over mijn kookkunsten. Je mag van geluk spreken met iemand die zoveel talent heeft als ik. Iemand met zo'n toekomst! Dachten jullie dat ik opgesloten blijf zitten in zo'n gehucht als Madrona? Bij een of ander middelmatig eetcafeetje? Ik ben niet gék. Ik ben de beste kok die jullie ooit hebben gehad.'

'En de slechtste,' zei ik. 'Het klopt inderdaad dat er niemand klachten heeft over je kookkunsten. Maar doe even reëel, Guy. Hoe denk je te slagen in de grote stad als je niet eens behoorlijk op tijd kunt komen? Professionele koks hebben een onberispelijke discipline. Dat betekent onder andere op tijd op je werk zijn, niet alle kookwijn opzuipen, je niet omkleden in de koeling. En je keukenpersoneel niet afbekken totdat ze het voor gezien houden.'

Naomi wierp me een dankbare blik toe en boog haar hoofd toen weer over de roux die ze aan het maken was. 'Als je deze zooi hier ooit wilt ontvluchten om naar New York of L.A. te gaan, of misschien zelfs maar naar Seattle, zul je toch een aanbeveling van ons nodig hebben.'

Guy trok zijn mond denigrerend naar beneden. 'Ach, jullie. Dit eetcafé is zo'n zielige bedoening.' Zijn ogen dwaalden steeds af naar mijn borsten, dus sloeg ik mijn armen over elkaar. 'En jij,' zei hij, terwijl hij zich tot Kerrie richtte, 'waar haal je in vredesnaam het idee vandaan dat je de kaart kunt samenstellen? Wat weet jij nou van koken?'

Ik hapte naar adem. Hoewel ik Kerrie niet kon zien, kon ik zowat voelen hoe het bloed uit haar gezicht wegtrok. Guy had er geen idee van dat ze een uitmuntende kok was, zelfs een van de beste van het land. Ze kookte nu dan wel niet meer, maar ze was veel beter in staat om de kaart samen te stellen dan Guy. 'Kerrie weet meer van eten dan jij ooit zult leren,' zei ik, terwijl ik mijn ogen tot spleetjes kneep. 'En ze kan veel en veel beter koken dan jij.'

'O ja? En waarom doet ze dat dan niet? Kom op, óf ze hoort in de keuken óf ze hoort er niet. En ze hoort er dus niet. Punt. Einde verhaal.'

Er viel een stilte van ongeveer een minuut. De enige geluiden kwamen van Naomi die de rijst voor haar risotto aan het sauteren was, en de regen die tegen de ramen kletterde. Het was waar dat we dit weekend alle hulp die we konden krijgen goed konden gebruiken, maar Guy was een één meter zestig hoge muur van onwil en zorgde voor een gespannen sfeer onder het personeel. Ja, hij was een goede kok. Maar briljant, nee. En dat hij zo minachtend deed over Kerries kennis over eten, tja, dat ging gewoon te ver.

'Guy,' zei ik op mijn meest professionele toon. 'Ik denk dat je beter kunt vertrekken.'

Guys kaakspieren trilden. 'Je kúnt me helemaal niet ontslaan. Als ik weg ben, zitten júllie zwaar in de problemen, ik niet. Ik ben hier niet degene die zich de haren uit het hoofd zal trekken van spijt. Het Natte Neuzenfestival begint morgen en ik kan hier doen en laten wat ik wil.' Hij gooide zijn koksmuts op het aanrecht en keek me met een hautain lachje aan.

'Nee.' Dit keer klonk mijn stem zo koud, dat ik er zélf een beetje bang van werd. Ik ademde diep in door mijn neus. 'Dat kun je niet. Je bent ontslagen.'

Guy keek van mij naar Kerrie en weer terug, terwijl zich een neerbuigende grijns over zijn gezicht verspreidde. 'Pffft. Je meent het. Nou, dan wens ik jullie een leuk Natte Neuzenfestival. Allebei,' zei hij en hij griste zijn koksmuts van het aanrecht. Toen liep hij met grote stappen de keuken uit, de klapdeurtjes door, en ons leven uit.

Achter me liet Kerrie een diepe zucht ontsnappen en zich daarna tegen het aanrecht aan zakken. 'Ik kan het niet geloven.' Toen begon ze plotseling te lachen. 'Wauw... hij is weg!' Haar schouders schudden van haar onderdrukte lach. Ze was zo giechelig dat haar brillenglazen ervan besloegen. 'Ik bedoel... ik weet dat we diep in de shit zitten nu, en zo... maar hij is wég! Yes!'

Naomi grijnsde van oor tot oor. Zelfs ik begon beverig te lachen. Buiten begon het te donderen.

'Nou, het lijkt erop dat we een vacature hebben voor een chefkok. Naomi, Kerrie, willen jullie erom tossen?'

Kerrie beet op haar duimnagel en schudde haar hoofd. Ze was prima in staat de vacature te vervullen, dat wisten we allebei. Ze had jarenlang uitstekend gefunctioneerd als chef-kok. Maar we wisten ook allebei wat haar tegenhield: er kunnen allerlei dingen misgaan in de restaurantbusiness. Op de weg van de boerderij naar een bord liggen overal landmijnen verborgen. Soms kan een kok, zelfs een kok met zoveel ervaring als Kerrie, eten serveren dat voedselvergiftiging veroorzaakt. Dat gebeurt nu eenmaal af en toe. Maar toen het Kerrie overkwam, was ze zo van slag dat ze helemaal ophield met koken. 'Ik niet,' zei ze nu. 'Naomi kan het prima.'

'In dat geval: Naomi, gefeliciteerd, je hebt net promotie gemaakt!'

Naomi keek ons beiden stralend aan. 'Bedankt, meiden! Ik zal jullie niet teleurstellen, dat beloof ik.'

Eigenlijk was Naomi er nog niet helemaal aan toe om al chef-kok te zijn. Als dat zo was, hadden we Guy al maanden geleden laten gaan. Ze kookte geweldig, maar ze was niet ervaren genoeg om een keuken te leiden. Als we het druk kregen dit weekend, zou de keuken veel meer onder druk staan dan Naomi ooit had meegemaakt. In ieder geval had ze een uitstekende souschef naast zich nodig.

Maar desondanks wierpen Kerrie en ik haar een glimlach vol vertrouwen toe toen we de keuken uit liepen. Zodra we op de gang waren, trok Kerrie me naar zich toe.

'Jess, heb jij tijd om dit te regelen? Het is al halfdrie en Paul zit tot over zijn oren in het werk vandaag. Ik moet met JJ naar de tandarts.'

De stressrimpels waren weer terug in Kerries voorhoofd. Ik had me het liefst uitgeput op de vloer laten neervallen en me verstopt totdat deze nachtmerrie voorbij was, maar toen ik zag hoe gespannen mijn partner was, bleek ik over reserves te beschikken waarvan ik niet eens wist dat ik ze nog had.

'Geen zorgen,' zei ik. 'Ik regel het wel. De rekeningen zijn klaar, tenminste voor zover dat kan, en ik heb tot het avondeten de tijd. Ik zal iedereen die ik maar kan bedenken proberen. En Jerry van het arbeidsbureau bellen om te horen of hij nog ideeën heeft. En dan kan ik natuurlijk ook meteen een advertentie maken en daar ophangen. Met een beetje geluk hebben we straks een nieuwe souschef.'

'Bedankt,' zei Kerrie en ze gaf me een zoen op mijn wang. 'Je bent een schat! Ik ben zo snel ik kan weer terug.' Met haar sleutels rinkelend in haar hand liep ze naar de buitendeur. 'O, dat vergeet ik nog bijna. De post is geweest. Geen rekeningen deze keer, maar wel weer een van die grote lila enveloppen.' Ze draaide zich om en kwam teruglopen om me grijnzend aan te kijken. 'Heb je een bewonderaar of zo?'

Ja, was dat maar waar. Een bewonderaar. Wás het maar zoiets. Even flitste het beeld van Max door mijn hoofd en ik voelde een steek door mijn hart gaan. Waarom had hij nou juist tegen Leisl op moeten botsen?

Kerrie liep de deur uit en op het moment dat die achter haar dichtviel, hoorde ik iets knetteren en daarna een enorme knal. De lichten floepten uit.

3

Hondenbedrog

 Jessica

Het uitvallen van de stroom bood me in ieder geval de kans me op ons nieuwe probleem te richten. Het hele stadje bleek zonder stroom te zitten en ons café ging voor de tweede keer die dag dicht. En omdat we die avond niet open zouden zijn voor het diner, kon ik de hele middag besteden aan het vinden van een nieuwe souschef.

Als eerste ging ik achter mijn bureau zitten, met vier branden- de kaarsen erop, en schreef vijftien advertenties. Toen rende ik naar buiten de storm in om er op ieder advertentiebord op het plein een te hangen, tussen de Natte Neuzenfestival-posters en de kaartjes waarop spullen te koop werden aangeboden. Toen ik het café weer binnenkwam, waren Kerrie en Paul, haar echtge- noot, bezig hun generator aan te sluiten op de ijskast, zodat ons eten niet zou bederven.

Ik ging terug naar de moordkuil om allerlei mensen te bellen met mijn mobieltje. Om te beginnen liet ik een hopelijk verleide- lijke en opgewekte voicemail achter op het nummer van Theo- dore, onze vroegere souschef. Daarna belde ik twee leerlingen van de middelbare school die ons Natte Neuzenfestival-kraam- pje de volgende ochtend zouden bemannen. En daarna belde ik al onze leveranciers: de bakker van ons brood, de leverancier van de groenten en het fruit en de firma waarvan we de rest van de levensmiddelen betrokken, om hun uit te leggen dat we een heel druk weekend voor de boeg hadden en te vragen of ze alsjeblieft gewoon wilden leveren, ook al waren we te laat met het voldoen van de laatste rekening. Ik belde zelfs onze huisbaas om hem nogmaals aan te bieden dat hij hier gratis kon eten als hij de huur wat verlaagde. Maar opnieuw sloeg hij mijn aanbod af.

In het kaarslicht verruilde ik mijn doornatte hoge hakken voor een paar van Kerries espadrilles, trok de reservekleding aan die ik altijd voor noodgevallen in het Spiegelcafé had liggen, en gooide mijn regenjas over mijn schouders. Kerrie en Paul waren weer vertrokken, dus draaide ik de deur achter me op slot. Ik schrok even dat het, terwijl mijn horloge nog maar halfzes aangaf, al zo donker was buiten. De zon zou pas over een uur ondergaan, maar blijkbaar hulde de storm het plein in een nevel van duisternis. Ik trok de touwtjes van mijn capuchon stevig aan en na een keer diep te hebben ingeademd, holde ik de regen in. Bonita Rialto, een geweldige kokkin die onlangs was weggegaan bij de Salish Table, woonde maar drie straten verderop, naast de ijssalon. Hoewel dat vlak in de buurt was, zou ik heel hard moeten rennen om een beetje droog te blijven.

Ik racete van luifel naar luifel, terwijl de regen me in het gezicht striemde. De straten waren verlaten en halfdonker, Spitz' bronzen beeld op het midden van het plein zag er verloren uit. Zelfs de potten met geraniums die om het plein heen stonden, leken flets en kleurloos. Er brak een tak af van de Japanse esdoorn. De twijgen gleden met een krijsend geluid over het glas van de etalage van het reisbureau omlaag. Mijn espadrilles waren na de eerste tien meter al doorweekt en flopten nu als zwemvliezen aan mijn voeten.

Toen ik de hoek bij de bank omsloeg, verstijfde ik. Midden op straat zat een enorme, witte hond. Roerloos. Ik vertraagde mijn pas. Wat deed dat beest daar in vredesnaam? De regen kletterde op zijn kop, maar hij zat doodstil. Het water droop van de punten van zijn oren alsof het slaphangende tulpenbladeren waren. Was dit het bekende vreemde gedrag van dieren vlak voordat er een natuurramp ging gebeuren? Was er een aardbeving in aantocht? Een vloedgolf? Sinds wanneer gingen honden roerloos midden op straat zitten in de stromende regen?

De oren van de hond flapperden in de wind. Het beest leek op een klein formaat Duitse herder, maar dan met een spierwitte vacht. En hij hield zijn ogen strak op mij gericht.

Aan de andere kant van de straat kwam er een grijs busje de hoek om scheuren.

'Hé!' schreeuwde ik naar de hond. 'Ga van de straat af! Er komt een auto aan!'

De hond staarde me aan. Ik zwaaide wild met mijn armen en de hond deed zijn bek hijgend open, maar hij kwam niet in beweging. Het busje kwam de straat af denderen, veel te hard in dit slechte weer.

'Schiet op! Weg daar!' De hond leek nu naar me te glimlachen, maar maakte nog altijd geen aanstalten om naar de kant van de weg te rennen. Hoorde het beest dat busje dan niet aankomen? Ik had geen tijd meer om de straat op te rennen, het busje was al te dichtbij. Ik kneep mijn ogen stijf dicht toen het op de hond af racete. Op slechts een paar centimeter van de staart van de hond kwam het met piepende banden tot stilstand. Er sprong een breedgeschouderde man in een uniformjasje uit, met een zwarte pet op zijn hoofd, die een stok met een metalen lus aan het uiteinde ervan in zijn hand hield.

Op de zijkant van het busje stond: DIERENBESCHERMING KITTIAS COUNTY.

'Hier, jij.' De man schuifelde met zijn stok voor zich uit gestoken naar de hond toe. De hond keek hem hijgend aan en stak één oor omhoog. Mijn voeten wilden er het liefst vandoor gaan en ik was onderhand doorweekt, maar iets hield me vastgenageld op mijn plek. Op het moment dat de man op de hond afliep, kwam ik in beweging. De hond sprong op en rende weg, tot hij net buiten het bereik van de man was.

'Klein ettertje,' zei de man, terwijl hij weer op de hond afliep, deze keer wat sneller.

Maar het beest sprong opnieuw weg, met zijn staart omhoog – alsof ze een leuk spelletje deden. Begreep het beest dan niet wat er zou gebeuren als hij gevangen werd genomen? Dit was waarschijnlijk het laatste spelletje dat hij ooit zou doen...

Mr. Dierenbescherming was al zowat buiten adem. Met zijn handen op zijn heupen vloekte hij hartgrondig. Toen liep hij terug naar het busje en kwam even later weer tevoorschijn met twee wapens die eruitzagen alsof ze uit *Startrek* kwamen. Als de burgemeester deze vent zou zien, kreeg ze geheid een toeval. Niet dat zij iets te vertellen had over de beambten van de Dierenbescherming. Zolang Madrona nog geen eigen Dierenbescherming had, zaten we vast aan de provinciale van Kittias County. En hun stroomstootwapens.

'Wacht,' riep ik, terwijl ik op de man af rende. 'Niet schieten.'

Hij keerde zich naar me om met allebei zijn wapens voor zich uit gestoken. 'Achteruit, mevrouwtje. Dat is een valse hond daar. Hij is gevaarlijk.'

'Gevaarlijk?' Ik wierp een blik op de hond. Die zag er helemaal niet gevaarlijk uit. Om eerlijk te zijn leek het beest juist opvallend schoon en kalm voor een hond. Vergeleken met de dwergkeesjes van een jaar geleden in het Spiegelcafé was deze hond een watje.

'U kunt beter uit de buurt blijven van loslopende, valse honden. Ik ben net overgeplaatst uit Denver en ik kan u vertellen dat de mensen er hier geen idee van hebben hoe gemeen een hondenbeet kan zijn. Maar ik heb dat al vijf keer meegemaakt.' Hij knikte naar zijn wapens. 'Het is legaal in mijn beroep om stroomstootwapens te gebruiken. Provinciale verordening.' Hij keek me aan alsof hij verwachtte dat ik daar iets tegenin zou brengen, maar ik had geen commentaar. 'Dus u kunt nu beter een paar stappen naar achteren doen en dit aan mij overlaten.'

Natuurlijk wilde ik dat diep in mijn hart ook het liefste doen. Ik kon gewoon de straat uit hollen en niet omkijken. Maar werd ik daardoor niet de hondenhater die iedereen zei dat ik was? Ik wierp weer een blik op de hond. Het beest zat op een afstandje van een meter of zes naar ons te kijken, klaar om weer weg te springen. Toen ving ik een glimp op van iets roods om zijn hals.

Loslopende hond! Mooi niet!

'Het is helemaal geen loslopende hond,' gooide ik eruit, verrast door de kracht waarmee de woorden uit mijn mond kwamen. Mijn hart bonkte tegen mijn ribben. 'Ik ben zijn, eh, háár baasje.' Dat was een gokje, maar ze zag er bij nader inzien uit als een vrouwtje. 'Het is míjn hond.'

Mr. Dierenbescherming fronste zijn voorhoofd. 'Van u?'

'Hmm-mm.' *Wat deed ik nou, verdomme?*

Maar de man richtte zijn wapens toch op de hond. 'Het beest is niet aangelijnd. Als honden niet luisteren naar commando's, horen ze aangelijnd te zijn. Dat is de wet.'

Commando's, hè? Ik keerde me naar de hond toe en met mijn hart in mijn keel liet ik me op mijn hurken zakken. Met mijn armen wijd uit elkaar, zoals ik de burgemeester ooit had zien doen bij vreemde honden, riep ik: 'Kom! Kom schatje, kom!'

Tot mijn verbazing kwam het beest meteen naar me toe draven. Ik stak een bevende hand naar haar uit en had opeens een kurkdroge mond, maar ze kwam zo dichtbij dat ze aan me kon ruiken. Ze liet zelfs toe dat ik haar halsband vastgreep. *Alsjeblieft, niet bijten*, bad ik. Haar natte vacht plakte tegen mijn vingers.

'Ziet u?' Mijn stem trilde, maar dat viel Mr. Dierenbescherming niet op. 'Het is mijn hond en ik beloof u dat ze niet nog eens moeilijkheden zal veroorzaken.' Ik stond half voorovergebogen en hield de halsband beet alsof dat een gevaarlijke gifslang was. De hond hijgde, haar ogen stonden helder. Mr. Dierenbescherming schudde zijn hoofd en klom terug zijn busje in.

Zodra de auto uit het zicht verdwenen was, liet ik de halsband los. Ik drukte mijn handen tegen mijn voorhoofd. 'Mijn god, dat was op het nippertje. Weet je wel wat er met je was gebeurd als je gevangen was genomen? Je moet zo'n vent nooit vertrouwen. Zo iemand is gevaarlijk voor zo'n hond als jij.'

De hond hield haar kop scheef alsof ze luisterde en probeerde te begrijpen wat ik zei.

Ik stak mijn handen in de zakken van mijn regenjas en deed een stap naar achteren. De regen die even wat was verminderd, nam weer toe en kletterde op ons neer. Nu de afstand tussen de hond en mij weer wat groter was, kon ik weer normaal ademhalen. 'Je bent een brave hond,' zei ik. 'Bedankt dat je me niet hebt gebeten. Maar nou moet je echt naar huis. Het is zo etenstijd.'

De hond kwispelde met haar staart.

Ik schuifelde verder van haar vandaan. 'Luister,' zei ik. 'Ik heb geen eten voor je. Je moet echt naar huis. Ik weet zeker dat je bij een gezin woont dat van je houdt.' Nu alles voorbij was, stond ik opeens te trillen op mijn benen. 'En ik kan maar beter gaan, voordat we nóg natter worden. Ik kan moeilijk staan snotteren en niesen tijdens het Natte Neuzenfestival, tenslotte. Ik moet een toespraak houden en dat soort dingen.' De hond likte met haar tong over haar neus en bleef maar kwispelen. 'Goed. Dus ik ga nu.'

Kwispel, kwispel, kwispel.

Ik draaide me met een slecht gevoel om, al begreep ik niet precies waarom. Ik had tenslotte een goede daad verricht. Ik had de hond uit de klauwen van de Dierenbescherming gered, mijn medecomitéleden van het Natte Neuzenfestival zouden trots op me zijn.

En meer kon ik niet doen. Ik wist niet waar de hond woonde of wie de eigenaar was. Er hing geen adreslabel aan haar halsband, niets om me te vertellen wie ze was. Ik had geen auto om haar in naar huis te brengen. En om eerlijk te zijn, hoewel ik net haar halsband drie eindeloos durende minuten had vastgehouden, durfde ik haar niet opnieuw aan te raken.

Ik sopte verder in de richting van de ijssalon en probeerde mijn aandacht te verleggen naar het Spiegelcafé. Eerst moest ik beslissen hoe weinig ervaring we voldoende vonden. Een souschef met een paar jaar ervaring was natuurlijk ideaal, maar in dit geval zouden we waarschijnlijk genoegen moeten nemen met een getalenteerde, aankomende kok die wat verder wilde opschuiven in de hiërarchie, of iemand die gewoon toe was aan verandering. Terwijl ik de meest voor de hand liggende zaken op een rijtje probeerde te krijgen, vlogen mijn gedachten steeds weer van hot naar her en kwamen ze uiteindelijk steeds weer bij de hond uit.

Wat deed dat beest hier eigenlijk?

Mij achternalopen, dat wist ik bijna zeker. En ja hoor, toen ik een verstolen blik over mijn schouder wierp, zag ik ongeveer zes meter achter me die witte staart van haar kwispelen. Dicht genoeg bij me in de buurt om me bij te houden en ver genoeg van me af om me niet nerveus te maken. Slim.

Toen ik Bonita's straat in sloeg, baadde de wereld opeens weer in het licht. Alle lampen floepten in één keer aan: de straatlantaarns, de buitenlichten, de verlichte borden met GESLOTEN erop. Het was alsof er een enorme kerstboom werd ontstoken. En plotseling voelden de straten die zo verlaten waren geweest weer levendig, al viel er op dat moment geen ziel te bekennen. De geraniums en margrieten knikten en knipoogden naar me vanuit hun manden onder de straatlantaarns en staken kleurig af tegen de loodgrijze hemel.

Ik liep verder, vastberaden, en probeerde niet te denken aan witte honden met hun bek vol tanden. De regen was nu bijna opgehouden en dat beschouwde ik als een goed teken. Bonita woonde aan het einde van de straat, na alle uithangborden van de winkels en de ijssalon. Nu de lichten weer brandden, zag ik mijn doel helderder voor ogen dan eerst. Ik versnelde mijn pas tot het tempo van een snelwandelaar, waardoor ik nauwelijks merkte dat een van de deuren van de winkels openging.

'Als je nu nog uit Madrona probeert te ontsnappen, spijt het me je te moeten vertellen dat het daar te laat voor is. Die toespraak zul je toch echt moeten houden.' Alexa Hinkey hield me knipogend staande. Alexa was een van de vrijwilligsters van het Natte Neuzenfestival. Ik mocht haar, omdat ze me er nooit van had beschuldigd een hondenhater te zijn, in ieder geval niet recht in mijn gezicht.

Ze zag er misschien niet naar uit, maar Alexa was een van de machtigste vrouwen van Madrona. Ze gaf leiding aan de Madrona Stichting, een liefdadigheidsorganisatie die honderdduizenden dollars schonk aan goede doelen. Dat zou je nooit van haar denken, omdat ze er altijd uitzag alsof ze niet van plan was geweest die dag haar huis uit te gaan. Haar dagelijkse kloffie bestond uit sweatshirts, trainingsbroeken en zo nu en dan een korte broek. Dat vond ik geweldig. Als ik het me had kunnen permitteren, was ik iedere dag het liefst in pyjama op mijn werk verschenen.

Nu droeg Alexa een oversized T-shirt met een zwarte stretchbroek. Achter haar aan kwam de rest van de Vereniging voor Verloren Viervoeters de straat op tuimelen: Burgemeester Park en Malia Jackson met Mrs. Sweetie, haar poedel, op haar arm. Ze hadden beiden een groene Natte Neuzenfestival-tas bij zich waar een klembord bovenuit stak. Binnen een paar seconden hadden ze me omsingeld.

'Supertiming,' zei Malia, terwijl ze Mrs. Sweetie, die me vals aankeek, afwezig aaide. Malia, in modderkleurige tuniek met Afrikaanse omslagdoek, gaf scheikundeles op de middelbare school van Madrona en had een bijbaantje als dirigent van het plaatselijke amateurorkest. 'We zijn net bij dokter Max geweest om te bevestigen dat hij jureert bij de hond-en-baasje-schoonheidswedstrijd morgen. En hij fungeert als noodcontact voor onze Vereniging voor Verloren Viervoeters. Dus, zoals je ziet zijn we druk bezig de laatste puntjes op de i te zetten. Als er dit weekend een hond kwijtraakt, hebben we twintig vrijwilligers die op afroep beschikbaar zijn.'

'Dokter Max is zo'n fantastische man,' verzuchtte burgemeester Park, terwijl ze zo dicht naar me toe boog dat ik de hondenharen op haar zwarte wollen jas kon zien. Ze was tot burgemeester gekozen, omdat ze had beloofd ervoor te zorgen dat Madrona haar eigen hondenminnende weg kon gaan, wat de rest van het land er ook van mocht vinden. Hoewel ze die strijd tot nog toe meestal had verloren. Verder had ze drie honden die gered waren uit de orkaan Katrina. 'Mijn bébés vinden hem de beste dierenarts die ze ooit hebben gehad.'

Hot Max slaat weer toe, dacht ik. Hij zal overal in de stad wel zijn groupies hebben.

De dames stonden druk te knikken hoe enthousiast ze over Hot Max waren. Behalve Alexa, die leek te worden afgeleid door iets wat ze achter mij zag. 'Kijk nou,' riep ze uit. 'Een hond! Wat een mooi wit lieverdje. Waar blijft zijn baasje?'

Ze keken alle drie tegelijk dezelfde kant op. Mijn hondvriendje stond een paar meter van ons vandaan vanachter een brievenbus naar ons te kijken. Malia klikte met haar tong. 'Echt, sommige mensen zouden toch gewoon moeten worden afgeschoten. Dat je die hond zomaar op straat laat zwerven. Ze kan zomaar aangereden worden.'

'Of gestolen,' voegde de burgemeester eraan toe.

'Of gevangen worden genomen door de Dierenbescherming. Wisten jullie dat die jongens tegenwoordig stroomstootwapens hebben?'

Alexa's stem klonk honingzoet terwijl ze zich vooroverboog. 'Kom maar, puppy. Kom maar, laat eens zien of je een naamplaatje hebt? Hmm? Kom maar naar tante Alexa.'

De hond deed, kop omlaag, een paar stappen naar voren en bleef toen wantrouwend weer stilstaan. Meteen kwam de Vereniging voor Verloren Viervoeters in actie. De drie vrouwen hurkten neer en probeerden de hond met hoge, lieve stemmetjes naar zich toe te lokken. Ze voelden in hun zakken naar koekjes, spreidden hun armen wijd uit, klapten in hun handen, strekten hun handen naar haar uit, bewogen hun vingers verleidelijk friemelend op en neer en nog wat van dat soort dingen, maar allemaal zonder resultaat. De hond bewoog alleen haar kop heen en weer om te volgen wat ze allemaal voor toeren uithaalden.

Uiteindelijk kwam ze één stapje dichterbij. Mrs. Sweetie, nog steeds op Malia's arm, ontblootte haar tanden en gromde, haar hele lijfje trilde. Malia ging weer rechtop staan.

'Mrs. Sweetie heeft een probleem met haar formaat en is snel agressief,' fluisterde ze tegen mij. 'Ze heeft een napoleoncomplex. Voor de buitenwereld is het een schattig schoothondje, maar zelf denkt ze dat ze de grote boze wolf is.' Ze grinnikte. 'Het spijt me te moeten zeggen, dames, maar ik vrees dat onze verloren viervoeter een voorkeur heeft voor Jessica.'

De hond was naar mijn kant van het groepje gedrenteld, maar ik had niet durven beweren dat dat iets met mij te maken had. Ze wilde waarschijnlijk alleen maar een buffer tussen haar en Mrs. Sweetie hebben.

Maar toch kwamen de andere dames overeind en deden ze een paar stappen naar achteren, alsof het overduidelijk was dat Malia gelijk had. Ze bleven volkomen roerloos staan. Ik deed mijn lippen van elkaar om iets te zeggen, maar Malia snoerde me de mond.

'Geef haar de kans rustig een besluit te nemen. En ga op je hurken zitten, zodat je niet zo groot lijkt voor haar.'

Terwijl ik gehoorzaam deed wat ze zei, zag ik in gedachten opeens die grote tanden van het beest weer voor me. Wilde ik eigenlijk wel dat die hond dichterbij kwam? Ik was bang. Mijn voeten waren doornat. Ik wilde hier helemaal niet zijn, ik wilde hier niet in betrokken worden. Ik moest dingen regelen voor het Spiegelcafé, een nieuwe souschef vinden.

Maar desondanks had ik het vreemde gevoel dat de loodgrijze hemel me op mijn plek vastnagelde. Recht tegenover de hond. Toen herinnerde ik me de woorden van Marguerite: ik moest de confrontatie met mijn probleem aangaan. Dat was ik Madrona verschuldigd. Mezelf verschuldigd.

'Ik zit in de problemen,' mompelde ik binnensmonds. 'Diep in de problemen.'

Tot mijn verbazing deed de hond een voorzichtig stapje naar voren, en nog een, weg van de andere drie. Ik hield mijn ogen op de straatstenen gericht, niet van plan haar angstig te maken. Mijn hart bonkte in mijn keel. Zou ze naar mij toe komen? En als ze kwam, wat moest ik dan doen?

Stap, stap, stap. Ik voelde een natte neus tegen mijn arm. Het liefst had ik het uitgegild, maar gelukkig kon ik die aanvechting nog net onderdrukken. Ik stak mijn hand uit en legde die op de rug van de hond. De dames lieten alle drie tegelijk een opgeluchte zucht ontsnappen.

'Goed zo,' fluisterde Malia.

Met ingehouden adem liet ik mijn vingers over de natte vacht van de hond glijden. Ik kon de warmte van haar lijf voelen. Dat deed me iets en bracht me van mijn stuk na een dag van alleen maar rekeningen, spreadsheets en zorgen over de onzekere toekomst.

En natuurlijk wilde ik het er, zo recht voor de ogen van het comité, goed van afbrengen, maar ik wist niet goed wat ik moest doen om ervoor te zorgen dat de hond bij me bleef staan. Moest ik haar halsband vastpakken? Onder haar kin kriebelen? Wat?

'Tjee, ze mag je écht,' zei Alexa. Ze had knieën in haar broek van het hurken. 'Ken je haar, of zo?'

'Ik, eh...' Ik zweeg even, er niet zeker van wat ik hun moest vertellen. 'Ze had een probleempje met de Dierenbescherming en toen... eh... heb ik maar gezegd dat ze míjn hond was, zodat ze haar niet mee zouden nemen.'

Er ging een goedkeurend gemompel op. Heel even voelde ik me blij worden en durfde ik te hopen dat het comité en ik ooit nog eens vrienden zouden worden. Totdat burgemeester Park zei: 'Maar je hebt haar daarna niet meegenomen? Haar gewoon los laten lopen, haar niet aangelijnd of zoiets? Je kunt zo'n hond toch niet zomaar aan haar lot overlaten! Haar baasjes zijn waarschijnlijk overstuur. En bovendien kan haar iets overkomen als ze los rondzwerft... ze kan door een auto worden aangereden bijvoorbeeld.'

'Of gestolen worden,' zei Malia.

Ik voelde dat ik rood werd. Ze hadden gelijk, natuurlijk, ik had niet weg moeten lopen van de hond. Dat was dom en onverantwoordelijk van me. Precies wat een hondenhater zou doen.

'Ach, kom nou, dames,' zei Alexa, terwijl ze langzaam naderbij kwam om de hond een paar liefkozende klapjes op zijn rug te geven. 'Jessica stond hier voor de deur, is het niet? Voor de praktijk van de dierenarts. Het lijkt me nogal duidelijk dat ze met dat schattige beestje naar dokter Max ging om daar een briefje op te hangen.'

Hot Max... stonden we voor zíjn praktijkruimte? Was die hier? Mijn gezicht werd nog roder.

'Maar die is niet meer open, is het wel?' Ik dacht eraan dat hij alles van mijn slechte reputatie wist en mijn maag kromp nerveus ineen.

'O jawel,' reageerde Alexa. 'Dokter Max blijft altijd laat aan het werk rond het Natte Neuzenfestival.'

Ik deed mijn mond al open om de waarheid te bekennen; dat ik op weg was geweest naar Bonita, maar het was al te laat. Ze gingen er helemaal van uit dat ik, zoals Alexa had gezegd, op weg was geweest naar de dierenarts. En voor ik het wist, had de burgemeester al een hondenriem bij de praktijk geleend en die aan de halsband van de hond vastgemaakt en werd ik door de dames mee naar binnen getroond. Ik was omsingeld.

'Maar ik was op weg naar...' begon ik. Ik maakte mijn zin niet af, omdat de hemel plotseling werd verlicht door een verblindende, witte flits. Mijn trommelvliezen werden zowat verscheurd door een hels geknetter en de aarde beefde onder het geweld van een enorme donderslag die we tot in onze botten voelden resoneren. Burgemeester Park slaakte een gil en Mrs. Sweetie begon te keffen.

'Mijn god! Was dat de bliksem?' Ik zag dat Alexa dat riep, maar ik kon haar nauwelijks horen. Malia, wit weggetrokken, hield haar handen beschermend over de oren van Mrs. Sweetie geslagen.

'We werden bijna getroffen!' Geschrokken stommelde iedereen naar binnen. Alleen de witte hond leek niet van slag.

Toen we voor de receptiebalie stonden, kwam de Vereniging voor Verloren Viervoeters weer bij haar positieven. Er lag tenslotte een belangrijke taak voor haar: er was een hond in nood, en zo'n futiliteit als een inslaande bliksem was niet iets wat hun missie kon verstoren. De dames namen mij en de hond onder hun hoede alsof ik een moeder met een pasgeboren baby was. Ik aarzelde, niet zeker of ik hier wel welkom was, hier in dit heiligdom voor honden. Alles was hier immers gewijd aan de gezondheid van huisdieren. Zou Hot Max überhaupt wel een woord met me willen wisselen, of me meteen doorbonjouren naar een van zijn collega's?

De hond rukte aan de lijn en ik liep struikelend achter haar aan naar de receptiebalie, terwijl ik intussen de wachtkamer in me opnam: plastic stoelen, een stapel tijdschriften en in de hoek een berg kinderspeelgoed. Alexa legde uit aan de receptioniste dat ik een zwerfhond van de straat had gehaald. Ergens achterin hoorde ik de burgemeester en Malia iemand luidkeels trakteren op het hele verhaal. Ik omklemde de hondenriem stevig. Wat er ook ging gebeuren, de hond en ik waren in ieder geval sámen in deze situatie beland. Ik hoopte maar dat ze me vriendelijk zou behandelen.

Achter me schraapte iemand zijn keel. 'Hallo. Ik ben dokter Nakamura. U hebt een loslopende hond gevonden?'

Ik draaide me om. Mijn gezicht stond in brand.

'O hallo,' zei hij. 'Jessica, is het niet?' Hij stak zijn hand uit. Van zo dichtbij leek hij nog groter dan gewoonlijk. Houterig stak ik mijn hand uit en trok die bijna verschrikt weer terug toen we elkaar aanraakten. Zijn hand was zo warm en de mijne zo koud. En nat. En bedekt met hondenharen. Niet dat hij dat leek te merken. Hij omvatte zachtjes mijn hand met de zijne en hield die nogal lang vast.

Toen hij losliet, kon ik eindelijk weer ademhalen. Mijn huid tintelde op de plek waar hij me had aangeraakt. Ik ademde diep in, vastbesloten om zo normaal mogelijk over te komen. *Alsjeblieft, Jess, alsjeblieft, doe normaal!*

Max had een witte jas aan en plotseling besefte ik waarom hij altijd gewoon maar een voetbalshirtje droeg. Niemand kon immers zien wat hij aanhad onder zijn doktersjas. Het kon een versleten T-shirtje zijn, een hemd... of helemaal niets...

Normaal... doe normaal...

'Zo,' zei hij. 'Dus je hebt een loslopende hond gevonden?' Malia en de burgemeester kwamen uit het niets tevoorschijn en gingen naast hem staan.

'Eh, ja. Ze zat midden op de straat. En meer weet ik niet van haar...'

Hij wierp een blik op zijn klembord. Ik zag hoe zijn donkere ogen over het papier vlogen. 'Tja. Kom maar mee naar de onderzoeksruimte, dan beslissen we daar wel wat we het beste kunnen doen.' Hij glimlachte breed en relaxed. Alle vrouwen in de wachtkamer keken hem na toen hij naar de deur van de onderzoeksruimte liep. De hond rukte aan haar riem om hem te volgen. Ik slikte en besloot haar haar zin te geven.

Terwijl ik me omdraaide om achter Hot Max aan te lopen, fluisterde burgemeester Park me veel te hard toe: 'Veel plezier, Jessica. Dokter Max is single!'

En weer bloosde ik. Achter de hond aan liep ik de onderzoeksruimte binnen, zonder een blik op Max te durven werpen. Toen hij de deur achter me sloot, glimlachte hij en knipoogde vriendelijk naar de dames van de Vereniging. En toen waren we nog maar met zijn drietjes.

4
Het knuffelbeestwalhalla

 Zoë

Mijn nieuwe vriendin gaat een deur in, dus doe ik dat natuurlijk ook. Ik vind het heerlijk om deuren binnen te gaan. Je weet nooit waar je terechtkomt als je dat doet.

Binnen ruikt het naar vloerbedekking, mensen, oude kranten, schoonmaakmiddel en zenuwachtige honden. En kátten! En er heeft een hond naast me op de vloer een geurspoor achtergelaten en ik vraag me af of ik dat misschien ook moet doen.

Misschien toch maar niet.

Mijn vriendin maakt praatgeluiden tegen de andere mensen. Ik kijk eens om me heen. Er is niets hier wat ik ken, niets wat me aan thuis doet denken, en niemand van de mensen hier is mijn vader of moeder. Er zijn stoelen, net zoals er in een huis staan. Maar geen bedden. En in de hoek zie ik een klein tafeltje met een klein stoeltje, zo klein dat ze voor kleine mensen moeten zijn. Er liggen boekjes en blokken en...

Er gaat een huivering door me heen. Er staat een krat vol knuffelbeesten in de hoek! Het witte konijn dat bovenop ligt staart me uitdagend aan. Ik heb al eerder dat soort konijnen opgevreten. Mmm, ik voel het zachte binnenste ervan al in mijn bek. Ik ga dat konijntje heerlijk in mijn kaken klemmen en zijn kop van zijn kleine konijnenlijfje afrukken.

Ik schuifel met mijn achterpoten, klaar om te springen, maar dan neemt mijn vriendin me mee naar een andere deur en dus ga ik natuurlijk snel mee om te zien wat er aan de andere kant van die deur is. Het is een kamer die ongeveer net zo groot is als een auto. Er staan een tafel, een koffiebar en stoelen. En er is ook een man, zijn schoenen maken een zacht geluid, alsof ze in- en uitademen. Mijn vriendin gaat zitten en staat dan weer op. Hij zegt iets en ze giechelt.

Dan gaan we allemaal zitten en strijkt ze met haar hand over mijn rug. Ze doet het heel vriendelijk en voor het eerst in lange tijd ontspan ik. Ik laat me op de vloer zakken en hijg zachtjes. De kamer ruikt nerveus, maar ik voel me niet nerveus, op dit moment niet. Niet zolang ze dat lekkere plekje op mijn rug blijft kriebelen. Mijn borstkas vult zich weer met dat oude gevoel van vrolijkheid.

Er gaat een deur open. Niet de deur waardoor we binnenkwamen, maar een andere, die sterker naar honden ruikt. En er komt een vrouw in het wit binnen. Er rinkelen sleutels aan haar middel. Ze pakt mijn riem en ik ga met haar mee, omdat ik nieuwsgierig ben naar wat er aan de andere kant van die deur is. We komen in een gang, waar ik op een zwart ding moet gaan zitten en ze zegt tegen me dat ik word gewogen. Ik probeer de rinkelende vrouw met een speelse buiging en een grote glimlach te verleiden tot een spelletje, maar ze kijkt helemaal niet naar mij. Ze kijkt naar de muur en schrijft iets op een papier. Dan gaan we weer terug het kamertje in. Mijn vriendin zit er nog en daar ben ik zo blij om dat ik haar een lik over haar gezicht geef. Ze kijkt alsof ze dat niet prettig vindt, maar ik weet wel beter.

De rinkelmevrouw verdwijnt en ik ga zitten. Ze praten en ik zit.

En zit... en zit... en zit.

Ik ruik in alle hoeken. Niks aan.

Gaap.

De man wrijft over dat speciale plekje tussen mijn schouders en ik hijg ervan. Hij ruikt sterk, zoals de la met medicijnen. En zijn handen zijn bruusk. Ik hou hem goed in de gaten om te zien wat hij van plan is.

Mijn vriendin zegt tegen me dat de man 'dokter Max' is. Ik heb een hond gekend die Max heette en die een vreselijk kwijlprobleem had. Ik bekijk dokter Max aandachtig en ruik eens goed aan hem. Gelukkig is hij kwijlvrij.

Dokter Max heeft zwart haar en eelt op zijn handen. Onder zijn kleren ruik ik een lichte zweetlucht. Dat maakt me rustiger. Ik vind het fijn om de mensen goed te kunnen ruiken. Hun echte geur. Zoals ze ruiken als ze net uit hun bed komen, niet zoals na een douche. Dan ruiken ze naar niks.

De dokter praat een tijdje met mijn vriendin. Hij kijkt haar aandachtig aan terwijl hij praat. Mijn vriendin kijkt hem niet in zijn ogen, maar als hij naar míj kijkt, werpt ze heimelijk een blik op hem. Als dokter Max over zijn lippen likt, doet zij het ook.

Ik vraag me af of dokter Max misschien een alfahond is?

En mijn vriendin misschien een alfavrouwtje? Het is moeilijk te zeggen. Misschien zijn ze wel een alfapaar. Ja, ik denk dat hij met haar gaat paren.

Ik ga zitten en wacht tot ze dat gaan doen.

Maar in plaats daarvan komen ze naar mij toe. Zij houdt mijn lijf vast en Max steekt een raar klein ding in mijn oor. Ik zou het liefst gaan grommen, maar dat doe ik niet omdat zij me vasthoudt en ik haar niet bang wil maken. Dan houdt hij een koud rond ding tegen mijn borstkas en staart hij naar de vloer terwijl zij me op mijn rug klopt. En daarna schijnt hij met een lampje in mijn ogen.

Dan vind ik het welletjes en wring me los.

Als ze proberen mij te vangen, botsen Max en mijn vriendin tegen elkaar op. Hij zegt iets en legt zijn hand op haar schouder. Ze lachen allebei.

Nú gaan ze paren. Ik weet het zeker.

Maar nee hoor, alweer niet. Ze slaat haar armen om me heen en hij gaat op zijn knieën zitten en duwt met zijn hand in mijn buik. Hij doet het zachtjes, maar het voelt raar, dus probeer ik zijn hand van me af te schudden. Hij raakt mijn poot aan en ik schrik. Dokter Max wrijft weer een tijdje tussen mijn schouders.

Nu heb ik er echt genoeg van. Als ze niet gaan paren, wat dan? Waarom zijn we dan hier?

Als de deur weer opengaat, wil ik er zo snel mogelijk vandoor.

Dokter Max geeft mijn riem aan de rinkelmevrouw en zegt tegen me dat ik 'gescand' ga worden. Dat is iets anders dan de vorige keer, want toen werd ik 'gewogen'.

Kan mij het schelen.

De rinkelmevrouw neemt me weer mee. We lopen langs het zwarte ding waarop ik daarnet moest gaan zitten. En daarna langs een rij lege hokken. Dan pakt ze een zwarte soort peddel en wil me net gaan 'scannen', als ik hem zie.

Een kat!

Ik heb wel eerder katten gezien. Er woonde een grijze kat die Gobbler heette in het huis waar ik ook woonde. Het huis van mam en pap, voordat ik verdwaald en zo van streek raakte.

Plotseling word ik overvallen door een soort windvlaag van herinneringen. Ik mis mijn familie zo erg dat ik steken in mijn hart voel. Mam en pap. Ik mis Gobbler zelfs.

Ik moet naar huis.

Als rinkelmevrouw vooroverbuigt, ruk ik me los en race de gang door, weg van de kamer waar mijn vriendin en dokter Max zitten. Ik scheer een hoek om en vlieg langs de balie. Iemand doet een sprong in mijn richting, maar ik wijk uit. Er schreeuwen mensen. Er komt een man met een kattenmand de voordeur binnen, maar ik laat me niet afleiden. Ik ren op topsnelheid naar de uitgang.

Ik moet naar huis.

Als ik bijna bij de voordeur ben, grijpt iemand me bij mijn halsband. Ik stik zowat en moet wel blijven staan. Rinkelmevrouw sleept me mee terug naar binnen. Ik probeer me los te wringen, maar ze is sterk. Duidelijk een alfa. Binnen lopen we langs de man met de kattenmand en de receptiebalie. Er flitsen allemaal beelden door mijn kop: pap, pap en mam, mam en pap. Mam en ik.

Ik knipper met mijn ogen en dan zijn ze verdwenen.

Ik begin te beven. Dat komt omdat ik vreselijk opgewonden ben. Ik zie een knuffelkonijn en het staart me recht aan.

'Zo,' zei Max, 'dus jij doet de eindtoespraak van het Natte Neuzenfestival?' Hij noteerde het een en ander en keek intussen telkens naar me op. 'Gefeliciteerd.' Iedere keer dat ik naar zijn handen keek, dacht ik eraan hoe warm die waren en hoe tintelend zijn aanraking was geweest. Dus maakte ik mijn blik er haastig van los en staarde in plaats daarvan strak naar de achterkant van zijn klembord.

'Feliciteer me maar niet voordat het achter de rug is.' Ik lachte. 'Er kunnen nog wel duizend dingen gebeuren tussen nu en zondag. Ik zou zelfs kunnen wegvluchten uit dit stadje!'

'Ja, tuurlijk,' zei hij met een glimlach die me helemaal week maakte. De deur vloog open en de assistente kwam kordaat naar binnen stappen, ze sleurde de hond aan haar halsband met zich mee.

'Hier is ze weer. Geen microchip.'

'Dank je, Emma.' Max klakte zachtjes met zijn tong en de hond liep naar hem toe en duwde haar neus tegen Max' handpalm. 'Vertel eens, wat vind je van Zoë?' vroeg hij, met een knikje naar de twee witte oren tussen ons in. Ik moest mijn blik weer losrukken van zijn handen.

'Hoe weet je dat ze Zoë heet?'

'Dat staat hier, op haar halsband. Geen naamplaatjes, maar er staat Zoë op geborduurd.'

'Nee, je houdt me voor de gek.' Ik stak mijn hand uit en pakte de rode halsband om haar nek beet. En ja hoor: er stond ZOË, zo duidelijk als wat. 'Tjee, wat stom dat ik dat zelf niet gezien heb.'

Max haalde zijn schouders op. 'Ik weet zeker dat je wel iets anders had om je druk over te maken.' Hij keek me snel even aan en plotseling begreep ik het: hij wist het. Hij wist alles over me. Geen twijfel mogelijk! Mijn hart sloeg over. De eerste helft van het onderzoek had ik gehoopt dat hij het misschien toch niet wist, dat ik op wonderbaarlijke wijze was ontsnapt. Maar iets in de schittering van zijn zwarte ogen nu, suggereerde het tegenovergestelde. En met zijn opmerking dat ik wel iets anders had om me druk over te maken, bedoelde hij natuurlijk de overstelpende hoeveelheid emoties die iemand met een hondenfobie overspoelen als die persoon met een reusachtige witte hond met de naam Zoë wordt geconfronteerd.

Eén moment voelde ik me volkomen naakt. Hoe kon hij zoveel over me weten, terwijl we elkaar die ochtend pas voor het eerst hadden gesproken? Om mijn gevoelens te verbergen boog ik voorover om beter naar de hondenband te kijken en streek toen met mijn vingertoppen over Zoë's rug.

Max stond op, deed een stap naar achteren, legde het klembord met Zoë's status op de balie en sloeg zijn armen over elkaar. 'Wat Zoë betreft: ze heeft waarschijnlijk ergens een thuis. Ik kan haar op websites plaatsen en in de krant zetten, maar voorlopig heeft ze een plek nodig om te logeren. Kun jij haar nemen?'

Ik? Ik een hond in huis nemen? Hij maakte een grapje. Wist hij dan niet dat ik bekendstond als iemand die honden haatte? Ik wachtte een tijdje, maar er barstte niemand in lachen uit, zelfs de hond niet.

'Eh, ik denk dat je wel weet dat ik niet echt een hondenmens ben.'

Max grinnikte zachtjes, maar werd toen serieus. 'We kunnen haar natuurlijk altijd in een pension doen, maar dat wordt zwaar voor haar. Zelfs de meest stabiele honden hebben het moeilijk in een kennel. Pleeggezinnen werken zoveel beter, vooral voor honden die dol zijn op mensen, zoals Zoë.' Hij zweeg even. 'Als het is omdat je te weinig tijd hebt, kan ik je daar wel mee helpen. Dit wordt een druk weekend voor je, natuurlijk, en ik kan haar een paar uur per dag wel onder mijn hoede nemen.' Hij krabde Zoë onder haar kin en ze keek aanbiddend naar hem op. 'Ik denk echt dat Zoë veel beter op haar plaats is bij iemand thuis, dan in een kennel.'

Ik bevroor. De muren leken op me af te komen. Terwijl ik zat te aarzelen, keek Max me op een manier aan die ervoor zorgde dat ik ineenkromp.

Ik heb een probleem, fluisterde een stemmetje in mijn hoofd. *Een enorm probleem.* Marguerite had gezegd dat ik dat probleem moest oplossen. Maar moest dat nú? Moest dat echt nú? Met het Spiegelcafé in zo'n kwetsbare staat en het weekend van het Natte Neuzenfestival voor ons? Ik wierp een blik op de hond en ze keek naar me op, haar bruine ogen vol hoop en vertrouwen. En toen was ik overstag. Zomaar, opeens, ik kón gewoon niet anders. Ik was bang voor Zoë, op allerlei manieren, maar diep, diep vanbinnen voelde ik medelijden met haar en wilde ik haar helpen. En dat gevoel gaf de doorslag.

'Oké,' zei ik zo zachtjes dat ik het zelf haast niet hoorde. 'Oké. Ik zal het proberen.'

'En ik zal je helpen.' Max trakteerde mij op een verblindende glimlach, waardoor zijn prachtige jukbeenderen extra mooi uit-kwamen. Dat was op zich al een geweldige beloning. Maar mijn mond werd ook droog van paniek.

'Hoe moeilijk kan het zijn? Toch?' vroeg ik nerveus. 'Op weg naar huis koop ik gewoon wat hondenvoer. En, eh, een honden-riem.'

'Die heb ik wel voor je,' zei Max, terwijl hij opstond. Hij deed een kastje open en pakte er een rode hondenriem uit die hij aan Zoë's halsband vastmaakte.

'Zo.' Toen hij de riem naar me uitstak, raakten zijn vingers de rug van mijn hand aan. Er schoot een elektrische schok door mijn lijf, helemaal tot in mijn diepste wezen. Als hij me nog een keer zou aanraken, wist ik zeker dat ik zou smelten.

'Klaar voor de start,' zei hij zachtjes. En toen, net op het mo-ment dat ik moed verzamelde en de hondenriem van hem wilde overnemen, trok hij die weer weg. 'Je bent toch niet écht iemand die honden haat, is het wel?'

'Natuurlijk niet,' lachte ik, in de hoop dat ik overtuigend klonk. 'Ik ben alleen een beetje bang voor honden. En ik had destijds de vreselijkste dag die je je maar kunt indenken, dat zweer ik.' Ik slik-te, en niet omdat hij zo'n lekker stuk is. 'Ik ga ervoor. Echt. Ik zal heel goed voor haar zorgen, dat beloof ik.'

'Goed.' Hij stak de riem weer naar me uit. Toen stonden we nog een moment een beetje houterig tegenover elkaar.

'Eh, heb je nog tips?' vroeg ik.

Hij grijnsde. 'Het lukt je wel. Als je goed let op wat ze doet, geeft ze zelf wel aan wat ze nodig heeft. En zorg ervoor dat je haar regelmatig uitlaat om een plasje en zo te doen. Ze is oud genoeg om zindelijk te zijn, maar een ongelukje kan natuurlijk altijd.'

Zoë en hij keken me allebei verwachtingsvol aan. Ik likte mijn lippen. Was er nog een weg terug? 'Dit is alleen totdat we van haar baasje horen, hè?'

'Precies. Het is niet voor eeuwig, alleen voor nu.'

Ik pakte de riem aan met een gevoel alsof het tickets voor de *Titanic* waren.

🦴 Zoë

We gaan een deur door en zijn... buiten! Ik vind alle deuren leuk, maar de leukste zijn de deuren waardoor je naar buiten gaat. Ik zal nooit begrijpen waarom mensen zoveel tijd binnen zitten. Snappen ze niet hoe goed de wind en de zon voelen?

Op het moment dat mijn vriendin de deur opendoet, voel ik een vlaag koude wind op mijn kop en begin sneller te ademen. Het waait nogal en de wind kriebelt op mijn neus. Nog even en het is donker.

Ik ruik aan de struiken, op zoek naar de beste plekken om mijn geur achter te laten. Mensen doen net of het niet uitmaakt waar een hond plast, maar ze snappen niet dat plassen meer is dan alleen plassen. Het is onderdeel van een ingewikkeld proces. Het uiteindelijke doel is om mijn geur achter te laten op een plek waar een andere hond die zal ruiken. Ik hurk boven een perk goudsbloemen, een stukje bruin gras vlak bij de deur en een hoopje grind waar ik wel vijftig honden ruik.

Om er zeker van te zijn dat iedereen weet dat ik hier ben geweest, krab ik over het grind, en let ik er goed op dat ik flink met mijn poten over de grond schraap terwijl ik het achter me opgooi. Geen hond kan mijn geur nu nog missen, zelfs al is die midden in de jacht op een eekhoorn verwikkeld.

Eekhoorn! Mmm. Mijn hart maakt een blij sprongetje als ik de omgeving op eekhoorns afzoek. Ik check ieder struikje en elk donker hoekje.

Geen eekhoorn te bekennen.

Nu ik klaar ben met het markeren van deze plek, kijk ik op naar mijn vriendin om te zien wat we nu gaan doen. Tot nu toe heeft ze een lange wandeling met me gemaakt en me voorgesteld aan de man die naar honden ruikt. Ik denk dat ze nu wel een koekje voor me heeft. Of me nog eens gaat aaien. Vooral als ik mijn liefste gezicht opzet. En mijn oren opsteek, dat vertedert de mensen altijd.

Maar mijn vriendin lijkt nerveus en afgeleid, alsof ze aan heel andere dingen denkt. Misschien mist ze haar baasje, net als ik. Ik kijk om me heen voor het geval ik ze ergens zie, maar nee. En nog steeds geen eekhoorns ook. Dus zucht ik maar eens diep en ga op mijn achterste zitten om naar mijn vriendin te kijken, die nerveus met mijn riem staat te hannesen. Als ik kon praten, zou ik haar vertellen dat het maar een gewone hondenriem is. Geen kwestie van leven en dood.

'Ik vraag me af of ik niet een enorme fout heb gemaakt,' zegt ze. Ik doe een stap naar voren en lik haar vingers, wat een glimlach op haar gezicht tovert. 'Ik vind honden niet eens leuk. Dus wat moet ik in vredesnaam met jou? Of ik nou een pleeggezin voor je ben, of hoe ze dat ook noemen, of niet, ik sta hier verdorie aangelijnd aan een hond! Je moet het niet persoonlijk opvatten hoor, het is gewoon het feit dat je een hond bent. Honden en ik passen niet zo goed samen. Jullie hebben zoveel tanden en ik weet nooit wat jullie gaan doen.' Ze slaakt een diepe zucht. 'Wees maar gewoon vriendelijk tegen me. Goed? Alsjeblieft?'

Ik heb geen idee wat ze allemaal staat te vertellen, maar ik luister geduldig. En ik steek mijn oren extra hoog op, voor het geval er een koekje op komst is.

Ze zucht nog een keer. De riem hangt slap tussen ons in. Ik til mijn kop op en bekijk mijn vriendin nog eens goed. Haar lichaamstaal is onduidelijk, alsof ze wel honderd dingen tegelijk wil zeggen. Begreep ik mensen maar wat beter.

Als we gaan, drentel ik een eindje achter haar aan omdat het nu donker is en ik hoop op een eekhoorn. Het regent niet zo hard, maar waaien doet het des te meer. Soms horen we een plotselinge donderslag waar we allebei van schrikken. Als het weerlicht, is ze bang. Normaal heb ik geen angst voor de bliksem, maar als ik merk hoe eng zij het vindt, word ik er zelf nerveus van.

We lopen door een straat die naar rottweilers ruikt en daarna door een die naar katten stinkt. In de volgende nis ligt een plasje van een Westie pup en ruik ik een zwanger teefje. Dan zijn we op het grote, met keitjes bestrate plein met in het midden de metalen hond en zijn hok. Het waait zo hard dat er takken van de bomen afbreken. Ik word er bijna door een geraakt, dus ren ik naar voren en trek haar mee aan de lijn. Ze zegt iets, maar ik besteed er geen aandacht aan. Ik wil naar die metalen hond toe om te schuilen in zijn hok.

De donder knettert weer en ik verander van gedachten. Met mijn oren tegen mijn kop gedrukt ren ik terug naar haar benen. Ze legt haar hand op mijn rug. Ik schurk dichter tegen haar aan.

Aan de overkant van het plein valt er met veel gekraak een boom om en de grond trilt er helemaal van. Ik blaf. Eén keer, nog een keer, en nog een keer – voor de zekerheid. Ik wil eigenlijk wegrennen, maar ze heeft mijn halsband vast en houdt me dicht bij haar. Oké, ik geef het toe: ik ben bang. Het is te donker om iets te kunnen zien, behalve de metalen hond en zijn metalen ogen. Gelukkig ben ik niet in mijn eentje.

Zonder enige waarschuwing – niet eens een grom – schiet er een pijnscheut door mijn poot. Dan is er een lichtflits die zo sterk is dat ik niks kan zien.

Ik val. En de wereld wordt zwart.

5

Op de andere poot

 Jessica

Ik werd wakker en lag op de grond. Mijn spieren krampten pijnlijk samen. Alles aan mijn lijf voelde beurs en gekneusd, alsof ik
vertrapt was door een kudde koeien. Op de een of andere manier
lukte het me om me te bewegen. Wankelend en zonder iets te
zien probeerde ik overeind te komen. Ik had mijn ogen wel open,
maar alles wat ik zag was het licht van die verblindende bliksemflits.

Wat was er gebeurd?

Ik herinnerde me een helse pijnscheut, een lichtflits en een gevoel alsof ik tegen de grond aan werd gesmakt. Ik wist dat ik op
het Midshipman's Square was, ongeveer halverwege de weg naar
huis. Mijn hoofd zocht koortsachtig naar herinneringen om te
begrijpen wat er was gebeurd. Ik herinnerde dat ik met Max had
gepraat – had hij echt mijn hand aangeraakt? Ik wist dat ik Guy
had ontslagen, dat ik het Spiegelcafé was uit gelopen en tegen een
onbekende witte hond had gepraat. Het laatste wat ik me herinnerde, was dat ik had neergekeken op een hondenriem die ik in
mijn hand had. O ja! Die hond was bij me en ze heette Zoë. Had
ik er echt mee ingestemd voor haar te zorgen totdat haar baasje
opdook? Blijkbaar. Maar dat was allemaal gebeurd vóór die vreselijke pijn...

Ik begon intussen wat beter te zien en kon vaag de silhouetten
van de esdoorns op het plein onderscheiden. Toen mijn oren wat
minder tuitten, hoorde ik de wind om de hoeken van de gebou-

wen fluiten. De lucht zat vol geuren. Ik rook modder, natte kranten, gegrild vlees, en... kauwgum? Mijn neus kon niet ophouden met snuiven. Ik hief mijn hoofd op en knipperend met mijn ogen keek ik of ik Zoë ergens zag, maar nee, nergens. Ik zag alleen iemand liggen. Op de keitjes, een eindje van me vandaan. Iemand in een kakibroek en een blauwe regenjas. En... espadrilles?

Ik wilde naar de persoon die daar op de grond lag toe rennen, maar mijn voeten werkten niet. Iedere keer als ik wilde opstaan en mijn benen strekte, viel ik voorover op mijn gezicht. Waren mijn benen gebroken door die bliksemschicht? Was ik verlamd? Ik keek omlaag om te zien wat het probleem was, maar mijn ogen deden raar. Het enige wat ik zag waren twee harige poten.

Hondenpoten. Op de plek waar mijn voeten hoorden te zitten.

Ik probeerde er met mijn handen aan te voelen, maar er was ook iets vreemds met mijn handen. Het leek net of die stenen onder zich voelden. En mijn gezicht was ook ongemakkelijk dicht bij de grond. Er zat iets fout, helemaal fout. Ik probeerde weer met mijn hand naar mijn voet te gaan en zag een rechtervoorpoot op de grond belanden. Op precies dezelfde manier als ik mijn hand bewoog.

Help!

Van de weeromstuit ging ik zitten en kneep mijn ogen stijf dicht. Ik hoorde mijn eigen ademhaling en probeerde me daarop te concentreren. En op niets anders. *Je leeft. Alles is in orde. Alles komt goed.* Maar toch, zelfs al fluisterde mijn verstand me die woorden toe, ik wist dat er iets vreselijk mis was. Alles was vreemd, anders. De lucht om me heen: een paar graden warmer en vol met allerlei geuren – rijke, zware geuren, alsof ik in een tropisch land was terechtgekomen. Mijn ogen vlogen weer open, opgelucht dat ik het vertrouwde plein zag met de bekende puien van de winkels – die nu gesloten waren – erlangs. Ik keek omhoog. Tussen twee wolken stond Orion aan de hemel, het sterrenbeeld van de jager met zijn afzakkende riem. Rechts van me zag ik de klok van de juwelier en de bronzen kop van Spitz. Ja, ik was gewoon in Madrona.

Toen beging ik de vergissing weer een blik omlaag te werpen, op die witte hondenpoten. Want die waren er nog steeds, de tenen stonden gekromd op de keitjes. Ze waren begroeid met witte haartjes, net veertjes, allemaal netjes één kant op. Ik had ze mooi kunnen vinden, als ze niet op de plek hadden gezeten waar mijn handen hoorden te zijn.

Mijn adem ontsnapte in kleine hijgerige pufjes uit mijn mond. *Niet in paniek raken, niet in paniek raken.* Ik wilde opstaan, maar het drong opeens tot me door dát ik al stond. Toen ik besefte dat ik niet op twee benen stond maar op vier poten, kon ik me niet meer beheersen en sloeg de paniek toe.

Hondenpoten! Waarom heb ik hondenpoten? Waarom ben ik zo laag bij de grond? Is dit een droom? Ben ik dood?

Maar ik voelde me niet dood. Ik voelde me juist heel erg levend in deze wereld vol geuren. Dan moest het dus een droom zijn. Omdat ik zo lang in de praktijk van de dierenarts had gezeten, droomde ik nu dat ik een hond was. Dat was het. Simpel psychologisch optelsommetje, toch?

Maar als ik droomde, waarom voelde ik dan dat ik nat werd van de regen? Waarom moest ik plassen? En waarom was de wind zo koud als die door mijn... vacht blies?

O nee! Ik moet overgeven.

Ik moet met mijn hoofd tegen de grond zijn geklapt. Dat is het antwoord. Toen ik viel is mijn hoofd ongelukkig terechtgekomen en daarom zie ik dingen die er niet zijn. Ik had wel eens iets gelezen over de vreemde dingen die mensen meemaken als hun hersens een dreun hebben moeten verduren. Ze verliezen bijvoorbeeld hun kortetermijngeheugen of kunnen ineens niet meer op woorden komen. Dit moest allemaal inbeelding zijn en over een paar minuten werd ik wakker uit deze vreemde toestand en dan was alles weer normaal.

Eerst moest ik zien thuis te komen en als ik dan een tijdje kalm aan deed, kwam het vanzelf weer goed. Dus moest ik nu in beweging komen, de eerste stap in de goede richting.

Bewegen bleek gemakkelijker dan ik had verwacht. Misschien was die klap tegen mijn hoofd toch minder hard aangekomen dan ik dacht? Mijn voeten voelden vochtig aan en ik hijgde nogal hard, maar ik kwam zonder problemen vooruit. Ik wist natuurlijk wel dat ik, als fatsoenlijk burger, eigenlijk bij de persoon moest gaan kijken die verderop op de grond lag, maar ik was veel te bang voor wat ik zou vinden. In plaats daarvan haastte ik me naar de rand van het plein en hield mijn ogen strak voor me uit gericht. Als ik omlaag keek en die witte poten zag flitsen, moest ik geheid overgeven. Zolang ik in beweging bleef, voelde alles in orde, dus concentreerde ik me daarop. Zonder erover na te denken rende ik in de richting van het Spiegelcafé, recht op de dubbele glazen toegangsdeuren af. In het schijnsel van de straatlantaarn achter me, kon ik een vage weerspiegeling van mezelf zien. Dit was het ogenblik waarop de angst echt toesloeg. De weerspiegeling in het glas rimpelde in het licht van de lantaarn, de sterren, en het kwart maantje dat vanuit een inktzwarte hemel op me neerkeek. Er ging een huivering door me heen en ik probeerde mijn blik af te wenden, maar die werd steeds weer naar de weerspiegeling toe getrokken. Akelig gefascineerd.

Ik zag witte oren, een witte kop, en een witte, lange, spitse neus. Mijn tanden waren groot en scherp: vlees verscheurende machines. Als ik uitademde, zag ik mijn natte, zwarte neusgaten trillen. Het glas besloeg door mijn adem.

In paniek deed ik een plas.

*H*et duurde een hele tijd voordat ik de moed had om naar de persoon in de blauwe regenjas toe te gaan. Zelfs van een afstand kon ik mijn eigen armen, benen en lijf herkennen. Het waren míjn handen die daar roerloos gekruist op mijn buik lagen. Het was mijn donkerbruine haar dat om het afgedraaide hoofd uitwaaierde. Maar als ík hier was, wat lag er daar dan? Een hoop smurrie? Een of ander monster? Helemaal niets?

Stel dat mijn lichaam dood was?

Of misschien was dit hele gedoe wel gewoon niet waar. Misschien hallucineerde ik, zag ik alles niet goed, hoewel ik aan de andere kant juist opvallend scherp zag. Dit kon allemaal gewoon een gevolg zijn van die val op mijn hoofd.

Ondanks mijn verlammende angst, moest ik van mezelf dringend gaan kijken bij de vrouw die daar op de grond lag. Misschien was ze wel zwaargewond en had ze hulp nodig. Ik moest dat checken, zelfs al zag ik de dingen niet zoals ze waren.

Mijn hart bonkte tegen mijn ribben toen ik voorzichtig naar de vrouw toe liep en met mijn neus tegen de mouw van haar regenjas duwde. Die schoof even omhoog en rolde toen terug op de manier zoals een mensenarm dat zou doen. Hard hijgend deed ik een stap naar voren om de boel beter te kunnen bekijken.

Daar lag mijn eigen gezicht, mijn wang rustte op de keien. Ik liet een zware zucht ontsnappen en deed mijn best niet weer in paniek te raken. Daar waren mijn ogen, boven mijn wangen, mijn mond en mijn kin. Mijn handen lagen bewegingloos op mijn buik. Er ging een huivering door me heen terwijl ik keek hoe ik ademhaalde.

Dit is te bizar. Ik moet echt overgeven.

Maar ik kon mijn ogen gewoon niet afwenden. Dit kán niet waar zijn, hield ik mezelf voor. Tenzij ik dood ben. Anders was het onmogelijk dat ik hier stond te kijken naar mijn eigen lichaam. Maar ik voelde me helemaal niet dood.

Ik boog voorover om in mijn gezicht te turen. Wauw, wat had ik eigenlijk een rare neus. Zo puntig. Ik drentelde om mijn lichaam heen naar de andere kant, zodat ik mezelf recht in mijn gezicht kon kijken. Ik zag er anders uit dan in de spiegel, mijn gezicht was smaller en meer uit balans, alsof ik met één oog dicht keek. Er lag een pluk haar over mijn wang. Ik boog voorover en gaf met mijn neus een duwtje tegen het mensengezicht.

6

Eén poot tegelijk

Zoë

Ik word wakker en hoor mezelf jammeren.

Au! Alles doet pijn.

Au, au! Misschien kan ik beter nog wat slapen.

Ik probeer het, maar er blijft maar iets in mijn snuit likken. Ik sla het weg en het jankt. Mooi. Ik hoop dat het me nu met rust laat, zodat ik verder kan slapen.

Behalve dat ik nu klaarwakker ben. Ik rek me uit, rol op mijn buik en probeer op te staan. Maar er is iets helemaal mis. Als ik opsta, steekt mijn kont zo raar de lucht in. En mijn poten zijn koud. IJskoud. Ze voelen vreemd aan, te zacht. Ik buig mijn kop en kijk.

Dat zijn de verkeerde poten.

Jessica

Ik zit in de vreselijkste horrorfilm aller tijden.

Ik zag mijn eigen lichaam daarnet op handen en voeten staan, met mijn billen hoog in de lucht gestoken. Ik leek wel een gemuteerde krab. Ik wist dat het kwam omdat mijn hoofd me voor de gek hield, maar ik kon er niets aan doen; ik jankte van angst en rende naar Spitz toe om me achter hem te verschuilen. Ik was niet van plan om me door een eng monster op te laten vreten, zelfs al was dat monster aan mijn eigen fantasie ontsproten.

Terwijl ik toekeek voelde ik me weer misselijk worden. De

vrouw verstijfde terwijl ze op handen en voeten stond en staarde naar haar handen. Toen zette ze hard af en ging rechtop staan. Maar ze wankelde en smakte plat tegen de grond. Als dit een hallucinatie was, maakte mijn fantasie het wel erg bont.

Op dat moment voelde ik opeens een ontzettende jeuk in mijn nek. Ik bedoel werkelijk ontzettende, allesoverheersende jeuk; het soort jeuk dat je niet kunt negeren, ook al hangt je leven ervan af. Ik probeerde met mijn ene hand te krabben, toen met mijn andere, en vreemd genoeg deed ik het toen met mijn rechtervoet. Dat hielp. Het verbaasde me hoe gezond ik me voelde. Was ik misschien in shock? Je zou toch denken dat je met zulk zwaar letsel als ik had in elkaar gezakt op de grond zou liggen en niet zo levendig en lenig kon zijn als ik nu was.

Toen ik weer een blik op mijn lichaam wierp, stond het op twee voeten en schuifelde het als een zombie in het rond. Het leek op het Spiegelcafé af te lopen, maar boog af en begon hard over het plein te rennen, totdat haar ene voet in de andere verstrikt raakte. Mijn lichaam sloeg keihard tegen de grond, weer plat op haar gezicht.

Dit moest ophouden. Het maakte niet uit van wie dat lichaam was (het kon niet écht het mijne zijn, toch?), ik moest het te hulp schieten voordat ze haar neus wel op honderd plekken zou breken. Misschien konden we samen naar mijn appartement gaan en daar veilig en kalm bijkomen. Als ik kon slapen, of gewoon ergens kon gaan zitten, of misschien mediteerde of iets dergelijks, kreeg ik mijn hersens hopelijk weer op orde.

Ik vermoed dat het vreemd lijkt dat ik overwoog deze onbekende mee naar huis te nemen. Gewond of niet, het kon natuurlijk net zo goed een krankzinnige, psychopathische moordenares zijn. Maar ja, ik weet het ook niet, ik dacht gewoon niet echt helder. En daarbij zag ze er net zo uit als ik. Precies zoals ik. Ik kon haar toch niet gewoon op het plein achterlaten?

Ik raapte al mijn moed bij elkaar en kroop uit mijn schuilplaats tevoorschijn. Het lichaam stond half overeind en maakte blijkbaar snelle vorderingen, maar toen het mij zag verloor het haar evenwicht en kukelde het weer om.

Ik ging zitten en wachtte. Zodra het lichaam weer wankelend op haar twee benen stond, rende ik het plein over in de richting van mijn huis, keerde me om, en rende weer terug naar het lichaam, in een poging ervoor te zorgen dat ze me volgde. Het lichaam zwoegde vooruit, haar armen naast zich uitgestrekt. Ik vloog van de ene kant naar de andere en duwde het een beetje naar rechts, dan weer naar links. En één keer, toen het bijna viel, zorgde ik ervoor dat ze haar evenwicht kon behouden door mijn hoofd als steun te gebruiken.

We strompelden het plein af. Ik moest enorm mijn best doen mijn angst van me af te houden; ik moest er goed mijn aandacht bij houden. Het lichaam liep regelmatig tegen winkelruiten op en zwalkte af en toe midden op de straat. Ik probeerde haar op de stoep te houden, maar om eerlijk te zijn had ik het al moeilijk genoeg met mijn eigen voeten. Zolang ik er niet bij nadacht, lukte het lopen uitstekend. Maar zodra mijn hersens zich bewust waren van het feit dat ik nu vier voeten had en begonnen te piekeren over welk gedeelte van dit alles nou een hallucinatie was, raakte ik helemaal in de war.

Verbazend genoeg legden we zonder iemand tegen te komen de twee straten af die mijn appartement van het Spiegelcafé vandaan ligt. Ik nam de achteringang en probeerde niet te zien hoe het lichaam haar hoofd stootte tegen een laaghangende tak. Samen wisten we het binnenplaatsje van het appartementengebouw over te steken en bij mijn glazen schuifdeur te belanden, waar mijn lichaam keihard tegenaan botste. Ze deed een paar passen naar achteren, alsof ze een verdwaasde vogel was. Toen hervond ze haar evenwicht en rende er weer op af om het nog een keer te proberen.

O nee!

Met bonkend hart ging ik op mijn achterpoten staan en zette mijn twee voorpoten op de kruk van de schuifdeur. Ik drukte zo hard ik kon en de deur gleed open, precies op het moment dat het mensenlichaam erdoorheen viel en languit op de bank terechtkwam.

*H*eb je ooit zo'n nachtmerrie gehad die doorgaat terwijl je je ogen open hebt? Ik had er zo een. Een bizarre, spookachtige droom die zo levendig was dat hij zelfs echter leek dan de werkelijkheid. Ik was een hond in die droom. Maar het was alleen niet zo dat ik droomde dat ik een hond was, ik vóélde me echt een hond. Ik zag mijn eigen vacht en poten en alles. En dat was nog maar de helft.

Het is maar een droom, hield ik mezelf voor, terwijl ik probeerde de beelden uit mijn hoofd te verjagen. *Gewoon een droom.*

Ik geeuwde en keek om me heen. Ik was thuis, in mijn eigen appartement. Er viel een bleke baan ochtendlicht op de vloer. Ik lag op de grond. En ik had overal jeuk. Ik stak mijn hand op om in mijn ogen te wrijven en voelde tot mijn verbijstering een poot in mijn gezicht.

O nee!

O nee... nee... alsjeblieft!

Het afgrijzen joeg door mijn aderen en ik sprong op om heen en weer te lopen. Ik was in de keuken. Mijn nagels tikten op de vloer. Dit kon niet waar zijn. Het kón gewoon niet. Waarom zag ik nog steeds van die rare dingen? Misschien had ik toch enorm hoofdletsel opgelopen, zo ernstig dat al mijn zenuwuiteinden kapot waren en ik niet eens kon voelen hoe zwaargewond ik was?

Ik had nergens pijn, maar alles aan me voelde raar, alsof ik uit elkaar was gehaald en door dokter Moreau weer in elkaar was geknutseld. Mijn benen waren te kort en bewogen zich vreemd, zodat ik als een gorilla op alle vier mijn poten moest lopen. Mijn polsen waren in een gekke hoek gebogen. Alles zag er vaag en verwassen uit, alsof ik in de zwart-witversie van de *Wizard of Oz* zat. En er sloeg steeds iets harigs – een staart? – tegen de achterkant van mijn benen.

Alles goed en wel, maar als mijn hersens het ene na het andere valse visioen tevoorschijn toverden en het allemaal een hallucinatie was, hoe kon het dan dat ik mijn vacht overeind voelde staan op mijn lijf? Hoe kon het dat ik op vier voeten liep? En het leek echt of ik die staart kon besturen met mijn wil. Dat leek niet erg op een hallucinatie in mijn ogen.

Nee, het voelde ongelofelijk echt. Mijn appartement was vol geurtjes. Ik kon de shampoo die ik de dag ervoor had gebruikt ruiken en mijn citroen-met-lavendel afwasmiddel. Verdomme, ik kon zelfs de vloerbedekking ruiken.

Als ik had kunnen huilen, was ik nu in tranen uitgebarsten.

Jess, je moet gewoon kalmeren en dit rustig overdenken. Ik probeerde exact na te gaan wat er die avond daarvoor was gebeurd. Ik was op weg naar huis met Zoë, toen we door de bliksem werden getroffen. Dat leek een feit dat klopte. Maar wat was er tijdens die inslag gebeurd? Of ik was dood en zat in de hel, gevangen in mijn persoonlijke vicieuze cirkel, of ik was zwaargewond en droomde dit alles.

En dan was er natuurlijk nog een andere verklaring, maar die was zo idioot, zo belachelijk, dat ik die niet eens echt wilde horen van mezelf. Ik kon door een of andere bizarre, kosmische ramp zijn getroffen, een enorm intense uittredingservaring. Maar dat leek me niet waarschijnlijk.

Ik liep op en neer door de keuken en probeerde te bedenken wat ik moest doen. Een dokter bellen? Een psychiater proberen? De FBI waarschuwen? Wat was het moeilijk om te bedenken wat het beste was. En zo moeilijk om me te concentreren. Er was een doordringende geur die me steeds afleidde. Ketchup? Tomatensaus?

Ik bracht mijn neus naar de grond en onderzocht de ruimte tussen de kastjes en de vloer centimeter voor centimeter. Daar rook het nóg sterker naar tomaten en die geur kringelde mijn neusgaten in alsof het een uitstekende wijn met een rijk bouquet aan smaaktonen was. Het was zo sterk dat mijn hersens nog maar aan één ding konden denken: tomaten.

Ik drukte mijn neus dieper in de spleet tussen de kastjes en de vloer. Ik strekte mijn lijf uit en duwde me af met mijn achterpoten. Daar! Een verschrompeld, keihard geworden cherrytomaatje lag eenzaam onder het kastje. Mijn mond was al halverwege toen ik mezelf tegenhield. *Nee, Jess! Niet van de vloer eten. Kom op, doe normaal!*

Met een enorme wilsinspanning duwde ik mezelf omhoog en dwong ik mijn vier poten naar de bank te lopen. Die tomaat kon me misschien wel naar zich toe lokken, maar ik had veel belangrijkere dingen te doen: het was tijd om te kijken wat dat lichaam van me van plan was.

Zoë

Ik lig zó heerlijk. Ik droom dat ik in de lekkerste hondenmand lig van de hele wereld. Zachte kussens koesteren mijn schouders. Ahhh!

Ik rol me om en wrijf eens lekker met mijn rug tegen de bank. En ik rol om en om en om. Ik rek me uit en strek mijn poten. Heerlijk, zo lang als ik ben. Ik ben de langste hond ter wereld. Ik ben de koningin van de lengte. En van de hoogte. Lengte en hoogte samen.

Ik rek me weer uit en voel de zachte kussens onder mijn lijf. Mijn ogen schieten open.

Wauw. Alles ziet er vreemd uit. Heel vreemd.

Ik kijk naar de wereld om me heen. Ik zie alles perfect – de poedelbruine wanden, de labradorgele planken, de hemelsblauwe gordijnen. Ik lig op een róde bank. Een minuut lang denk ik dat het allemaal magie is. Ik heb nog nooit rood gezien dat zo rood is! Zo intens en zo... heerlijk!

Ik rol me nog eens lekker heen en weer. Ik mocht nooit eerder op de bank en ik ben blij dat die inderdaad zo lekker voelt als hij eruitziet.

De kussens masseren mijn rug, bijna net zo goed als een paar mensenhanden dat zouden kunnen.

Mmm.

Ik heb dorst. Tijd om op onderzoek uit te gaan.

Jessica

Het lichaam zag er precies hetzelfde uit als de avond ervoor – als mijn tweelingzus. Terwijl ik met een licht misselijk gevoel toekeek, stond het onzeker van de bank op. Het zwaaide heen en weer maar bleef, licht wankelend, overeind. Toen grijnsde het naar me en liep in de richting van de badkamer. Ik ging erachteraan, bang dat er iets weerzinwekkends ging gebeuren. Ik bedoel, wat voor goeds kan er voortkomen uit een bezoekje aan de wc mét je lichaam, niet erín?

Struikelend over de drempel koerste mijn lichaam op de wc af. Ze bonsde met haar hoofd tegen een plank en viel op haar knieen. Met één hand deed het het deksel van de wc open. Toen stak het haar hoofd – míjn hoofd – in de wc-pot en probeerde eruit te drinken.

Nee! Ik rende om haar heen en begon te janken, maar het lichaam ging gewoon door met drinken. Uit de wc! Als een hond!

Als een hond!

Toen dat tot me doordrong, was het zó'n klap dat ik op mijn staart neerzeeg. Kon dát het zijn? Nee, nee. Onmogelijk! Hoeveel het er ook op leek, het kón gewoon niet. Met geen mogelijkheid.

Maar... maar... kon het dan misschien toch? Ik tuurde aandachtig naar het lichaam. Dat zag er exact zo uit als ik. Ik die me gedroeg als een hond. En ík voelde me intussen als een mens dat gevangenzat in het lijf van een hond. Nu kwam er pas echt een enorme hoofdpijn opzetten.

Ik deed mijn ogen dicht en probeerde de feiten op een rijtje te zetten. Het was volkomen absurd te denken dat ik van lichaam was gewisseld met een hond. Maar toch: ik zag dat mijn lichaam zich op dat ogenblik probeerde schoon te wassen met haar tong. Dat was toch iets om aandacht aan te besteden.

Op het moment dat ik het idee van een gedaanteverwisseling in mijn hoofd toeliet, flitsten er een miljoen afgrijselijk enge gedachten door mijn hoofd. Hoe kon ik nou in vredesnaam een hond zijn? Als ik gevangenzat in het lijf van een hond, wat zou er dan van me worden? Zou ik Kerrie en het Spiegelcafé ooit weerzien? Ik dacht aan alle dingen die ik altijd al had willen doen, gitaar spelen, salsa dansen, leren breien. En als ik later met pensioen ging, had ik me als vrijwilliger willen inzetten voor de Boys and Girls Club, jonge mensen willen helpen zich te ontwikkelen tot productieve, verantwoordelijke en sociale burgers. Maar dat kon allemaal niet met hondenpoten!

Uit paniek begon ik slechter te zien. Hoe meer ik erover nadacht, hoe paniekeriger mijn innerlijke stem werd. Hoe kon ik nog daten? Het beeld van Max flitste door mijn geheugen en ik kreunde. Zoals ik nu was, zou ik nooit iemand ontmoeten en verliefd worden. Nu kon ik letterlijk niet meer kussen. Ik kon niet meer in het Spiegelcafé werken en er leiding geven. Ik kon niet eens meer typen. Of praten aan de telefoon. Verdomme, ik kon überhaupt niet praten!

En hoe zat het met de korte levensverwachting van een hond? Mijn leven kon niet verkort zijn tot een jaar of veertien. Toch?

Ik ijsbeerde nerveus heen en weer. Ik hapte naar adem. Dus dit wás het, dit is het einde. Ik had nooit verwacht dat het zo zou zijn. Ik was niet dood, maar... verdwenen. In een harig lijf. Voorbestemd om jong te sterven. Hoe afschrikwekkend kan het leven zijn? Ik kon het gewoon niet geloven, maar de waarheid staarde me onontkoombaar en strak in de ogen. Ik zat in het lijf van een hond en Zoë zat in het mijne.

Voordat ik dat idee echt op me kon laten inwerken, richtte Zoë zich op tot staan en begon ze als een idioot te dansen. Met mijn lichaam als komische menselijke outfit rolde ze met mijn ogen, smakte ze met mijn lippen, draaide ze rondjes met mijn armen en waggelde ze als een gans op mijn benen. Ze ging op één been staan. Ze probeerde een serie karatetrappen en diepe kniebuigingen. Ze sprong in de lucht en bokste in het niets. Toen verloor ze haar evenwicht en viel ze op haar kont.

Genoeg. Dat was genoeg. *Nu is het afgelopen*, dacht ik. *Ik moet mijn lichaam terug.*

 Zoë

Ik moet heel diep ademhalen, want er is iets verbazends gebeurd.

Ik ben een mens.

Ik heb hánden. Handen en voeten en haar dat vanaf de bovenkant van mijn hoofd naar beneden valt. Wie had nou ooit zoiets kunnen denken? Ik ben nog nooit eerder in een ander soort beest veranderd.

Maar aan de andere kant is een deel van me eigenlijk niet verbaasd. Ik heb altijd geweten dat ik als mens geweldig zou zijn. Ik heb ze al jaren en jaren zien autorijden. In ieder geval de twee jaar dat ik leef. Dit is geweldig.

Zíj ziet er niet al te gelukkig uit met het feit dat ze een hond is. Belachelijk: ze is niet zomaar een hond, ze is míj. Ze zit in mijn lijf, een van de mooiste lijven ter wereld. Echt, ik kan mijn ogen niet van mezelf afhouden. Ik ben zo'n schattige hond. Alleen die leuke oortjes al!

Maar het is duidelijk dat ik niet de hele dag bewonderend naar mijn hondenlijf kan blijven staren, ik heb nu tenslotte een mensenlichaam tot mijn beschikking. Dat is niet zo gemakkelijk te besturen als het lijkt. Hoe lukt het mensen niet steeds om te kukelen? Ik vind het maar niks om op twee benen rechtop te moeten staan. Echt, dat mensenlijf is een slecht ontwerp. Het verbaast me dat ik niet veel meer mensen op hun gezicht heb zien vallen. Ik heb geprobeerd om dan maar op handen en voeten te lopen, maar dat is ook niet te doen. Mijn handen worden te moe en mijn achterkant voelt raar, zo hoog in de lucht gestoken. Bovendien heb ik geen staart. En dan heb ik het ook nog hartstikke koud. Waar is mijn vacht?

En bovendien is het met deze tong heel lastig drinken.

Ik boks nog wat in de lucht en dan besef ik opeens: *misschien kan ik wel praten*! Waarom niet? Ik ben nu een persoon, toch? Honden blaffen, katten miauwen en mensen praten. Ze doen constant hun mond open om te kletsen. Mensen worden vaak boos op honden omdat ze blaffen, maar zelf praten ze aan één stuk door. Ze hebben nooit eens hun mond gehouden en geluisterd naar wat ze zelf doen. Het lijkt wel of ze het niet kunnen helpen en niks anders kúnnen dan praten.

Dus als zij het kunnen, waarom zou het mij dan niet lukken? Ik beweeg mijn mond. Mijn tong is anders dan normaal, korter en dikker. Ik probeer mijn lippen uit door ze steeds in een andere vorm te trekken. Eendenlippen, scheve lippen, kuslippen. Ze kijkt verbaasd naar me, alsof ik net een hamburger uit het niets heb getoverd of zoiets. Ik show haar al mijn lippentrucjes. Dan schraap ik mijn keel en maak een zacht geluid. Het klinkt als 'mmm', wat volgens mij een uitstekend begin is.

Ik 'mmm' nog wat om op te warmen. Zo. Ik ben er klaar voor de woorden te zeggen die alle honden al sinds het begin der tijden willen zeggen.

'Ik heb honger.'

*I*k voel me zo geïrriteerd, dat ik het liefst iemand zou willen bijten.

Als er één ding is wat ik weet, is het dat mensen altijd eten hebben. Góéd eten, niet van die gortdroge brokjes. Dat eten ligt in de keuken, de kamer met de glibberige vloeren. Zo is het altijd. Dat is gewoon een wet bij mensen.

Dus hier sta ik in mijn mensenlichaam in de keuken, maar ik kan nergens iets te eten vinden. Ongelofelijk! Er komen een miljoen nieuwe dingen in mijn hersens op, maar het zijn vooral woorden. Woorden, woorden, woorden. Wanneer komt het eten aan de beurt? Ik heb overal gesnuffeld, maar kan geen enkele geur oppikken. Alles ruikt naar allesreiniger met limoen. Ik zíe niet eens iets wat eetbaar lijkt, alleen maar rechthoekige dozen die ik niet open kan krijgen. Sorry hoor, maar eten is niet rechthoekig. Waar bewaart ze verdorie de lékkere dingen?

Ik onderzoek een tijdlang het grote, koude, witte ding in de hoek. Het zoemt en ik denk dat dat betekent dat het iets belangrijks is. Het lukt me de deur open te wurmen met mijn tanden en een elleboog en dan word ik overrompeld door een koude ijsvlaag. Er gaat een rilling door me heen. Ik steek mijn hoofd verder naar binnen om de boel beter te kunnen bekijken, maar er staat niks lekkers in, alleen een tas, een paar doosjes en wat ronde plastic dingen. Geen eten.

Ik steek mijn hoofd nog verder dat grote, witte, koude ding in en ruik overal, maar er zijn helemaal geen geuren. Op het laatst pak ik er gewoon maar iets uit, maakt niet uit wat. Ik smijt het op de vloer. Er stroomt roze blubber uit. Gelukt! Ik laat me op mijn handen en knieën vallen om het roze spul van de vloer op te likken.

Mmm, aardbeienyoghurt... Ik ben een genie!

Behalve dan dat ik stof en een hondenhaar op mijn tong voel.

Als ik alles heb opgelikt, sta ik op en ga ik terug naar dat witte koude ding. Ik pak er een wit kartonnen doos uit waarin iets op en neer klotst en ze begint te blaffen en om me heen te draaien alsof haar staart in brand staat.

'Wat is er?' vraag ik haar. 'Wat wil je me vertellen?'

Ze blaft weer en ik kijk haar geërgerd aan. Er zijn duizenden manieren van blaffen, maar het geluid dat Jessica maakt zegt me niets. Het is geen speelblaf, geen waarschuwingsblaf en geen alarmblaf. En ook niet het soort kijk-mij-eensblaf die je naar een andere hond blaft als je bijvoorbeeld in een auto zit en die andere hond niet.

Een beetje boos zeg ik: 'Doe dat alsjeblieft niet waar anderen bij zijn.' Ze kijkt me verschrikt aan. Ik probeer het uit te leggen: 'Je klinkt als een mens die probeert te blaffen. Als andere honden dat horen, denken ze dat je niet helemaal in orde bent.'

Ze doet haar bek dicht en houdt op met blaffen. Als ik me weer omdraai naar het grote koude witte ding, bedenk ik dat ik eigenlijk te hard tegen haar ben geweest. Blaffen is tenslotte veel moeilijker dan praten. Het is logisch dat ze moet oefenen, voordat ze het in het openbaar kan doen. En bovendien probeerde ze me misschien iets nuttigs over het grote koude witte ding duidelijk te maken, ondanks het feit dat ze klonk als een kruising tussen een trompet en een koe. Misschien iets over wat ik níét kan eten? Met mijn ogen op haar gericht steek ik mijn hand in het witte, koude ding en leg die op de plastic zak. Ze blaft niet, maar laat zich alleen met een zucht op de vloer neerzakken, wat ik als een goed teken beschouw. Ik druk de zak tegen het aanrecht en scheur hem open met mijn tanden. Het plastic smaakt nergens naar, maar het brood dat erin zit is heerlijk. Ik eet het helemaal op, plus nog wat van het plastic.

De rest van het plastic valt op de vloer. Ze ruikt er verdrietig aan.

'Aha! Je hebt honger!' zeg ik. 'Natuurlijk! Nou kun je eens voelen hoe het is om een hond te zijn en constant honger te hebben. En te moeten aanzien dat mensen steeds maar lekkere dingen eten zoals brood en worstjes en pizza. Tja, je bent een hond...' Ik kan er niets aan doen dat ik moet grijnzen. '... dus krijg je hondenbrokken.'

Jessica

Geen stem hebben is verschrikkelijk. Ik sta op het punt in een depressie te raken.

Zoë dacht dat het een leuke grap was om mij hondenvoer voor te zetten, maar uiteindelijk lachte ik als laatste. Er was helemaal geen hondenvoer in huis. En buiten dat, was ontbijten ook niet mijn grootste zorg: ik moest mijn lichaam terug hebben. Vandaag, zaterdag, was de eerste dag van het Natte Neuzenfestival. Ik had geen seconde te verliezen.

Toen Zoë op de vloer neerhurkte om naar een kattenbeeldje te kijken dat naast de vingerplant staat, sloop ik zachtjes naar haar toe. Omdat dit hele gedoe was begonnen met geweld en pijn, leek het me logisch dat die twee ingrediënten ook nodig waren om de boel weer ongedaan te maken. Ik nam een aanloopje en wierp me met mijn volle gewicht tegen haar aan.

'Au!' krijste ze, terwijl we omvielen en op de vloer belandden. 'Wat doe je nou?'

Ik probeer alleen maar alles weer normaal te maken. Jeetje.

Zoë sloeg me op mijn poten. 'Wat is dit voor onzin? Wil je me dood hebben, of zo?' Ze keek boos en wreef over haar arm. 'Weet je niet hoeveel geluk je hebt? Je bent een hónd! Met víér poten in plaats van twee. Iedereen houdt van honden. Waarom doe je zoiets?'

Er is iets heel verontrustends aan op de vloer zitten en op je kop krijgen van een hond. Ik ken niemand die emotioneel evenwichtig genoeg is om dat aan te kunnen. Ik stak mijn tong naar Zoë uit, maar dat maakte haar alleen maar aan het lachen.

Ja, leuk hoor. Ik kan verdomme mijn eigen kont likken als ik wil.

Omdat Zoë nog steeds over haar pols wreef, viel mijn oog op het horloge dat ze omhad. *O shit.* Het was al acht uur. Acht uur en de eerste dag van het Natte Neuzenfestival!

Ik moest naar het Spiegelcafé!

7

Haastige hond

 Jessica

Ik had geen tijd voor Zoë's flauwekul. Er waren een miljoen dingen te doen in het Spiegelcafé en die waren allemaal mijn verantwoordelijkheid. Ik moest een souschef vinden, Naomi op weg helpen en checken of onze kraam in het park was opgezet. Vorig jaar hadden we er meer dan honderd espresso's verkocht. En – shit, shit, shit – ik moest er eerst achter zien te komen of we weer elektriciteit hadden.

Mijn maag brandt – heb ik een maagzweer?

Ik had eigenlijk eerst uit dit hondenlijf ontsnapt willen zijn, maar dat moest nu maar wachten. Het Spiegelcafé kwam op de eerste plaats. Niet dat ik dacht dat ik als harige viervoeter veel 'werk' zou kunnen verrichten. Ik ben niet gek. Maar ik moest het in ieder geval proberen. Werk was het enige wat nog normaal was in mijn wereld en daar moest ik me aan vastklampen. Anders zou de paniek genadeloos toeslaan. Ik móést naar het Spiegelcafé.

Met mijn poten lukte het me de glazen schuifdeur open te duwen en ik rende naar buiten. Zoë riep me iets na, maar ik bleef niet staan om te horen wat dat was. Daar had ik geen tijd voor. In plaats daarvan benutte ik mijn vier poten voor de volle honderd procent: ik racete via de kortste route naar het plein. Zo snel dat het voelde of er een briesje stond. De wind blies me in het gezicht, streek over mijn vacht. Het was een heerlijk gevoel en ik had nog wel harder willen rennen dan ik al deed. En toen rook ik iets. Wat was het? Gebakken eieren... O, mijn god! Spek!

Toen ik de hoek om vloog en Midshipman's Square op stoof, liep ik bijna een stel kinderen met een viezig hondje omver. Instinctief week ik uit. Het hondje liep even achter me aan, maar ik rende door. Ik vloog op de deur van het Spiegelcafé af, langs Spitz en een groepje mensen dat wortelkoekjes aan hun honden uitdeelde.

Ik ging op mijn achterpoten staan, duwde de deur open en glipte naar binnen. De lichten waren aan! Ik keek om me heen en zag twee klanten in het eetgedeelte zitten. Super. Het Natte Neuzenfestival was al begonnen en we hadden zegge en schrijven twéé gasten. Nou, dat waren er in ieder geval twee meer dan gisteren om deze tijd.

Het personeel leek in ieder geval niet nerveus. Sahara had de espressobar onder controle en onze serveerster, Whitney, maakte een praatje met de twee ontbijtgasten in het restaurantgedeelte. Ik rende naar de achterkant van de koffiebar om de voorraden te controleren. Met mijn neus schoof ik de dozen opzij: ruim voldoende gemalen espressobonen, maar de slagroom was aan het opraken en de doos met pompoenkoekjes moest aangevuld worden. Voor nu was alles in orde, maar de problemen lagen op de loer. Eén druk halfuurtje en we grepen mis.

Ik draaide me om en draafde naar de keuken. Iemand zei: 'Hé, kijk eens wat een leuke hond,' en een van de klanten probeerde me te aaien terwijl ik langsliep, maar ik hield mijn kop omlaag gebogen en rende door. Ik stak mijn neus tussen de klapdeurtjes van de keuken en drong erdoorheen. Binnen waren de geuren zo intens en sterk, dat ik er bijna van flauwviel. Naomi stond te zweten achter het fornuis, ze keerde een omelet en keek of de gebakken aardappeltjes niet te hard gingen. Het water liep me in de mond. Toen kreeg ik Kerrie, die haar telefoon dichtklapte, in het oog en dat was mijn redding.

'Ze neemt nog steeds niet op,' vertelde Kerrie aan Naomi. 'Ik zou het liefst naar haar appartement toe gaan, maar daar heb ik nu geen tijd voor, want als we door de pompoenkoekjes heen zijn, hebben we niks om te verkopen in het marktkraampje.' Ze draaide zich weer om naar de mixer, toen ze mij zag.

'O nee, niet in de keuken, hondje. Je kunt zelfs maar beter helemáál uit het café verdwijnen. Als Jess arriveert en jou ziet, is ze misschien te bang om binnen te komen.' Ze pakte mijn halsband en voegde er zachtjes aan toe: 'Hoe mooi je ook bent.'

Kerrie trok me met zich mee de klapdeurtjes door. Ik jankte en sloeg naar haar met mijn poot, maar ze gaf niet toe. Kerrie had een kind en wist hoe ze streng moest optreden om gedaan te krijgen wat ze wilde. Ze sleepte me naar buiten en liet me achter op de keitjes van het plein. 'Jij blijft hier, schatje,' zei ze. 'Ik zal tegen het personeel zeggen dat ze vanochtend geen honden mogen toelaten. We moeten voorzichtig zijn, in ieder geval tot Jess er is en zich op haar gemak voelt.'

Ach, die Kerrie. Wat was ze toch een schat om me zo te beschermen. Alleen had ik het vandaag liever niet gehad!

Toen fluisterde ze: 'Het is raar dat ze zo laat is vandaag. Ze moet veel te hard hebben gewerkt gisteravond om nog een souschef voor ons te regelen.' Ik voelde een steek door me heen gaan. Van schuldgevoel. Ik had helemaal geen souschef gevonden gisteravond, ik had onze problemen niet opgelost. In plaats daarvan had ik me laten afleiden door een hond in nood en mijn tijd verdaan met flirten met Hot Max.

Kerrie ging op haar hurken zitten en aaide me in mijn nek. 'Ik ben bang dat ze te veel van zichzelf vergt, snap je? Ze werkt zo hard. Soms denk ik dat ze probeert zichzelf zo onmisbaar te maken om zich veilig te voelen: er zeker van te zijn dat niemand haar ooit nog kwijt wil. Nergens voor nodig, natuurlijk, maar wel begrijpelijk als je haar verleden kent. Haar moeder heeft haar in de steek gelaten. Kun je je zoiets voorstellen?' Kerrie schudde haar hoofd. 'Hoe iemand dát kan doen is mij een raadsel. Ik kon JJ nauwelijks op de crèche achterlaten zonder bijna krankzinnig te worden.'

Mijn wangen brandden onder mijn vacht. Kerrie had gelijk. Pijnlijk gelijk. Ik probeerde mezelf inderdaad onvervangbaar te maken in het Spiegelcafé en dat had waarschijnlijk iets te maken met het feit dat ik was verlaten door mijn moeder. Hoewel ik niet dacht dat het zo rechtlijnig in elkaar zat als Kerrie veronderstelde. Ik genoot van mijn werk en hielp andere mensen nou eenmaal graag. Als ik iets van Kerrie kon overnemen, iets voor haar kon doen, dan deed ik dat echt met plezier. Het kwam niet allemaal door de rotjeugd die ik had gehad.

Maar toch: ik kon die verdomde lila enveloppen maar niet uit mijn hoofd zetten. Die lagen in mijn bureau in het Spiegelcafé. Ongeopend.

Had ik ze maar verbrand.

Ik schudde mijn hoofd heen en weer om me op andere dingen te kunnen concentreren. Het allerliefst was ik rechtop gaan staan en als mijn gewone zelf het Spiegelcafé binnen gelopen om daar de weekenddrukte het hoofd te bieden. Ik zat naar de voordeur te staren toen ik twee espadrilles in het oog kreeg die met een flappend geluid mijn kant op kwamen.

Kerrie sprong op. 'Jess, gelukkig, je bent er! Waar zat je? Weet je hoe laat het is?'

Zoë bleef staan en draaide zich om. Ze keek Kerrie en mij aan en antwoordde: 'Nee, hoe laat is het?'

Ik slaakte een nerveuze zucht. Ik had me de hele tijd afgevraagd hoe ik in mijn hondengedaante mijn werk zou kunnen doen en er helemaal niet bij stilgestaan dat Zoë in het Spiegelcafé kon komen opdagen. Met dezelfde kleren aan als gisteren, maar nu flink gekreukt. Nee, wacht, zat haar bloesje nou binnenstebuiten? Ja! Maar ze was natuurlijk eigenlijk een hond. Ik mocht blij zijn dat ze hier niet in haar nakie stond.

Kerrie schoof haar mouw omhoog, om Zoë het horloge om haar pols te laten zien. 'Het is kwart over acht!'

Zoë trok haar wenkbrauwen op op een manier alsof dat ontzettend interessante informatie was. 'Nou, ik bén er nu in ieder geval!' Ze wierp ons een stralende glimlach toe en gaf mij een knipoog.

Kerrie zag dat, en er verschenen rimpels in haar voorhoofd. 'Ja. En je gedraagt je raar,' zei ze. 'Wil je dat ik die hond weghaal? Is dat het? Zal ik ervoor zorgen dat ze vertrekt, zodat ze je niet verder van streek maakt?'

Zoë haalde haar schouders op. Ze gaf een knikje in mijn richting. 'Zij is geen probleem, maak je niet druk. Maar we hebben allebei honger. Zijn er koekjes hier?'

'Wat bedoel je: zijn er koekjes hier?' Kerries rimpels werden dieper. 'Heb je een souschef gevonden? En ben je niet benieuwd of we weer stroom hebben? Gelukkig hébben we die. Maar hoe reageerde Bonita? En heeft er nog iemand gebeld op de advertenties die je hebt opgehangen?'

Zoë hield haar hoofd scheef alsof ze geen woord begreep van alles wat Kerrie zei, maar de indruk wilde wekken dat ze het probeerde. Ik moest iets doen. Zoë had de antwoorden op Kerries vragen niet. In ieder geval geen echte antwoorden. Ik produceerde een klein blafje. Toen ze zich allebei omkeerden en een blik op mij wierpen, blafte ik nog een keer en kwispelde heftig met mijn staart. Zo, ik had hun aandacht. Misschien kon ik Zoë maar het beste mee het Spiegelcafé in nemen, dan zou Kerrie tenminste niet het gevoel hebben dat ze er helemaal in haar eentje voor stond.

Ik rende naar Zoë toe en duwde met mijn neus in haar knieholte. Kerrie hapte verschrikt naar adem, maar Zoë lachte alleen maar.

'Oké, oké,' zei ze. Terwijl ze onvast naar de glazen deuren toe liep, draaide ze zich om en wierp een blik over haar schouder. Ze wees naar de plek waar we door de bliksem getroffen waren en mimede: 'Daar.' Ik keek ook om. In de zonneschijn zag die bewuste plek er volkomen onschuldig uit; gewoon een stukje plein onder de septemberhemel. Er ging een huivering door me heen. Het was angstaanjagend om eraan te denken dat daar zo'n levens veranderende gebeurtenis had plaatsgevonden – recht vóór ons – en dat niemand er iets van wist, behalve Zoë en ik.

Kon ik de tijd maar terugdraaien. Een klein beetje maar. En dat ene afgrijselijke moment overslaan. We hadden een andere route naar huis kunnen nemen. Om het plein heen kunnen lopen in plaats van eroverheen. Zou het hebben geholpen als we alles anders hadden gedaan? Of zou de bliksem ons sowieso hebben gevonden? Alleen de gedachte al maakte me boos, dus richtte ik mijn aandacht weer op Zoë, die net de twee kinderen met het armetierige hondje in het oog kreeg. 'Hé, wie is dat?'

Ik duwde nog harder tegen haar knieholte aan.

'Jee! Ik ga al, ik ga al. Waarom hebben jullie toch zo'n haast? O kijk, een deur!' Opgewonden rende ze erdoorheen. Ze struikelde over de drempel, maar hervond haar evenwicht weer en sprong er met haar armen in de lucht overheen, als een turner die neerkomt na een moeilijke sprong. 'Ta-da!'

Er draaide zich een klant om in de rij voor de koffiebar om een blik op haar te werpen. *Geweldig!* Ik wilde achter hen aan lopen, maar Kerrie sloeg de deur voor mijn neus dicht. Ze sloot me buiten. Ik, niet toegelaten in mijn eigen eetcafé! Niet te geloven! Ik ijsbeerde voor het café heen en weer. Door mijn hoofd flitsten allerlei visioenen van de rampen die Zoë daarbinnen zou kunnen veroorzaken. Wat was er al misgelopen intussen? Had ze iets in brand laten vliegen? Klanten tot op het bot beledigd? Het personeel ontslagen?

Na vijf minuten nerveus gedrentel gaf ik het op te proberen nog via de voordeur naar binnen te komen. In plaats daarvan rende ik naar de achterkant van het gebouw, naar de deur van de moordkuil. Mijn poten waren vochtig van de zenuwen. De deur was dicht. Natuurlijk. Ik legde mijn oor ertegenaan, maar hoorde niets. Zo stond ik een tijdje in mijn eentje te luisteren naar mijn eigen ademhaling. Hoe meer ik ademde, hoe nerveuzer ik werd. Waarom was ik nog niet in mezelf terugveranderd? Was mijn hondengedaante iets blijvends? Als dat zo was, werd ik krankzinnig. Nu. Meteen.

Ik ademde diep in en hield mezelf voor dat ik al mijn aandacht op het Spiegelcafé moest richten. Dat zou helpen om niet volkomen door het lint te gaan. En daarbij móést het ook mijn eerste zorg zijn, want anders had ik, als ik eindelijk in mijn eigen lichaam terug was, helemaal niets meer.

Zoë

Het ruikt hier ongelofelijk. Ik storm, wankelend op mijn mensenbenen, door de deur naar binnen. Die benen van me zijn dan

79

misschien niet erg stabiel, maar ze zijn er wel goed in me snel ergens heen te brengen. Zodra ik de deur door ben, voeren mijn benen me rechtstreeks naar een tafel die vol met eten staat. Menseneten. Eindelijk! Hier was ik nou precies naar op zoek. De tafel staat vol muffins en wafels en spek en eieren en meloen en een paar grote koppen met een sterk ruikend, bruin goedje erin.

'Hé!' zegt een man die ook van de tafel eet.

'Hé,' zeg ik met mijn mond vol wafel terug. Hij kijkt kwaad, dus bied ik hem de muffin aan die ik in mijn hand heb, maar hij draait zich vol afkeer van me weg, alsof ik hem een pluk kattenharen aanbied. Je zou toch denken dat het feit dat er meer eters zijn hem zou stimuleren zo veel mogelijk naar binnen te schrokken. Mensen zijn toch echt bizar.

'Hé, verdomme!' zegt hij, terwijl hij hard met zijn vork op de tafel ramt. 'Dat is míjn eten!'

'Als het van jou is,' reageer ik, 'moet je het niet zo open en bloot uitstallen hier. Iedereen die langskomt, kan het zomaar wegpakken. Je moet het bewáken!'

Als ik midden in mijn demonstratie ben van hoe je een muffin goed bewaakt, rukt de vrouw met de bril me weg. Ze doet het hardhandig en ik wil gaan grommen, maar dat doe ik toch maar niet. Ik heb er een hekel aan om een gevecht te beginnen. Het lijkt me beter om haar maar even de alfa te laten zijn, dan nu stennis te gaan schoppen.

We gaan weer door een deur, een nieuwe kamer binnen. Ik kijk om me heen in de hoop meer muffins te zien, maar dat is niet zo. Dus eet ik, terwijl ze tegen me praat, de muffin die ik in mijn hand houd maar op. Om eerlijk te zijn had ik die muffin liever mee naar buiten genomen om hem daar in alle rust te verorberen, maar het ziet ernaar uit dat dat geen optie is.

'Wat is er met jou aan de hand? Ben je dronken, of zo?' De vrouw met de bril leunt naar me toe en ruikt aan me, dus doe ik dat ook bij haar. Ze ruikt naar pepermunt en een heel klein beetje naar pompoen. Hoe kan ze het verdragen om zo lekker te ruiken? Voelt ze zich dan niet de hele dag uitgehongerd? Zelfs met mijn mond vol muffin, móét ik gewoon nog een keer aan haar ruiken. Ze ruikt lekkerder dan aardbeienyoghurt.

Als ik in haar hals begin te snuiven, duwt ze me weg. 'Stop ermee, Jess! Dit is de belangrijkste dag van het jaar en jij komt dronken hier aanzetten? Of stoned of... wat je ook bent.' Er verschijnen rode vlekken in haar hals. Ik wil haar een geruststellend klopje geven om haar te kalmeren, maar ik ben bang dat ze me dan bijt.

'Ik kan gewoon niet geloven hoe je je daarnet gedroeg. Eten van het bord van een klant af pakken? Mijn god, Jess, daar staat de doodstraf op! Of in ieder geval ontslag! Het is verdomme zowat de enige klant die we hebben!'

Haar ogen zijn rood op de plaats waar ze wit horen te zijn. Ik overweeg even om haar te vragen waarom de man zo lang over zijn eten deed. Het is toch duidelijk dat hij de strijd had kunnen voorkomen als hij de boel gewoon meteen had opgevreten? Ik zal nooit begrijpen waarom mensen zo teuten en zó lang moeten kauwen. Ik werk een muffin in hoogstens drie happen weg.

Mijn muffin is op en ik neem een hapje van het papiertje dat eronder zat om dat even te proberen, maar dat is geen succes. De gespannenheid van de vrouw werkt me op mijn zenuwen en het voelt niet goed in mijn maag. Ik wip van de ene poot op de andere en hoop dat ze kalmeert, zodat de knopen in mijn maag weer wat losser worden. Ik had niet verwacht dat ik zo gevoelig zou zijn voor de emotionele pieken en dalen van een ander mens. Als een hond emotioneel van streek is, heeft die meestal het fatsoen om weg te wandelen en in zijn eentje te gaan zitten, in plaats van anderen lastig te vallen met zijn slechte humeur.

'Alsjeblieft, Jess, kom tot jezelf,' zegt ze met gefronst voorhoofd. 'Alsjeblieft? Ik heb je hard nodig vandaag. Je weet dat ik het niet allemaal in mijn eentje aankan. Ik krijg verdomme de hélft nog niet voor elkaar als ik het alleen moet doen. Ik ben eraan gewend geraakt dat jij wel zeventig procent voor je rekening neemt!'

Ik begrijp er allemaal niks van. Op de een of andere manier geeft ze mij er de schuld van dat ze zo van streek is. Wat volkomen idioot is! Ik heb helemaal niets verkeerds gedaan. Toch?

'Luister,' zegt ze. Haar schouders zakken moedeloos omlaag. 'Als je uitgerekend vandaag helemaal moet instorten, is dat je goed recht, neem ik aan. Dat heb je verdiend met alles wat je hier doet. Maar alsjeblieft, hou het beperkt, oké? Ik kan er nog wel een schepje bovenop doen, denk ik, en harder werken. Maar alsjeblieft, draag jij ook je steentje bij: het minste wat je kunt doen is het markstalletje runnen. En we hebben ook nog steeds een souschef nodig. Die markt was jouw idiote idee, weet je nog?'

Ze kijkt alsof ze verwacht dat ik reageer. Maar ik heb haar al zo boos gemaakt met wat ik eerder heb gezegd, ik wil de boel niet nog erger maken dan die al is.

Ik lik mijn lippen. 'Eh... ja,' zeg ik.

Haar neusgaten worden scherpe driehoekjes. En haar stem is laag en brommerig. Ik voel me opeens een heel klein hondje. 'Luister. Dit is absoluut niet grappig. Wat je ook hebt gebruikt, zorg dat het uit je lichaam verdwijnt. En tot het zover is, kun je op z'n minst de menukaarten naar het markstalletje brengen. Zorg dat je het niet verpest! Anders vermoord ik je, dat zweer ik!'

Ze draait zich om en laat me alleen achter. Ik verwacht dat ik me, zodra ze weg is, wel beter zal voelen, maar dat is niet zo. Haar boosheid ligt als een steen op mijn maag. En het ergste is nog dat ik niet weet wat ik heb misdaan. Waarom ze zo woedend op me is. Het is allemaal zo verwarrend. Begreep ik de regels van de mensenwereld maar wat beter.

Ik ga zitten om mijn poten te likken. Daarna voel ik me altijd een stuk beter.

Maar als ik begin te likken, voelt het vreemd. Mijn huid is glad en zacht en smaakt zoutig. En mijn tong is veel te droog. Bah.

☕ Jessica

Ik ging met mijn voorpoten tegen de achterdeur op staan en duwde een paar keer tegen de klink, maar daar viel geen beweging in te krijgen. Ik kon mijn eigen kantoortje verdomme niet eens in! Met een zucht liet ik me op mijn achterste neerzakken en wachtte. En probeerde intussen te bedenken wat ik nu moest doen.

Een hond! Hoe kon ik nou in vredesnaam in een hond zijn veranderd? Ik sprong op, begon onrustig heen en weer te lopen en pijnigde mijn hersens af op zoek naar een oplossing. Tot het moment dat al mijn aandacht werd opgeëist door zo'n ongelofelijke jeuk, dat ik aan niets anders meer kon denken. Deze keer kriebelde het diep binnen in mijn linkeroor. Ik krabde er met iedere poot die ik had aan en schuurde ook nog een paar keer met mijn oor over de deurpost, maar het hielp allemaal niets. De jeuk woedde ergens heel ver in mijn gehoorbuis en trilde daar als een stemvork.

Op dat ogenblik zwaaide de deur open en zag ik Zoë in de deuropening staan. Ik was opgelucht dat ik haar in één stuk aantrof (om eerlijk te zijn bleek het heel verontrustend om mijn eigen lichaam uit het oog te verliezen), maar ik was tegelijkertijd bezorgd, omdat ze in de moordkuil was en niet in het eetcafé. Had Kerrie haar eruit geschopt? Of was ze uit eigen, vrije wil in mijn kantoortje?

Ik keek haar oplettend aan. Ze was van slag, of tenminste, dat vermoedde ik. Ik kende mijn eigen gezicht met een ongeruste uitdrukking erop natuurlijk niet. Ik kon er nog steeds niet over uit hoe vreemd het is om jezelf aan te kijken. Mijn ogen namen ieder detail in zich op, de putjes in mijn kin, die scheve snijtand. Eerder was het al een schok voor me geweest om te zien hoe mijn gezicht begon te stralen als ik glimlachte; ik had de aanstekelijke kracht van mijn eigen vrolijkheid nooit gevoeld. Maar die vrolijkheid was nu nergens te bekennen.

Ik liet toe dat Zoë me een minuut of zo aaide en knuffelde, tot haar triestheid weer enigszins verdwenen was. Zij had hier niet om gevraagd, net zomin als ik. Het moest voor haar net zo akelig zijn als voor mij. Ik kon me niet indenken wat er nou te missen viel aan hond-zijn, maar wat het ook was, ze wilde het waarschijnlijk wanhopig graag terug.

Toen Zoë weer wat rustiger ademhaalde en rechtop ging staan, wrong ik mezelf het kantoortje binnen. Het was prettig om haar te troosten en mezelf daardoor ook getroost te voelen, maar ik moest praktisch blijven. We moesten de menukaarten en een nieuwe voorraad koffie naar ons kraampje op de markt brengen en ik had Zoë's hulp – of in ieder geval haar handen – daarbij nodig.

Op mijn opgeruimde bureau stonden alleen een telefoon, een lamp, en, naast een stapeltje souschefadvertenties, mijn laptop. Ik bleef even staan en keek verlangend naar het zwarte scherm. Kon ik mijn computer maar aanzetten en online gaan om mijn huidige toestand te googelen. Wie weet, misschien was dit eerder iemand overkomen? Alleen al het denken aan de zoektermen deed mijn poten jeuken – 'transformatie', 'wisseling van lichaam', 'gedaanteverandering', 'uittreedervaringen', 'vrouw wordt wakker als teef'.

Ik wilde niets liever dan het proberen, maar mijn poot zou nooit de touchpad van de ingebouwde muis kunnen bedienen. Misschien kon ik een gewone computer met een losse muis vinden, dan lukte het misschien wél. Maar wáár? *Niet in de bibliotheek*, dacht ik, met de herinnering aan hoe onbeschoft ik mijn eigen eetcafé was uitgezet nog vers in mijn geheugen. Daar zouden ze me nooit binnenlaten. In een internetcafé ook niet. Mijn oog viel op de stapel menukaarten en ik gaf mezelf een mentale schop. Over googelen nadenken kon ook later. Eerst moest ik ervoor zorgen dat die menu's op de markt kwamen.

De menukaarten waren gedrukt met een speciale Natte Neuzenfestival-variatie van ons logo erboven: een hondenkop die door onze normale vier raamruitjes keek. Alles op de menukaart had een naam die iets met honden te maken had: BlafBurger, KwispelKaasKroket, NatteNeuzenNotentaart, VierVoeterVruchtenVlaai. Kerrie en Guy waren wekenlang bezig geweest met het verzinnen van dit speciale menu. En nu maar hopen dat Naomi de gerechten ook kon máken. Als we tenminste klanten kregen.

Voorzichtig verschoof ik de stapel een klein stukje met mijn neus, greep een stelletje menu's in mijn mond, en duwde ermee tegen Zoë's hand.

'Je wilt dat ik die van je aanpak? Maar dat is gewoon papier. Ik hoopte op een koekje.'

Jeetje, ze was nog erger dan een kind van drie. Ik liep terug om een zak koffie te halen en bleef even staan om in de afvalemmer te wroeten. Kerrie en ik hadden daar een aantal iets te bruine pompoenkoekjes in weggegooid. Dat zou haar de mond wel snoeren.

Ik had niet kunnen voorspellen dat ik zo ontzettend zou gaan kwijlen toen ik mijn kop in de vuilnisemmer stak en er een koekje uit opdiepte. Zodra ik de koekjes rook, ging mijn verstand op nul. Ik leek wel een junk. Alles waar ik nog aan kon denken was een koekje. Ik begon te hijgen. Mijn staart kwispelde maniakaal. Ik móést een koekje hebben. In twee happen was het op.

'Hé!' Ze was in drie stappen bij me. 'Heb je een koekje gevonden?'

Ik keek naar haar op en likte mijn lippen af. *Betrapt.*

'Stoute hond! Weet je niet dat je moet delen?'

Ik had haar graag aan de scène met het brood bij het ontbijt willen herinneren, maar dat kon ik natuurlijk niet. Ik kon verdomme helemaal níéts communiceren. Een koekje was toch wel het minste wat ik verdiende? Of twee? Misschien was er nog een te vinden?

We sprongen op hetzelfde moment op de vuilnisbak af. Zij ramde me weg met haar heup. Ik probeerde tussen haar benen door te komen terwijl ze servetjes, papieren bekers en yoghurt-dekseltjes op de grond gooide. En toen had ze beet.

'Yes! Ik heb er een!' Zoë hield het koekje hoog boven mijn kop en zwaaide ermee alsof ze een prijs had gewonnen. Ze nam een hapje, begon op een overdreven manier te kauwen en rolde met haar ogen om te laten zien hoe heerlijk het smaakte. Ik wierp haar een boze blik toe en keerde me om, mijn maag kromp samen. Hond zijn is een hongerige aangelegenheid.

Toen de koekjes op waren, kon ik me weer op mijn werk concentreren. Zoë droeg de menu's en ik nam de zak koffie in mijn bek. De storm van de dag ervoor was allang oostwaarts getrokken en deze ochtend was het warm weer. De lucht rook zoet. Samen liepen Zoë en ik naar de markt in Hyak Park, een rechthoekig grasveld omzoomd door enorme kastanjebomen en esdoorns. Langs de oostkant van het park stroomde de Kittias River Madrona binnen, om uit te komen in Kwemah Bay en het zoute water van Puget Sound. Over een maand zouden de kinderen hier kastanjes gaan zoeken om in de rivier te gooien en die daarna razendsnel in het water te zien wegdrijven.

Alle belangrijke gebouwen van het stadje stonden om dit grasveld heen. Een stenen brug uit de jaren vijftig leidde van het grasveld naar de bibliotheek, waar de leeszalen uitzicht boden op de rivier. Aan de noordzijde van het grasveld lag het bejaardentehuis met zijn grote gemeenschappelijke zaal en bijgebouwen voor creatieve activiteiten en bingo. Het gemeentehuis lag aan de westkant van het grasveld en de zuidkant werd in beslag genomen door het kleine bakstenen postkantoortje met de arcade naar Midshipman's Square ernaast, waaraan ons eetcafé lag. Hoe dichter we bij het grasveld kwamen, hoe ongeruster ik me voelde. Er zouden mensen zijn daar, mensen die ik kende, het totale organisatiecomité van het Natte Neuzenfestivalcomité was er. Hoe zou Zoë zich daar doorheen laveren? Zou ze me voor schut zetten? Zou ik mezelf voor schut zetten?

Ik was flink zenuwachtig, maar dat bleek nog niets vergeleken bij hoe nerveus ik was toen we voet op het grasveld zetten. Op dat moment drong het pas tot me door dat het park niet alleen vol mensen was...

Het stikte er ook van de honden.

8

Parkhond

 Jessica

Zodra we het grasveld op liepen, liet Zoë alle menu's vallen en rende ze ervandoor. Fantastisch, dacht ik. Wat nu? Even wist ik niet of ik de menu's maar gewoon moest laten liggen om vertrapt te worden, of moest proberen ze op te rapen. Maar ik had mijn bek al vol met het pak koffie, dus rende ik een rondje om de menukaarten heen en racete weg naar het kraampje van het Spiegelcafé. Zodra ik die zak koffie had gedropt, was mijn bek vrij om een van de serveersters in haar schort te happen en haar mee te slepen naar de op de grond gevallen menu's.

Ze lachte en maakte al haar vriendinnen attent op mij. Iedereen vond me heel erg grappig. Maar gelukkig boog ze zich ook vooorover om de menu's op te rapen. Toen gaf ze me een paar klopjes op mijn kop en zei ze dat ik een slim hondje was, wat natuurlijk een geweldig understatement was.

Ik knipperde met mijn ogen tegen het zonnetje en ging een eindje verderop zitten om bij te komen. Binnen een paar seconden werd ik omringd door allerlei honden. Ze waren opeens overal: met rollende ogen en uit hun bek lebberende tongen. Hun adem prikte in mijn neusgaten en hun nagels krabden mijn poten. Ze duwden en duwden. Ze staken hun snuit onder mijn buik en onder mijn staart.

Ik hijgde, mijn longen waren gevuld met angst. Ieder stukje van mijn lijf werd door honden besnuffeld en aangeraakt. Ik draaide me met een ruk om, in een poging ze van me af te schudden, maar iedere keer dat ik me bewoog, gaf ik de gelegenheid voor weer een nieuwe ruiksessie onder mijn staart.

Ik liet mijn tanden zien en hapte naar de snuit van een Duitse herder, en daarna naar die van een retriever. Er welde een grom op in mijn keel, die langs mijn tanden naar buiten rolde. Toen begon ik te blaffen. Ik deed mijn bek open en liet een luid geblaf horen, zo keihard dat mijn eigen oren er pijn van deden. Iedere hond die me maar durfde aan te kijken, kreeg de volle laag. Een piepklein chihuahuaa'tje begon te keffen en naar mijn poten te happen en ik ging als een Hulk op mijn achterpoten staan en blafte recht in haar spitse kop.

Het voelde allemaal heel onwerkelijk en ook fantastisch – op een vreemde manier. Ik had vele angstige momenten met honden doorgemaakt, maar nooit eerder geweten hoe ik met hen kon communiceren, hun duidelijk moest maken dat ze me de ruimte moesten geven. Maar nu ik kon blaffen, hóórden ze me ook. Ze lieten me met rust en gingen weer terug naar wat ze aan het doen waren geweest. Ongelofelijk!

Het was natuurlijk maar een minieme overwinning, gezien het levensgrote probleem dat ik gevangenzat in het verkeerde lichaam. Maar toch gaf het me een goed gevoel nou eindelijk eens begrepen te worden. Kon ik maar een manier vinden om de mensenwereld duidelijk te maken dat het Spiegelcafé een geweldige tent was. Dan kwam alles uiteindelijk wel in orde.

Dit weekend was niet alleen de kans op de redding van ons café; het was ook de kans op een nieuw begin. Er kwamen ieder jaar tientallen reisjournalisten naar Madrona, die allemaal een verhaal schreven over hun favoriete winkel of favoriete plek om te eten. Vorig jaar, toen Leisl Adler de eindtoespraak deed, had haar eetgelegenheid Madronese Eieren een halve pagina in *Woef!* gekregen, het bekendste tijdschrift voor hondenliefhebbers. En bovendien was het twee keer genoemd in verschillende Californische kranten. De *Seattle Times* had zelfs een foto van Leisl, naast het standbeeld van Spitz, gemaakt. Ze stond met haar armen over elkaar geslagen alsof ze een Wall Street-tycoon was, op de voorpagina van de reisbijlage. Madronese Eieren serveert omeletten die naar karton smaken, maar het hele jaar door zat het er vol toeristen, omdat het zoveel goede publiciteit had gekregen. Het belang van dit weekend viel niet te onderschatten. En het was míjn taak om ervoor te zorgen dat de naam Spiegelcafé positief in de kranten kwam.

Nogal een uitdaging wanneer je niet kunt praten...

Ik tuurde het grasveld over, naar het ouderwetse witte muziekpaviljoen, waar ik op zondagmiddag mijn toespraak moest houden. Een toespraak, over krap tweeëndertig uur! Hoe ging ik dat in vredesnaam doen? Blaffend en jankend? In hondengebarentaal? Eén ding wist ik zeker: aan Zoë zou ik het zeker níét overlaten.

Ik staarde naar het paviljoen en pijnigde mijn hersens, op zoek naar een manier om het Spiegelcafé te helpen. Toen viel mijn blik op een bekend paar Timberland-schoenen. Ik rende er meteen naartoe en mijn neus pikte algauw de geur van uien, pepertjes en – mmm! – tomaten op. Zelfs voor ik bij zijn kraampje was, wist ik dat ik Theodore had gevonden.

Ik had hem bijna een jaar niet gezien, maar hij zag er nog precies hetzelfde uit: keurig geknipte blonde baard, kortgeschoren kop, een pet op zijn hoofd. Hij droeg nog altijd een kilt en zijn koperen armband met BEAUTY WILL SAVE THE WORLD erin gegraveerd. Hij was niet het type voor een koksjasje.

Theodore had jaren als souschef bij ons gewerkt, in de hoogtijdagen van het Spiegelcafé, toen Kerrie nog chef-kok was en Naomi de gasten ontving. Theodore zag er misschien onconventioneel uit, maar hij was efficiënt, ervaren en gefocust. Precies wat we nodig hadden van een souschef. Nu Naomi hoofd van de keuken was, konden we iemand als Theodore heel goed gebruiken om haar te ondersteunen.

Vandaag had hij het druk met het aan de man brengen van zijn Salish *salsa*, een saus die beloofde 'het vuur van het Zuiden in het Noorden' te zijn. Het was die saus, plus de kans om zijn eigen bedrijfje te beginnen, die hem van het Spiegelcafé had weggelokt. Hij had graag thuis willen werken, waar hij zijn eigen uren kon bepalen en niet meer achter het hete fornuis hoefde te staan. Kerrie en ik hadden daar begrip voor gehad: Theodore was ondernemer in hart en nieren en verdiende het om eigen baas te zijn.

Ik haastte me naar zijn kraampje toe, volkomen vergeten dat hij me niet zou herkennen. Hij keek niet eens een tweede keer naar me. En daarbij had hij het veel te druk met de verkoop van zijn salsa en toen ik dat besefte, zonk de moed me in mijn poten. Zijn handel liep als een trein. Waarom zou hij dan bij het Spiegelcafé willen invallen, als hij hier als een gek verkocht?

Ontmoedigd liet ik me onder zijn tafel op de grond zakken en legde mijn kop op mijn poten. Ik zag al voor me hoe het er in het Spiegelcafé aan toe ging. Óf er waren niet méér klanten gekomen en Kerrie begon steeds wanhopiger te worden terwijl ze naar het lege restaurantgedeelte staarde, óf het was er stervensdruk en Kerrie werd steeds wanhopiger omdat de orders te lang op zich lieten wachten en het in de keuken een en al stress was. Hoe dan ook, mijn partner had gegarandeerd een afgrijselijke dag. En wat deed ik om haar te helpen? Niets. Nada, niente, *zilch*. Helemaal niets.

'Hé, Theo. Hoe is het?'

Ik schoot zo snel overeind, dat ik bijna mijn kop stootte tegen de onderkant van de tafel. Ik kende die stem. En vooral de manier waarop die stem Americano's in een grote beker bestelde.

'Gaat wel, Max,' antwoordde Theo. 'En met jou?'

Er was een pauze waarin Max in mijn verbeelding zijn schouders optrok. Ik had het altijd geweldig gevonden om hem dat te zien doen. Ze bewogen zo mooi onder zijn kleren. 'Ach, je weet wel. Z'n gangetje. Hé, ik ben op zoek naar je oude werkgeefsters. Heeft het Spiegelcafé niet ook een kraampje hier?'

'Meestal wel. Wacht even.' Theodore riep iemand, een persoon met roze basketbalschoenen aan, die achter de tafel van het kraampje kwam staan. 'Bedankt, schat,' hoorde ik Theodore zeggen en ik zag zijn Timberlands van het kraampje weglopen. Ik stak mijn neus onder de tafel uit om te zien wat er gebeurde.

Theodore stond met zijn hand boven zijn ogen in de rondte te turen. 'Ze staan meestal in de buurt van het muziekpaviljoen. Ga je ze een espresso aftroggelen?'

Max haalde weer die heerlijke schouders van hem op. 'Zoiets, ja. Hoe loopt de salsa-business?'

'Ach, het is werk.' Theodore haalde nu ook zijn schouders op, maar het was absoluut geen vergelijk met hoe Max dat kon. 'Nogal saai, om eerlijk te zijn.'

Saai? Mijn oren spitsten zich.

'Ja?' Max haakte zijn duimen in de zakken van zijn spijkerbroek. 'Ik dacht dat je het leuk vond om eigen baas te zijn.'

'Ja, dat was ook zo. Maar het is iedere dag hetzelfde, weet je. Ik sta op en hak. Ik eet mijn lunch en hak. Dat is alles wat ik doe. Hakken. Het recept is iedere keer hetzelfde en ik stink doorlopend naar ui.' Hij knikte in de richting van de kraam, naar zijn vriendin met haar roze gympen. 'Ariël zegt dat ik op haar zenuwen begin te werken.'

Max grijnsde. 'Je mist het Spiegelcafé, hè?'

'Ja, ik denk van wel. Daar was het veel afwisselender. En ze lieten me altijd nieuwe dingen uitproberen als ik dat wilde.'

Ik kon mijn oren nauwelijks geloven. Dit was het beste nieuws dat ik die dag had gehoord. Dus... hoe kreeg ik Theodore naar het Spiegelcafé? Duwen? Trekken? Zonder er erg in te hebben kroop ik onder de tafel uit, mijn staart kwispelde als een idioot.

'Waren het leuke bazen voor je?' vroeg Max, terwijl hij weer het publiek afspeurde met zijn ogen. Misschien was hij naar iemand op zoek? Zijn vriendin waarschijnlijk. Of zijn verloofde. Ik hield op met kwispelen.

'Ze waren geweldig.' Plotseling brak er een grote grijns door op Theodores bebaarde gezicht. Hij gaf Max een por met zijn elleboog. 'Hoezo? Heb je interesse?'

Max moest een stap opzij doen om zijn evenwicht te bewaren en terwijl hij dat deed, kreeg hij mij in het oog.

'Hé, Zoë! Ik had niet verwacht je hier te zien. Waar is je baasje?'

Max stak zijn hand naar me uit en ik rende meteen op hem af. Schaamteloos. Ik wilde alleen maar dicht bij hem zijn.

'Waarom loop je hier los rond te zwerven?' Hij viste een blauwe hondenriem uit zijn zak en maakte die aan mijn halsband vast. Alsof die ergens voor nodig was. Ik zou hem de hele wereld over volgen.

'Hé, man,' zei Theodore, terwijl hij zich omdraaide naar zijn salsa-kraampje. 'Ik moet weer aan de slag. Ariël redt het niet in haar eentje. Zie je later.'

'Adios,' zwaaide Max naar Theodore en opeens was ik weg bij onze toekomstige souschef. Die Max, ik vergat alles door hem.

Max wandelde in gezwinde pas naar het muziekpaviljoen, terwijl hij uit bleef kijken naar Jessica. Het drong tot me door dat ik zo was opgegaan in mijn ontdekking van Theodore, dat ik me niet druk had gemaakt over wat die hond in mijn lijf allemaal voor streken kon uithalen. Wat zou een hond in een menigte als deze doen? Op het gras pissen? Koekjes weghappen uit het handje van een klein kind?

Terwijl Max en ik het grasveld overstaken, viel me op dat er veel vrouwenhoofden omdraaiden als hij langsliep en hij door vele ogen werd gevolgd. Blijkbaar was ik niet de enige die op geweldige jukbeenderen viel. Ik was blij toen we bij het kraampje van het Spiegelcafé arriveerden, waar de middelbare scholieren nergens anders aandacht voor hadden dan voor onze klanten en elkaar. Ze leken hun ritme te hebben gevonden: bestellingen opnemen en espresso's maken, zo snel het apparaat ze maar kon uitspugen.

'Hmm, hier niet.' Max hurkte naast me neer. 'Waar denk je dat ze naartoe is?'

Geen idee, dacht ik. Maar ik zou er een boel voor overhebben om dat te weten.

Max bracht zijn hand naar mijn oor en ik leunde dichter naar hem toe. Ik had niet beseft dat mijn oor zo ongelofelijk jeukte en zijn geaai zond schokgolven door mijn lijf. Hoe meer hij aaide, hoe meer ik naar hem overhelde. Er ging een golf van puur genot door me heen. Dit was nog lekkerder dan chocoladecake. Maar mijn extase werd ook getemperd door het trieste gevoel dat ik nooit méér zou kunnen krijgen. Hoe lang hij me ook aaide, mijn verlangens zouden nooit gestild kunnen worden. En altijd zou er dat eeuwigdurende gevoel van spijt zijn. Bovendien was dit niet wat ik werkelijk wilde. Ik wilde in mijn mensenlichaam zijn en Max' huid op de mijne voelen, net zoals gisteren, toen we elkaar een hand gaven. Waarom konden we dat ogenblik niet overdoen en nog eens overdoen?

'Daar is ze,' zei Max, terwijl hij abrupt opstond. Ik wilde wel kijken, maar al dat aaien van hem had me half verdoofd. Alles waartoe ik in staat was, was mijn kop opheffen en over het grasveld staren, maar het enige wat ik zag waren truien en jacks. En Guy, onze ex-chef-kok, die zich naar Leisl van het Madronese Eieren-kraampje toe boog en een onderonsje met haar had. Probeerde hij haar te versieren? Aasde hij op een nieuwe baan? Leisl leek me niet het type dat de werknemer van een concurrent zou wegkapen, ook al was die dan net ontslagen.

'Kom, dan breng ik je naar Jessica,' zei Max, terwijl hij mij met zich meetrok. 'Dan vertel ik haar meteen dat ze je beter niet kan laten loslopen. Stel dat jij in de problemen raakt, hoe kan ik haar dan nog ooit mee uit vragen?'

Mee uit vragen? Mee úít vragen? Serieus? Ik struikelde bijna. Had ik het goed gehoord? Max Nakamura – Hot Max – wilde mij mee úít vragen? Ik ging harder lopen en bekeek hem aandachtig. Ja, hij rekte zich helemaal uit om Jessica tussen het publiek door te kunnen zien. *Ongelofelijk! Wat fantastisch!* Dit kwam als een totale verrassing. Kon een man als hij, de populaire dierenarts van Madrona, écht iemand leuk vinden die te boek stond als hondenhater? Was hij de enige in dit stadje, behalve Kerrie, die verder kon kijken dan dat ongelukkige incident?

Terwijl ik naast hem zweefde, dacht ik terug aan de manier waarop hij me had geaaid. Zo lief, zo attent. Betekende dat dat hij ook een attente, lieve man was om mee samen te wonen? Bestond er een verband tussen de manier waarop een man met honden omging en hoe hij in het leven stond? Zou Max een attente geliefde zijn, omdat hij zo lekker over mijn kop aaide?

Dit begon allemaal heel, heel verkeerd te voelen.

Zoë

Dit is de meest bizarre dag die ik ooit heb gehad. Nooit heb ik in een paar uur meer dingen gezien en gedaan. Normaliter zou het al verrassend genoeg zijn geweest dat ik een heel brood als ontbijt had opgegeten, plús een muffin (zelfs zónder papieren bakje). Maar nu ben ik in een park waar het stikt van de honden in allerlei soorten en maten. Kleine, grote, frisbeehonden, balhonden – en ik ben anders dan álle anderen.

Als ik aankom, komt er een buldog naar me toe lopen. 'Hoi,' zeg ik, en ik wil zijn neus ruiken als begroeting. Maar ik ben zo lang dat ik dat nauwelijks kan. Zelfs als ik op mijn hurken zit, voelt mijn lichaam helemaal verkeerd, de heupen te hoog en mijn hoofd nóg hoger. De buldog snuift even aan mijn broekspijpen en draait zich om, duidelijk niet onder de indruk. Alsof ik niet lekker ruik. Alsof het hem niet eens interesséért wat ik voor mijn ontbijt heb gehad.

Ik probeer de newfoundlanders, maar die kwijlen alleen maar en rollen met hun ogen naar me. De chocoladekleurige labrador springt weg. Ik ren achter de schapendoezen aan en kan de staart van een van hen bijna aanraken, maar ze lijken er niets van te merken. Als ik naast hen ga lopen en een andere richting op ga, komt er niemand achter me aan.

Ik voel een brok in mijn keel, alsof ik net een vies, glibberig zeedier heb doorgeslikt. Ik weet hoe dat voelt van die keer dat ik een kwal at die op het strand lag. Daarna heb ik vijf keer moeten overgeven. Toen heb ik me voorgenomen om nooit meer een kwal op te eten als ik er nog eens eentje op het strand tegenkom, zo vreselijk was het. Maar de waarheid is dat ik het waarschijnlijk toch wéér zou doen. Ik kan mezelf gewoon niet inhouden bij dat soort dingen. Hoe sterker iets ruikt, hoe meer ik het wil opeten. Zelfs al weet ik dat ik er daarna kotsmisselijk van word. Waarom is dat toch zo?

Nu voelt mijn maag alsof ik net een kwal heb opgevreten, terwijl ik naar de honden kijk die over het veld rennen en mij volkomen negeren. Ik jank in stilte.

Maar wacht! Wácht! Ik zie hem voordat ik hem ruik. Pap! Mijn eigen papa, daar, naast de auto. Hij komt me halen!

Ik race zo hard ik kan naar hem toe, spring naar hem op en lik zijn gezicht. We vallen in het gras. Hij gilt als een klein meisje en probeert me van zich af te duwen, maar ik moet mijn onderdanigheid aan hem duidelijk maken, dus blijf ik zijn gezicht likken. Mijn tong voelt superdroog, maar ik ga stug door met likken. Hij moet weten hoe het me spijt dat ik ben verdwaald. Hij moet weten hoeveel respect ik voor hem heb.

Papa duwt me van zich af en staat op, hij klopt het gras van zijn broek.

'Wat is dit in vredesnaam? Ben je gek of zo? Is dit een of andere stunt?'

'Nee.' Ik hijg na al dat rennen en likken. 'Nee, geen stunt. Herkent u me niet? Hebt u me niet gemist?'

'Wie ben je verdomme?' Papa veegt zijn gezicht af. 'Zit je aan de drugs?'

'Ik ben Z...' begin ik mijn antwoord. Maar ik weet mijn woorden nog net op tijd in te slikken. Natuurlijk herkent hij me niet. Ik zit in het verkeerde lijf. Plotseling zie ik in een flits voor me wat voor indruk ik moet maken: ik gedraag me als mijn eigen hondenzelf, maar in het lichaam van een mens. Ik heb een mens nooit een ander mens zo zien likken. Mijn gezicht brandt als het tot me doordringt dat dit waarschijnlijk niet is hoe een normaal mens zich gedraagt.

Is het te laat om me fatsoenlijk te gedragen? Papa kijkt wild uit zijn ogen. Hij is bang van me. Ik buig mijn hoofd om minder dreigend over te komen.

'Ik heb uw hond,' zeg ik, duidelijk articulerend en met rechte rug. 'Uw hond, Zoë. Die verdwaald was, maar dat spijt haar enorm en ze zal het nooit meer doen. Nooit meer. Ze wil zo graag naar huis. Neemt u haar mee? Alstublieft?' *En mij ook*, wilde ik zeggen, maar deed het niet. Ik wist niet goed hoe ik het voor elkaar moest krijgen dat hij mij ook meenam. Dat ik in het verkeerde lijf zat was opeens heel verwarrend. Was ik nog maar gewoon een hond, dan zou ik precies weten wat ik moest doen om pap en mam meer van me te laten houden. Ik zou heel stil en voorzichtig zijn. Mam zei altijd tegen me dat ik haar prachtige huis niet mocht ruïneren. Ze houdt van mooie dingen.

Papa kijkt om zich heen, maar ík zie Jessica het eerst, ze komt onze kant op met dokter Max. Ik vind dokter Max een schat, maar ik ren niet naar hem toe. Ik wil met papa mee naar huis, dus blijf ik staan waar ik sta. En ik gebruik mijn nieuwe vinger om te wijzen.

'Daar is ze. Ziet u? Zoë.' Ik buig me naar hem toe. 'Is ze niet prachtig?'

Papa kijkt me aan op een manier die ik niet begrijp. Zijn ogen staan verdrietig, bijna of ik me heb misdragen, maar zijn voorhoofd heeft een boze frons.

'We hebben helemaal geen hond,' zegt hij op scherpe toon. Hij veegt nog een keer over zijn broek en stapt de auto in.

'Wacht. Ze komt eraan,' roep ik. Ik ren naar de auto en sla met mijn handen tegen het raampje, maar hij kijkt niet naar mij. Hij rijdt gewoon weg.

☕ Jessica

We waren te laat. Toen we Zoë zagen, was ze al in een of ander drama verwikkeld; ze rende achter iemand aan die in zijn auto probeerde weg te vluchten. De arme man zag er vriendelijk uit, hoewel nogal formeel, in pak en met stropdas, voor een dagje in het park. In een stadje waar iedereen zich het liefst in spijkerbroek kleedde, leek hij niet erg op zijn plaats.

Het klinkt paranoïde, ik weet het, maar ik zou zweren dat hij een vreemde blik op me wierp terwijl hij startte. Een opgejaagde blik. Toen richtte hij zijn ogen op de weg en reed weg.

Max liep meteen naar Zoë toe. 'Is alles in orde?'

Zoë's gezicht was een toonbeeld van verdriet en verwarring, maar ze vertelde niet wat er aan de hand was. In plaats daarvan richtte ze haar ogen op het muziekpaviljoen, dat helemaal klaar was voor de hond-en-baasje-schoonheidswedstrijd. Er stond een stel camera's van regionale televisiezenders voor het podium en er zaten een hoop kinderen in het gras te wachten tot het spektakel zou beginnen. Vanaf de plek waar ik stond, kon ik Leisl haar raspoedel, Foxy, zien klaarmaken voor de wedstrijd. De stem van onze ceremoniemeester klonk door de microfoon: 'Is uw hond de mooiste van de wereld? Kom dan naar het muziekpaviljoen en kies een kostuum uit onze rekken. Wij zijn op zoek naar de mooiste hond van het Natte Neuzenfestival en we hebben uw hulp nodig. Er zijn prijzen voor de gehoorzaamste hond, de vriendelijkste, de hond met de gezondste vacht en de hoofdprijs is voor de mooiste hond-en-baasje-combinatie. Dus mensen, laten we beginnen met de zesde hond-en-baasje-wedstrijd.

Voordat ik met mijn ogen kon knipperen, had Zoë mijn riem al gepakt. 'De mooiste hond, dat zijn wij. Kom mee, hondje,' zei ze tegen me. 'We moeten die wedstrijd gaan winnen.' Ze wierp een blik naar de weg waarover de auto was verdwenen en mompelde binnensmonds: 'We zullen hem wel eens laten zien hoe perfect wij zijn. Kom op.'

Ik werd struikelend door haar meegesleurd en zette mijn poten schrap. Maar hoewel ze nog altijd wankel op haar benen stond, leek ze alleen al door haar enorme wilskracht te komen waar ze wilde. Ik wilde protesteren en haar vertellen dat die hond-en-baasje-wedstrijd ons echt niet zou helpen weer normaal te worden, dus waarom zouden we?

Maar Zoë vond het blijkbaar belangrijk. Ze trok me met de kracht van tien sledehonden met zich mee en binnen een paar seconden stond ik naast haar voor de inschrijvingstafel, tegenover Malia Jackson en Alexa Hinkey.

'Ik heb hier de mooiste hond van de wereld,' stootte Zoë uit. 'Is het te laat om nog mee te doen?'

'Ach, is dat niet schattig?' zei Alexa over de tafel heen. 'Hoe gaat het met mijn kleine Verloren Vriendinnetje? Ze heeft al zoveel meer vertrouwen dan gisteren.' Ze stak haar hand naar me uit en ik deed gehoorzaam net of ik eraan rook. 'Voel je je beter na een lekker ontbijtje?'

Ze vroeg het aan mij, maar Zoë gaf antwoord.

'Jazeker,' zei ze trots. Ze keerde zich naar mij en vormde geluidloos het woord 'muf-fin' met haar lippen.

Malia had het misschien gezien; over haar leesbril keek ze Zoë met een vreemde blik aan. 'Als je de schoonheidswedstrijd wint, mag je die grote mand met lekkere hapjes van de Clover Leafbakkerij mee naar huis nemen.' Ze knikte naar een grote rieten mand die volgestouwd was met enorme boterkoeken, chocoladewafels en pindarotsjes. Zodra mijn oog op al die heerlijkheden viel, begon ik te kwijlen. Een seconde later zei mijn verstand me dat mijn lichaam minstens tien kilo zwaarder zou zijn als ik Zoë dat allemaal liet opvreten. Als ik mijn lichaam ooit terugkreeg... Ik hield Zoë goed in de gaten. Als ze mijn riem ook maar één moment losliet, was ik van plan om er direct vandoor te gaan.

Malia gaf Zoë een stapeltje folders en flyers. 'Ik weet dat je helemaal op de hoogte bent wat dit weekend betreft, maar ik ben verplicht je dit mee te geven.' Ze richtte zich tot mij en met een knipoogje zei ze: 'En vergeet niet de hulp van de Vereniging voor Verloren Viervoeters in te roepen als je ons nodig hebt. Ons nummer staat op de voorkant van de plattegrond van Madrona.'

'Nou, ga maar gauw naar achteren en zoek een kostuum uit voor die leuke hond van je,' zei Alexa tegen Zoë. Samen liepen ze met mij aan de lijn naar het rek met kleding. 'En dan ga je het toneel op en zorg je ervoor dat de mensen hier hun woorden inslikken over dat gezeur dat jij iemand zou zijn die honden haat. Laat iedereen hier maar eens goed zien wat voor een bijzondere band jullie tweetjes hebben. Als je Leisl en Foxy de kroon van het hoofd kunt stoten, zal niemand je er ooit nog van beschuldigen dat je een hondenhater bent. Let op mijn woorden!' Ze hurkte voor me neer en plotseling vond ik haar nonchalante manier van kleden precies goed. Gemakkelijk. Benaderbaar. 'Mijn hemel, wat ben jij toch een geweldig hondje. Ga jij maar eens over het toneel paraderen en iedereen laten zien wat voor een kampioen je bent. Alle mensen uit dit stadje zullen naar je kijken. Doe het Spiegelcafé eer aan!'

Die laatste woorden troffen me recht in het hart. Het Spiegelcafé... iedereen uit het stadje kwam kijken... natuurlijk! Waarom had ik daar niet eerder aan gedacht? Opeens drong het tot me door dat dit dé manier was om het Spiegelcafé bij de bezoekers van het Natte Neuzenfestival onder de aandacht te brengen. Plotseling werd ik nerveus. Nu was het ineens belangrijk om écht te winnen, om alle publiciteit die dat voor het Spiegelcafé zou opleveren. Al lukte het maar om dertig extra klanten voor het diner te trekken, dan konden we Naomi weer een maand betalen. Daarvoor zou ik wel willen meedoen aan welke wedstrijd dan ook.

Maar toen ik de kostuums zag, gaf ik er bijna de brui aan. Voor ons perste een vrouw haar mopshond in een bijenpakje met voelsprieten die aan spiraalvormige veren voor haar ogen dansten. Daarvoor stond een boxer met een Princess Leia-pruik op zijn kop, bungelende pluche armen en het bijbehorende Star Wars-wapen in een riem om zijn buik, klaar om het podium op te gaan. Mijn hemel! Die honden hadden er geen notie van hoe vernederd ze zich zouden moeten voelen. Ze hadden werkelijk geen idee, ze zouden het toneel op lopen met een schattig glimlachje op hun bek, en het kon hen niets schelen of het publiek het uitbrulde omdat ze er zo belachelijk uitzagen. Nou, mij niet gezien. Mooi niet. Ik mocht dan aan de buitenkant een hond zijn, vanbinnen wist ik nog heel goed wat eigenwaarde was. Ik zou het kostuum wel aantrekken, niet dat ik daar veel keus in had, maar niemand kon me dwingen dat leuk te vinden.

Zoë dook de kostuums in en begon er onbesuisd in te zoeken, zonder zich te storen aan de keurige manier waarop ze waren opgehangen. Ik wist mijn blik van Princess Leia los te rukken en keek op naar de rij outfits. In wat voor martelwerktuig zou Zoë me dwingen? Het poezenpak? Het tulen feeënrokje met bijbehorende gouden krullenpruik en toverstafje? Of zou ze me de enorme hoed op zetten die eruitzag als de kop van Scooby Doo?

Ik was verrast toen ze er een Wonder Woman-kostuum uit tevoorschijn trok.

'Mooie kleur,' zei ze, terwijl ze haar vingers over het rode lijfje liet glijden. 'Ik wou dat ík een kostuum aan mocht. Je hebt geluk!'

Ik, geluk? Ik herkauwde die gedachte terwijl ik door een vrijwilliger werd aangekleed; ze maakte het klittenband van het pakje op mijn rug dicht. Zoë trok de hoofdband over mijn oren en toen zetten zij en de vrijwilliger een stap naar achteren om me samen vol bewondering te bekijken.

'Lynda Carter verbleekt er gewoon bij!' merkte de vrijwilliger op.

'Prachtig!' Zoë klapte in haar handen.

Ik kon het niet tegenhouden – er brak een grijns door op mijn kop en ik begon te hijgen.

9

De kampioenskroon

 Jessica

Terwijl we stonden te wachten om het toneel op te gaan, werd ik weer overvallen door de zenuwen. Dit paste zo helemaal niet bij me. Ik deed nooit dergelijke dingen, zelfs niet met Halloween. Het was jaren geleden dat ik een kostuum had aangehad.

'Oké, we zijn hier met een doel,' zei Zoë terwijl ze naast me neerhurkte. 'En doe nou niet net of je niet luistert. Ik weet dat je dit heel goed begrijpt.' Ze blikte de rij langs van de kandidaten die voor ons waren. 'We móéten dit winnen. Wij zijn hier de mooiste, knapste, allerleukste hond en dat zullen we ze wel eens laten zien. En bovendien, we hebben die koekjes hard nodig. Dus gaan we hen verslaan.'

Ik volgde haar blik naar het stel op het toneel. Foxy, opgetuigd in een met glitters bezette bolero en met een flamencohoed met pompons op zijn kop, liep in kringetjes achter Leisl aan in hun eigen versie van de Mexicaanse 'Hat Dance'. Iedere keer dat de muziek ophield, stak Foxy zijn poot in de lucht voor een high five. Leisl knipoogde steeds naar het publiek voordat ze haar hand tegen Foxy's poot aansloeg. 'Brave jongen!'

Het publiek smulde ervan.

'Wij moeten ook zoiets doen,' zei Zoë. 'Samen, als team.' Op dat moment botsten er in mijn hoofd drie gedachten op elkaar. Ten eerste drong het tot me door dat je in deze wedstrijd ook een act moest opvoeren. En dat kan ik niet. Ik heb nergens talent voor. Ik kan niet zingen, niet dansen. Ik kan niets wat het waard is om naar te kijken.

Ten tweede ontdekte ik Hot Max op de eerste rij. Toen ik weer durfde te kijken en besefte dat hij deel uitmaakte van de jury, kwam er wéér een knoop bij in de verwarde kluwen die mijn maag al was.

En ten derde werd ik door Zoë het toneel op gesleept.

Zoë

Het maakt niet uit hoe vaak ik 'koekjes' en 'braaf' zeg, ze verzet zich bij iedere stap. Ik ken al haar trucjes, omdat ik die zelf ook heb geprobeerd: op je achterste gaan zitten, nagels in de grond boren, kop heen en weer schudden. Maar ik ben haar te slim af. En veel sterker bovendien.

We komen het toneel op en de zon vangt ons in haar stralen. Een luide stem zegt: 'Alstublieft, een warm applaus voor de eigenaar van het Spiegelcafé Jessica Sheldon met haar hond Zoë.' De mensen klappen en dan wordt alles stil. Ik zie dat de mensen naar ons kijken. Ik zwaai en zij zwaaien terug.

Dan wijs ik op dokter Max met mijn nieuwe wijsvinger. Toen ik nog hond was, begreep ik nooit waarom mensen hun vingers uitstaken. Het sloeg nergens op in mijn ogen. Zat er iets op geplakt? Moest ik die vinger likken? Maar nu weet ik dat het is voor dingen die te ver weg zijn om te likken of aan te raken. Ik moet er niet aan denken op hoeveel lekkere hapjes mensen me hebben gewezen die ik niet heb opgegeten, omdat ik hen niet begreep.

Dokter Max zwaait naar me. Ik voel dat de mensen wachten totdat ik iets ga doen, en ik vraag me af of ik moet opzitten. Of moet doodliggen? Of misschien allebei?

Het is doodstil.

Jessica zit naast me een beetje jankerig te doen, alsof ze moet plassen, maar ik denk niet dat dat het is. Ze doet me denken aan een hond die ik ooit in een kennel zag die jankte als de mensen weggingen. Ik kijk naar haar en zeg: 'Niet bang zijn. Ze vinden ons leuk. We maken ze aan het lachen. Zie je wel?' Ik zwaai nog een keer naar het publiek en de mensen lachen en kuchen en schuiven heen en weer op hun stoel.

Ik denk dat ze me gelooft, want ze pakt haar uiteinde van de hondenriem in haar bek en begint over het toneel te draven. Ik draaf achter haar aan met het andere einde van de riem in mijn hand en de mensen beginnen te lachen. Ik grijns breed naar hen. Maar Jessica lacht helemaal niet. Ze kijkt heel ernstig, alsof ze op het punt staat naar me te gaan grommen. Ze neemt me mee naar een stoel en blaft scherp. Ik weet niet wat ik moet doen, dus ga ik maar zitten. Er golft een lach door het publiek.

Nu snap ik wat Jessica doet en het is een supergoede grap, maar niet echt besteed aan dit publiek. Als mensen het grappig vinden om een hond een mens te zien commanderen, dan zou een hondenpubliek dat helemáál grappig vinden.

Jessica blaft twee keer, dus laat ik me op de grond vallen om dood te liggen. Bij de volgende blaf ga ik op mijn buik liggen, als een herdershond die alert en klaar is om achter een schaap aan te rennen. Ik trek mijn wenkbrauwen op en ga in de starthouding staan. Jessica komt langzaam aanlopen, haar ogen strak op mij gericht. Dan gaat ze zitten, wacht en blaft een keer.

Ik ren als een brave hond naar haar toe. Ze glimlacht en likt mijn gezicht. Dan steekt ze haar poot uit om me zogenaamd een beloning te geven en wacht totdat iedereen dat doorheeft. Ik buig me voorover en doe net of ik een koekje aanneem. Ik doe net of ik kauw. Mmm. Iedereen lacht en dat geeft me een warm gevoel, alsof ik met een grote handdoek word drooggewreven.

We staan allebei op en dan is het voorbij. De harde stem kondigt de volgende act aan (een Engelse buldog die raar ruikt en gaat tapdansen) en wij lopen naar de andere kant van het podium. Terwijl we weglopen, zie ik in het publiek een man met een honkbalpetje zitten. Mijn papa draagt honkbalpetjes. Is hij het?

Ik spring van het toneel af en wurm me door het publiek. Iedereen kijkt naar me en de mensen steken hun handen uit om me aan te raken omdat ik zo grappig was in onze act, maar ik blijf mijn ogen strak op papa gericht houden. Daar is hij. Ik zie hem. Ik ben nu dichtbij genoeg om tegen hem op te springen, maar dat bleek de vorige keer geen goed idee en dus weersta ik de aandrang om dat te doen. Ik loop verder naar hem toe en dan zie ik dat het papa helemaal niet ís.

Hij ruikt anders. En hij ziet er anders uit. Ik stop en doe net of ik naar iemand anders kijk, ver achter hem.

Ik mis mijn thuis en dat doet pijn.

☕ Jessica

Toen we het toneel af liepen, ging er zo'n krachtige vlaag adrenaline door me heen dat ik het gevoel had dat ik kon vliegen. Het was gelukt! We hadden op het toneel gestaan en het Spiegelcafé vertegenwoordigd, zonder onszelf te schande te maken. Ik was onder de indruk van Zoë: dat ze mijn idee zo snel had opgepikt. Dom was ze zeker niet.

Er kwam een Natte Neuzenfestival-vrijwilliger mijn kostuum uittrekken en ik was zo druk met het optillen van mijn poten en stil blijven staan, dat ik eerst niet doorhad dat Zoë rechtstreeks het publiek in dook. Iedereen keerde zich om om naar haar te kijken, zelfs de buldog die op het toneel stond te tapdansen. Ik deed mijn mond al open om te roepen, maar alles wat eruit kwam was een zielige mix van een grom en een blafje. Wat ging ze doen?

Zoë drong door het publiek met een strak gefocuste blik en bleef toen plotseling staan. Ze keek naar haar arm alsof ze die inspecteerde, veegde een vuiltje weg en draaide zich toen om. Haar ogen waren op mij gericht, haar gezicht een en al teleurstelling. Mijn hart sprong op van meegevoel. Het zien van mijn eigen gezicht dat zo vertrokken was van pijn maakte me bijna aan het huilen.

Net op dat moment zag ik Leisls gepoetste schoenen naast mijn poten verschijnen. 'Ik had al kunnen voorspellen dat die Jessica niet eens voor een hond kan zorgen. Nog niet één dag,' mompelde ze en ze pakte mijn riem op. Haar blonde haren kriebelden op mijn neus. Leisl keerde zich naar Foxy om. 'Foxy! Zit! Blijf!' Foxy's achterste liet zich op de grond vallen. Hij bleef kaarsrecht zitten in zijn kostuum en schuifelde onrustig met zijn poten. Ik hoopte dat ik er niet zo belachelijk had uitgezien in mijn Wonder Woman-outfit als hij in zijn bolero.

Toen Zoë weer terug was, stak Leisl mijn riem met een bestraffende uitdrukking op haar gezicht naar haar uit. Hoe ze iemand met zulke triest neerhangende schouders nog op haar kop kon geven, is mij een raadsel.

'Je kunt je hond niet zomaar achterlaten. Stel dat ze wegrent en door een auto wordt aangereden?'

Zoë staarde een tijdje naar de riem en keek toen met een verbijsterd gezicht naar Leisl op. 'Waarom zou ze worden aangereden door een auto?' En ze vervolgde tegen mij: 'Die man was niet wie ik dacht dat hij was. Heel raar. Ik dacht echt dat hij het zeker...'

'Heb je niet gehoord wat ik zei, of zo?' vroeg Leisl.

Zoë haalde haar schouders op. 'Maak je niet druk. Ik heb de riem nu toch vast?' Ze zwaaide er licht mee heen en weer om dat te laten zien. 'Dus nu zitten we aan elkaar vastgeklonken. Dat maakt alles toch goed?' Zoë knipoogde naar mij, maar Leisl hoorde de grappige ondertoon in haar stem niet.

Leisl fronste haar wenkbrauwen. 'Jij moet de baas zijn, degene die alles onder controle heeft. Altijd en overal. Als je haar even laat denken dat zij het voor het zeggen heeft, neemt ze een loopje met je.'

Er vloog een geamuseerde uitdrukking over Zoë's gezicht terwijl ze naar Leisl keek en vervolgens een blik op Foxy wierp. 'Dus jij mag niet de baas spelen, hè? Sorry, maatje.'

Terwijl we wegliepen, grinnikte ik zachtjes. Leisl had de grootste kritiek gehad op het Natte Neuzenfestival-comité en ik was 's avonds vaak thuisgekomen in de hoop dat ze voor altijd van de aardbodem zou verdwijnen. Als bijverdienste fokte ze poedels en ze beschouwde zichzelf als een enorme expert op hondengebied. Ik genoot ervan dat ze recht in haar gezicht was uitgelachen door een hond!

Tenminste, tot het moment dat Zoë een blik op me wierp en zei: 'Kom mee. Ik ga de omtrek van dit park markeren, zodat iedereen weet dat wij hier vandaag zijn geweest.' Met de riem als een springtouw losjes tussen ons in hangend, draaide ze zich om.

Ontzet sprong ik op de riem af, greep die tussen mijn kaken en gaf er een keiharde ruk aan mijn kant op. Geen denken aan dat ik toeliet dat ze ging plassen in Hyak Park! Geen denken aan!

'Hé!' riep ze uit. 'Stoute hond!'

Die woorden zorgden ervoor dat het publiek zich naar ons omdraaide, zelfs terwijl de buldog bezig was met zijn grote slot-act.

Hot Max rekte zijn nek uit om ons vanaf zijn plek aan de jury-tafel te kunnen zien en ik voelde de vernedering in me opborrelen. Het allerlaatste wat ik op dit moment wilde was een ruzie zo recht voor de ogen van het publiek. Ik gromde zacht. Zoë hurkte voor me neer en ontblootte haar tanden naar me.

Even was ik zo verbijsterd dat ik bevroor. Wat moest ik doen? Moest ik een brave hond zijn en gehoorzamen, zelfs als dat bete-kende dat dat mens zich te schande zou maken? En wat te den-ken van het feit dat zij míj nu eigenlijk was – of in ieder geval in de ogen van de hele stad? Maakte dat me niet dubbel verant-woordelijk voor haar reputatie?

Ik ademde diep in en probeerde mijn prioriteiten te bepalen. Mijn eerste taak was het genereren van positieve publiciteit voor het Spiegelcafé en om dat te bereiken moest ik Jessica Sheldon, een van de eigenaressen van het Spiegelcafé, als de grootste die-renliefhebber ooit zien te positioneren. Dus liet ik mijn oren han-gen en liep ik achter haar aan. Mijn haren stonden rechtovereind bij de afschuwelijke gedachte dat de mensen (en vooral Max) ons misschien nakeken. Ik was er niet happig op dat hij zag dat hij een hond had ondergebracht bij een vrouw die gewoon op het grasveld ging zitten plassen.

Mijn maag speelde op terwijl ik achter Zoë aan liep. Hoe was ik verdomme in deze puinzooi beland? Er was helemaal niets zoals het hoorde te zijn. Ten eerste hoorde ik niet gevangen te zitten in een hondenlijf en ten tweede hoorde ik er al helemaal niet voor te moeten zorgen dat mijn mensenlichaam zich fatsoenlijk gedroeg. Ik had me moeten kunnen focussen op de belangrijke dingen, zoals het redden van mijn Spiegelcafé. Zoë had lekker overal moeten kunnen pissen waar ze maar wilde en ik had aan het werk moeten zijn. *Waarom? Waarom gebeurt dit? Alsjeblieft, alsjeblieft, kan ik niet gewoon weer mens zijn?* Was dat nou zóveel gevraagd?

Toen Zoë de rand van het grasveld bereikte, boog ze door haar knieën en hurkte neer. Mijn spieren spanden zich en ik verbaasde me over de kracht die ik voelde in mijn achterpoten. Ik zette zo hard ik kon af en vloog op haar af. Mijn voorpoten ramden tegen haar schouders. Ze gilde snerpend toen ze omviel en ik over haar heen vloog en daarna in het gras belandde.

Zoë rolde even over het gras en kwam toen overeind. 'Hé, ik móét hier plassen. Hoe kunnen ze me ooit vinden als ik hier mijn geur niet achterlaat?'

'Ze'? Wie waren 'ze'? Soms begreep ik niks van wat ze zei. Ik stond hijgend en in verwarring voor haar. Met haar vlakke hand gaf ze een klap op de grond.

'Wil je vechten? Is dat het?' Ik wierp een blik op het publiek van de schoonheidswedstrijd, opgelucht te zien dat het blijkbaar de interesse in ons was verloren. Zoë bewoog haar armen alsof ze met onzichtbare karatestokjes jongleerde. 'Pas maar op dan! Ik heb de langste armen van de wereld. En ook nog duimen!'

Zoë viel me aan. Ze sloeg haar armen om mijn nek en we vielen allebei languit op de grond. Ik sprong op, maar zij duwde me weer omlaag. Het was verbijsterend te voelen hoe groot ze was, als mens. En ik had mezelf nooit gezien als iemand die zwaarder was dan een hond. Ze probeerde me op mijn rug vast te pinnen, maar ik wierp mijn poten omhoog en stompte haar recht in haar gezicht. Ze kromp ineen en een van mijn achterpoten schramde over haar knie.

'Au!' Ze hield onmiddellijk op, liet zich op het gras vallen en inspecteerde haar wond. 'Dat deed pijn!' Terwijl ze haar knie nauwkeurig bekeek, ademde ze geschokt in. 'Bloed! Er komt rood bloed uit mijn been!' Met haar ogen opengesperd liet ze het me zien. Er liep een lange schram over haar knie, waar aan één kant een klein drupje bloed uit sijpelde. Ze boog zich voorover en omvatte haar been met twee handen. Vervolgens besnuffelde ze de wond uitgebreid en begon eraan te likken. En likte eraan. En likte eraan. En likte er nóg een keer aan...

Toen ze haar wond schoon genoeg vond, keek ze me verwijtend aan. 'Je hebt me pijn gedaan! Ik speelde gewoon en jij hebt me pijn gedaan!'

Ik wilde mijn excuses aanbieden en haar eraan herinneren dat zíj was begonnen, maar ik kon niet praten. Ik was stom. En ongelofelijk gefrustreerd. Mijn hoofd zat vol vragen en gedachten die ik niet kon uiten. Met een zucht drukte ik, bij wijze van spijtbetuiging, mijn kop tegen de onderkant van haar hand. Ze aaide me zachtjes.

Vooruit, dacht ik. *Doe je voordeel met deze situatie en ren weg.* Zoë hield de hondenlijn slapjes in haar hand. Met één flinke sprong kon ik los zijn en terugrennen naar het Spiegelcafé. Maar op de een of andere manier voelde dat verkeerd. Ik kon geen misbruik maken van het feit dat ze gewond was en we samen zo'n moment van rust hadden. Ik kende de gedragscodes voor honden niet, maar besloot dat dit er een was die er vast bij hoorde: niet wegrennen van iemand die gerustgesteld en getroost moet worden als jij je medehond dat kunt bieden.

Dus bleven we daar kalmpjes bij elkaar zitten, allebei met het gevoel dat we niet op onze plek waren. Ik snoof de lucht op. Mijn neus haalde allerlei geuren binnen, waarvan ik er een aantal herkende en een aantal niet echt van kon thuisbrengen. Vreemd genoeg riepen sommige ervan beelden op in mijn hoofd. Vlak bij het brandblusapparaat was het beeld van een grote, gezonde reu door mijn hoofd geflitst. En toen we het toneel op gingen had ik aan de trap geroken en het vreemd genoeg geweten dat er vlak daarvoor een vrouwtjespuppy overheen was gelopen. Waar kwamen die beelden vandaan?

En nu, nu ik het briesje opsnoof, werd mijn geest overspoeld door beelden van Foxy. Ik stond op en volgde het reukspoor door het gras, mijn neus dicht tegen de grond. Achter me hoorde ik Zoë opspringen.

'Hé, ruik je iemand? Wie dan? Wie is het?' Ze liet zich terug in het gras vallen. 'Ik ruik niks.'

Volkomen in beslag genomen door Foxy's geur, hoorde ik haar nauwelijks. In mijn hoofd doemde een hele reeks beelden op bij de verschillende geuren van Foxy's plas: haver en wortels en de pompoenkoekjes die we in het Spiegelcafé verkopen. Ik rook Foxy en... nog iets. Een gevoel. Welk gevoel? Angst? Bezorgdheid? Ja, dat was het. Terwijl de puppy op de trap uitgelaten had geroken, had Foxy's geur een spoor van bezorgdheid, alsof hij zich ergens druk om maakte. Hij rook wel gezond, maar niet gelukkig. Ik volgde mijn neus op zoek naar meer informatie, maar de geur vervaagde. Ik tilde mijn kop op en besefte dat er iemand tegen Zoë stond te praten.

Het was Guy, onze vroegere chef-kok. Wat moest hij hier? En waarom praatte hij tegen mij? Of, ik bedoel, tegen Zoë?

'Ik dacht dat ik je de kans moest geven om me terug te vragen,' zei hij, met een been voor zich uit gestrekt en zijn duimen in de bovenkant van zijn korte broek gehaakt. Hij droeg een helgeel hemd met BORN TO BE WILD erop. 'Het Spiegelcafé moet, hoeveel zal het zijn, onderhand een paar duizend dollar misgelopen zijn. Ik wed dat je denkt: had ik hem maar nooit laten gaan.' Hij stak zijn kin uitdagend naar Zoë uit.

Ik wilde heel graag tussen hen in springen, maar Zoë gaf me daar geen kans voor. Ze griste mijn riem van de grond en overdreven trekkend met haar gewonde been, liep ze op Guy af totdat haar gezicht nog maar een paar centimeter van het zijne af was. Ze bewoog haar neus heen en weer en snoof. En nog een keer.

'Ik weet heus wel wat je wilt,' zei ze op lage toon. 'Je hoeft het er niet zo dik bovenop te leggen, hoor. Je wilt vechten.'

Guy deed een stap naar achteren. 'Vechten? Hoe bedoel je?'

'Je weet heel goed wat ik bedoel. Het is overduidelijk. Je wilt me op de grond gooien. Oké. Kom op dan. Kom op!'

'Wat... ben je gek geworden? Nee, ik wíl helemaal niet vechten.'

'O nee? Waarom ruik ik het dan?'

Er vloog een vlaag van walging over zijn gezicht. 'Tjezus. En ik dacht nog wel dat je een lekker wijf was,' zei hij met een stem vol ongeloof.

'Kom op! Ik wéét dat je hier bent om met me te vechten. Waar wacht je nog op?' Achter ons begon de luidspreker te piepen. 'Ben je bang dat je verliest en al die mensen het zien? Bang dat je me niet aankunt? Tja, dan heb je gelijk. Dat kún je ook niet. Je bent klein en je lijkt me niet erg slim. Ik geef je twee seconden voordat je op je kont ligt.'

Guy zag eruit alsof hij niet wist welke kant hij op moest vluchten. Achter de microfoon schraapte iemand zijn keel. 'Het is tijd om de winnaar van de hond-en-baasje- schoonheidswedstrijd bekend te maken. Op de tweede plaats staan Leisl Adler en Foxy...' Zoë hield haar hoofd schuin om te luisteren. 'En ons winnende team is Jessica Sheldon met Zoë!'

'Zoë... dat ben ik!' En met een blije sprong, ze was haar verwonding blijkbaar vergeten, stormde Zoë weg van Guy in de richting van het muziekpaviljoen. En mij sleurde ze met zich mee...

🦴 Zoë

Ik heb gewonnen! Met een brede grijns spring ik het podium op, en iedereen glimlacht naar me. Behalve Jessica. Die trekt nog steeds haar gromkop. Ik denk trouwens dat ze het wel leuk vond toen ik met die kleine man wilde gaan vechten. Hij doet me denken aan die tuinkabouters die mensen speciaal voor honden op hun gazon zetten, zodat die er lekker tegenaan kunnen plassen.

Iedereen applaudisseert voor mij omdat ik de grote winnaar ben. De kampioen! Iedereen, behalve Foxy's moeder. Die heeft het te druk met Foxy op zijn donder geven.

Ik klap voor het publiek en dat vinden de mensen leuk. Dokter Max komt het podium op met twee glimmende kronen in zijn hand. Als hij naar me toe komt, wil ik zijn gezicht het liefst gaan likken, maar dat doe ik niet. Het is me opgevallen dat mensen elkaar in plaats daarvan een hand geven. Ik steek mijn hand uit en dokter Max schudt die. Dan denk ik opeens aan mijn gewonde been, dus verleg ik mijn gewicht naar het andere. Eigenlijk moet ik nu mijn wond weer likken, maar dat doe ik niet omdat dokter

Max een van de gouden kronen op mijn hoofd zet. Dat voelt raar, net of iemand mijn hoofd met zijn handen vasthoudt. Een fijn gevoel.

Dokter Max neemt me mee naar een versierde rode stoel, waar ik in moet gaan zitten. Rood herinnert me aan mijn bloederige wond, dus steun ik daarbij zo weinig mogelijk op dat been. Dokter Max drukt de andere gouden kroon op Jessica's kop en ze kwispelt met haar staart naar hem.

Dan moet Jessica van dokter Max naast me in de rode stoel gaan zitten. Ze springt erop en legt haar voorpoten over mijn schoot, alsof ze in haar hondenmand ligt. Haar kroon schittert. Jessica legt haar kop tegen me aan en opent haar bek in een enorme glimlach. Er neemt een man een foto van ons.

Jessica en ik blijven in de stoel zitten, terwijl dokter Max Foxy en zijn moeder andere kronen opzet. Ik vind die van ons veel mooier, maar dat zeg ik niet. Ik geniet van het zitten in de stoel met Jessica dicht tegen me aan. Als ik haar aai, vliegt er een wolk hondenharen op. Ik heb de bovenkant van mijn eigen kop nog nooit gezien. Mijn oren zijn best schattig.

Ze is zo blij nu en dat geeft me een licht gevoel. Misschien begint ze het leuk te vinden om hond te zijn? Ik hoop het. Ze verdient het om even niet zoveel zorgen te hebben.

Terwijl we daar zo zitten, zie ik de man met het basketbalpetje weer. Deze keer ren ik niet achter hem aan, maar het feit dat ik hem daar zie lopen maakt dat mijn hart evenveel pijn doet als mijn knie. Ik denk aan pap en mam en aan hun stemmen, hun schoenen en hoe hun kleren in de wasmand ruiken.

Is het zoveel gevraagd om naar huis te kunnen?

Als het publiek aanstalten maakt om te vertrekken, staan wij ook op. Dokter Max komt naar ons toe, maar ik heb geen tijd om te praten. Ik moet naar huis. Ik zwaai naar hem en ren de trap van het podium af. Jessica trek ik met me mee. Ik ren terug naar de plek waar ik daarstraks bijna ging vechten met de tuinkabouter, maar die is daar niet meer. Ik kijk om me heen en ontdek hem; hij staat naast een rode auto.

Wat een geluk! De kabouter heeft een auto! Super! En het is

nog een rode ook! Ik draaf naar hem toe, met Jessica naast me.

Als we bij hem arriveren, weet ik niet goed wat ik moet doen. Hoe krijg ik voor elkaar dat hij me een lift geeft?

'Wat moet je?' Hij lijkt het niet leuk te vinden me weer te zien.

Ik raak hem niet aan en stel ook niet voor om te gaan vechten. Deze keer niet. Ik probeer er juist heel vriendelijk uit te zien. 'Ik wil een ritje in je auto.'

Zijn ogen knijpen zich tot spleetjes als ik dat zeg. Ik zeg het nog maar een keer.

'In je auto. Neem je me mee voor een ritje?' Ik vraag me af of er soms een speciale manier is hoe je zoiets moet vragen.

'Wat moet dit voorstellen?' vraagt hij. 'Een of andere cryptische manier om me bij je thuis uit te nodigen? Vraag je me of ik met je meega?'

'Ja,' zeg ik, blij dat hij me te hulp schiet in dit gesprek. 'In je auto.'

Hij haalt zijn schouders op. Dan doet hij het portier open. Ik spring de auto in. Dit is geweldig, ik hou ontzettend van auto's. Misschien mag ik straks zelfs wel even sturen! Jessica springt jankend op mijn schoot. Ik begrijp niet waarom ze jankt en negeer haar.

'Jouw huis, hè?'

Ik knik en de tuinkabouter start de auto. Door het raampje zie ik dokter Max op het gras staan. Hij kijkt naar ons, dus rol ik het raampje omlaag om 'hoi' te zeggen, maar ik ben te laat. Hij heeft zich al omgedraaid. Ik vond dat hij een rare uitdrukking op zijn gezicht had. Ik denk dat hij eigenlijk helemaal geen praatje wilde maken.

Ik ben opgewonden en mijn huid tintelt overal. Zodra we wegrijden, krijg ik allerlei visioenen van alles wat er zou kunnen gebeuren. Ik kan terug naar huis gaan, terugveranderen in een hond, ijsjes halen bij een drive-in. Het liefste zou ik naar huis gaan, natuurlijk, en daar lijkt het sterk op. Toen ik een hond was, gingen we ook altijd met de auto terug naar huis.

De tuinkabouter rijdt en ik steek mijn hoofd naar buiten om de wind op mijn wangen te voelen, totdat er een insect in mijn oog vliegt. Jessica leunt ook naar buiten en hijgt. Ik probeer de wind te ruiken maar die is leeg. Geen geuren. Alleen wind en heel veel insecten.

In plaats van naar míjn huis te rijden, komen we bij dat van Jessica. Het kleine appartementje waar we vannacht hebben geslapen. De kabouter zet de motor af en leunt achterover in zijn stoel. Zijn hand raakt mijn schouder aan. Hij aait me.

'Zo,' zegt hij met een gladde en vleierige stem: 'Ga je me nog mee naar binnen vragen?'

Jessica begint te grommen. Ik zeg dat ze stil moet zijn omdat me iets te binnen schiet. Misschien moet ik die vent eerst tonen wie er de baas is, voordat hij me naar huis brengt. Dat is eigenlijk logisch. Waarom zou hij luisteren naar een bètahond? Natuurlijk doet hij dat niet. Nee, ik moet hem eerst verslaan in een gevecht en dan brengt hij me overal heen waar ik maar wil. Het is een opluchting dat ik begin te begrijpen hoe mensen met elkaar omgaan. Ik neem hem mee naar binnen en dan zal ik hem eens een poepie laten ruiken.

Ik stap uit en hij loopt achter me aan naar de deur.

10

Hondse Verleiding

 Jessica

Een ramp, dit werd een ramp! Zenuwachtig rende ik tussen Guy en Zoë heen en weer om te proberen Guy af te schrikken. Ik hapte naar zijn enkels, sprong tegen hem op en duwde zo hard ik kon met mijn poten tegen hem aan.

'Wat heeft die hond van je?' vroeg hij Zoë, terwijl hij naar me schopte. 'Is ze gestoord of zo?'

'Ze denkt gewoon dat ze een mens is,' antwoordde Zoë, terwijl ze mijn halsband vastgreep. 'En soms is ze héél ongehoorzaam.'

Het kon me niks schelen waar ze me voor uitmaakte, maar meegesleurd worden bij mijn halsband vond ik verschrikkelijk. Ik moest ervan kokhalzen. En natuurlijk walgde ik van Guys slaapkamerogen en de manier waarop hij steeds Zoë's schouder aanraakte. De gedachte aan mijn lichaam tegen dat van Guy aan – naakt – was zó afstotelijk dat ik om dat te voorkomen bereid was alle vormen van lijden te ondergaan.

Hoe wist hij trouwens waar mijn appartement was?

Zoë leidde hem – en sleepte mij – door de glazen schuifdeuren die nog openstonden van die ochtend, naar binnen, Toen liet ze mijn halsband los en kon ik eindelijk een flinke hap adem nemen. Ik keek rond in mijn kleine, onpersoonlijke appartementje. Nu ik geen rood en oranje kon zien, zag het er nog somberder uit dan ik me herinnerde. Ik kon niet anders dan alles met nieuwe ogen bekijken, alsof ik in het huis van iemand anders was. Geen foto's aan de muren, nergens jeugdherinneringen. Geen jasje van een geliefde over de stoelleuning. De boeken strak op alfabet gerangschikt; niemand zou ze durven aanraken.

Kerrie zei altijd dat ik me niet wortelde, maar de waarheid was dat ik dat ontzettend graag wilde. Ik wist alleen niet goed hoe. Het enige ding waar mijn hart van opsprong, was het kookboek van Kerries oma. Kerrie had het me geleend nadat ze was gestopt als chef-kok bij het Spiegelcafé. Ik vond het heerlijk om de oude recepten te bekijken en stelde me er dan onbekende grootmoeders in een zonnige keuken bij voor die deeg uitrolden en dat in speciale vormen kneedden voor hun kleinkinderen. Als het mogelijk was een fantasiefiguur tot leven te wekken, had ik onderhand duizenden grootmoeders.

Ik liet mijn blik verder door de kamer glijden en zag een berg post op de vloer onder de brievenbus in de voordeur liggen. Bovenop lag, een beetje scheef, een grote lila envelop. Zelfs vanaf hier kon ik het handschrift zien, hetzelfde handschrift waar ik al honderden keren naar had staan staren, voordat ik de envelop rechtstreeks in de prullenbak gooide. Vastberaden keerde ik de stapel post de rug toe.

Zoë zei iets wat ik niet verstond en ik draaide me om. Ze stond midden in mijn petieterige woonkamer en keek Guy aan. Godzijdank waren ze nog niet op het idee gekomen om naar de slaapkamer te gaan. Er leek me niets afstotelijker dan het moeten zien van Guys naakte tampeloeris. Wat trok Zoë in vredesnaam in hem aan? Ze was niet echt van plan om seks met hem te hebben – toch?

Met een nonchalant wiegen van haar heupen, keerde Zoë zich naar hem toe.

Er verscheen een misselijkmakende grijns over Guys gezicht. Ik voelde een rilling door mijn lijf gaan. Grommend ging ik achter hem staan.

'Eh,' zei hij, met een blik over zijn schouder. Hij deed haastig een paar passen naar Zoë toe. 'Volgens mij heeft die hond een bloedhekel aan me.'

Zoë haalde haar schouders op. Toen liep ze vastberaden op Guy af en legde haar kin op zijn schouder.

Zijn vunzige grijns verbreedde zich. 'Ik wist wel dat je geil op me was. Ik kon gewoon niet wachten om dat lekkere lijf van je in mijn handen te voelen. Ik wist wel dat je een spelletje met me speelde. Al die avonden dat ik achter je aanreed naar je appartement. Dat had je allang in de gaten, hè? Je spéélde alleen maar dat je niet te krijgen was.'

Geil op hem? Achter me aan reed? Mijn god, ik voelde dat de haren op mijn rug rechtovereind gingen staan. Ik moest meer weg hebben van een stekelvarken dan van een hond. Zó wist Guy dus waar mijn appartement was! Die enge klootzak had me gestalkt! Mijn grom verdriedubbelde. Guy probeerde zijn handen op Zoë's billen te leggen, maar ze schudde ze weg. Toen hij het opnieuw probeerde, gleed haar kin van zijn schouder. Zonder enige aarzeling positioneerde ze die weer terug op dezelfde plek. Toen hij nogmaals haar billen wilde omvatten, haalde ze razendsnel haar hoofd weg en liep uitdagend achteruit. Ze gooide haar hoofd een paar keer honend naar achteren. Ik begreep er niks van, mijn grom stokte in mijn keel.

'Wat doe je?' vroeg Guy, terwijl hij een paar stappen naar achteren zette. Zoë bleef op dezelfde uitdagende manier door de kamer paraderen, haar lichaamshouding betekende duidelijk: 'kom maar op als je durft!' Plotseling bleef ze roerloos stilstaan. En direct daarop stormde ze weer met glinsterende ogen op Guy af om haar kin op zijn andere schouder te leggen. Ze gromde zachtjes in zijn oor.

'En wie van ons is hier nou de alfa? Wie is hier de baas? Hè... hè? Moeten we dat niet eens bepalen? Hè?' Ze gaf hem een duw met haar schouder. 'Worstelen? Hè? Worstelen?'

'Eh... oké.' Guy wist duidelijk niet goed wat er van hem werd verwacht, maar hij positioneerde zich op de bank en spreidde zijn armen uit elkaar. Ik begon opnieuw te grommen en ging vlak naast de armleuning van de bank staan om hem te kunnen bijten als het me te seksachtig werd. Wat zou Max wel niet van me denken als hij dit zag? Mijn mensenlichaam deed dingen die zelfs sm'ers pervers zouden vinden. Als ik had kunnen blozen, zou ik nu tot in de punten van mijn tenen vuurrood zijn.

Zoë stond recht tegenover Guy en gromde met opgetrokken lippen naar hem.

'Je vindt het wel lekker om te domineren, hè?' zei hij, terwijl hij zich dieper in de bank liet zakken. 'Dat had ik kunnen weten. Dat strenge gedoe van je in het Spiegelcafé. Me ontslaan alsof het je niets kon schelen. Ik wist wel dat je een beest in bed zou zijn.'

Mijn tanden waren nog maar een paar centimeter van zijn hand verwijderd. Ik kon hem niet echt hard bijten vanuit mijn positie, maar ik kon het hem wel laten uitgillen van de pijn. Op dat moment sprong Zoë plotseling boven op hem en gaf ze hem met haar knie een keiharde stoot in zijn kruis. Genadeloos ramde ze haar linkerschouder tegen Guys rechter, en trok zich er niets van aan dat hij het uitgilde van de pijn en dubbelklapte als een mobiele telefoon. Vervolgens greep ze allebei zijn handen beet en drukte die plat naast hem tegen de bank, zijn armen weerloos gespreid. Met ontblote tanden bracht ze haar mond tot vlak voor zijn gezicht en gromde: 'Ik ben de allersterkste van iedereen! Een echte alfa. Je dacht dat je mij wel aankon, hè, maar dat heb je helemaal mis. Ik kan iedereen aan. Iedereen.'

In mijn binnenste welde een triomfantelijke lach op. Zoë mocht dan onvoorspelbaar zijn, ik moest haar nageven dat ze gewoonweg overliep van zelfvertrouwen. Niemand kon haar iets laten doen wat ze niet wilde. Ik zou al blij zijn met slechts de helft van alle lef die ze had.

Guys paars aangelopen gezicht was vertrokken van pijn. Met een plotselinge uitbarsting van kracht wierp hij Zoë van zich af en stond moeizaam van de bank op. Hij waggelde van haar vandaan en gooide de deuren open totdat hij de wc had gevonden. Ik hoorde hem de deur op slot draaien. Mijn ex-chef-kok zat opgesloten in mijn wc en Zoë en ik waren weer met zijn tweetjes.

Zoë tuurde met een blanco uitdrukking op haar gezicht naar de wc-deur. 'Hmm. Ik denk dat hij misschien toch niet dacht dat hij mij zou kunnen verslaan. Beter eigenlijk. Dan hoef ik hem niet te vernederen. Want daarna zou hij me waarschijnlijk nergens meer naartoe willen rijden.'

Ik was zo opgelucht dat ik me op de vloer liet neervallen. Het was bijna volledig uit de hand gelopen. Als Guy met Zoë was gaan worstelen, zou ze dan daarna als beloning met hem hebben gepaard? Was dat het waar ze op uit was? Dat bracht me op een angstaanjagende gedachte: als ik niet terug in mijn eigen lichaam kon, zou ik steeds weer dit soort martelingen moeten verduren. Des te groter de urgentie om zo snel mogelijk weer van lichaam te wisselen. Voordat ik echt iemand zou moeten bijten. Maar hoe?

Zoë wekte me uit mijn gepeins door naar de deur van de wc te lopen. 'Hé, man. Waarom kom je er niet uit? We hóéven niet te vechten, zolang jij begrijpt dat je de bèta bent, hebben we geen probleem. Kom, dan gaan we een ritje maken.'

Ik hoorde een gedempt 'nee' en het geluid van iemand die nog eens checkte of de deur op slot zat. Zoë haalde haar schouders op en kwam naar mij toe lopen. Ze boog zich voorover en krabde me onder mijn kin.

'Lief hondje van me,' zei ze met honingzoete stem. 'Kun je me helpen? Ik moet iets tekenen.'

Even ging ik zo op in hoe heerlijk haar vingers onder mijn kin kriebelden, dat ik niks hoorde. Toen hield ze op. Onze ogen ontmoetten elkaar en ik kreeg een akelig gevoel: ik keek mezelf in de ogen. Mijn ogen waren eigenlijk best mooi! Er zaten wel duizend tinten bruin in, koffie-, kastanje-, chocolade- en notenbruin, een caleidoscoop van kleuren bruin. Ik keek diep in mijn eigen ogen en voelde dat er een goedhartig iemand achter die irissen schuilde. Was dat Zoë, of een of ander restant van mijzelf?

Ik had sterk het gevoel dat ik nog mijn eigen persoon was in dit hondenlijf, met mijn eigen talenten, verstand en ziel. Maar er waren wel andere dingen aan toegevoegd: behalve mijn geweldig goede reukvermogen, leek ik een enorme encyclopedie van beelden in mijn kop te hebben die bij allerlei verschillende geuren hoorden. Dat was zeker een deel van Zoë. En wat Zoë betreft, die kon praten, kende een taal, kon zelfstandig lopen, zelfstandig eten. Allemaal vaardigheden waar een mensenkind jaren voor nodig had om die te leren. Dus een deel van mijn bekwaamheden was in mijn lichaam achtergebleven. Dus, of we het nou leuk vonden of niet, we waren allebei deels hond en deels mens. Ik dacht terug aan hoe erg ik werd afgeleid door de geuren in het park, de overweldigende aanwezigheid van alles wat er te ruiken viel. Dat was het hondgedeelte in mij, een heel krachtige aanwezigheid.

Zoë hield haar hoofd schuin en het leek wel of ze probeerde haar oor omhoog te steken. 'Help je me om een tekening te maken? Dan ga ik je lekker kríe-íe-íebelen...'

Alleen al het woord 'kriebelen' zorgde ervoor dat mijn staart begon te kwispelen. Voor ik het in de gaten had zat ik al voor mijn bureau en duwde ik met mijn neus tegen de la. Die ging natuurlijk niet open zo. Zoë boog zich voorover, bestudeerde de la en spreidde haar hand open op een manier alsof het een nieuw zakmes was waaruit ze het juiste instrument moest kiezen. Ze koos voor haar wijsvinger en gaf de la een duwtje. Er gebeurde niets. Nog een duwtje.

Met een zucht stak ik mijn tong uit en probeerde ik het handvat van de la naar me toe te trekken. Zoë, die aandachtig toekeek, knielde op de grond neer en likte aan de la, net zoals ze mij had zien doen. Ik moest een lachje onderdrukken en pakte haar hand zachtjes tussen mijn kaken beet om die naar het handvat te manoeuvreren.

Dit keer begreep ze het. Ze trok de la uit. 'O!' Toen schoof ze hem weer dicht en opende hem opnieuw. 'Joh! Al die spullen zo verstopt! Wat gek!' Ze schoof de la een paar keer open en dicht en boog toen voorover om te onderzoeken hoe het schuifsysteem ervan werkte.

Midden in de la lag het papier dat ze wilde hebben met een keurige rij pennen en potloden, op kleur gesorteerd. Of ik wíst in ieder geval dat ze altijd op kleur lagen; op dit moment zagen ze eruit als verschillende gradaties van grijs.

Ik liet Zoë met haar eigen zaken bezig en keerde terug naar de belangrijkste voor mij: het Spiegelcafé. Mijn arme, arme Spiegelcafé. Hoe kreeg ik in vredesnaam voor elkaar dat er meer klanten binnen zouden gaan?

Ach, wie hield ik eigenlijk voor de gek? Zelfs in mijn mensenlichaam zou het al verdomd moeilijk zijn geweest om mensen ervan te overtuigen naar het Spiegelcafé te gaan. Waar ze iets gingen eten, was een beslissing die voor de meeste mensen afhing van allerlei grillige toevalligheden. Als het niet een keuze was die werd ingegeven door gemak of prijs, kon het besluit het ene restaurant te verkiezen boven het andere bepaald worden door de allerkleinste dingen. De kleur van de luifel bijvoorbeeld, of de omslag van het menu. De plotselinge trek in guacamole. Het waren de kleine puntjes op de i, zoals in ons geval een speciale menukaart voor het Natte Neuzenfestival, die de klanten naar je zaak toe trokken. Niet een of ander verkooppraatje van mij. En nu ik hond was, kón ik al helemaal geen verkooppraatje houden, zelfs als ik dat had gewild. Een hond zonder stem. En zonder duimen. Ik was gewoon een grote, witte, hoog op zijn poten staande hond, die de meeste mensen schattig vonden.

Hmm... schattig...

Wat zou er gebeuren als een schattige hond het Spiegelcafé onder de aandacht bracht van potentiële klanten? Voor gewone mensen zou het niet werken, maar dit waren allemaal hondenliefhebbers. Zou promotie door een hond precies dat puntje op de i kunnen zijn dat ervoor zorgde dat de mensen voor het Spiegelcafé kozen?

Ik rende naar mijn slaapkamer. Met mijn poten klauwde ik de deuren van mijn kast open. Ik stak mijn neus in de stapel keurig opgevouwen T-shirts en vond na een tijdje wat ik zocht: een shirt met felgekleurde vierkanten op de voorkant, die vier glazen spiegelruitjes voorstelden. Ik wist dat het shirt hemelsblauw van kleur was, hoewel het nu duifgrijs leek. Boven de ruitjes stonden de woorden: SPIEGELCAFÉ.

Zo snel ik kon spreidde ik het T-shirt met de voorkant naar boven met behulp van mijn tanden uit op de vloer. Toen probeerde ik mijn neus langs de onderkant naar binnen te duwen. Ik moest wel elf keer proberen voordat ik mijn kop in het shirt had, maar toen dat eindelijk was gelukt, kon ik verder het shirt in kruipen door mijn poten vooruit te steken en hard te krabbelen.

En zo lukte het me mijn kop door de halsopening te krijgen en mijn poten door de mouwen te wurmen.

Hijgend van inspanning duwde ik de deur van mijn slaapkamer dicht om mezelf in de spiegel die er aan de binnenkant op geplakt zat te kunnen bekijken. Super! Ik zag er werkelijk fantastisch uit: een stralend witte vacht met daarover een grijs shirt met het cafélogo fel afstekend op mijn rug. Ik draaide voor de spiegel heen en weer, vol bewondering voor mijn eigen beeltenis. *Dit moet Zoë zien*, dacht ik. *Zij is de enige die begrijpt hoe geweldig dit is.*

Ik haastte me terug naar de zitkamer, klaar om haar aandacht op te eisen, toen er iets kleins voor mijn ogen langszoemde. Zzzz. Zzzz. Daar had je het weer.

Ik draaide mijn kop snel om, maar het zzz-ding was al verdwenen. Een seconde later zag ik het weer, dit keer boven mijn kop. Mijn hart dreunde als een basspeaker. Wat dat ook voor een ding mocht zijn, ik móést het hebben. Alle t-shirts en café's waren opeens uit mijn gedachten verdwenen. Voordat ik het wist voelde ik mijn poten rennen, mijn bek opengaan en mijn oren als een razende heen een weer bewegen. Het ding, het was een vlieg, deed een looping boven de bank. Ik sprong zo lenig als een berggeit op de kussens. Met mijn vier poten balancerend op de rug van de bank sprong ik met mijn bek opengesperd de lucht in. Terwijl ik boven de bank hing, voelde ik de vlieg tegen mijn gehemelte zoemen. Ik klapte mijn bek dicht en werd overspoeld door een gevoel van tevredenheid. Ik hád hem! Ik had hem te pakken gekregen! Ik kauwde en smakte, opgewonden tot in mijn meer dan een miljoen haarpunten. Die vlieg was van mij!

Op het moment dat mijn poten weer op de vloer neerkwamen, wist ik weer waarom mensen geen vliegen eten. Het beest zoemde tegen mijn tanden, nog erger dan een tandartsboor. Er wervelde een gevoel van walging tot misselijkmakens toe in mijn maag rond. Ik deed mijn mond open en de vlieg ontsnapte. Maar de walging bleef ik voelen. Ik had net geprobeerd een vlieg op te eten! Ik had een insect in mijn mond gevangen, mijn god! Ik was ontegenzeggelijk voor een deel hond, of ik nou wilde of niet.

Die gedachte maakte me triest. Ik liep de keuken in. Ik zocht de vloer af totdat ik die verschrompelde tomaat vond en schrokte hem naar binnen.

❧ Zoë

Die stomme kabouter blijft heel lang op de wc. Daar ben ik blij om, want pennen blijken moeilijk hanteerbaar. Geen een ervan werkt. Ze voelen aan als metaal en glijden over het papier. Misschien moet je het trucje weten, maar ik heb de tijd niet om uit te vinden wat dat trucje is. Ik ontdek een potlood dat het beter doet. Ik kauw er een paar keer op om duidelijk te maken dat het van mij is en begin dan te werken.

Met mijn tong tussen mijn tanden teken ik mijn huis. Als ik met honden van doen had, zou ik gewoon kunnen vertellen over mijn huis door de geuren daar te beschrijven, maar dat werkt niet bij mensen. Ik heb al wel geleerd dat mensen iets moeten zien, willen ze het geloven. Geuren lijken niets voor hen te betekenen, hoe schokkend ik dat ook vind.

Als ik klaar ben, loop ik naar de wc-deur.

'Kom eruit, kleine man!' commandeer ik met een harde alfastem. 'Hé, schiet op! Kom eruit!'

De deur gaat op een klein kiertje open. Achter de deur ziet de tuinkabouter er zenuwachtig uit.

'Waag het niet me nog een keer te bespringen,' zegt hij, zijn stem laag en grommend. 'Ik heb de groene band en ik sla je helemaal in elkaar.' Hij houdt zijn handen voor zijn gezicht, samengebald als de klauwen van een kat.

Ik doe een stap naar achteren en laat mijn armen slap langs mijn lichaam hangen. Nu mijn positie als alfa duidelijk is, is het mijn taak om vriendelijk en geruststellend te zijn. 'Geen bespringingen, zie je wel? Geen bespringingen.' Stomkop. Er is geen enkele reden om hem nu te bespringen of met hem te gaan worstelen, niet nadat hij is weggelopen om zich te verschuilen. Mijn positie is gebeiteld. 'Kunnen we nu een ritje gaan maken?'

Hij komt de wc uit en lacht nerveus. 'Wat voor ritje? Waar-heen?'

Ja! Ik heb mijn tekening in mijn hand. Die steek ik naar hem uit, ik houd het papier vast tussen mijn vingers en mijn duim. Mijn ademhaling gaat gejaagd.

Hij kijkt op mijn papier en snuift. Mijn ogen worden groot. Als hij snuift, betekent dat dan dat hij klaar is om te gaan? Ik kan nauwelijks stil blijven staan en drentel heen en weer. Ik kijk de tuinkabouter aandachtig aan.

'Wat is dit?' vraagt hij.

'Mijn huis. Daar wil ik heen. Kun je me brengen? Nu meteen?'

'Ach, kom op zeg! Je hebt net mijn ballen tot moes geslagen en nu wil je dat ik je ergens heen breng?'

'Ja!' Wat een opluchting dat hij het begrijpt. Jessica is in de keuken, ze likt de vloer. Ik hoop dat ze komt als ik roep, want ik wil dat zij ook meegaat. Voor honden is er niets fijner dan een ritje in de auto. En al helemaal als die auto naar huis rijdt.

Ik denk aan mama die met haar hand klopjes op mijn kop geeft en er welt een warm en stroperig gevoel in mijn borstkas op. Papa bracht me iedere avond naar mijn bedje. Als ik in mijn mandje lag, kon ik zijn zachte, gedempte voetstappen boven ho-ren. Bij dat geluid begon mijn tong altijd te neuriën en voelde ik me zo kalm en gelukkig omdat we met zijn allen veilig thuis wa-ren. En dan haalde ik diep adem door mijn neus en viel ik in slaap.

Ik moet naar huis. Ik kijk naar de kabouter en mijn hart voelt enorm groot, als een geweldige bal die nooit in mijn bek zou pas-sen. Mijn ribben doen er pijn van.

Hij lacht en ik weet zeker dat we gaan. Ik ben er helemaal klaar voor om de auto in te stappen. Mijn mond voelt droog.

'Daar kan ik je helemaal niet naartoe brengen,' zegt hij sne-rend. 'Dat is geen kaart, maar gewoon een tekening van een huis. Het kan ieder huis zijn. Ieder huis in Madrona. Een dak, een deur, en een hond ervoor. Wat moet dit in godsnaam voorstel-len?'

Hij smijt het papier op de vloer. Vanbinnen klap ik in elkaar.

Ik voelde me zo vol warmte, maar nu zit er opeens een ijskoude steenklomp in mijn borstkas. Ik lik mijn lippen. De kabouter draait zich om om te vertrekken en keert zich dan weer snel om. Ik staar naar hem en vraag me af wat er is misgegaan. Sta ik te dichtbij? Glimlach ik te breed? Heb ik hem te bang gemaakt? Ik zet een stap naar achteren en sluit mijn mond. Ik voel me ijskoud, terwijl de hitte tegelijkertijd opvlamt in mijn nek.

'Ik vond je altijd een lekker wijf, Jessica, met dat geweldige figuur van je en zo, maar je bent hartstikke gek. Ik ben blij dat ik weg ben bij dat stomme Spiegelcafé van je. Het is maar goed dat je me niet hebt gevraagd om terug te komen, want ik zou meteen nee hebben gezegd. Het zal me worst wezen hoe sexy je bent. Deze Guy vertrekt.'

Hij loopt de deur uit. Ik ren achter hem aan en blijf stilstaan op het gras. Maar hij niet. Hij doet het portier open en roept niet dat ik moet komen. Ik stap niet in de auto. Ik ga niet naar huis.

11

De Natte Neuzenfestival-verliefdheid

 Zoë

Ik plof op de bank neer en concentreer me in stilte. Jessica staat bij de voordeur zo boos naar een lila envelop te staren dat ik even verwacht dat er snorharen uit zullen groeien en het een kat blijkt te zijn die straks begint te miauwen. Maar nee. Ze heeft een nieuw kostuum aan, een blauw shirt dat strak om haar hals zit en slobbert om haar middel. Vreemd. Maar ik zet haar uit mijn gedachten en ga aan het werk. Ik heb een fout gemaakt met de tuinkabouter, ik ben er zeker van. Een fout die ik me niet nog eens kan veroorloven, niet als ik de hulp van een mens nodig heb om thuis te komen.

Ik moet hem op de een of andere manier beledigd hebben, of hij moet besloten hebben dat ik zijn hulp niet waard ben. Komt het door wat ik heb gezegd? Of hoe ik keek? Het is me opgevallen dat sommige mensen veel lachen en anderen haast niet. Welke manier is de juiste?

De tuinkabouter zei dat hij mijn huis niet kon vinden aan de hand van de tekening die ik heb gemaakt. Het is duidelijk dat ik dus een andere manier moet verzinnen om thuis te komen. Ik ben al de helft van het mooiste hond-en-baasje-team in deze stad, maar dat heeft er niet voor gezorgd dat ik mijn familie heb gevonden. Ik heb een nieuw idee nodig. Pap en mam zijn allebei mensen en het lijkt me dat het feit dat ik mensen nu veel beter begrijp, me verder moet helpen om ze op te sporen. Ik doe mijn ogen dicht en concentreer me op wat het betekent om een mens te zijn.

Wat ik absoluut niet begrijp is de manier waarop mensen met eten omgaan. Vanmorgen in het Spiegelcafé liet die man me gewoon zijn eten afpakken. Waarom? Waarom at hij zo langzaam? Het was niet dat het hem niks kon schelen, als dat zo was zou hij zich niet zo druk hebben gemaakt, al had ik honderd muffins van zijn bord gestolen. Nee, het maakte hem zeker iets uit; hij was zelfs boos geworden. Dus mensen geven zeker om eten. Ze zijn misschien gewoon... kieskeurig. En verschrikkelijk traag in het verdedigen van hun portie.

Als ík aan eten denk, stromen er een miljoen geuren mijn hoofd binnen. Ik denk aan al die keren dat ik aan de kleren van pap en mam rook als ze thuiskwamen, de geur ervan was precies hetzelfde als die in het Spiegelcafé, toen ik die pompoenkoekjes at. Het rook er naar boterachtige en zoutige dingen, en sterk schoonmaakmiddel, en koffie. Heerlijk!

Hmm. Het Spiegelcafé. Misschien zijn ze daar als ze niet thuis zijn? Mijn voorhoofd rimpelt: dat is een goede ingeving! Het past allemaal perfect in elkaar. Dáár moet ik heen om ze te vinden!

'Hé,' zeg ik tegen Jessica. 'Heb je trek?' Ze kijkt me met een uitgehongerde blik aan. Haar staart kwispelt als een krankzinnige.

'Aha! Ik wist het wel! Mijn maag zegt dat het tijd is voor de lunch. Laten we naar dat café gaan waar we vanmorgen waren, bij die metalen hond.' Ze kwispelt nóg harder en begint zelfs op en neer te springen. Ik ben tevreden over mezelf en mijn uitstekende nieuwe plan.

Voordat we vertrekken, zet ik mijn schitterende kampioenskroon op mijn hoofd. Als we dan mijn vader en moeder tegenkomen zal ik zeker opvallen en dan zullen ze de hond naast me ook opmerken. Wie weet, misschien nemen ze Jessica en mij wel allebeí mee naar huis. 'Mooi blauw shirt heb je aan,' zeg ik, trots dat ik de kleur zo goed kan zien. 'Jij hebt je kostuum en ik mijn kroon. We gaan.'

Jessica

Ik wist niet hoe snel ik op Midshipman's Square moest zijn. Met die stomme vlieg en dat ouwe kerstomaatje, had ik tot mijn schrik urenlang niet aan het Natte Neuzenfestival of het zoeken van een souschef gedacht, besefte ik nu. Ik was helemaal verwikkeld geweest in allerlei groteske hondendingen, zoals van de vloer eten. Misschien werd ik wel steeds méér hond met het verstrijken van de tijd. Nou, als dat zo was, zou ik me er hard tegen verzetten. Ik kon Kerrie en het Spiegelcafé niet zomaar in de steek laten.

Nu we naar ons café op weg waren, was ik vastbesloten om mijn afwezigheid goed te maken. Om te beginnen had ik een nieuwe theorie over hoe ik misschien terug kon komen in mijn eigen lichaam. Ik had bedacht dat Zoë en ik, als we teruggingen naar de plek waar we door de bliksem waren getroffen, daar misschien wel weer normaal zouden kunnen worden. De hoop daarop maakte me nerveus en ik rende de hele weg in cirkeltjes om Zoë heen. Het was midden op de dag en de twaalfuurzon zorgde ervoor dat ik het warm kreeg in mijn T-shirt, maar dat deerde me niet.

Hoe dichter we bij het plein kwamen, hoe nerveuzer ik werd.

Maar toch bleef de buitenwereld zich opdringen en me afleiden van de taken die ik me zo stellig had voorgenomen. Eerst was het de geur van een barbecue ergens in de buurt van het strand, toen een eekhoorn die over de weg sprong. Zoë moest zelfs mijn halsband vastgrijpen om te voorkomen dat ik het verkeer in racete. Zo vernederend! Diep vanbinnen besefte ik dat ik hoe langer ik in dit lijf zat, steeds meer hond zou worden. Des te groter de reden om rechtstreeks naar Spitz' standbeeld toe te gaan.

Toen we aankwamen stond het plein al vol met het vroege middagpubliek van mensen en honden. Het was een waar bombardement van geuren voor mij. De mengeling van zweet en hondenvacht bleek een heerlijk parfum. Er drentelden mensen van allerlei soorten en maten over het plein, een mix van gestreken katoenen overhemden, T-shirtjes en korte broeken. Dat zag ik wel, maar voor het eerst merkte ik ook de enorme variëteit aan honden op: kleine, bibberende dwergspaniëls, hijgende newfoundlanders, alert kijkende Australische herdershonden. De haren in mijn nek gingen overeind staan. De omgeving aftastend zwaaide mijn staart voorzichtig heen en weer. Ik had stand weten te houden tussen de honden in Hyak Park die ochtend (was dat pas vanmorgen geweest?), maar me nog nooit in zo'n grote meute als deze bevonden.

Ik hoopte dat Zoë de ergste drukte zou vermijden, maar nee. Met die idiote kroon op haar kop stortte ze zich vol energie in de strijd, haar honger vergeten. Opnieuw bewonderde ik haar nonchalante, losse houding. Ze leek een enorm talent te hebben om te genieten van het hier-en-nu. Hoe lukte haar dat? Was dit waarom mensen zo van honden hielden? Omdat ze nooit in een dip bleven hangen?

Ik keek naar de zee van bungelende tongen en hijgende bekken om me heen. De honden leken allemaal zo... blij! Ja, honden hadden inderdaad dat vrije en gemakkelijke. En de mensen om me heen leken dat te weten en te waarderen. Iedere keer dat ik mensen omlaag zag kijken naar hun hond, klaarden hun gezichten op en verzachtten hun trekken liefdevol.

Terwijl ik me door de menigte wrong in de richting van Spitz, keerde hond na hond zich om om aan me te ruiken. Ik liep ze allemaal voorbij, er wervelde een potpourri aan geuren door mijn hoofd. Één keer bleef ik staan, toen ik een geur opving die ik herkende. Ik kon hem niet benoemen, er waren geen woorden om de geur te beschrijven, maar hij kwam me onmiddellijk bekend voor en rook vreemd aantrekkelijk. Ik trok Zoë een paar meter met me mee over het plein terwijl ik het reukspoor volgde, voor we recht tegen Foxy en Leisl Adler op liepen.

'O hoi,' zei Leisl tegen Zoë. Ze wierp een afkeurende blik op Zoë's kroon en boog zich voorover om me haar vuist aan te bieden. Om aan te ruiken, blijkbaar. Ik kon er niets aan doen, maar ik kromp ineen. 'Ze is niet erg sociaal, hè?'

Zoë keek naar me op een manier alsof die gedachte nooit in haar was opgekomen. 'Ze is absoluut perfect,' zei ze trouw. Ik gloeide ervan. Voor het eerst bedacht ik dat ik blij moest zijn dat het Zoë was met wie ik van lichaam had gewisseld. Als ik dan toch gevangen moest zitten in deze harige gestalte, dan was het in ieder geval fijn om gewaardeerd te worden. Stel je voor dat ik met Leisl van lichaam was gewisseld!

Foxy, die op de grond zat, stond op om me te begroeten, het zonlicht zette zijn krullerige kop in een gouden gloed. Maar Leisl rukte aan zijn hondenriem.

'Foxy! Zit!' snauwde ze. Met een angstige blik omhoog nam Foxy haastig zijn plaats weer in. Opnieuw was ik dankbaar dat Zoë zo relaxed was. Hoeveel honden er ook om ons heen draaiden, ze raakte nooit gestrest. Haar stemming bleef even losjes als de riem die slap tussen ons in hing. Ik kon me niet herinneren me ooit zo ontspannen te hebben gevoeld.

Zoë en ik besloten op hetzelfde moment om verder te lopen. 'Dag.' Zoë zwaaide, meer naar Foxy dan naar Leisl, hoewel het Leisl was die terugzwaaide. Ik was blij ontsnapt te zijn, maar terwijl we wegliepen zei Zoë iets wat me verbaasde. 'Die is streng,' fluisterde Zoë me toe met een tikje bewondering in haar stem. We zigzagden door de drukte. Ik moest mijn best doen om niet verward te raken in alle andere hondenriemen. 'Ze moet wel een alfa zijn. Als ik Foxy was, zou ik alles doen wat ze zegt. Iedereen moet wel doen wat ze zegt.'

Eh, niet echt. Ondanks al haar ervaring met honden, was Leisl nou niet bepaald de populairste persoon in ons Natte Neuzenfestival-team. Ik had Malia Jackson haar zelfs 'bazig' horen noemen, en dat zei toch wel wat uit haar mond.

Eindelijk bereikten we Spitz. In de middagzon glom zijn koperen lijf te sterk om naar te kunnen kijken. Er zat een stel kinderen in zwemkleding boven op het hondenhok, alsof het een buitengewoon breed paard was, terwijl toeristen foto's maakten van hun eigen hond naast de held van Madrona. Ik hield mijn pas in, niet zeker wat ik nu moest doen. Hem allebei tegelijk aanraken? Een of andere spreuk zeggen? Of hadden we weerlicht nodig? Ik keek op naar de lucht en vervloekte, voor het eerst, de prachtige dag. Daar hadden we er maar weinig van in het noordwesten. Waar waren de wolken, als ik nou eindelijk eens wilde dat ze er waren?

Terwijl ik stond te aarzelen, nadacht, slenterde Zoë recht op Spitz af. 'Deze hond heeft me in het begin zo verward,' zei ze, net hard genoeg voor mij om te kunnen verstaan. Ze streek met haar hand over zijn koperen kop. 'Van een afstand ziet hij er zo echt uit. Maar hij heeft geen geur. Nu begrijp ik dat hij van metaal is, door en door.'

Terwijl ik naar haar keek, voelde ik mijn hart in mijn schoenen zakken. Dit alles was helemaal fout. De zonneschijn, al die mensen om me heen. Het leek in niets op gisteravond. Maar toch ging ik dicht bij Spitz staan en zette mijn poot op de zijne, terwijl Zoë zijn kop aanraakte. Niets. De lucht betrok niet eens. Ik zuchtte zo diep dat Zoë naar me keek.

'O ja! Je hebt honger, hè? Ik ook. Tijd voor de lunch!'

Zoë

Terwijl we naar het Spiegelcafé lopen, kijken er steeds mensen naar Jessica om. Ze is zo knap! Overal waar ze komt draaien de hoofden haar kant op, zelfs nu ze dat slecht zittende T-shirt aanheeft. Ik loop recht op de deuren van het café af en wil naar binnen gaan, maar Jessica blijft staan.

'Wat? Wil je hier buiten blijven? Ik dacht dat je honger had?'

Ze trekt aan haar riem, dus laat ik die vallen. 'Oké, jij kunt hier blijven als dat is wat je werkelijk wilt. Maar ik beloof niet dat ik iets voor je bewaar. Als ik daarbinnen een paar muffins vind, eet ik ze allemaal op.'

Haar bek valt hijgend open, maar ze blijft waar ze is. Wie weet wat er omgaat in die donsachtige kop van haar. Ze heeft in ieder geval geen idee hoe ze aan muffins moet komen.

Zodra ik het Spiegelcafé binnenkom, weet ik dat ik op de goede plek ben. Er hangt de perfecte mix van geuren, plus sommige die ik niet ken, maar die wel precies goed voelen. Kaneelachtige, vlezige, basilicumgeuren. Ja! Dit moet de goede plek zijn. Mam en pap vinden dit soort eten heerlijk.

De mensen binnen, die in zwart-met-witte kleren, lijken blij me te zien. Ik kijk in de grote kamer om te zien of mijn vader en moeder daar zijn, maar ik zie ze niet. Nog niet. Het is druk binnen en iedereen is opgewekt. Totdat de vrouw met de rode bril de kamer binnenkomt. Ze komt recht op me af, ik word er bijna bang van hoe snel ze naar me toe loopt.

'Tjezus, Jess! Waar heb jij in vredesnaam gezeten? Ik denk niet dat ik dit kan accepteren. Ik word gek hier. Zonder souschef, met een volle bak en geen hulp van jou. Ik heb je mobieltje wel vijftig keer geprobeerd. Wat is er verdomme aan de hand?' Haar gezicht lijkt wel een geplet kauwspeeltje.

Mmm. Wat moet ik hierop zeggen? 'Ik ben er toch?' zeg ik, in de hoop dat ik het goed doe. 'Sorry van mijn mobiele telefoon.'

'Ja, nou, dat zou ik ook denken. Wat is het nut van een mobieltje als je niet opneemt? Ik heb je hard nodig hier. Het begint behoorlijk uit de hand te lopen. Heb je een souschef gevonden?'

Ik denk aan de kabouter op de wc. Zei hij niet het woord 'chef'? Maar deze mevrouw jaagt me angst aan en ik wil niet het verkeerde antwoord geven. Haar hoofd kan wel uit elkaar ploffen.

'Misschien,' antwoord ik. Dan glimlach ik en zeg: 'Maak je geen zorgen. Het is opgelost.'

'Echt?' Haar gezicht verzacht, zoals dat bij een gemene hond gebeurt als die in slaap valt. 'Echt? Je hebt een souschef voor ons gevonden? O, dat is fantastisch.' Ze leunt even met haar rug tegen de muur. Haar bril is rood en glinstert.

'Sorry dat ik zo uit mijn dak ging,' zegt ze. 'Ik had erop moeten vertrouwen dat jij het wel zou regelen. Dat doe je tenslotte altijd.' Ze wijst op twee deuren met kleine raampjes. 'Hoe sneller ze daar binnen zijn, hoe beter. Naomi kan het nauwelijks bijhouden.'

Ik wil naar de deuren toe lopen, maar ze legt haar hand even op mijn arm. 'En Jess? Bedankt. Bedankt!'

Ik grijns breed naar haar en ze loopt weg. Zelfs als ze is vertrokken, kan ik nog niet ophouden met grijnzen. Want ik ga naar de kamer met die heerlijke geuren. Ik duw de deuren open en loop de keuken in.

Jessica

Ik zat voor het café en knipperde een paar keer met mijn ogen, terwijl ik mijn gedachten probeerde te ordenen. Ik wilde het Spiegelcafé helpen, maar ik wist niet goed hoe. Ik wist alleen dat ik binnen niet veel nut had. Wat ik ook ging doen, het moest hier, in de drukte, waar alle mensen waren. Maar het was moeilijk om me te concentreren op mijn taak en de sterke hondengeuren hielpen daar niet bij.

'Hé, mam,' hoorde ik de stem van een klein meisje achter me. 'Moet je zien hoe strak die hond naar dat café zit te staren.'

Mijn oren vlogen de andere kant op, maar ik draaide mijn kop niet om. Een seconde later antwoordde een volwassene: 'Het is nog gekker! Kijk eens wat er op het T-shirtje van die hond staat?'

Een paar seconden later nam er iemand een foto van me. 'Ze lijkt op Spitz, maar dan levend!' riep het meisje uit. Mijn bek viel open en ik hijgde, maar bleef mijn ogen strak op de deuren van het Spiegelcafé gericht houden. Een ander hondenbaasje kreeg me in het oog en kwam naar me toe wandelen en zijn kinderen zagen wat er op mijn T-shirt stond, terwijl de vader de menukaart die in het raam hing bestudeerde. Mijn hart begon sneller te kloppen. *Kom op, T-shirt, doe de tovertruc!*

Ik bleef doodstil zitten terwijl de mensen langs me heen liepen, allemaal grinnikend bij het zien van een hond die reclame maakte voor een restaurant en strak die kant op staarde. Iedereen had er zijn eigen grapje over. 'Die hond heeft honger!' of: 'Hoeveel botten denken jullie dat ze haar hiervoor betalen?' Ik glimlachte naar iedereen en bleef zitten waar ik zat. Zolang de tovertruc werkte, deed ik niets wat de boel kon verstoren en bleef ik op mijn post.

Totdat mijn neus een bekende geur oppikte. Uien, Spaanse peper, precies de goede hoeveelheid tomaten en een geheim ingrediënt dat ik nooit kon thuisbrengen. Was het knoflook? Gedroogde *jalapeño*? Ik keek snel om me heen en ontdekte een vrouw met een potje Salish salsa in haar hand. Ze kauwde nog op iets, alsof iemand haar een gratis chipje had aangeboden om in een potje salsa-saus te dopen en te proeven.

Ik deed een snelle berekening. Ik kon blijven waar ik was en gezin na gezin naar het Spiegelcafé lokken, of ik kon mijn post verlaten en de meest getalenteerde souschef van Madrona halen om weer bij ons te komen werken. Het debat duurde ongeveer een seconde.

In een flits was ik bij de deur van het Spiegelcafé. Ik had het geluk aan mijn kant: op datzelfde moment ging er een gezin naar binnen en, terwijl ik mijn best deed niet op te vallen, liep ik met hen mee. Eenmaal binnen negeerde ik de lunchdrukte in het eet-gedeelte en sloeg snel rechts af om naar achteren te glippen, vurig hopend dat ik Kerrie niet tegen het lijf zou lopen. Of Zoë.

De moordkuil was verlaten. Ik rende op een drafje naar mijn bureau, ging op mijn achterpoten staan en bekeek de nieuwe sta-pel met rekeningen en reclamefolders. Er stak weer een lila enve-lop uit. *Nou, ze blijft volhouden, dat moet ik haar nageven.* Mijn neus begon te kriebelen en voordat ik het wist, schoof die van hoek naar hoek over de envelop om te ruiken. Ik rook sigaretten-rook die in een oud vloerkleed hing. Goedkope parfum. Drui-venjam. Ik nieste en dat bracht me met een schok terug in de wer-kelijkheid. Bij mijn taak. Voordat ik opnieuw werd afgeleid, pakte ik een stapel folders in mijn bek en holde naar de deur.

Naar buiten komen was gemakkelijk, ik duwde de deur zelf open. Maar toen ik op het plein stond, kon ik niet bedenken wel-ke kant ik op moest. Ik stortte me in de menigte en had daar on-middellijk spijt van. Al die benen en voeten om me heen waren als een benauwende muur. Het was moeilijk ademhalen met die papieren in mijn bek en de inkt erop rook afschuwelijk. Voor ik het wist was ik bij Spitz' standbeeld beland. Maar ik had geen idee waar ik nu naartoe moest.

Ik ging zitten en keek naar de voeten die voorbijliepen, vrolij-ke voeten die allemaal wisten waar ze heen gingen. Op het mo-ment dat ik besloot dat ik net zo goed terug kon gaan naar het Spiegelcafé om daar gewoon te proberen klanten naar binnen te lokken, kreeg ik een paar hoge roze gympen in het oog. Ik rende eropaf en sprong in en uit de weg van de mensen. De hoge gym-pen voerden me naar de zijkant van het plein, naar een tafel in een beschaduwd gedeelte, vlak voor de winkel voor gezonde voeding. En ik rook de bekende geur van Salish salsa.

Toen ik Theodores Timberlands in het oog kreeg, kon ik wel huilen van geluk. Hij was druk bezig een vrouw in een mouwloos hemdje te helpen, maar zodra ze met haar potje saus wegliep, schoot ik achter de tafel en duwde mijn snuit tegen Theodores hand aan.

'Wat verd... O man, wat ben jij een grote hond.' Hij trok zijn hand weg, maar ik bleef staan en duwde toen mijn neus weer tegen hem aan, in de hoop dat hij niet bang voor honden was. 'Moet je nou zien,' riep hij naar Ariël, zijn vriendin met de roze gympen. 'Deze hond is helemaal weg van me.'

'Wat heeft ze in haar bek?' Ariël stak haar hand uit en pakte de folders.

Ik zal voor eeuwig van je houden omdat je dat deed, dacht ik terwijl ik naar haar hijgde. Samen vouwden Theodore en zij een folder open.

'O kijk!' zei ze. 'Ze zoeken iemand voor het Spiegelcafé.'

'Ja,' zei Theodore terwijl hij knikte. 'Jessica heeft mijn voicemail ingesproken. Ze zei dat ze zitten te springen om een souschef.'

Theodore en Ariël wisselden een blik met elkaar uit. 'Zou je dat willen?' vroeg Ariël. 'Je had het altijd prima naar je zin daar.'

'Maar hoe moet het dan met de kraam?' zei hij. 'Ik moet toegeven dat ik in de verleiding was toen ik Jessica's boodschap hoorde, maar ik wilde jou niet in je eentje opzadelen met alle salsaverkoop.'

'O, ik red het wel,' zei Ariël. Ze leek heel zelfverzekerd in haar roze Converse-gympen, alsof ze zelfs al slapend nog salsa-saus kon verkopen. Ik voelde dat het tij zich keerde ten gunste van mij en dus blafte ik een keer stevig, hoewel ik een vreselijk droge bek had van de folders. Ze keken naar me en schoten in de lach.

'Vreemd,' zei Theodore, terwijl hij door zijn baard streek. 'Die hond kwam ze hier brengen. Het leek wel opzettelijk, alsof ze weet wie ik ben. Maar ik heb haar nooit eerder gezien. Jij?'

'Nee,' zei Ariël. 'Maar dieren weten dingen die wij niet weten.

Spirituele dingen. Ze voelen energiegolven en chakra's aan. Ik denk dat je het maar beter kunt doen en erheen moet gaan. Het lijkt wel voorbestemd of zoiets.'

'Weet je het zeker?' Theodore had zijn witte schort al afgedaan. Mijn staart kwispelde zo verwoed, dat ik een briesje op mijn achterste voelde.

'Tuurlijk. Ga! Geniet! Maak een nieuw gerecht!'

En alsof het niks was, liepen Theodore en ik het plein over. Ik zwoer dat Ariël alle koffie die ze maar wilde van me zou krijgen als ik weer in mijn menselijke zelf was veranderd. Gratis. Haar hele leven lang.

*I*k liep helemaal tot aan de voordeur van het Spiegelcafé achter Theodore aan en probeerde met hem mee naar binnen te gaan, maar Sahara hield me tegen en deed de deur voor mijn neus dicht. 'Geen honden vandaag,' zei ze op een onnodig kille manier. Vooral omdat het een hond in een Spiegelcafé-shirt betrof.

Ik zat buiten en probeerde er opgewekt uit te zien, als de allerblijste mascotte van de hele wereld. Er kringelde een wirwar van overrompelende geuren uit het publiek mijn neus in: natte hondenharen, hotdogs, koffie. Er liep een modderige hond langs, waar ik bijna achteraan ging om zijn zompige, vochtige vacht beter te kunnen ruiken.

'Hé Zoë,' hoorde ik een stem achter me. Ik sprong op, mijn staart kwispelde al. Max boog zich over me heen en maakte een groene hondenriem aan mijn halsband vast. Ik voelde zijn adem op mijn oor en er ging een huivering door me heen. 'Je bent alleen hier buiten, hè?' Hij schudde zijn hoofd en gaf me een knipoog, alsof wij tweetjes een geheim hadden. Ik hief mijn kop op om aan zijn borst te ruiken. Hij rook geweldig: naar wind en buitenlucht en die heerlijke muntzeep die ze op de markt verkochten. Hij glimlachte naar me en zijn jukbeenderen dansten in de schaduw. 'Daar moet ik het eens met Jessica over hebben,' merkte hij op. 'Ik weet wel dat ze een nieuweling is als hondeneigenaar, maar je zou toch denken dat ze je op zijn minst ergens aan vast zou maken, hè?'

Nee, dat zou ze waarschijnlijk gemeen vinden en een onnodige straf.

'Kom, we gaan wat water voor je halen,' zei hij, terwijl hij me meenam over het plein.

Ik liep naast hem, vlak naast hem. Ik kon er niets aan doen dat ik me niet echt op mijn gemak voelde. Het kwam omdat Max op me neer kon kijken zonder dat ik dat merkte. Natuurlijk hield ik mezelf voor dat hij niet zou staren. Waarom zou hij? Hij dacht dat ik Zoë was. Gewoon een hond die Zoë heette. Niets meer.

We liepen naar de rand van het plein en Max bracht me naar een gemeenschappelijke drinkbak voor honden. We moesten in de rij staan wachten terwijl een kwijlende buldog slurpte en slobberde en de helft van het water op de keien spatte. Toen het onze beurt was, rook ik voorzichtig aan het water. Het rook lekker schoon, naar water dat uit de kraan kwam, niet ergens uit een rioolput.

Ik wilde er eigenlijk niet van drinken, maar ik had zo'n dorst, dat ik er een paar keer met mijn tong doorheen ging. Toen nog een paar keer. Ik kon het me niet veroorloven om uitgedroogd te raken, niet nu. Ik heb ooit eens gelezen dat, als je voelt dat je dorst hebt, je hersens al zo uitgedroogd zijn dat je slechter scoort op de standaardtesten. En met de manier waarop ik werd afgeleid door geuren en geluiden, had ik alle mentale kracht nodig die ik had.

Bijvoorbeeld: ik moest herhaaldelijk mijn gedachten van Max losrukken en me concentreren op de problemen waarmee ik te maken had, zoals het helpen van het Spiegelcafé. Niet dat dat gemakkelijk was, omdat Max van die prachtige jukbeenderen heeft. Ik kon de hele dag wel naar hem kijken als hij lachte en praatte en in de verte staarde. En ik keek ook graag naar zijn handen. Hij bewoog zich zo zelfverzekerd en met een rustig soort elegantie. Als hij met zijn hand door mijn vacht streek, stelde ik me diezelfde hand voor als die het lichaam van een vrouw streelde en dan ging er een rilling door me heen.

Maar steeds opnieuw dwong ik mijn gedachten terug naar het eetcafé. Ik was blij dat Max me, toen we van de waterbak wegliepen, weer mee terug nam naar mijn plek voor het Spiegelcafé, waar iedereen die voorbijliep het logo van het Spiegelcafé op mijn T-shirt kon zien.

'Weet je,' zei Max, op die toon die mensen altijd tegen honden gebruiken. 'Jij hebt geluk dat je Jessica bent tegengekomen. Als je je kaarten goed speelt, mag je misschien wel blijven.'

O nee! Ik hoop van niet. Alsjeblieft, laat me niet voor eeuwig zo blijven. Maar toch was het fijn om Max te horen zeggen dat ik geluk had. Ik leunde naar hem over in de hoop op meer. Meer aaien en meer gepraat over geluk hebben. Bovendien hield ik er gewoon van zijn stem te horen.

'Ik weet dat ze geen echte hondenliefhebber is, maar ik denk dat dat komt omdat ze er nooit eentje heeft gehad. En wie weet heeft ze toen ze klein was wel een slechte ervaring met honden gehad of iets dergelijks. Veel mensen zijn bang voor honden omdat ze ooit in hun leven iets vervelends hebben meegemaakt.'

Het beeld van dat mysterieuze litteken op mijn arm – op Zoë's arm op dit ogenblik – flitste door mijn hoofd. Ik had geen idee hoe ik daaraan kwam. Had het iets met honden te maken? Of kwam het door iets heel anders? Een brandwond of een auto-ongeluk? Ik had het al zolang ik me kon herinneren. En mijn pleegouders wisten ook niet hoe ik eraan kwam – ik vermoedde dat er maar één persoon op de wereld was die het misschien wél wist. Maar ik had geen zin om het aan haar te vragen.

Ik had moeite met slikken, mijn keel zat opeens dicht omdat ik aan de lila enveloppen dacht. Die kreeg ik nu al twee maanden. Iedere paar dagen weer een. Zou er steeds hetzelfde in staan, of varieerde de tekst? Dacht ze nou werkelijk dat ze het op een A4'tje kon uitleggen?

Terwijl Max met zijn hand onder mijn kin kriebelde, voelde ik dat ik, ondanks mijn stressvolle gedachten, ontspande. Ik vond het zo heerlijk dat de wereld helemaal opfleurde en ik zowat in extase raakte. Ik zag, hoorde of rook niets meer. Mijn hele bestaan draaide om zijn vingers onder mijn kin. Max had precies de juiste manier van aaien. Hier zou ik zeker wél aan kunnen wennen.

Precies op dat moment stopte Max' hand met aaien. Hij leek diep verzonken in zijn eigen gedachten. Ik deed mijn ogen open en ving een glimp op van Kerrie door het raam, haar koperen oorbellen slingerden heen en weer terwijl ze een gezin naar hun tafeltje begeleidde. Haar zo zien zorgde voor een steek in mijn hart. Kerries talenten kwamen niet tot hun recht in de bediening. Niet dat ze niet goed was met de klanten, maar als je wist hoe geweldig ze in de keuken achter het fornuis was, was het eigenlijk een tragedie.

Toen we het Spiegelcafé net hadden geopend, had Kerrie de heerlijkste creaties bedacht en gemaakt. Een hete pasta van sojabonen en koriander op luchtige crackers. Citroenijs met gemberkoekjes, bestrooid met gekaramelliseerde gember. Kip geglaceerd in haar speciale zoetzure saus (het geheim waren de fijngemalen zilveruitjes erin). Kerrie had het koken in haar vingers. Klanten namen hun verwende vrienden uit de grote stad mee naar het Spiegelcafé, alleen maar om te bewijzen dat Madrona zijn eigen haute cuisine had. Op vrijdag en zaterdag zat het restaurant altijd bomvol. Er was zelfs een wachtlijst.

En toen sloeg het noodlot toe. Goede vrienden van Kerrie, de Meyers, kwamen vieren dat hun dochter Hannah negen was geworden met een verjaardagsdiner. Ze bestelden Kerries beroemde tortellini en onze speciale kindersalade: grappige, uit groenten gesneden figuurtjes met onze geheime dipsaus. Hannah vond het geweldig en het hele personeel kwam naar haar tafel om haar haar verjaardagstaart met chocoladesaus te serveren. Het hele restaurant zong voor haar. Hannah blies haar negen kaarsjes uit en zag eruit als het gelukkigste kind op aarde.

We hadden geen idee waarom en hoe, maar later die avond werd Hannah ziek. Ziek genoeg om naar het plaatselijke ziekenhuis te moeten. Ziek genoeg om met een helikopter overgebracht te worden naar het Harborview Trauma Center. Heel, heel erg ziek. De hele nacht balanceerde ze op het randje van de dood. Toen Kerrie het hoorde, nam ze de laatste veerboot naar Seattle en bracht ze de hele nacht ijsberend in de wachtkamer van de spoedeisende hulp door. Samen met de Meyers en biddend voor een goede afloop.

Hannah herstelde, maar Kerrie kwam er nooit meer overheen. Het was niet te achterhalen of Hannahs ziek worden iets met het eten te maken had gehad, maar Kerrie kon niet stoppen met erover te piekeren. Ze besteedde er uren en uren aan om er toch achter te proberen te komen. Waren de ingrediënten niet goed meer geweest? Was er iets misgegaan in de keuken? Kwam het door iets wat een serveerster had gedaan? De vaatwasser? Een fout van de boerderij waar onze producten vandaan kwamen?

De Meyers beschuldigden Kerrie of het Spiegelcafé nergens van. Ze waren ervan overtuigd dat er een eenvoudige verklaring voor Hannahs ziek worden bestond, zoals bijvoorbeeld een allergische reactie. En toen ze Hannah daarop lieten testen, kwam daar inderdaad uit dat ze allergisch was voor pijnboompitten, iets wat tot dan toe niemand had geweten. Maar desondanks kon Kerrie de gedachte niet van zich afzetten dat het gevaar misschien uit haar eigen keuken afkomstig was geweest.

We veranderden van al onze toeleveranciers, lieten de hele keuken controleren op hygiëne, maar Kerrie was nog altijd niet tevreden. Het idee dat Hannah die nacht had kunnen sterven achtervolgde haar. Ze werd nerveus, haalde schotels op het laatste moment terug om ze nog een keer te verhitten, en begon zoveel bestek op de grond te laten vallen dat we extra lepels en spatels moesten kopen om genoeg schone te hebben om de avond door te komen.

Uiteindelijk hield Kerrie de keuken voor gezien. Ze hing haar koksmuts aan de wilgen en weigerde om nog voor iemand anders dan voor haar eigen gezin te koken. Met veel moeite wist ik Guy te vinden en toen dat was gelukt, prezen we onszelf gelukkig. Het Spiegelcafé leefde weer op – min of meer – en deed het goed. Tot aan mijn hondenincident, tenminste. Maar Kerrie keerde nooit meer terug naar het fornuis. Zelfs nu, jaren later, praatte ze nog niet graag over wat er die avond met Hannah was gebeurd. Ik was er zeker van dat het Kerries schuld niet was geweest. Het was niemands schuld. Maar als ik dat tegen haar zei, hóórde ze me gewoon niet. Alles wat zíj voor zich zag, waren het ziekenhuis en de gezichten van haar vrienden terwijl ze wachtten op nieuws over hun dochtertje.

Max rekte zijn armen uit en onderbrak mijn gedachten. 'Kun je hier wachten, terwijl ik een koffie haal?' vroeg hij, terwijl hij mijn riem vastbond aan een bankje in de buurt van de deur van het Spiegelcafé. Hij verdween naar binnen en ik telde de seconden; hoe langer hij weg was, hoe langer de rij in het Spiegelcafé moest zijn. Ik had tien minuten geteld toen hij met een dampende beker in zijn hand weer naar buiten kwam. *Dat was goed*. Misschien deed mijn T-shirt zijn werk.

Max kwam naar me toe lopen en ging op het bankje zitten. Ik zat op de grond en probeerde niet te bedenken waar mijn achterste op die manier misschien mee in contact kwam. Ik kon wel boven op een stuk kauwgum zitten, of in een opgedroogde plas. Wat oneerlijk dat ik niet, zoals iedereen, fatsoenlijk op een stoel mocht zitten. Ik snoof om me heen, maar de lucht was zo vol geuren dat ik niet kon uitmaken welke bij de grond hoorden en welke op de poten van de bank naast me waren gesproeid.

Eén ding was me zo langzamerhand wel duidelijk: honden hebben weinig in te brengen in deze wereld. Ze kunnen niet beslissen waar ze heen willen, niet zitten waar ze willen, niet eten wat ze willen. Ze kunnen niet eens zéggen wat ze willen. Honden zijn de laagste figuren in de pikorde. Zelfs het team dat het Natte Neuzenfestival had georganiseerd en dat toch zo dol was op honden, liet hun hond niet kiezen wat hij wilde. Honden werden behandeld als kinderen. En niemand nam de moeite hen op te voeden tot volwassenheid. Het was nooit in me opgekomen om medelijden met hen te hebben. Honden leken altijd zo blij dat ik veronderstelde dat hun leven perfect was. Maar ik kwam er steeds meer achter dat dat helemaal niet zo was. Honden waren gewoon supergoed in overal het beste uit halen, om zure appels zoet te maken.

Ik keek om me heen over het plein en was verbaasd bij het zien van al die kwispelende staarten en blije koppen. De levens van deze honden waren heus niet perfect, maar geen van allen bleef daarover zitten mokken. Hoe lang ze ook alleen thuis waren achtergelaten of in de auto hadden moeten wachten, ze vergaven en vergaten alles meteen. En in plaats van zich superieur te voelen vanwege hun talent om te vergeven, lieten ze het verleden graag voor wat het was: het verleden.

Kon ik dat maar, wenste ik. Als ik het verleden achter me kon laten, zou ik vrij zijn. De wonden uit mijn jeugd zouden in rook opgaan. Ik zou niet meer zo woedend op Guy zijn. En die lila enveloppen zouden niet meer zijn dan wat het eigenlijk was: papier.

12

Hond in de keuken

 Zoë

De deuren klappen achter me dicht en ik loop de hondenhemel binnen. Ik ben in een glimmende kamer boordevol eten. Ik zie bakken met gesneden wortelen, rekken eieren, een tafel hoger opgetast met brood dan ik ooit heb gezien. Alles waar ik aan kan denken is eten.

Er staat een vrouw in een wit jasje en met een hoed op haar hoofd. Ze kijkt over haar schouder en glimlacht naar me. Haar gezicht is bezweet en haar handen bewegen zo snel als lichtflitsen. Op een naambordje op haar jasje staat dat ze Naomi heet. Ik kan het lezen! Die schots en scheve streepjes waar mensen altijd naar kijken, zijn opeens begrijpelijk voor mijn hersens! Ik kijk om me heen en lees nog wat woorden (UITGANG. PERSONEEL). Verbazend! Ik begin in een echt mens te veranderen!

Ik kijk in de richting van de vrouw en zeg zo trots als een pauw: 'Hoi, Naomi.'

Zij zegt 'hoi' zonder zich om te draaien. De deur waardoor ik ben binnengekomen zwaait open en klapt tegen mijn achterste aan. Er komt een man haastig naar binnen. Hij is helemaal in het zwart gekleed en klemt een stuk papier vast op een metalen rail die al vol hangt met andere papiertjes. Dan holt hij weer naar buiten. Naomi kijkt even op het papiertje, schudt haar hoofd en gaat weer verder met haar werk.

'Kun je me iets vertellen?' vraag ik, luid en duidelijk zodat ze me kan verstaan over het lawaai heen van alle dingen die staan te pruttelen en te bakken. Naomi werpt een korte blik op me. Ik kijk haar aan met een hoopvolle mensenblik. Tenminste, dat probeer ik. 'Waarom is zij...' Ik maak een hoofdbeweging naar de klapdeurtjes zodat ze begrijpt dat ik het heb over de vrouw met de rode bril, '... zo opgefokt? Alles hier is geweldig, behalve zij.'

Naomi haalt haar schouders op. 'Kerrie? O, ik weet niet,' zegt ze, terwijl ze een stuk kip in de bakpan gooit. 'Misschien omdat we overvol zitten en geen souschef hebben om de dingen voor te bereiden. Misschien omdat jij gisteravond hebt beloofd een souschef te regelen. En je, toen je eindelijk je gezicht liet zien hier, nog niet eens spijt leek te hebben van het feit dat je iedereen in de steek had gelaten.'

Ik frons mijn voorhoofd. Ik voel me heel klein, maar ik weet niet echt waarom. Dit is een gelukkige plek, een plek barstensvol eten. Waar moet je dan van streek van zijn?

Als die vrouw een hond was geweest, had ik aangeboden haar buik te aaien, dan zou ze zeker kalmeren. Maar dat doe ik natuurlijk niet. Papa hield er niet van als ik in het park tegen hem opsprong, dus moet ik voorzichtig zijn met anderen aanraken. En bovendien is me opgevallen dat mensen nooit de tijd nemen om elkaars buik te aaien, zelfs al hebben ze handen. Ik begrijp het niet, maar zo is het wel.

'Nou, er is niemand dood, hoor!' zeg ik. Misschien hebben ze gewoon honger en zijn ze daarom chagrijnig. Ja! Als ik iets heel lekkers voor ze klaarmaak, wed ik dat het allemaal weer oké is. Wie houdt er nou niet van eten?

Naomi heeft zich weer naar het fornuis omgedraaid, dus besluit ik haar met rust te laten. Ze lijkt druk bezig met haar eigen dingen. Als de man in het zwart weer binnenkomt, hou ik hem staande. 'Kun je me helpen?' zeg ik. 'Ik ben op zoek naar het lekkere eten.'

'Het lekkere eten?'

'Ja, je weet wel, het vlees.' Tuurlijk.

Hij kijkt me een beetje raar aan en wijst. 'Eh, in de koeling, zoals altijd. Ben je op zoek naar iets speciaals?'

'Neuh. Gewoon vlees.'

Ik ga die 'koeling' in, waar het ijskoud is, en vind daar genoeg eten om wel vijftig honden te voeden. Er zijn kleine roze lamskoteletjes en ronde hamburgers, containers met gestoofd vlees en witte kippenborsten. Ik wil het liefst álles opeten, meteen, maar in plaats daarvan draai ik me om en doe mijn ogen dicht. De vrouw met de rode bril – Kerrie – was daarstraks al zo boos. Ik zou niet willen dat ze me hier betrapte terwijl ik op de lamskoteletjes sta te knauwen. Ik adem diep in, draai me om, pak het eerste stuk vlees dat ik zie en ren terug naar de keuken.

Biefstuk! Het is een biefstuk! Ik ben zo opgewonden dat ik begin te kwispelen voordat ik me herinner dat ik helemaal geen staart héb. Ik leg mijn biefstuk op het aanrecht, zoek een schaal en begin een geweldige creatie te maken die een glimlach op Kerries gezicht zal toveren.

Ik gooi het ene lekkere ding na het andere in de schaal en kneed de boel met mijn vingers. Terwijl ik bezig ben alles goed met elkaar te vermengen, komt een warme wolk van heerlijke geuren vrij. Het doet me denken aan iets wat op het strand ligt te rotten. Ik mix pindakaas en eieren en kaas en honing en dan smeer ik mijn creatie aan allebei de kanten op de biefstuk. Daarna vind ik een zak met krakerige dingen die aardappelchips heten en die gooi ik eroverheen.

Mijn biefstuk ziet er zo super uit, dat ik bijna in tranen uitbarst. Iedere hond zou al zijn hondentanden geven om één hapje van deze biefstuk te mogen nemen. Ik moet mezelf er steeds weer aan herinneren dat ik er níét in mag bijten en er zelfs niet aan mag likken. Dit is een cadeau.

Ik maak een geluid in mijn keel om Naomi's aandacht te trekken. Ze draait zich om en ziet mijn biefstuk, maar ze glimlacht niet zoals ik verwachtte. Ze blijft een hele tijd stil, waarschijnlijk uit bewondering voor mijn kookkunsten. Haar kip ligt te spetteren in de pan. Naomi trekt een gezicht dat lijkt op de kop van een boxer en het wordt steeds donkerder terwijl ze naar mijn biefstuk kijkt. Een van haar wenkbrauwen schiet omhoog, zoals een hond zijn oor zou opsteken als er iets verwarrends gebeurt. 'Eh, heeft Kerrie je echt hierheen gestuurd om te koken? Waarom?

Hoef je niet meer op zoek naar een nieuwe souschef voor ons?'

Ik haal mijn schouders op. 'Hebben we wel een nieuwe souschef nodig? Jij bent er toch om te koken? En ik ben er ook en ik ben de beste kok die je ooit hebt meegemaakt. Moet je deze biefstuk zien!'

Ze lijkt het niet te begrijpen, dus wijs ik met mijn wijsvinger op mezelf en dan op mijn biefstuk.

'Jessica, ik vind je een schat,' zegt ze. 'En ik probeer mijn kalmte te bewaren. Maar dat ziet er echt walgelijk uit.' Ze werpt een trieste blik op mijn creatie. Ik kijk er ook verdrietig naar. Ik bedenk dat ik misschien naar buiten had moeten gaan om een dode vogel te zoeken zodat ik die erbovenop kon leggen, iets wat ik eigenlijk van plan was. Maar ik vond het er zo eigenlijk al fantastisch uitzien. Ik mag Naomi, maar ik geloof niet dat zij de baas over het eten moet zijn. Er klopt echt niets van haar idee van wat walgelijk is en wat niet.

Ik besluit dat ik me maar niets zal aantrekken van wat ze denkt. Ik ruik aan iets wat 'ketchup' heet en giet dat over mijn biefstuk. Mijn cadeau is perfect, werkelijk perfect. Ik ben klaar om het aan te bieden en blij als Naomi de klapdeuren openduwt en iets tegen Kerrie zegt.

Kerrie komt binnen en kijkt naar mijn gerecht. En dan gilt ze het uit. En gilt, en gilt en gilt...

☕ Jessica

Max moest wel de populairste dierenarts van de stad zijn. Hij had net een volledige aaisessie van mij beëindigd, van de onderkant van mijn kin tot aan dat rare plekje net boven mijn staart. Ik zou hem over de hele wereld achternareizen. Ik draaide me om en grijnsde breed naar hem, totaal in hogere sferen.

'Dat vind je lekker, hè? Kriebelen achter je oren.' Hij maakte langzame kringetjes rondom mijn oor met zijn vingertoppen. Per ongeluk en tot mijn schaamte liet ik een kreun ontsnappen. Ik schrok van mezelf. Het was een vreemd sensuele ervaring. In mijn euforische verdoving kon ik nauwelijks twee gedachten aan elkaar knopen, maar ik besefte wel dat dit voor mij anders voelde dan voor een gewone hond. Tenslotte had ik aan Zoë's pogingen om Guy te verleiden gezien dat hondenseks zich op een heel ander niveau afspeelt dan menselijke intimiteit. Strelingen hoorden daar niet bij. Ik was waarschijnlijk de enige hond in Madrona die genoot van het sensuele gevoel dat geaaid worden door een man met zulke heerlijke handen als Max gaf.

Dit is het enige wat ik zal missen als ik terugverander. Als ik tenminste zoveel geluk heb.

Op dat moment kwamen er twee jonge vrouwen op torenhoge sleehakken en in korte rokjes voorbijlopen. 'Hoi, Max,' kirden ze allebei, op een manier waarvan mijn haar overeind ging staan. Maar mij negeerden ze. Ze zwaaiden koket naar Max en een van hen giechelde.

Ik voelde dat Max naast me op de bank ging verzitten. 'Hoi,' zei hij. Zijn hand viel weer terug op mijn kop. Terwijl de vrouwen verder liepen, schrompelde al mijn hoop ineen. Nooit zou ik de vergelijking met zulke vrouwen kunnen doorstaan. Nog in geen miljoen jaar. Ze waren mooi, vol zelfvertrouwen, flirterig. De fantasie van iedere man.

'Pfft, niet mijn type,' hoorde ik Max binnensmonds mompelen. Ik keek verbaasd naar hem op. 'Veel te opgetut en te gemaakt. Weet je wie echt mooi is? Jessica!'

Ik hapte naar adem. Ik? Mooi? Ík? Had hij dat echt gezegd?

'Ze heeft een prachtig gezicht. Het is gewoon de knapste vrouw van de hele stad. Ze heeft alles. Een geweldig lichaam, die grote ogen, een prachtige mond. Haar mond, ja, die is echt absoluut perfect.'

Ik wist niet hoe ik het hád. Ik slikte. Mijn gedachten vlogen over wat ik de laatste tijd van mezelf had gezien. Zoë had zoveel zelfvertrouwen, ze straalde zoveel ik-geniet-van-dit-moment uit, dat dat mijn uiterlijk een extra glans gaf. Als Zoë lachte, kreeg haar gezicht iets heel aantrekkelijks. Het was een gezicht dat best knap was, vermoedde ik, maar ik kende het te goed om dat echt te kunnen beoordelen. Wat er belangrijk was, was wat

Max ervan vond en hij had het woord 'prachtig' gebruikt!

'Maar ze heeft meer dan alleen een mooi uiterlijk,' ging hij verder, zo zachtjes dat ik de enige was die het kon horen. 'Ik heb haar aan het werk gezien. Ze blijft altijd rustig en straalt tegelijkertijd iets krachtigs uit. En tevredenheid. Ze lijkt blij met het feit dat ze in Madrona woont, alsof ze nergens liever is dan hier.'

Ik was er zeker van dat ik gloeide, dat iedereen die duizenden lichtjes die in mijn binnenste sprankelden kon zien. Was dit echt? Dacht Hot Max echt dat ik de mooiste vrouw in de stad was? Ik moest mezelf even knijpen. Of rondjes gaan rennen achter mijn eigen staart aan.

Ik dacht terug aan al die ochtenden dat ik hem had zien binnenkomen voor een Americano en gaf mezelf een mentale schop. Waarom had ik al niet maanden geleden iets tegen hem gezegd? Sinds wanneer was ik zo'n lafaard? Het is dat hondenincident, dacht ik met een zucht. Dat had me vanbinnen helemaal verward. Alleen omdat hij dierenarts was en dol was op honden, had ik gedacht dat hij me geen blik waardig zou keuren. Ik heb een probleem, dacht ik. Ik heb echt een groot probleem.

'Becky was nooit echt gelukkig hier, weet je,' zei hij.

Becky? Becky? Wie was Becky?

'Zelfs al voordat ze die baan in New York accepteerde, voelde ze zich nooit op haar plek in Madrona. Het is hier te klein, denk ik. Ze hield er niet van dat de cliënten me herkenden op de markt. En er is hier nooit iets te doen, klaagde ze altijd.' Uit mijn ooghoeken zag ik hem met zijn hand gebaren naar de drukte op het plein. 'Alsof dit niet genoeg is. Druk genoeg voor míj, in ieder geval.' Ik voelde zijn knieën bewegen terwijl hij zijn hoofd schudde en naar achteren tegen de bank leunde. 'New York zou me vermalen en uitspuwen. Ik begrijp niet waarom ze ooit dacht dat ik zou gaan.'

Nu voelde ik me schuldig dat ik zijn privézaken had afgeluisterd. Niet dat er me ook maar één woord ontging. Die arme Max met zijn vriendin (ex-vriendin?) Becky, die naar New York was verhuisd. Ik had het ook ooit uitgemaakt met een vriend om een soortgelijke reden en ik wist hoe gemakkelijk je jezelf ging afvragen of je wel het goede besluit had genomen. Toen mijn vorige vriend naar L.A. verhuisde had hij duidelijk laten blijken dat hij graag had dat ik met hem meeging. Oké, het was dan misschien niet de meest romantische, overweldigende, uitnodiging die ik ooit had gehad, maar hij had het aangeboden. En ik had bedankt. En me vervolgens vier maanden afgevraagd of ik er spijt van had.

'Maar ik heb er geen spijt van,' zei Max, terwijl hij van de bank opsprong en mijn riem een paar keer om zijn hand wond. Hij liep naar een paar bomen die aan de rand van het plein stonden. Ik nam aan dat we daar voor míj waren, omdat hij dacht dat ik het leuk zou vinden aan de bosjes te ruiken, dus deed ik net alsof, terwijl ik mijn oren gespitst hield. 'Ik zou daar nooit kunnen wonen. Ik ben hier opgegroeid en ik wil helemaal niet weg. Waarom zou ik? Ik vind het leuk dat mensen me herkennen. Ik vind het leuk als ze mij bij de groenteboer dingen over hun honden vragen.' Ik moest gaan zitten. Max' plotselinge bekentenis bracht een wirwar van emoties in me teweeg, inclusief schaamte omdat ik iets hoorde wat alleen voor hondenoren bestemd was. Ik wist niet dat mensen zulke privédingen aan honden toevertrouwden. Dat moest nog een extra reden zijn waarom mensen graag honden om zich heen hebben. Honden kunnen tenslotte duizenden geheimen horen en ze nooit verraden. Dat is echt een gave.

Maar wat zo'n schok voor me was, was natuurlijk niet het feit dat ik zijn geheimen ongewild te weten was gekomen, het was het horen wat hij voor mij voelde. En ik wilde méér horen, wanhopig graag.

Mijn binnenste kromp samen en ik wist dat dat eigenlijk het probleem niet was. Ik wilde een méns zijn. Als mens zijn tedere woorden horen. Ik wilde dat Max mijn hand pakte en in mijn mensenogen keek. Niet voelen dat hij afwezig met zijn hand over mijn kop aaide.

Ooooo!

❧ Zoë

De vrouw met de rode bril heeft een rood gezicht. Ze houdt niet op met gillen, zelfs als mijn oren er pijn van gaan doen. Zelfs als Naomi tegen haar zegt: 'Kalm maar, Kerrie,' en een hand op haar arm legt. Rode Bril pakt een houten lepel en houdt die voor mijn gezicht.

'Probeer je ons nou met opzet de vernieling in te helpen? Jessica, dit is óns restaurant. Hoe kun je iets waar je zoveel om geeft kapotmaken? Is dit een vroege midlifecrisis of zoiets?' Ze schudt haar hoofd en alle kleur trekt uit haar gezicht weg. 'Ik begrijp het gewoon niet. Ik kan me niet voorstellen waarom je ons zou willen ruïneren. Wat ís dit?'

Ik lik over mijn lippen want ik ben nerveus. 'Ik dacht dat je misschien honger had. Als je wat eet, voel je je altijd beter.'

Haar wenkbrauwen vallen over haar ogen. Ze ziet er gemeen uit. 'En ik dacht dat je een souschef had,' fluistert ze. 'We weten allebei dat je niet kunt koken.'

Ik kijk naar mijn creatie. Die ziet er in mijn ogen ongelofelijk lekker uit. Wat heeft die vrouw toch? Misschien is ze gewoon heel dom. Misschien is dát het waarom mensen voedsel op hun bord laten liggen zonder het op te eten. Omdat ze niet zo slim zijn. Ik zucht.

'Weet je, dit is helemaal niet zo erg als je denkt,' zeg ik. 'Er is niemand aangereden door een auto. Er is niemand ziek of bijna dood. En er is hier overal eten. We zouden blij moeten zijn!'

'Blij? Blij? We staan op het punt failliet te gaan en jij wilt dat ik hier blij rondhuppel?'

Ze kijkt kwaad naar mijn biefstuk, alsof de wormen eruit komen kruipen. Ik wil het goede zeggen en haar zeker niet nog bozer maken dan ze al is. Mensen zijn verwarrend. Hun gezicht zegt vaak iets anders dan hun woorden. Ik weet niet wat haar zal kalmeren. Ze is al zo woedend, dat ieder woord de boel vermoedelijk alleen maar erger maakt. 'Ik weet het niet,' mompel ik.

Ze briest. Haar ogen worden spleetjes. Ik denk dat ik het verkeerde antwoord heb gegeven. Razendsnel pakt ze mijn arm vast en sleurt me mee door de klapdeuren het eetcafé in. Daar botsen we meteen tegen een man op met een geschoren hoofd, een baard en heel veel tatoeages.

Kerrie begint meteen tegen de man te praten in plaats van tegen mij, wat een enorme opluchting is. Hun gesprek is kort en intens en ze fluisteren, dus kan ik alleen kleine beetjes opvangen zoals 'dit weekend', 'souschef', en 'grote witte hond'.

Grote witte hond! Ik denk aan Jessica en mijn hart zwelt van trots. Ze is zo prachtig in mijn lijf.

Ik begin te ontspannen, maar als de man in de keuken verdwijnt, word ik weer nerveus. Kerrie keert zich naar me toe en ik zie dat haar gezicht nog steeds rood is.

'Dat heb jij geregeld, neem ik aan? Op de een of andere manier?'

Ik kijk om me heen, op zoek naar wat ze zou kunnen bedoelen. Ik weet niet of ik nou 'ja' of 'nee' moet zeggen, dus haal ik maar mijn schouders op en staar naar beneden, naar mijn schoenen.

Ze zucht en zet haar handen op haar heupen. Dan verrast ze me met een naar suiker ruikende omhelzing. Mensen zijn echt raar.

'Kom mee,' zegt ze. 'Er is iets waarover ik met je wil praten.'

Ze neemt me mee naar de kamer achterin, waar Jessica en ik eerder die koekjes aten, en pakt een rechthoekige lila envelop van het bureau die er precies hetzelfde uitziet als de envelop waar Jessica in haar appartement zo naar stond te staren.

Kerries stem is zacht en vriendelijk. Hoe ze zo opeens kan veranderen van woedend naar aardig, is me een raadsel. 'We hebben nu zo'n dertig van deze enveloppen. Wil je me misschien vertellen wat dit betekent?'

Ik haal mijn schouders nog maar een keer op. 'Ik weet het niet,' zeg ik, want dat is de waarheid.

Ze wijst naar de woorden in een van de hoeken. 'Debra Sheldon? Heb je ergens een zus van wie ik niets weet?'

Heb ik die? Dat lijkt me leuk. 'Ik weet het niet,' zeg ik.

Kerrie legt haar hand op mijn arm. Ik vind het fijn als ze zo aardig tegen me is. 'Heb je dan niet één van die enveloppen geopend?'

Ik schud mijn hoofd. Iets in de toon waarop ze het vraagt maakt me zo verdrietig, dat ik mijn ogen nat voel worden.

Jessica

Verlegen keek ik naar Max op, in de hoop dat het hem niet zou opvallen hoe zwaar ik hijgde. Wat zou hij me nog meer gaan vertellen? Over zijn eerste verliefdheid? Hoe hij over trouwen dacht? Of – mijn hart maakte een sprongetje – meer over míj?

Max gunde me nog een paar minuten langer bij de bomen waar ik zogenaamd aan rook en liep toen terug naar het Spiegelcafé. 'Kom op, Zowiepowie,' zei Max. Ik zwol van trots bij het horen van zijn koosnaampje voor mij en liep achter hem aan. 'Laten we eens kijken of Jessica klaar is daar. Misschien wil ze over een paar uur wel gaan eten.'

Eten, het woord maakte me aan het kwijlen. Ik was vergeten hoeveel honger ik had. Dat pompoenkoekje was al uren geleden en Zoë en ik waren nooit aan een lunch toegekomen. Wat zou er eigenlijk met die mand lekkernijen gebeurd zijn die we hadden gewonnen bij de schoonheidswedstrijd? Zoë was natuurlijk vergeten die te halen.

Alsof hij mijn gedachten kon lezen stak Max zijn hand in zijn jaszak en viste daar een koekje in de vorm van een bot uit. 'Zit,' instrueerde hij me.

O... ik zat. Meteen. Ik kwispelde zelfs. En hoopte vurig dat hondenkoekjes naar mergpijpjes zouden smaken.

Max hield het koekje voor mijn neus en ik pakte het zo elegant mogelijk van hem aan. Toen at ik het in één hap op. Ik had geen andere keus zo zonder handen. Het koekje was gortdroog en smaakte een beetje zoutig. Verrukkelijk! Ik keek aanbiddend naar Max op om mijn dank uit te drukken en werd beloond met nog een koekje. Max leek honden écht goed te begrijpen.

We slenterden terug naar het Spiegelcafé en bleven voor de

deuren staan, terwijl Max naar binnen tuurde. De gedachte dat hij op zoek was naar Jessica, of eigenlijk Zoë, maakte me blij maar ook niet lekker. Ik stelde me voor dat ik terug was in mijn eigen mensenlichaam en afspraakjes had met Max, wandelingen met Max, etentjes met Max. Gelukkig, het zag er fantastisch uit. Leuk en sexy en opwindend. Maar het zag er ook te mooi om waar te zijn uit. Op een gegeven moment zou hij achter de afschuwelijke waarheid komen, dat ik helemaal in mijn eentje was hier in Madrona en alleen Kerrie had. Dat ik geen ouderlijk huis had, geen stad waar ik was opgegroeid, niets. Alles wat ik had, waren een stelletje flutterige lila enveloppen die naar oude sigarettenrook roken. En het Spiegelcafé. Dat zowat failliet was.

De voordeuren van het Spiegelcafé zwaaiden open en Kerrie en Zoë kwamen, hun hoofden dicht naar elkaar toe gebogen, naar buiten. 'Weet je zeker dat je wilt teruggaan? Begrijp me niet verkeerd. We hebben je hard nodig. Het was druk vanochtend, maar er is nog heel wat promotie nodig om vanavond en morgen het diner ook vol te krijgen. Maar als je nog wat tijd nodig hebt om een beetje bij te komen...'

Zoë schudde haar hoofd en streek even over haar gezicht. In haar hand hield ze een lila envelop geklemd.

13

Een vrouws beste vriendin

 Jessica

Huilde Zoë? Waarom had ze een lila envelop in haar hand? De paniek greep me bij de keel. Wat had Zoë gedaan? Wat had ze tegen Kerrie gezegd? Ik rukte aan mijn riem en probeerde Max dichter naar hen toe te trekken. Snel, voordat de aarde onder mijn voeten wegzakte.

Kerrie gaf Zoë nog een bemoedigend schouderklopje en draaide zich toen weer om naar het Spiegelcafé met de woorden: 'Kom op, tijger, zet je tanden erin! Je kan het! Hou vol en daarover,' ze wees op de lila envelop, 'praten we... als je zover bent.'

Ik zag de deur met bevend hart achter Kerrie dichtvallen. Ik wilde helemaal niet dat Kerrie meer te weten kwam over die enveloppen... ik wilde alleen maar dat ze ophielden met komen. Niet dat ik Kerrie niet vertrouwde. Dat deed ik zeker. Maar ik was er niet klaar voor om me te verdiepen in het probleem van de lila enveloppen. Met niemand.

Maar toch probeerde ik te kalmeren door mezelf voor te houden dat Kerrie de allerbetrouwbaarste persoon was die ik kende. De dag dat we elkaar hadden ontmoet stond me nog helder voor de geest. We deden dezelfde managementcursus voor restaurants in Seattle en op de eerste dag had de leraar ons al bij elkaar ingedeeld voor een opdracht, omdat we allebei in Madrona woonden. Kerrie was me al opgevallen door de zelfverzekerde manier waarop ze haar bungelende oorbellen en felgekleurde bril droeg. Ik, in mijn zwarte broek en camelkleurige coltrui, was er juist op gekleed níét op te vallen. Maar ik had maar wat graag een ietse-pietsie van Kerries flair gehad.

Voor onze opdracht moesten we een restaurant uit de buurt kiezen en analyseren hoe goed de marketing ervan paste bij de gasten die er kwamen. Binnen een paar seconden was het duidelijk dat Kerrie en ik van dezelfde dingen hielden wat de inrichting van een restaurant betrof: warmte, moderne elegantie en veel geboend hout. Logo's, wisten we allebei, moesten een reflectie zijn van wat het restaurant bood. Voor ons project kozen we de Salt Cellar uit, een restaurant dat een kitscherig en stripachtig logo had dat echt helemaal fout was bij hun voorgerechten van negenentwintig dollar en pagina's lange wijnkaart.

Een jaar later was de Salt Cellar geschiedenis en waren Kerrie en ik zakenpartners. Iedere avond als ik thuiskwam van mijn werk, ging ik naar Kerries huis om plannen te maken. In haar eetkamer namen we om de beurt JJ, de baby, op schoot, terwijl Kerries echtgenoot, Paul, iets te eten klaarmaakte. Vanaf het moment dat Kerrie ons logo op de achterkant van een envelop schetste, vielen alle puzzelstukjes op hun plaats. Ik zou de zakelijke kant van het partnerschap invullen, en de huur en de rekeningen afhandelen, de bestellingen verzorgen, de salarissen uitbetalen en de budgetten vaststellen. Kerrie was ons creatieve genie, degene die 's nachts wakker werd met een hoofd vol ideeen over citroencustard en geroosterde peren met rozemarijn. Paul liet ons moedig onze gang gaan, wel wat nerveus over het feit dat we een bescheiden zakelijke lening aangingen, maar ook vol vertrouwen in de talenten van zijn vrouw.

Voor mij voelden die avonden alsof ik in een Hollywood-film was beland. Als stel zaten Paul en Kerrie op een volkomen andere planeet dan al mijn pleegouders. Ze maakten grappen met elkaar zoals beste vrienden doen en leken de ander, waar de meeste mensen hele verhalen nodig hebben, in een paar woorden te begrijpen. Het leven bij een pleeggezin was altijd gespannen, vooral binnenshuis, maar bij Kerrie en Paul was het in huis juist een gelukkige oase. Ik volgde hen aandachtig, voor mij waren ze leermeesters in een cursus gezinsleven.

Ik deed ontzettend mijn best als ik bij Kerrie was. Dat familiegevoel was zo onbekend voor me, dat ik bleef wachten op de dag dat alles plotseling zou verdwijnen. Of Kerrie zou verdwijnen. Dus ruimde ik de tafel af, deed ik de afwas en lachte ik om al hun grappen. Mijn papierwerk leverde ik ruim op tijd in. Ik maakte notities over hun verjaardagswensen en gaf hun geweldige cadeaus. Ik probeerde perfect te zijn.

Tot mijn verbazing bleef Kerrie in mijn buurt. Heel, heel langzaam, vertrouwde ik haar mijn geheimen toe. Na een jaar vertelde ik haar over mijn pleeggezinnen. Na twee jaar vertelde ik haar over het ergste pleeggezin, waarvan de vader alcoholist was. Ik wist zeker dat ze daarna langzaam zou verdwijnen, maar dat deed ze niet. In plaats daarvan zorgde ze voor me en hield ze me in de gaten alsof zij de moeder kon vervangen die ik nooit had gehad. Ze onderwierp ieder potentieel vriendje aan haar gepatenteerde 'moederoordeel', een havikachtige blik waarvan ze zweerde dat die vanaf een kilometer afstand bedriegers kon detecteren.

Uiteindelijk hoorde Kerrie ook over mijn angst voor honden. Paul en zij hadden een suffige labrador die Jane Eyre heette en Kerrie had al snel in de gaten dat de hond en ik niet met zijn tweeën in dezelfde kamer konden zijn zonder dat ik paniekerig werd. Ik denk niet dat Kerrie ooit begreep waaróm ik zo bang was, maar ze accepteerde het wel. Zij zei altijd: 'We hebben allemaal onze rariteiten, Jess. Paul is een beetje overbezorgd en ik kan alleen maar op mijn linkerzij slapen. Jij hebt iets met honden. Zo is het nou eenmaal.'

Het probleem was dat ik meer geheimen had dan ik haar al had verteld. En die hadden te maken met die stomme lila enveloppen, dus toen ik Kerrie en Zoë daarover zag praten – met Zoë in tranen – had ik alle reden om me zorgen te maken. Op het moment dat Kerrie het café weer binnenging, deed ik mijn uiterste best om Max in Zoë's richting te trekken. We waren nog maar een meter of zes van haar verwijderd toen er een man zonder shirt op haar afliep en iets tegen haar zei. Ze legde haar hand op zijn arm. Naast me voelde ik Max' irritatie en hij rukte aan mijn riem. We bleven staan.

Zoë, die ons nog steeds niet had gezien, lachte naar de man als een zonnebloem die opkijkt naar de zon. Ik kreeg kippenvel. Wat was ze nu weer van plan? Alsjeblieft, geen verleidingskunsten meer. Alsjeblieft. Het kan me niks schelen... al heeft hij een auto, of zelfs een vliegtuig.

Naast me hoorde ik Max luid zijn adem uitblazen. Hij keek op me neer en onze ogen vonden elkaar met een kracht waarvan ik even moest slikken. Hij trok een wrang gezicht.

'Niet mijn geluksdag, hè? Ik vermoed dat ze te hoog gegrepen is voor me.'

Wat? Nee! wilde ik gillen. *Nee! Dat is ze niet! Ze is juist absoluut, helemaal binnen je bereik. Ze vindt die vent helemaal niks. Ze wil alleen maar een ritje maken in zijn auto!*

Max rechtte zijn rug, wond mijn riem nog een keer om zijn hand en nam me mee naar Zoë. Ik ving een vlaag op van de geur van de man zonder shirt en kreeg een walm goedkope aftershave mijn longen binnen.

'Hier heb je haar, veilig en wel,' zei Max op gespannen toon tegen Zoë. Hij stak mijn riem naar haar uit. 'Ik zie je nog wel.'

Zoë glimlachte stralend naar hem. 'Dokter Max! Wat fijn dat u haar brengt! U bent een goede man. Echt een goede man! U komt haar brengen! Wat aardig! Wat ontzettend aardig!'

Ze hief haar hand op alsof ze hem een paar goedkeurende klopjes op zijn hoofd wilde geven, maar Max trok zich terug.

'Eh... ja, eh... vast wel. Ik moet ervandoor. Ik zie je nog wel.' Hij boog zich vorover en liet zijn hand over mijn wang glijden en daarna over mijn kin. Ik voelde de teleurstelling in zijn vingertoppen. 'Bedankt voor de wandeling, lieve meid.'

O Max! Ik werd helemaal week vanbinnen. Waarom was het zo dat ik net had ontdekt dat mijn ideale man mij óók leuk vond en ik helemaal niet kon reageren?

En buiten dat had hij helemaal de verkeerde indruk van wat er gebeurde met die shirtloze man, wie dat ook mocht zijn. Ik deed mijn mond open, in een wanhopige poging met Max te communiceren. Ik wilde hem zo wanhopig graag alles vertellen. Dat ik Zoë niet was, maar Jessica, en gevangenzat in het verkeerde lijf.

Dat die vent me geen snars interesseerde. En dat ik echt, echt graag een afspraakje met hem wilde.

Natuurlijk kwam dat er allemaal uit als één lange jank. Max draaide zich om en grijnsde naar me, maar toen zijn blik op Zoë viel, betrok zijn gezicht.

Ze zwaaide hem enthousiast na terwijl hij het plein af liep. Ik kon wel huilen.

Toen Max uit het zicht was verdwenen, keerde Zoë zich meteen weer naar de man zonder shirt. 'Dus je neemt me mee voor een ritje in je auto?'

'Schatje, ik breng je overal heen waar je maar wilt.'

Oké, nu is het genoeg! Ik was dan misschien wel een hond en niet in staat om te praten, dingen open te maken of auto te rijden, maar ik had het recht me te laten gelden, en al helemaal als het om mijn eigen lijf ging. Geen sprake van dat Zoë met de een of andere goedkope man naar bed ging om een ritje in zijn auto te scoren.

Sommige vormen van communicatie zijn universeel. Ik liep onopvallend naar de man toe en probeerde de scherpe geur van zijn aftershave niet te ruiken. Met mijn achterpoten allebei aan een kant van zijn gympen, plaste ik eroverheen.

14

De behendige hond

 Jessica

Zoë keek me aan alsof ik net de president had neergeschoten.

'Waarom deed je dat?'

Ik trok een neutraal gezicht en deed net of ik aan mijn poot snoof. De man verdween zonder een woord.

'Kijk niet zo onschuldig!' Zoë had haar handen op haar heupen gezet. 'Ik wéét dat je luistert. En ik weet ook dat je je hebt misdragen. Heel erg misdragen! Die man was van plan me te helpen. Waarom heb je op hem geplast?'

Ja hoor! Helpen, hoe dan? Voor zover ik kon zien maakte Zoë er een feestje van in mijn lichaam. Waar had ze in vredesnaam hulp bij nodig? Zíj was degene die net mijn meest kostbare geheim had getorpedeerd. En er naar alle waarschijnlijkheid een zooitje van had gemaakt in het Spiegelcafé. Ze walste net zo gemakkelijk op twee poten door het leven als op vier. Maar zíj hoefde er dan ook niet voor te zorgen dat het restaurant vol zat.

'Luister, ík ben het mens hier,' zei ze. 'Ik ben degene die hulp kan gebruiken. Jij bent de hond en jij moet míj helpen. Dat doen honden nu eenmaal.'

Ik snoof minachtend door mijn neus.

Dat zorgde ervoor dat Zoë's gezicht rood aanliep, wat me, moet ik bekennen, niet echt goed staat.

'Hallo, mevrouw Mensen-Hebben-Geen-Hulp-Nodig,' zei Zoë, terwijl ze haar kin strijdlustig vooruitstak. 'Je hebt het helemaal bij het verkeerde eind. Ik hielp je al toen we elkaar nog geen dág kenden. Ik hielp je met dokter Max te praten en in de storm naar huis te lopen. Ik heb je zelfs geholpen met die man in dat witte busje. Je was nerveus toen je met hem praatte, dat merkte ik heus wel.' Ze schudde haar hoofd. 'Ik heb je laten zien dat je gewoon kunt glimlachen en plezier kunt hebben. Ik probeer dat al mijn hele leven aan mensen te laten zien, maar ze leren het nooit echt zelf. Mensen begrijpen de dingen gewoon niet echt.'

Die opmerking maakte dat ik neerzeeg op mijn achterwerk. Beweerde Zoë nu echt dat zij me had gehólpen bij die vervelende ontmoeting met de dierenbescherming? Dat was meer dan lachwekkend. Geloofde ze dat nou werkelijk?

'Zielenpieten,' zei ze. Ze staarde me strak aan, met haar handen in haar zij en een enorm medelijden in haar ogen. 'Jullie zijn allemaal hetzelfde. Net puppies. Alleen maar rondwriemelen en altijd in de problemen, toch? En dan worden jullie bang en somber en komen jullie naar ons toe rennen om troost. Het is maar goed dat mensen goed zijn in aaien. En autorijden. En zitbanken maken.'

Plotseling brak er een glimlach door op Zoë's gezicht. Alle boosheid leek vergeten. Ze kwam naar me toe en gaf me een speels klapje op mijn heup. 'Raad eens wat ik kan zien omdat ik groter ben dan jij? Tenten! Grote feesttenten!' Ze wees naar het grasveld, waar allemaal kraampjes stonden. Ik had helemaal niet meer aan ons kraampje gedacht en hoopte maar dat onze middelbare scholieren alles onder controle hadden. 'Daar valt misschien eten te scoren!'

Zoë

Jessica schiet overeind als ik het woord 'eten' zeg. Ik wist wel dat ze dat zou doen. Haar hondeninstinct laat zich steeds sterker gelden.

We rennen het hele stuk naar het grote grasveld waar de kraampjes staan. In ieder kraampje is een tafel met iemand erachter. Voordat we bij het eerste zijn, kan ik de kaas en de worstjes al ruiken. Ik ben uitgehongerd. Ik eet vijf worstenbroodjes, voordat de mevrouw vertelt dat ik er maar één mag. Alsof ik kan tellen terwijl ik het druk heb met eten. De mensenwereld deprimeert me met al die regels. Wat een saai gedoe!

We eten zo veel mogelijk koekjes. Soms zeggen de mensen dat het lekkers voor honden is en dan kijken ze me vreemd aan als ik er toch van eet. Ik kijk om me heen om er zeker van te zijn dat niemand het ziet en dan stop ik nog gauw twee hondenkoekjes in mijn zak. Als ze voor honden zijn, weet ik zeker dat ik ze lekker zal vinden.

En bovendien is mensenvoedsel moeilijk te eten. Hondenvoer is veel makkelijker. Hap, slik en weg is het.

Maar soms zijn de mensen geërgerd. Dan zeggen ze kattig: 'Dat is voor honden!' Alsof ik iets fout doe. Mensen kunnen dingen zeggen op een manier waardoor ik me heel alleen voel, zelfs als ik in een groep sta, alsof ik niet meer bij de roedel hoor. Het is vermoeiend om steeds maar te proberen erbij te horen met mensen en je best te doen om te doorgronden hoe het allemaal moet. Soms word ik er gewoon een beetje misselijk van. Ik probeer troost te vinden bij Jessica en dicht tegen haar aan te gaan staan, maar zij gaat helemaal op in de koekjes. Ik denk aan mijn familie, maar dat helpt niet om me beter te voelen. Eerder slechter. Ik heb al zoveel dingen geprobeerd, maar niets lukt. Niemand wil me naar huis brengen. Mam en pap hebben me nog niet gevonden en ik mis hen zo dat mijn hart er pijn van doet. Misschien heeft Madrona nog niet goed begrepen dat we een geweldig hond-en-baasje-team zijn?

Ik steek net een kippenleverhapje in de vorm van een kat in mijn mond, als ik het hoor. Een luide, vreemd metaalachtige stem zegt: 'Oproep aan alle hondenatleten! Als uw hond dol is op rennen en springen, dan is drie uur het moment om mee te doen aan de vierde Natte Neuzenfestival hindernisloop.'

Ik keer me om naar Jessica, mijn mond hangt open.

'Loop? Lopen? Moeten we lopen?'

Ze verslikt zich zowat in haar koekje, dus weet ik dat ik het goed heb gehoord. Ik móét aan die wedstrijd meedoen. Als we winnen, zullen mam en pap dat zeker horen. En als ze dan naar

Jessica toe komen, krijg ik een nieuwe kans om met hen te praten. Ik weet zeker dat ik dat nu kan zonder iemand weg te jagen. Alles wat ik moet doen is glimlachen en knikken. En niet te dichtbij komen.

Ik zeg tegen Jessica dat ze me moet volgen naar de plek waar die loopwedstrijd wordt gehouden en in eerste instantie denk ik dat ze niet gehoorzaamt omdat ze vastberaden op een koffiekraampje afrent waar ze niet eens hondenkoekjes uitdelen. Daar hapt ze haastig in een enorme stapel foldertjes en hoewel de jongen en het meisje die er werken roepen: 'Hé, wat moet die hond? Ze jat onze menu's!' rent ze met haar bek vol papier weg.

Jessica is sneller dan zij. Binnen een seconde loopt ze alweer naast me. Ik pak de folders uit haar bek, omdat ik weet hoe lastig het is om adem te halen als je iets in je bek hebt. Dan gaan we op weg naar de loop.

Jessica

Terwijl Zoë en ik naar het terrein van de hindernisloop liepen, kwamen we veel mensen tegen, dus porde ik net zo lang met mijn neus tegen Zoë's hand, tot ze de menu's als een waaier tussen haar vingers hield. Ik blafte om de aandacht van de mensen te trekken, en Zoë begroette iedereen met een opgewekt: 'Hallo!' Dan merkten de mensen de papieren in Zoë's hand op en pakten ze er gehoorzaam eentje vanaf om dat te bekijken. Dat spelletje deden we net zo lang tot alle menu's op waren. Veel van de mensen merkten ook mijn T-shirt op en vonden dat cool. Een paar kinderen vroegen zelfs aan hun ouders of zij ook Spiegelcafé T-shirts mochten hebben, zodat ze er 'net zoals die hond' uitzagen.

Ik was zo blij dat onze actie goed verliep, dat Zoë me wat mij betreft voor alle wedstrijden die ze maar wilde mocht opgeven. Bijkomend voordeel was natuurlijk dat ik een wandelende reclame was met mijn shirt aan. Ik deed mijn best me niets aan te trekken van het feit dat Zoë iedereen die het maar wilde horen trakteerde op verhalen over hoe goed ze wel niet kon lopen. Of van het feit dat Zoë de kroon van de schoonheidswedstrijd nog steeds op haar hoofd had. Tot mijn verrassing stapten er af en toe mensen op ons af die ons optreden hadden gezien om Zoë te vertellen hoe ze ervan hadden genoten. We begonnen zowaar beroemdheden van het Natte Neuzenfestival te worden.

Terwijl Zoë ons inschreef voor de hindernisloop, stak ik mijn neus in de lucht en snoof. Er zat iets ziltigs in de wind die vanaf de zee kwam. Plotseling verlangde ik ernaar op het strand te zijn en door het zand te rennen, maar ik dwong mezelf me om te draaien en mijn aandacht te richten op de zonovergoten hindernisbaan. Leisl en Foxy waren bezig aan een warming-up en gingen alle toestellen af. Op het moment dat ik hen zag, voelde ik een vlaag competitiedrang opvlammen. Natuurlijk zou mijn T-shirt opvallen als ik meedeed aan de wedstrijd en dat was goed voor het Spiegelcafé. Maar het zou nog veel beter zijn als Zoë en ik ook uitstekend presteerden. Plotseling was ik vastbesloten mijn uiterste best te doen, en omdat Zoë en ik dit nooit eerder hadden gedaan, kon ik er niet van uitgaan dat Zoë me er wel doorheen zou loodsen. Ik moest het parcours verkennen en in mijn hoofd prenten.

Het circuit bestond uit vijf onderdelen. Als eerste moesten de honden over een paar horden en door een hangende autoband springen. Dat leek me niet al te moeilijk. Dan kwam er een rij paaltjes die in de grond waren geslagen waar ze doorheen moesten zigzaggen. Weer vrij eenvoudig, als je het ritme eenmaal te pakken had. Daarna moest er door een buis worden gekropen, over een wip gelopen en als laatste voor de finish kwamen er weer een paar horden. De wip leek me het moment om een voorsprong te creëren. De meeste honden, zelfs die met ervaring, aarzelden een moment op het hoogste punt van de wip. Sommige honden sprongen er zelfs te vroeg vanaf en werden daardoor gediskwalificeerd. Ik snapte wat me te wachten stond – het wipgedeelte was voor mij een makkie en daar kon ik tijd winnen.

We mochten het terrein op om te oefenen, maar Zoë had er natuurlijk geen notie van hoe ze me van het ene naar het andere obstakel moest leiden, dus werkte ik in mijn eentje het hele parcours af. Eerst nam ik een flinke aanloop om over de horden te springen. Daar bleek ik heel goed in te zijn. Wat een sensatie! Mijn poten voelden superkrachtig terwijl ik me afzette en ik zweefde met een gracieuze sprong over de horden. Plotseling had ik de gratie van een ballerina, iets waar ik altijd van had gedroomd. Het was alsof ik vloog, wel een seconde lang. Het voelde een beetje als onder water zwemmen, zo gewichtloos. Heerlijk!

Nu die horden zo goed waren gegaan, voelde ik me een stuk zekerder over de wedstrijd. Als mijn lichaam – eh, Zoë's lichaam – de kunstjes met gemak kon uitvoeren, dan zorgde ik wel voor de rest. Ik liep achter een bordercollie aan en keek toe hoe die om de paaltjes zigzagde. Toen het mijn beurt was, racete ik eropaf en wierp mijn voorpoten snel van de ene kant naar de andere. Maar algauw raakte ik helemaal in de war. Mijn t-shirt voelde opeens bloedheet. Ik was duizelig en wist niet meer wat voor of achter was, dus gaf ik het op om het voor een tweede keer te proberen: deze keer in een lager tempo en zonder steeds naar de paaltjes te kijken. Ik ging te vlug om die paaltjes te kunnen zien en bovendien was mijn lijf groter dan dat van de meeste andere deelnemers, waardoor het moeilijk voor me was om snel genoeg heen en weer te zigzaggen en geen paaltjes over te slaan. Ik moest het juiste ritme te pakken zien te krijgen en niet te snel willen zijn, dan werd het een soort dans die me wél lukte.

Vervolgens liep ik op de blauwe tunnel af. Ik moet toegeven dat ik er daar bijna de brui aan gaf. Als je de tunnel in keek, leek het of je in een bodemloze put staarde. Er schoten vage herinneringen door mijn hoofd van opgesloten zitten in een donkere, benauwde plek. Binnenin is het eng en dreigend. Toen ik er voorzichtig in keek, voelde ik iedere vezel in mijn lichaam angstig samentrekken. Sinds wanneer was ik bang voor kleine ruimtes? Was dit een herinnering, of een of ander hondeninstinct wat gewoon bij het bestaan van een hond hoorde? Ik probeerde de angst van me af te schudden, maar het was een hardnekkig iets, ik bleef bevreesd, zelfs toen ik moed vatte en haastig door de tunnelbuis rende.

Daarna was mijn zelfvertrouwen geknakt. Ik ging aan de kant staan. Blijkbaar was wéten hoe je het traject moest aanpakken iets heel anders dan het als hond te moeten dóén. Ik kon niet op mijn menseninzicht vertrouwen om me erdoorheen te loodsen, maar moest het leren, net zoals elke hond. Gewoon hard oefenen met mijn vier poten.

De wip was populair. Ieder baasje wilde zijn of haar hond er een paar keer overheen laten lopen en het was er chaotisch druk. Tegen de tijd dat ik genoeg moed had verzameld om de wip te proberen, stond iedereen te kijken. Op het hoogste punt wankelde ik vervaarlijk: de overgang van op- naar neerwaarts was een stuk moeilijker dan ik had gedacht. Bijna donderde ik ervan af en ik moest paniekerig met mijn nagels klauwen om mijn evenwicht te hervinden. Tot overmaat van ramp miste ik daarna het punt dat ik op de weg naar beneden moest aanraken.

Opeens had ik helemaal geen vertrouwen meer in de hindernisloop.

Maar mijn naam stond op de lijst – ik kon nu niet meer terug. Ik keek toe hoe een *Australian shepherd* over het traject snelde en de moed zakte me in de poten.

Toen ik Zoë aan de zijlijn ontdekte, bleek ze tussen Leisl en Foxy ingeklemd te staan.

'Hé,' hoorde ik Leisl, zo hard dat iedereen om hen heen het kon horen, zeggen: 'Waren de "Ik ben een hondenhater"-t-shirts op?'

Zoë wierp een verbijsterde blik omlaag op haar eigen shirt – dat ze overigens binnenstebuiten aanhad – en toen op dat van mij. Met een frons hief ze haar gezicht op en vroeg: 'Wat bedoel je? Waarom zou ik zo'n t-shirt aantrekken? Ik háát honden helemaal niet.'

'O nee? Net zoals je ze niet haatte toen je vorig jaar zo stond te schelden op die arme hondjes?' Een aantal mensen achter Leisl lachte. 'Toen je dreigde ze allemaal naar de andere kant van de wereld te schoppen?'

Ik ging stilletjes naast Zoë staan en kromp in elkaar. Het zag ernaar uit dat Leisl nog steeds boos was omdat ze de hond-en-baasje-schoonheidswedstrijd had verloren.

Zoë stak haar kin koppig vooruit. 'Ik haat honden helemaal niet.' Ze keek om zich heen naar de grinnikende omstanders.

Arme Zoë. Ik moest het haar nageven; ze was heel wat overtuigender in haar verdediging dan ik ooit had kunnen zijn. Natuurlijk hielp het dat ze het uit de grond van haar hart meende.

Door de luidspreker werd de eerste deelnemer aangekondigd en het publiek verloor haar aandacht voor ons. Zoë hurkte met een ongelukkig gezicht naast me neer. 'Hoe kunnen ze dat nou zeggen? Het is gemeen.' Ze aaide afwezig over mijn kop. 'Waarom zou iemand nou een hekel aan honden hebben? Maar het klonk alsof ze het serieus meende. Alsof ze iets weet wat ik niet weet.' Ze keek me verward aan, totdat haar blik zich verscherpte omdat ze het opeens snapte. 'Jíj! Jíj haat honden!'

Nee, nee – echt... Ik bevroor, niet wetend wat ik moest doen. Boven alles wilde ik dat Zoë de waarheid wist. Ze begon een vreemd soort zusje van me te worden, een soort deel van mezelf. Ik wilde niets voor haar verborgen houden, ook al was de waarheid nog zo rot. Maar wat was de waarheid?

Ik schuifelde ongemakkelijk met mijn poten. Ik wíst niet waarom ik bang was van honden. Er kwam een ironische gedachte in me op: dat ik waarschijnlijk een gelukkiger kind was geweest als ik een hond had gehad. Dan had ik oprechte liefde gekend, iemand gehad die onvoorwaardelijk van me hield. Ik snoof, waardoor Zoë me oplettend aankeek.

'Je haat honden toch niet echt, is het wel?'

Nee, besefte ik. Nee, niet echt. Honden waren dan misschien eng, maar ik haatte ze niet. Niet meer. Op sommige ogenblikken begon ik ze zelfs leuk te vinden. Ik boog me naar Zoë toe en gaf haar een lik over haar wang.

Haar gezicht lichtte op in een glimlach. 'Ik wist wel dat het niet waar was. Je vindt mij leuk. Toch? Je hóúdt van me!'

Ik gaf haar nog een lik. Wat gek. Ik begon écht gesteld op haar te raken.

 Zoë

De hindernisloop is opwindend, mijn hart klopt er sneller van. De deelnemers racen razendsnel op en neer en springen over rode, gele en groene dingen heen. De honden die aan de kant staan blaffen opgewonden en ik wil ook blaffen, maar in plaats daarvan komt er geschreeuw uit mijn keel. 'Jaaaa!'

Iedereen roept en schreeuwt en ik doe flink mee. Ik kan zo hard schreeuwen als ik maar wil. Zelfs Jessica werpt me geen bevreemde blikken toe.

'Ja! Jaaaa!'

Het is superspannend. De honden zijn helemaal gefocust. Ik probeer met mijn armen te zwaaien naar een collie op de hindernisbaan, maar hij kijkt niet op of om. Geniaal!

De mensen gedragen zich raar: ze paraderen met enorm belangrijke gezichten in het rond, alsof de wedstrijd om hen gaat. Belachelijk. De honden zijn duidelijk de sterren van de show, niet de mensen. Misschien zouden de honden eigenlijk de riemen moeten vasthouden en de mensen aan een halsband moeten rondleiden.

Foxy komt het parcours op met zijn roze vrouwtje en ze doen het goed. Foxy is slim; hij kijkt voor iedere stap die hij zet op naar zijn baasje. Ik stel me voor dat Jessica zo naar mij opkijkt en daar moet ik vreselijk om lachen. Ik lach nog steeds als onze namen worden omgeroepen. Ik ren de ring in en Jessica ook. Klaar voor de start.

Even heb ik vreselijk veel zin om op de gele, rode en blauwe speeldingen te klimmen. Maar ik hou me in en denk eraan dat iedereen kijkt. Dit spel is door mensen bedacht en dus zullen er wel allerlei regels zijn. Ik loop achter Jessica aan en ga naast haar staan, achter een witte lijn. Ze staat gebogen, klaar om te springen. Ik neem dezelfde houding aan. Iedereen is stil terwijl we wachten.

Waar wachten we eigenlijk op?

Ik hoor mijn hart: bonk, bonk, bonk.

'Start!' roept een mevrouw met een witte pet op. Jessica springt over de witte lijn en rent meteen naar de drie gele horden waar ze elegant overheen springt. Ik ren achter haar aan en spring ook. Leuk! Dan vliegt ze door een autoband, maar dat doe ik haar maar niet na. Ik vertrouw die schoenen die ik aan mijn voeten heb niet, ze zijn zo groot dat ik er misschien mee achter de band blijf haken en val. Snappen mensen niet dat voeten er juist voor zijn gemaakt om de grond onder zich te voelen?

Jessica zigzagt door een rij stokjes, ze laat ze heen en weer zwiepen. Ze zwiepen heen en weer. Ik zwiep achter haar aan en de mensen lachen. Ik zwaai naar hen en dan lachen ze nog harder.

Dan rent Jessica naar een blauwe tunnel en duikt er zonder aarzelen in. Ik ben onder de indruk – als ik haar was, zou ik bang zijn in zo'n tunnel die zo klappert in de wind.

De mensen maken meer lawaai als ze naar de rode helling rent. Jessica klimt er aan een kant op, blijft maar een seconde op de top staan en rent er aan de andere kant weer af. Als ze met haar poot een witte streep aanraakt, barst iedereen in gejuich uit. Ik schreeuw met hen mee, hoewel ik zo opgewonden ben dat ik geen idee heb wat ik zeg. Jessica ziet er zo knap uit in mijn witte vacht. Ze stopt en draait zich nog sneller om dan die collie van daarnet. Als mijn vader en moeder staan te kijken, weten ze nu echt wel dat Jessica en ik het beste hond-en-baasje-team ter wereld zijn. Daar kan niemand meer aan twijfelen. Jessica vliegt over de laatste gele horden heen. Ze rent over een andere witte lijn en daar ren ik ook heen. Een man met een witte pet op steekt zijn arm omhoog en roept: 'Achtenvijftig seconden!'

Iedereen juicht, maar ik ben niet erg onder de indruk. Zo moeilijk is het niet om je arm omhoog te steken en iets te roepen. Ik kan mijn arm ook wel omhoogsteken en 'hé' roepen. Dat is lang niet zo moeilijk als door een blauwe tunnel rennen of over die helling heen lopen. Mensen zijn toch van de raarste dingen onder de indruk.

Ik werp Jessica mijn allerbreedste glimlach toe en zij glimlacht terug. Even ben ik zo gelukkig dat ik mijn baasjes niet eens mis.

 Jessica

Godzijdank was ik te gefocust op het circuit om te kunnen zien wat Zoë allemaal uitspookte. Af en toe ving ik een flits van haar shirtje op of een glimp van haar kroon, maar ik zag haar pas weer goed toen de race voorbij was.

Op het moment dat de jury mijn tijd omriep, barstte het publiek in gejuich uit. Mijn hart zwol op en er ging een vlaag van opwinding door me heen. Ik kon gewoon niet stil blijven staan. Plotseling begreep ik wat sporters meemaken als de emoties door hun lichaam gieren en ze wel móéten dansen en springen. Ik had het gevoel dat ik met gemak nog een hele marathon kon lopen.

Zoë danste met haar armen in de lucht en de kroon schitterend op haar hoofd tussen het publiek. Ik rende trots naar haar toe en sprong tegen haar op. Even wankelde ik vervaarlijk en leek het erop dat ik weer op vier poten op de grond zou belanden, maar Zoë greep mijn voorpoten stevig vast.

Grijnzend maakten we een rondedansje. Toen ze me aankeek, borrelde er een blij gevoel in me op. Hier stonden we dan. Mijn mensenlichaam danste als een idioot met mij in het lijf van een enorme witte hond – en ik had me nog nooit zo gelukkig gevoeld.

Zelfs toen ik een glimp opving van Alexa en Malia die zich door de menigte wrongen, liet ik me niet van de wijs brengen door mijn verlegenheid. Ik genoot met volle teugen van het moment. En danste...

15

Kattenovertuigingskracht

 Jessica

Zoë en ik werden tweede. Foxy had één punt meer (blijkbaar had ik een van de horden geraakt toen ik eroverheen sprong) en met zijn snelle tijd werd hij de winnaar. Leisl zag eruit als de meest trotse moeder op aarde toen de jury de gouden medaille om Foxy's hals hing. Ik moet bekennen dat ik net zo blij was met mijn zilveren, en Zoë was helemaal gelukkig dat die zo mooi bij haar kroon paste.

'Ik ben heel erg trots op ons! Iedereen ziet meteen dat wíj de grote winnaars zijn, met mijn glimmende kroon,' mompelde ze in mijn oor voor ze weer overeind kwam om weer een hand te schudden en nog meer felicitaties in ontvangst te nemen. Het was vreemd om met iemand te zijn die met zoveel plezier aan alle festiviteiten van het Natte Neuzenfestival meedeed. In mijn eentje zou ik zoiets nooit doen, nog in geen miljoen jaar. Maar Zoë dook overal in. Zonder zelfs maar met haar ogen te knipperen. Ze wilde gewoon lol hebben en met haar vrolijkheid stak ze iedereen aan.

'U bent toch van het Spiegelcafé?' vroeg een man met drie kinderen bij zich, terwijl hij Zoë's hand schudde. 'Mijn kinderen willen zó graag uw hond even aaien.'

Voor ik het wist, werden er drie paar kleine armpjes om mijn middel geslagen. Een klein meisje dat naar pindakaas en jam rook, aaide over mijn oor, terwijl haar twee broertjes het T-shirt over mijn rug heen en weer wreven. Ik kwispelde als een gek. Al die aandacht was hemels; even scheen de zon nog helderder.

Toen ze iets over hotdogs tegen elkaar zeiden, trok dat Zoë's aandacht. In minder dan geen tijd zat ik op het gras naast het terrein van de hindernisloop aan twee hotdogs. Zoë had er ook twee (geen ketchup, geen mosterd). Ze had afgekeken hoe de ouders van het gezin hotdogs hadden besteld en betaald en toen ze een biljet van tien dollar in de zak van haar jas voelde, was ze rechtstreeks naar het kraampje gestruind, waar ze het geld had uitgestoken en 'twee voor haar en twee voor mij' had gezegd. Godzijdank. Ik had niet geweten dat ik zo'n honger had totdat ik een hap nam.

Toen het gezin vertrok (naar het Spiegelcafé voor ijsjes), voelde ik me opeens doodmoe en een beetje alleen. Het was pas midden op de middag, maar het was al zo'n lange dag geweest. Het liefst wilde ik languit op het gras gaan liggen om een dutje te doen. Maar Zoë had natuurlijk andere plannen.

Toen de mensen naar andere festiviteiten vertrokken, dunde de menigte uit en kreeg Zoë een tafel aan de andere kant van het veld in het oog. Ze stond op, hield haar hand boven haar ogen om die tegen de zon af te schermen en struinde er toen als een haas op af. Ik liep achter haar aan, zoals gewoonlijk nerveus over wat ze nou weer van plan was. Zonder echt hoop te hebben keek ik naar de hemel op. Leeg. Alleen een paar witte wolkjes langs de randen, die aan de ene kant Mount Rainier en aan de andere kant de Olympic Mountains aan het oog onttrokken, maar niet genoeg om bliksem te veroorzaken. Hoe kon een land dat bekendstond om regen de vloek van zoveel zon over zich heen krijgen? En hoe kwam ik zonder bliksem ooit terug in mijn eigen lichaam? Ik dacht aan Hot Max en verlangde naar een donderende storm.

Zoë bleef voor een lange tafel stilstaan die werd gedomineerd door Malia, Alexa, burgemeester Park en de rest van de Vereniging voor Verloren Viervoeters. Naast hen stonden een heleboel beige transportmanden voor huisdieren, tweehoog opgestapeld, als de etages van een flat. Uit een van de manden klonk een voorzichtig gemiauw. Tussen de spijlen van de kleinste draagmand door zag ik een harig zwart pootje steken. Er krampte een raar gevoel in mijn maag. Mijn neus begon uit zichzelf te bewegen en alle zenuwuiteinden van mijn lichaam richtten zich op de draagmanden. Ik wist wat daarin zat, blijkbaar had de Vereniging voor Verloren Viervoeters een kattenadoptiedag georganiseerd. Mijn lijf dwong me erheen – ik móést zien, ruiken, aanraken. Proeven, als dat kon.

Zonder erbij stil te staan of het wel een goed idee was, drentelde ik naar de metalen hekken die om de draagmanden heen stonden en drukte mijn neus tegen het gaas. Binnen de omheining lag een stuk gras van zo'n drie vierkante meter met daarop de flat met draagmanden. In een hoek lagen een deken en een paar kussens. Er zaten vier, nee, vijf katten in de opgestapelde hokjes, een paar ervan lagen op pluchen kittenbedjes. Ik ving een geur op die heel erg katachtig was. Het water liep me in de mond. Er ging een huivering door me heen. Mijn ogen waren zo intens gericht op ieder detail van de katten voor me, dat ik het gevoel had dat ze zo uit hun kassen konden springen.

'Hoi, Jessica.' Ik schrok. Mijn poten werden klam van opluchting toen ik zag dat Malia het tegen Zoë had, niet tegen mij. Zoë's blik was ook strak op de kattenmanden gericht.

'Ik wil de katten graag zien,' zei ze, terwijl ze haar ogen een halve seconde van de katten wist los te rukken om Malia heel even aan te kijken. Ik hoorde Alexa aan het einde van de tafel op serieuze toon de regels van een adoptie doornemen met twee potentiële kattenbaasjes. Ze moesten een contract ondertekenen, vertelde ze, waarin stond dat ze levenslang zouden zorgen voor eten, een schone kattenbak en goede medische zorg voor de kat. Alle katten waren al gecastreerd of gesteriliseerd. Ik vroeg me af of er ook een clausule in zou staan dat er geen ruzie mocht worden gemaakt over wie de beurt had om de kattenbak schoon te maken.

'Nou,' zei Malia, terwijl ze het hek voor Zoë openduwde. 'Kom binnen, dan. Dan kun je er eentje aaien.'

❧ Zoë

Ik ben bang dat ik ga flauwvallen. Met knikkende knieën volg ik de vrouw het hek door. Gaan ze me nou echt hélpen om een kat aan te raken? Is het echt zo gemakkelijk?

Jessica staat op om met ons mee te lopen, maar ik grijns breed naar haar en schud mijn hoofd. 'Niet voor honden, schatje,' zeg ik. Ha! Ik gooi de lus van haar riem over een paaltje en loop achter mijn leider aan.

Ik ben dol op katten. Echt! Maar ze zijn wispelturig. Je weet nooit wat een kat gaat doen, zelfs een kat waarmee je al jaren in hetzelfde huis woont. Het ene moment zijn ze knuffelig en schattig en het volgende zetten ze hun klauwen in je lijf. Katten zijn niet te vertrouwen.

Als de vrouw een van de hokken openmaakt en er een slome kat uit haalt, doe ik een stap naar achteren. Ze probeert het beest aan me te geven, maar ik kruis mijn armen en blijf staan waar ik sta, dus legt ze hem maar over haar schouder.

'Dit is Smokey,' vertelt de vrouw. Smokey draait haar kop om naar me te kijken. 'Prrrr?'

Mijn hart maakt een angstige duikeling. Wat wil Smokey van me? Weet ze dat ik een hond ben? Kan ze helemaal door me heen kijken? Ik zou het niet vreemd vinden als dat zo was. Katten hebben hun eigen magische kunsten.

Smokey gromt als een Berner met een stuk spek in zijn bek.

'Wat snort ze hard, hè? Ze is echt kampioen snorren, vind je niet?' zegt de vrouw. 'Een echte kroelpoes. We hebben haar een tijd opgevangen in ons huis en ik kan je verzekeren dat ze geweldig met kinderen en honden is.'

Echt? Ik kijk met samengeknepen ogen naar Smokey. Ik heb ooit een kat vertrouwd die naast ons woonde. Ik sliep zelfs een paar keer naast hem onder de esdoornboom... totdat ik met een bloedende neus wakker werd. Toen begreep ik dat hard blaffen tegen katten de beste manier is om met die mormels om te gaan. Maar mensen lijken echter volkomen anders tegen katten aan te kijken.

'Wil je haar even aaien?' vraagt de vrouw.

Wat, met mijn *hand*?

Smokeys gouden ogen knipperen als die van een buitenaards wezen. Haar haren staan rechtop op haar kop. Ze geeuwt en laat me een bek vol vlijmscherpe tanden zien.

'Eh, ik weet niet,' zeg ik. Ik wil die kat wel aanraken, dat staat vast, maar niet opengekrabd worden. En wat ik het liefste wil, is niet haar aaien. Nee, ik wil eens goed aan haar ruiken en haar dan door de hele stad achternajagen.

'Ze doet echt niks,' zegt de vrouw. 'Heb je nooit eerder een kat gehad?'

'Nee.'

'Nou, ze houden ervan zachtjes geaaid te worden. Strijk maar zachtjes over haar rug.'

Ik adem diep in. Jessica kijkt naar me en haar jaloezie maakt me moedig. Ik steek twee vingers naar de kat uit. Als ik haar aanraak, voelt het zacht, maar ik ruk mijn hand weg.

'Probeer het nog maar een keer,' zegt de vrouw.

Ik lik mijn lippen. Zo slecht is het eigenlijk niet gegaan. Ik hou mijn adem in en raak Smokey nog een keer aan, langzamer ditmaal. Ik ben echt ongelofelijk dapper! Jessica moet scheelzien van jaloezie! Smokey kijkt naar me op alsof ze het fijn vindt. Dat purrende geluid komt weer uit haar buik, alsof ze de motor van een auto heeft opgegeten.

Smokey duwt haar kop tegen mijn hand, dus krab ik haar achter haar oor.

'Heb je kriebel aan je oor?' vraag ik. 'Dat ken ik.' Echt, om je eigen lijf te kunnen krabben, waar je maar wilt, is het grootste voordeel van het wonen in een mensenlichaam.

'Ze vindt je echt leuk,' zegt de vrouw met een glimlach.

Ik kijk Smokey sceptisch aan. Haar ogen zijn zowat dicht, nog maar kleine spleetjes en ze steekt haar kin naar voren om ook daar gestreeld te worden. Ik draai mijn hand zodat ik haar kin kan aaien en ze leunt naar me toe, duwt haar kop tegen mijn vingers aan. Haar zo vertroetelen geeft me een vreemd gevoel, alsof ik vanbinnen helemaal vloeibaar ben. Het voelt fijn. Ik vraag me af of alle mensen zo van het aanhalen van dieren genieten. En als dat zo is, waarom aaien ze honden dan niet veel en veel langer?

Jessica

Zoë's katmoment was meer dan ik aankon. Toen ik haar dat donzige kleine lijfje zag strelen, voelde ik me zo wanhopig dat ik bang was dat ik zou ontploffen. Ik wilde het hek omversmijten en naar binnen racen en... wat? Wat zou ik doen als ik vlak voor een kat stond? Ik had geen idee. Maar ik wilde niets liever dan daarachter komen. Mijn honger naar die kat was het meest onnatuurlijke gevoel dat ik had gehad sinds ik klein was en een passie had voor van die reuzenspekkies.

Het kostte me al mijn wilskracht om me om te draaien, de lus van mijn riem in mijn bek te nemen en die van het paaltje af te trekken. Toen ik dat had gedaan, toen ik aan die kattengeur was ontsnapt, begonnen mijn hersens weer enigszins normaal te werken. Of in ieder geval op hun gewone hondenniveau.

Ik rende met mijn hondenriem in mijn bek het gras over, zo ver mogelijk van die katten vandaan. De kracht van mijn honger naar die mormels was echt angstaanjagend. En mijn gedachten hadden niets fatsoenlijks. O nee. Ik wilde drie dingen: opjagen, ruiken en mijn bek gebruiken om zo'n kat eens goed te proeven. Idealiter in die volgorde, hoewel ik daar niet al te kieskeurig in was. Als ik die kat eerst kon likken en dan pas opjagen, mij best.

Dit is belachelijk. Ik schudde heftig met mijn kop om dat soort gedachten kwijt te raken. Ik vond katten leuk. Ik had mezelf altijd gezien als een kattenmens. Waar was ik in vredesnaam mee bezig? Al dat jagen en ruiken?

Ik was een meter of vijf van de katten vandaan toen ik het besefte: ik was alleen. Ik had mijn eigen riem in mijn bek en Zoë was nog minstens het volgende kwartier volledig in beslag genomen. Dit was het perfecte moment om te checken hoe het ging in het Spiegelcafé. Ik kon de voorbereidingen voor het diner bekijken, zien hoe Theodore zich hield en mezelf ervan overtuigen dat alles goed was met Kerrie. Ik begon te rennen.

Het plein was stampvol mensen en honden. Toen ik dichter bij het Spiegelcafé kwam maakte mijn hart een dubbele salto. Er stond een rij. Een heuse rij!

Ik haastte me naar de ingang en achter een wandelwagen verscholen lukte het me om naar binnen te glippen. Daar draafde ik meteen naar achteren, van plan de keuken binnen te gaan, maar ik bleef staan toen ik gesnik in het kantoortje hoorde. Het klonk heel gedempt en ik moest helemaal naar de deur toe sluipen en mijn neus door de spleet duwen om het goed te kunnen horen.

'Ik kan niet geloven dat ik zo stom heb gedaan!' Het was Naomi die zo zat te jammeren. 'Vandaag, precies vandaag. En het ging zo goed. Vlak voor de avondspits!'

'Ssst,' hoorde ik Kerrie zeggen. 'Kom, probeer kalm te blijven. Dit is echt een gemene brandwond en misschien ben je wel in shock. Mijn man is al op weg hierheen en gaat met je naar de spoedeisende hulp. Probeer je gewoon rustig te houden en je geen zorgen te maken.'

'Geen zorgen te maken? Maar dit is ons erop-of-eronderweekend. En mijn eerste dag als chef-kok!'

Kerrie maakte zachte moederkipgeluidjes. Ik hoorde iets achter me en dook in het voorraadhok op het moment dat Paul, Kerries echtgenoot, met een bleek gezicht de gang in stormde. Hij smeet de deur van het kantoortje open.

'Ik heb al gebeld. We worden verwacht. Klaar om te gaan, Naomi?'

Ik hoorde de geluiden van mensen die uit hun stoelen opstonden en even later liepen Paul en Naomi haastig langs me heen, Naomi hield een handdoek tegen haar arm gedrukt. Er ging een huivering door me heen. Brandwondjes horen bij het koksleven, maar iedere restauranteigenaar is bang voor flinke verbrandingen. We moesten goed voor Naomi zorgen, ze hoorde bij de familie. Maar konden we ons veroorloven haar door te betalen tijdens haar ziekteverlof? Ik wilde niets liever. Ze verdiende het, en méér. Maar nu het voortbestaan van het Spiegelcafé aan een zijden draadje hing, was de kans daarop maar klein.

In ieder geval waren alle ziektekostenverzekeringen betaald. Dat was een van de dingen die Kerrie en ik van tevoren hadden afgesproken. We zouden altijd zorgen voor een ziektekostenverzekering voor onze werknemers, zelfs al moesten we die uit eigen zak betalen.

Ik ademde diep in, duwde de deur voorzichtig open en liep zachtjes het kantoortje binnen. Kerrie zat aan mijn bureau. Ze hield haar hoofd in haar handen. Ik duwde met mijn neus tegen haar elleboog, totdat er ruimte genoeg was om mijn snuit op haar schoot te leggen. Automatisch begon ze me te aaien. We bleven zeker een minuut zo zitten, totdat ze omlaag keek en haast verrast leek me te zien.

'O, jij bent die hond van vanmorgen, is het niet?' Ze kriebelde mijn voorhoofd. 'Sorry dat ik je niet binnen kon laten, maar ik was bang dat mijn collega een toeval zou krijgen als ze je zag. Maar nu mag je hier wel zijn, hoor, Jessica is ergens buiten, bezig ervoor te zorgen dat het hier razend druk wordt. Wat we nu toch niet kunnen bolwerken...' Kerrie haalde haperend adem en zocht in mijn bureaula naar een papieren zakdoekje. 'Ironisch, vind je niet? Ze zorgt voor een hoop klandizie en haalt Theodore terug en dan gebeurt er dit. Bam!' Kordaat snoot ze haar neus.

'Ik laat haar natuurlijk niet merken dat ik eigenlijk ongelofelijk pissig op haar ben, ze heeft tenslotte altijd met zoveel inzet gewerkt hier. Maar om eerlijk te zijn is er op het moment een steekje aan haar los, volgens mij. Daarstraks, hier in de keuken, kon ik wel uit mijn vel springen, zo woedend was ik op haar.'

Ik tilde mijn kop op, nieuwsgierig naar wat Zoë had uitgespookt, maar tegelijkertijd bang om het te horen.

'Ze stond zogenaamd te koken. En het was werkelijk walgelijk. Echt smerig. Je zou denken dat ze misschien probeerde grappig te doen of zo, maar zulke grappen maakt ze nooit, echt nooit. En ze deed er heel raar over. Heel ernstig. Alsof ze echt dacht dat ze iets heerlijks had gebrouwen. Moet je nagaan,' zei Kerrie en ze keek op me neer met een van afkeer druipend gezicht. Ik huiverde terwijl ik me een voorstelling probeerde te maken van wat Zoë in elkaar had geflanst. Gepureerde lever met worstjes en wat gesnipperde ham erop of zoiets... Arme Kerrie.

'Ik maak me echt zorgen om haar.' Kerrie zuchtte. 'Ze kropt alles op. Je hebt geen idee wat er in haar hoofd omgaat.' Ze stak haar hand uit en pakte een lila envelop van mijn bureau. 'Deze enveloppen blijven maar komen, maar ze vertelt me niet van wie ze zijn. En ik vermoed zelfs dat ze ze niet eens openmaakt. Is dat niet vreemd? Ik dacht dat ze helemaal geen familie had, maar ze komen van iemand die ook Sheldon heet. Debra Sheldon. Je zou toch verwachten dat ze ontzettend blij is met familie en zo'n envelop meteen openscheurt.' Kerrie snoot haar neus nog een keer. 'Ik dacht dat we een goede band hadden. Dat ik haar vrij goed kende, beter dan wie ook. En ik begrijp gewoon niet waarom ze me hier niets over vertelt. Ik dacht dat ze me vertrouwde.'

De adem stokte in mijn keel. Ik wilde hard janken en zeggen: 'Maar ik vertrouw je ook!' Ik had er niet bij stilgestaan dat Kerrie het zo zou aanvoelen. Ik was zelf nog niet eens zover dat ik over die enveloppen kon denken, laat staan erover praten. Daarom had ik haar niets over Debra verteld. Het was niet omdat ik Kerrie niet in vertrouwen wilde nemen of iets voor haar verborgen wilde houden. Ik wist gewoon niet wat ik aanmoest met alle emoties die in me oplaaiden als er weer een envelop kwam. Wat ik aanmoest met de vrouw die me zo in de steek had gelaten. Als ik daar gewoon met Kerrie over had gepraat, zou het me vast hebben geholpen om mijn gevoelens een plaats te geven.

Ik kreunde inwendig. Wat stom! Waarom had ik dit niet gewoon met Kerrie besproken? Het zou me zo hebben geholpen, zelfs als we niet tot een oplossing waren gekomen. Ik besefte opeens heel duidelijk dat alleen het praten erover al een enorme opluchting voor me zou zijn geweest. Waarom had ik dat niet eerder bedacht? Waarom leek het me altijd het veiligste om alles voor mezelf te houden?

'Jess is zo'n fantastische vriendin,' ging Kerrie verder, de lila envelop nog steeds in haar hand. 'Echt, ik heb al minstens duizend keer tegen Paul gezegd dat ik niet begrijp waarom ze nog niet is getrouwd. Als ik een man was, zou ik zo met haar trouwen. Ze is gewoon perfect, vind ik.' Ze keek op me neer. 'Wel een beetje gereserveerd, natuurlijk. En stil. Maar een geweldig mens.' Er rolde een traan over haar wang. 'Was ze nu maar hier om me te vertellen wat ik moet doen. Ze is altijd zo goed in het bedenken van een plan. En ze gedraagt zich nu misschien wel hartstikke raar, maar intussen doet ze wel wat ze moet doen. We hebben zat gasten... alleen geen kok om voor ze te koken. Ik zal het zo vreselijk vinden als we moeten sluiten.'

En dat is precies waarom dat niet mag gebeuren, dacht ik. Ik liet Kerrie mijn kop nog een keer aaien en toen maakte ik me vastberaden van haar los. Ik deed een paar passen naar achteren.

Ze keek me aan. 'Waar ga je heen? Laat jij me ook al in de steek?'

Ik liep weer naar haar toe, greep haar rok vast met mijn bek en trok zachtjes. Ze stond op, precies zoals ik had gehoopt, en liep met me mee toen ik achteruit de deur uit ging.

'Wacht eens, ben jij die witte hond die ervoor gezorgd heeft dat Theodore hier terug is? Hij heeft me het hele verhaal verteld: dat je een folder naar hem toe bracht en zo schattig deed. Zijn vriendin is ervan overtuigd dat je een soort halfgod of – hoe heet dat ook alweer? – beschermengel bent.'

Mij best. Ik ben alles wat je maar wilt. Ik bleef achteruitlopen. Toen we bijna bij de keuken waren, liet ik haar rok los en liep ik langzaam voor haar uit naar de klapdeuren, in de hoop dat ze me zou volgen. Bij het restaurant was ik haar bijna kwijt: het geroezemoes van de gasten zorgde ervoor dat ze van koers veranderde, maar ik pakte haar rok snel weer in mijn bek en trok haar de andere kant op.

'Je bent vasthoudend, is het niet? O, oké. Ik moet Theodore toch vertellen dat Naomi een flinke brandwond heeft opgelopen. Daar zal hij niet blij mee zijn. Hij heeft altijd gezegd dat chef-kok zijn niets voor hem is. Die verantwoordelijkheid wil hij helemaal niet.'

Goed, dacht ik, *praat met Theodore. Praat tegen je navel. Praat tegen wie je maar wilt. Maar doe me één plezier en ga met me mee naar de keuken.*

En dat deed ze. Kerrie volgde me. In de keuken rook het hemels. Er stonden vier pannen op het fornuis te pruttelen, maar Theodore was nergens te bekennen. Kerrie, altijd nieuwsgierig, liep naar het fornuis om te zien wat er opstond. Mijn staart begon hoopvol te kwispelen.

'Mm, lekkere risotto. En die paddenstoelen zien er geweldig uit. O,' zei ze, terwijl ze een lepel pakte, 'ik kan Naomi's bechamelsaus maar beter even doorroeren.'

Ze roerde her en der in een pan en leek toen opeens te beseffen wat ze aan het doen was. Ze deed een stap naar achteren. Toen keek ze naar het aanrecht waar alles werd voorbereid, dat vol stond met bakken vers gesneden groenten en de plek boven het fornuis waar alle bestellingen hingen.

'Jee, dat zijn er een hoop! Waar is Theodore? Hij moet er echt bovenop zitten, zeker nu Naomi er niet is.'

Ze keek om zich heen. *Nu*, dacht ik. *Dit is het moment.*

Snel zette ik mijn voorpoten op het aanrecht, pakte de steel van een lepel in mijn bek en duwde die in Kerries hand.

Ze keek omlaag en schudde haar hoofd. 'O nee, hondje. Ik roerde alleen de boel even door. Ik ben geen kok. Niet meer.'

Ik duwde nog een keer. Harder.

'Nee, nee, ik meen het echt. Ik kook niet meer.'

Ik hoorde dat iemand uit de koeling achter me kwam lopen, zo zachtjes dat Kerrie het niet merkte. De flauwe geur van Theodores citroenzeep kriebelde in mijn neus, net sterk genoeg om me te vertellen dat hij er was. Ik duwde de steel van de lepel nog een keer in Kerries hand.

'Luister,' zei ze tegen me. 'Ik weet niet of jij de een of andere wonderhond bent of zoiets, maar het heeft weinig zin om me die lepel in mijn hand te blijven duwen. Ik kook gewoon niet meer. Niet professioneel, tenminste. Waarom accepteert iedereen dat niet gewoon?'

Haar ogen stonden vol pijn en de rimpel in haar voorhoofd was dieper dan ooit. *Ik moet haar niet dwingen*, dacht ik. *Ik moet aardig zijn en haar laten doen wat ze wil. Zoals ik altijd doe.*

Maar toen maakten mijn gedachten een gevaarlijke sprong.

Wat zou Zoë doen als ze hier was? vroeg ik me af. *Zou ze toelaten dat Kerrie zich weer terugtrok in haar veilige rol van gastvrouw? Absoluut niet!*

Ik holde om Kerrie heen en duwde de lepel in haar andere hand. Ze stond op het punt iets te zeggen – 'nee' waarschijnlijk – toen Sahara de keuken in kwam rennen met nog meer briefjes met bestellingen erop in haar hand.

'Tafel 6 vraagt waar de risotto blijft en aan tafel 3 zit een zeer ontevreden man die paddenstoelen heeft besteld en zich afvraagt of die onderhand niet al zijn vergaan.' Ze keek naar Kerrie, merkte toen Theodore op en richtte haar ogen op hem.

Nee! Niet naar hem kijken! Als Kerrie hem ziet, duwt ze meteen die lepel in zijn hand en draait ze zich om. Dan is de kans verkeken. Ik blafte luid, waardoor alle ogen weer op mij werden gericht. Weer drukte ik mijn snuit met de lepel erin tegen Kerries hand.

'Ach,' zei ze zachtjes. 'Ik kan natuurlijk wel een paar paddenstoelen op een bord scheppen. En de risotto ook. Zelfs ík kan zoiets niet verknoeien, toch? Het is tenslotte een noodgeval.'

Ik gaf haar mijn allerblijste blafje en mijn staart kwispelde als een wapperende overwinningsvlag. Ze keerde zich naar het fornuis om en begon op te scheppen.

'Eén risotto, één paddenstoelen,' riep ze naar Sahara, terwijl ze de borden op de bar zette. Toen wierp ze op haar oude, geroutineerde manier een blik op de rits bestelbonnetjes. Professioneel als ze was kon ik haar bijna hóren uitrekenen hoe lang iedere bestelling zou vergen en met welke ze moest beginnen. Er klonk pannengerinkel en geschraap van lepels in aardewerken schalen en even later vulde de lucht zich met de geur van verse paprika's en uien die in hete pannen gleden.

Kerries handen vlogen alle kanten op terwijl ze roerden, mengden en klopten. Mijn staart kon niet harder kwispelen. Theodore kwam zachtjes naast me staan. Hij begon salades te maken op het aanrecht dat het verste van Kerrie vandaan was, alsof hij bang was haar werkritme te verstoren.

'Jij bent een superhond,' fluisterde hij me in mijn oor. We keken allebei hoe Kerrie met één hand pizza's in de oven schoof, met haar andere hand een schort ombond en intussen spruitjes sauteerde, allemaal in één vloeiende beweging. De koningin was terug. Lang leve de koningin!

*I*k arriveerde net op tijd weer bij de adoptiekatten van de Vereniging voor Verloren Viervoeters. Zoë was bij de kattenmanden verdwenen en paniekerig naar me op zoek, haar gezicht stond gespannen. Toen ze me zag, racete ze op me af, viel op haar knieën en hijgde in mijn oor: 'We moeten hier weg! Ze willen dat we een kat mee naar huis nemen!'

Ik keek naar de plek waar Malia Jackson stond, die Zoë, met de adoptiepapieren in haar hand, nogal verbijsterd nakeek. Zoë zag het ook en ze had het plotseling erg druk met het oprapen van de lus van mijn riem. 'Ik dacht dat ik er alleen eentje ging aanraken. Nou zeggen ze opeens dat we hem moeten houden.' Ze schudde haar hoofd, zo nerveus alsof ze haar hadden gevraagd te dansen met een krokodil. 'Katten zijn niet te vertrouwen,' zei ze. 'Wat ze ook zeggen over snorren en knuffelen, ze kunnen me nog meer vertellen. Katten zijn gewoon niet te vertrouwen. Een kat is wel het laatste wat we kunnen gebruiken.'

Ze wierp een korte blik op Malia en op mij wijzend alsof ik hoge nood had, zwaaide ze gehaast naar haar. Mijn vacht zwol op van trots van het feit dat ik ons team uit deze vervelende situatie had kunnen redden.

En bovendien was ik het met haar eens: een kat was het laatste wat we konden gebruiken. Terwijl Zoë zich snel uit de voeten maakte, keek ik om naar de mensen die om de kattenhokjes heen cirkelden. Moeders en dochters die vertederd naar de jonkies keken, een jong stel dat met hun hoofden bij elkaar hun eerste gezamenlijke huisdier uitzocht. Gewone gezinnen die gewone dingen deden. Mijn hart deed pijn van verlangen. Toen zei Zoë: 'O, kijk daar eens!' en herinnerde ze me eraan dat ik beter vooruit kon kijken naar wat komen ging dan achteruit.

16

Liefde, eer en gehoorzaamheid

 Zoë

In de verte zie ik een hele groep honden en ik wil erheen. Als ik mijn eigen gang kon gaan (en er niemand keek), zou ik er meteen naartoe hollen, maar Jessica hangt half stikkend in haar halsband en vertraagt ons. Ze loopt met haar neus vastgelijmd aan de grond en zal wel allerlei heerlijke geuren oppikken.

'Kijk! Honden! Kom mee!' zeg ik heel enthousiast zodat ze opschiet. Uiteindelijk komen we bij een ander grasveld aan met een wit hek eromheen. Langs de kant staan allerlei mensen met honden, en op witte klapstoeltjes zitten allemaal mensen zonder honden. Bij de omheining staat een tafel met daarachter belangrijk uitziende mensen, ze kijken fronsend naar de papieren op hun klemborden. Het liefst zou ik naar ze toe gaan om hun te vertellen hoe belachelijk ze eruitzien, maar dat doe ik maar niet. In plaats daarvan loop ik met Jessica mee naar de tafel en praat tegen de eerste die naar me glimlacht.

'Hallo!' zegt hij. De man heeft een brede, weke grijns, zoiets als die van een sint-bernard. 'De Gehoorzaamheidsproef begint om halfzes. Dat is de laatste wedstrijd van vandaag. Wil je je inschrijven?'

Ik weet niet wat ik moet zeggen, dus trek ik mijn wenkbrauwen op en houd mijn hoofd schuin. Over de tafel duwt hij een papier naar me toe. Hij wijst. 'Als je het nog nooit eerder hebt gedaan, is het beginnersniveau waarschijnlijk het beste. Je hond hoeft dan alleen maar naast je aan de riem te lopen, te gaan zitten, daar dertig seconden te blijven en te komen als je hem roept.'

'Háár,' corrigeer ik hem. Ik kijk hem streng aan. Er moet iets niet in orde zijn met hem als hij nog niet eens doorheeft dat Jessica een meisje is. Mensen zijn af en toe zó dom. 'Zijn alle honden hier beginnelingen?'

Hij schudt zijn hoofd. 'Nee, ongeveer een derde van deze groep is gevorderd. Die zijn verder. Hun taken staan hier. Zonder riem.' Hij draait het papier naar me toe en wijst op een veel langere lijst.

Ik kijk naar beneden, naar Jessica, blij te merken dat ze oplet. Ik wil heel graag een gehoorzaamheidsmedaille winnen. Mama zei altijd dat ik nooit luisterde, nooit gehoorzaamde. Soms hoorde ik haar tegen papa zeggen dat ik naar een hondentrainingsklasje moest. Ik weet niet waarom dat nooit is gebeurd. Ze klaagden alleen maar dat ik zo'n slechte hond was. Dit is mijn kans om te laten zien dat ik werkelijk álles, maar dan ook álles weet van gehoorzaamheid. Ik wil winnen. En niet gewoon maar een beginneling zijn. Een beginnersmedaille krijgen is net zoiets als beste puppy worden omdat je maar een héél klein beetje over iemands schoot hebt geplast. Jessica en ik hebben een voorsprong, omdat ze alles begrijpt wat mensen zeggen. Maar ik wil ook weer niet dat we te hoog grijpen, want dan winnen we natuurlijk nooit.

De slome-grijnsman wacht. Ik hurk naast Jessica neer. 'Jouw beslissing, meisje,' zeg ik. Ik weet dat iedereen luistert, dus zeg ik het op die schattige toon die mensen hebben als ze tegen een hond praten. 'Moeten we voor het beginnersniveau gaan?' Ik vang haar blik en schud mijn hoofd. 'Of voor de gevorderden?'

Ze blaft. Ik beloon haar met mijn beste glimlach en sta op. 'Gevorderden, alstublieft. Zij is Zoë. De hond. En ik ben Jessica. De mens.'

 Jessica

Ik was nerveus geweest voor de hindernisloop, maar de gehoorzaamheidsproef trad ik met opgeheven hoofd tegemoet. Als ik hier niet met gemak doorheen kwam, verdiende ik het niet om ooit nog mens te worden. Het enige minpunt van het hele gebeuren was dat we er waarschijnlijk niet weer door in ons eigen lichaam terecht zouden komen. Tenzij het magische geheim lag in goed samenwerken met Zoë. Wat best kón. Wat mij betreft kon het alles zijn: misschien wel hinkelen op één voet. Wat voor kwaad kon het om Zoë's zin te doen en nog een keer deel te nemen aan zo'n idiote wedstrijd? Een wedstrijd die we nog best konden winnen ook?

Bovendien moest ik ervoor zorgen dat mijn t-shirt door zo veel mogelijk mensen werd gezien. Nu Kerrie achter het fornuis stond, had het Spiegelcafé een kleine kans om door te kunnen gaan, maar we moesten het ijzer natuurlijk wel smeden terwijl het heet was. Nieuwe klanten brachten geld in het laatje voor Naomi's ziekteverlof, de elektriciteit, en de huur van volgende maand. En bovendien zouden ze Kerrie lang genoeg bezighouden om weer stevig op haar kookbenen te komen staan.

Terwijl we naar de plek bij het hek liepen waar de deelnemers stonden te wachten, keek ik het publiek langs. Ik zocht naar Max, maar zag hem nergens. Waar hing hij uit? Ik had hem pas een paar uur geleden gezien, maar het voelde wel als een week. Misschien was hij in zijn praktijk, bezig het leven van een zielige hond te redden. Of thuis, zijn was aan het doen. Zijn bed aan het opmaken met heerlijk schone lakens. Hij heeft vast het lekkerste bed van de hele wereld. Warm en verleidelijk... Er kwam een golf sexy beelden in mijn hoofd op en ik verloor me in heerlijke dagdromen, totdat een blaffende hond me weer met een plof in de werkelijkheid deed belanden.

Max zag ik niet terwijl ik het publiek bestudeerde, maar wie ik wel zag waren Leisl en Foxy, hun hoofden gebogen in concentratie. En een paar mensen die ik herkende van het Spiegelcafé of het organisatiecomité van het Natte Neuzenfestival. Er zwaaiden een paar naar ons en Zoë zwaaide terug. Het zien daarvan alleen al gaf me een vreemd blij gevoel, alsof ik precies was waar ik hoorde te zijn. Madrona begon een plek te worden waar de mensen onze namen kenden.

Terwijl we stonden te wachten op de start van de eerste ronde, begon de melodie van 'Louie Louie' – het onofficiële volkslied van de staat Washington – door de luidsprekers te blèren. Zoë begon onmiddellijk, met haar armen zwaaiend boven haar hoofd, te dansen. Kleine kinderen die bij ons in de buurt stonden zagen het en begonnen ook te dansen. Ik verstopte me achter haar benen.

'O, kom op,' zei ze, terwijl ze gauw een stap opzijzette. 'Doe toch niet zo stijfjes! Laat je eens een keertje gaan!' Ze wiegde met haar heupen. Dat deed ze lang niet slecht eigenlijk. Kon ik ook zo goed dansen als ik in mijn mensenlichaam zat? Ik had het nooit geprobeerd.

Ik hield mijn vier poten stevig op de grond. Het was allemaal leuk en aardig dat Zoë danste – in haar hart was ze een hond tenslotte – maar ik had serieuzere dingen aan mijn hoofd.

'Je kunt het gewoon dóén, weet je,' zei ze. 'Je kunt plezier maken. Ik heb het gezien bij de hindernisloop, toen danste je wel, en dat was toch geweldig? Ik vond het heerlijk! En jij ook!'

Tuurlijk. Waar. Maar toen was ik helemaal high van de adrenaline. En nu was ik doodserieus en stonden we voor een nieuwe test. We moesten opletten en ons voorbereiden. Ik was niet nerveus, maar had ook geen zin om te dansen.

Maar toch, ik moest toegeven: Zoë was er goed in om te feesten en de stemming erin te houden. Minstens de helft van de mensen om haar heen stond nu al te dansen. Toen het lied overging in 'Good Vibrations', begon er nog een groter deel van het publiek op het ritme mee te bewegen. De mensen zongen. De honden kwispelden. Een paar puppies sprongen blaffend op en neer. Zelfs ik werd aangestoken door hun plezier.

'Hé!' Een snerpende stem sneed door alle vrolijkheid heen. Leisl stond voor ons, haar handen omklemden Foxy's riem alsof hij een Bengaalse tijger was die mensen opvrat. 'Doe eens rustig, jullie! De honden moeten zich concentreren. Je kunt niet van hen eisen aan een gehoorzaamheidstest mee te doen als ze helemaal opgefokt worden, zoals nu.'

Iedereen om me heen hield op met dansen. De honden hielden

op met kwispelen. De Beach Boys zongen 'Good, good, good!' voor een ongeïnteresseerd publiek.

'Dat is belachelijk.'

Ik schrok op toen ik Zoë's stem boven mijn kop hoorde. 'Relax,' zei ze tegen Leisl. 'Honden hebben plezier nodig. Het is absurd om te denken dat ze geen serieus werk kunnen verrichten als ze hebben gedanst. Honden zijn niet stom! En je moet ze niet behandelen alsof ze dat wél zijn.'

Leisl staarde Zoë aan, haar gezicht strak en grimmig. Foxy's oren bewogen heen en weer alsof hij probeerde te volgen wat er gebeurde. 'Nou,' zei Leisl uiteindelijk, 'míjn hond heeft rust nodig om zich te kunnen concentreren. En gezien het feit dat hij de huidige kampioen is, denk ik dat ik misschien het een en ander weet over de voorbereiding op een hondengehoorzaamheidsproef.' Voor Zoë kon antwoorden, gaf Leisl een ruk aan Foxy's riem en beende weg.

Zoë hurkte met een rood gezicht naast me neer en deed net of ze iets aan mijn halsband moest doen. 'Idioot. Waarom zijn we anders hier, als het er niet om gaat plezier te hebben?'

Als ik had kunnen praten, zou ik haar hebben uitgelegd dat Leisl hier niet voor de lol was. Als fokker moest haar hond winnen, want dan werd zijn nageslacht meer waard. Ik vroeg me af wat Zoë daarvan zou vinden, van iemand die geld verdiende aan een hond. Waarschijnlijk zou het haar niets uitmaken, zolang de hond maar plezier had – iets wat niet voor Foxy gold.

Terwijl ik nadacht over Leisls en Foxy's situatie, besefte ik dat mijn gedachten een draai van honderdtachtig graden maakten. Het was me opgevallen dat Zoë achteraf nooit tijd verspilde aan de vraag of ze iets wel goed had gedaan. Ze was eenvoudigweg wie ze was, zonder excuses. En, nog zoiets ongelofelijks, ze leek me écht te mogen. Mijn diepste zelf, niet een van die personages die ik probeerde te zijn. Als ze erbij was geweest zou ze me misschien zelfs wel hebben gemogen tijdens dat hondenhatersvoorval. Zo ruimhartig was ze. Misschien moest ik van haar leren en mezelf ook accepteren zoals ik ben.

Ik opende mijn bek in een glimlach en voelde me direct beter.

Mijn staart zwiepte heen en weer. Op de maat van de muziek, die nu was overgegaan op 'Foxy Lady', deed ik een paar pasjes op de plaats. Zoë keek omlaag, zag wat ik deed, en wiegde met haar achterste. Ze gaf me een knipoog.

Op dat moment hoorden we een stem door de luidspreker die het eerste team aankondigde en iedereen richtte zijn aandacht op het veld. Een collie en haar baasje volgden nauwgezet een parcours dat de vorm van een acht had. De eigenaar had geen riem, de hond deed het helemaal zelf. Toen kreeg de collie het bevel om te zitten en te blijven. Haar baasje liep helemaal naar de andere kant van het veldje. Daar riep hij de collie, die meteen naar hem toe rende. Op het moment dat ze bijna halverwege was, blafte hij een bevel en kwam de hond slippend tot stilstand. Ze liet zich hijgend in het gras neervallen. Ik keek verbijsterd toe. Naast me zonk Zoë langzaam op haar knieën.

'Wauw, dat is echt moeilijk. Hoe onthoud ik wat ik je moet laten doen?'

Zo, en wie is nú degene die zich wil voorbereiden? Ach, ik kon me vast wel focussen en tegelijkertijd plezier hebben. Die twee sloten elkaar niet uit. Ik kwispelde met mijn staart terwijl ik mijn snuit tegen Zoë's arm duwde tot ze het instructiepapier zo vasthield dat we het allebei konden lezen.

Tegen de tijd dat ik de lijst had doorgenomen en weer opkeek, was de collie bezig met zijn 'lange zit'. Hijgend zat ze op het gras en keek ze naar het publiek. Haar baasje was nergens te zien. De lange zit ging maar door. En door. Er begon een baby in het publiek te huilen, maar de collie gaf geen krimp. Er jankte ergens een hond. De oren van de collie spitsten zich, maar ze bleef zitten.

'Tjee... Ze is echt goed,' fluisterde Zoë met een knikje naar de collie. 'Ze heeft maar één foutje gemaakt, toen ze die stok die hij weggooide moest gaan halen. Ik denk dat ze die eigenlijk meteen terug moest brengen, maar ze beet er eerst een paar keer op. Toen zag ik hen...' ze wees naar de jury, '...een heleboel opschrijven.'

Zoë's stem klonk nerveus. Ze beet op haar lip terwijl het baasje van de collie terug het veldje op kwam, zijn hond riep en haar beloonde omdat de proef was afgelopen.

Een paar seconden later werd er via de luidspreker een nieuw paar aangekondigd: een Australische herder met zijn blonde baasje. Terwijl ze de lijst afwerkten trok Zoë haar schouders hoger en hoger op. Ze plukte aan het gras bij haar knieën en scheurde de halmen aan flarden.

Ik probeerde haar een speels duwtje te geven, maar ze keek me boos aan. Toen likte ik haar gezicht. Dat leverde me een half lachje op dat meteen verdween toen ze haar aandacht weer op het parcours richtte. Ze stak haar hand uit om weer een grashalm te plukken, maar ik zette mijn poot er bovenop.

Ze draaide zich naar me toe en onze ogen ontmoetten elkaar. Ik grijnsde breed en deed mijn uiterste best om met mijn blik over te brengen wat ik wilde zeggen. *Laten we gewoon plezier maken.* Terwijl ze me aankeek, vloog er een hele rits van emoties over haar gezicht, waarvan ik er geen een begreep. Uiteindelijk zei ze: 'Ik wil gewoon zo ontzettend graag winnen. We moeten écht de beste worden.'

Ik hoorde iets in haar stem waardoor ik een steek in mijn hart voelde. Waarom vond Zoë het zo belangrijk om dit te winnen? Het was duidelijk uit haar toon dat het haar niet alleen om een tweede zilveren medaille ging. Wat het ook was wat haar dwarszat, het zorgde ervoor dat ze geen plezier had. Dus moest het iets heel belangrijks zijn.

Mijn gedachten werden onderbroken door een vrijwilliger van het Natte Neuzenfestival met een klembord in zijn hand die riep dat 'Jessica en Zoë' klaar moesten gaan staan. Ik wandelde achter een zenuwachtige Zoë aan naar de ingang van het veldje, bij de jurytafel. Een *bichon frisé* had net zijn lange zit verknoeid door halverwege op te springen. Hij lachte ons toe bij het verlaten van het parcours. We bleven op onze plek staan terwijl de volgende deelnemers, een jongen met een Ierse wolfshond, het programma afwerkten.

Ik probeerde me te ontspannen en te genieten, maar Zoë's gejaagde ademhaling leidde me af. Ze staarde met een lege blik naar het parcours, als een kat die in de verte tuurt. Ik ging van de ene poot op de andere staan. Mijn staart trommelde op de grond. Ik geeuwde hoorbaar. Niets wist haar aandacht te trekken. Zoë had haar vuisten gebald en kauwde op haar onderlip, zich door de stress niet bewust van haar omgeving.

Hoe ironisch! Nu ik probeerde op Zoë's manier met de dingen om te gaan en besefte dat een beetje luchthartig plezier het leven een stuk aangenamer kon maken, was Zoë in een eersteklas piekeraar veranderd. Ik keek naar haar op. Haar hele gezicht was vertrokken in een frons. Het leek wel een rubberen masker waarin werd geknepen. Ze had haar schouders hoog opgetrokken en klemde haar kaken zenuwachtig op elkaar. Ik zuchtte. *Ze gedraagt zich alsof ze mij is. En dat is niet bepaald aantrekkelijk.*

De wolfshond en de jongen kwamen van het parcours af draven en Zoë rechtte haar schouders. Ze keek nerveus op me neer en liep toen, nadat onze namen waren omgeroepen, stijfjes naar het midden van het parcours.

Ik draafde met hoog opgeheven staart achter haar aan het veld op. Dit was mijn derde wedstrijd die dag en ik wist wat er ging komen: applaus, dat heerlijke applaus! Ik draaide om mijn as zodat iedereen mijn grijnzende kop goed kon zien en vroeg me af of ze mijn Spiegelcafé-T-shirt wel konden lezen vanaf de tribune. Zoë had gelijk, dit was leuk! Behalve dan dat zíj er helemaal niet van leek te genieten, zelfs niet toen er een gejuich opging.

Naast elkaar stonden we in het midden van het parcours. Ik keek naar Zoë op en wachtte tot ze het startsein zou geven, maar ze verzette geen stap. In plaats daarvan beet ze op haar lip. Ik wachtte. Achter de tafel wachtte de jury ook. De man met de stopwatch wachtte. Het publiek wachtte.

Zoë verroerde zich niet.

Wat is er met haar aan de hand? Ik kon de eerste stap niet zonder haar doen, het hele punt was juist dat ik haar moest volgen. Dan liet ik zien dat ik gehoorzaam was, als ik wachtte op haar seintje voor ik iets deed. Het applaus was allang weggestorven. Iedereen keek, iedereen wachtte op een beweging van Zoë. Ik schoof iets opzij en leunde tegen haar been om haar eraan te herinneren dat ze niet alleen was.

'Wat moet ik doen?' haar gespannen fluistering zorgde ervoor dat mijn nekharen overeind gingen staan. Voorzichtig balancerend op drie poten, tekende ik een kleine acht op de grond met mijn poot.

'O ja! Rondjes!' Zoë beende weg en ik moest een sprongetje maken om naast haar te blijven. We liepen een achtje, zo strak dat kunstschaatsers er jaloers op zouden zijn. Toen we terug op ons beginpunt waren, bleef Zoë stokstijf staan. Deze keer bevroor ik ook. Als ze zich weer niet kon herinneren wat we moesten doen, zaten we goed fout. Dan stonden we daar roerloos als zombies, totdat onze tijd op was of we het parcours af werden gelachen. Mijn poten voelden ijskoud. De lol was er ook voor mij af, dat was duidelijk.

Zoë

Ik wéét het gewoon niet meer. Ik doe mijn ogen dicht, maar alles wat ik voor me zie zijn zwarte letters op een papier, door elkaar gehusseld als hondenbrokjes in een voerbak. Ik denk terug aan de wolfshond. Wat deed hij ook alweer na de rondjes? Maar in mijn hoofd komt alleen het beeld op van de jongen en de wolfshond die het veldje af draven. Niets van wat ze op het parcours deden.

Als ik mijn ogen opendoe, is het publiek een wirwar van kleuren. Te veel kleuren. De wereld voelt als duizend bijen die me aanvallen met kleuren en geluiden en ogen van mensen die naar me kijken. Ik wil me verstoppen. Of wegrennen. Ik kijk even naar Jessica, maar die kan me nu niet helpen. Ze is slechts nóg een paar ogen dat me aanstaart en wacht tot ik iets doe.

Waarom heb ik verdorie de hele tijd staan dansen, terwijl ik me toen de instructies had moeten inprenten?

Er kucht iemand aan de zijlijn van het parcours. Het is Foxy's baasje, de dame in het roze die eerder zo snauwde. Ze leunt naar voren met haar handen op de omheining. 'Neervallen op commando,' fluistert ze, net hard genoeg dat ik het kan verstaan.

Neervallen op commando! Ja! Ik zend haar een dankbaar lachje. Wat een verrassing! Was dat niet aardig van haar? Ze is net een van die grommende honden in het park die doen alsof je bang voor hen moet zijn en dan opeens naar je toe komen om je een lik over je oor te geven.

Ik doe mijn mond open, klaar om te beginnen. Maar wacht, wat betekent 'neervallen op commando'? Ik kijk naar Jessica maar die staat alleen maar als een leeghoofd te grijnzen. Dan zie ik het opeens in een flits voor me: de collie die zit, wacht, wegspurt en dan opeens stopt, haast in de lucht blijft hangen en neervalt. Het is een van de idiootste dingen die ik een hond ooit heb zien doen. Hoe kan ik zoiets nou vergeten?

'Zit, Zoë,' commandeer ik Jessica. Met bonkend hart ren ik naar de andere kant van het veld, sta dan stil en draai me om. 'Kom,' roep ik. Als ze halverwege is, brul ik zo hard ik kan: 'Lig!' Jessica valt op haar buik op het gras neer. Het is gelukt! Ik zweet helemaal van opluchting. Daarna wordt het gemakkelijker. Ik zie het botvormige knauwspeeltje op het gras liggen en raap het op. Jessica zit. Ik weet dat ze weet wat er komt. Als ik het gooi, moet ze erheen rennen, het pakken en weer terugbrengen, zonder knauwen of bijten. Ze doet het perfect zonder ook maar één knauw. Ik ben jaloers als ik het haar zie terugbrengen, maar ik weersta de neiging om voorover te buigen en het in mijn mond te stoppen om er gauw even op te bijten. Nee, ik laat het op de grond liggen. Het ding lonkt naar me als een ijsje dat wacht totdat iemand eraan likt. Als een heerlijk, knauwerig, bottig ijsje.

Zucht.

Jessica jankt zachtjes en dat herinnert me eraan dat we nog meer moeten doen. Ik weet heel goed wat er nu komt: dat zit-en-blijfgedoe dat eeuwig duurt. Zó saai. Godzijdank moet zij het doen, niet ik. Ik neem haar mee naar de overkant van het veld en zeg dat ze moet zitten, en dat doet ze. Dan draai ik me om en wandel het hele veld over en langs de tafel van de jury het hekje uit. We móéten dit hebben gewonnen. Dat kan gewoon niet anders. Niemand kan het zo goed hebben gedaan als wij.

17

Feestbeest

 Jessica

We hadden zeker niet hoog genoeg gescoord om bij de eerste drie te komen, en eerste werden we natuurlijk helemaal niet. Zoë had er zo lang over gedaan om te bedenken dat we 'neervallen op commando' moesten doen, dat ik zeker wist dat we bijna over onze tijd heen waren. Ik plofte neer om aan die lange zit-en-blijf-sessie te beginnen, maar wist dat het geen enkele zin had. Hoewel, dat moest ik toegeven, één ding was ons wel gelukt: we hadden Leisl laten zien dat zelfs onstuimige, dansgekke honden zich goed kunnen concentreren tijdens een gehoorzaamheidsproef.

Ik was verbaasd dat juist zíj Zoë te hulp was geschoten. Zonder haar aanwijzing hadden we daar eeuwig gestaan, als imbecielen. Nu leken we gewoon twee beginnelingen die niet echt op het gevorderdenniveau thuishoorden. En dat was niet zo'n ramp. Daar waren er meer van. Zoals de bichon frisé die tijdens haar zit-en-blijf opstond om aan het gras te ruiken. Of de kortharige Duitse staander die zijn baasje midden in de acht liet struikelen.

De late middagzon was warm en ik moest flink met mijn ogen knipperen om niet in slaap te vallen. Het verbaasde me dat Zoë zo zenuwachtig was geweest voor deze wedstrijd. Tuurlijk, de hele stad was hier en keek naar ons, maar het waren allemaal hondenmensen. Die wisten wel beter dan iemand af te rekenen op wat hun hond wel of niet deed. Het kon niemand iets schelen als er een hond wegwandelde tijdens zijn zit-en-blijf. De mensen waren net ouders: ieders kind misdraagt zich wel eens op het speelplein, het heeft weinig zin om dat persoonlijk op te vatten.

Dat was een nieuw inzicht voor me, een inzicht dat bijdroeg aan mijn vriendelijke, ontspannen houding. Jarenlang had ik de bewoners van Madrona beschouwd als leden van een elitair softbalteam waar ik nooit voor zou worden gevraagd. Vandaag zag ik hen als een stelletje vriendelijke strandwachters. Ontspannen, maar klaar om bij het eerste teken van problemen in het water te springen. Iedereen was op honden gefocust hier. En op de baasjes van honden. Dit waren niet de gevaarlijke straten van Chicago, dit was een stadje dat als enige fout had dat het af en toe iets te veel gaf om onze viervoetige vriendjes. En nu ik zelf een van die vriendjes was, moest ik toegeven dat ik die liefde ook voelde. En ervan genoot.

Verloren in mijn gedachten bewonderde ik de ondergaande zon en hoe die bewegende schaduwen over het gras strooide, toen mijn oog viel op een bekende, geile tuinkabouterkop. Guy stond aan de andere kant van de omheining en wees. Naar mij. Terwijl ik naar hem keek, draaide hij zich om naar zijn kameraden – een groep in t-shirts gehulde inwoners van Madrona – en zei iets wat grappig moest zijn, gezien de manier waarop ze allemaal in lachen uitbarstten. Toen rekte hij zijn dikke nek uit, zag Zoë staan en wees haar, met nog meer uitleg, aan. Nog meer gelach.

De warme gloed in me verdween. Er brandde woede in mijn buik. Mijn neus prikte ervan. Ik staarde naar Guy en probeerde hem met mijn blik te dwingen ermee op te houden, maar hij bleef wijzen en ons uitlachen. Het was duidelijk dat hij zijn vrienden alles had verteld over zijn vreemde seksavontuur in mijn appartement. De klootzak.

Iedere spier in mijn lijf spande zich, totdat ik gewoon pijn kreeg van het zitten. Ik schoof met mijn poten en berekende hoe snel ik die nek van hem kon breken met mijn grote hondentanden. Er ontsnapte een grom uit mijn bek. Ik besefte dat ik dreigend naar hem grauwde, met mijn lippen opgetrokken als de rimpels op de rug van een Shar-pei.

Ik wist dat het ons zou diskwalificeren. Ik wist dat het Zoë's kansen op nog een glimmende medaille voor haar collectie verknoeide. Maar toen ik de voorzitter van de jury zijn mond zag openen en zijn hand omhoog zag heffen, klaar om te roepen dat het lang genoeg was, schoot ik weg.

De grond vloog onder me door. Ik strekte mijn lijf zo ver mogelijk uit om zo groot mogelijke passen te kunnen nemen en zette me hard op de grond af met mijn vier krachtige poten. Ik wist niet zeker of ik wel over de omheining kon springen, maar de hindernisloop had me vertrouwen in mijn springcapaciteiten gegeven. Met een enorme zet duwde ik me af met mijn achterpoten en wierp ik de voorkant van mijn lijf omhoog. De omheining streek langs de haren aan de onderkant van mijn buik toen ik eroverheen zeilde. Ik landde boven op Guy. We stortten samen tegen de grond, mijn voorpoten zakten door onder het gewicht van de rest van mijn lijf. Ik voelde de lucht uit zijn longen ontsnappen. Toen rolde ik opzij en belandde op schoenen en tenen. Ik lag op mijn rug en keek op in een kring verbaasde gezichten. Ongeveer de helft van de mensen waar die gezichten bij hoorden droeg het groene T-shirt van het Natte Neuzenfestival. Er kwamen twee honden op me af rennen die onder mijn staart begonnen te snuffelen.

Er klonk een woedende schreeuw. Er vloog een donkere schaduw langs mijn oog. Er bonkte iets hard tegen de zijkant van mijn kop en ik zag plotseling alleen maar wit aan die kant. Ik jankte, wrong me in bochten om overeind te komen en voelde een hand die me in mijn nekvel greep. Die schudde mijn kop hard heen en weer, als een wolf met een haas in zijn bek.

Toen was er een trap tegen mijn ribben waardoor ik dubbelsloeg van de pijn. Ik wankelde en viel. Er werd geschreeuwd, maar ik kon niet begrijpen wat er werd geschreeuwd. Het enige waarvan ik me bewust was, was de pijn.

*T*oen lag ik in de armen van een vrouw die lieve woordjes tegen me zei en me over mijn kop aaide. Ik kreunde en verschoof mijn kin. Ze klakte met haar tong en zei: 'Rustig maar. Alles is goed. Blijf maar lekker liggen.'

Ah. Het was Zoë. Ik leunde dichter tegen haar aan.

'Is alles oké? Het lijkt wel of alles goed met je is. Dat hoop ik maar.'

Het gevoel van haar vingertoppen die over mijn lange snuit naar mijn voorhoofd en langs mijn nek gleden, werkte als een soort mantra, het leidde mijn gedachten af en mijn lijf ontspande. De pijn kronkelde als een slang door mijn ruggengraat, bonkte in mijn schouders, mijn rug, mijn heupen en uiteindelijk mijn staart.

'Vond je die lange zit te saai worden? Die duurde ook een eeuwigheid. Dat begrijp ik heel goed. Maar waarom heb je die kleine tuinkabouterman omvergegooid? Ik geloof niet dat hij met ons wil spelen. Hij deed gemeen tegen je.'

Ik deed een oog open en keek naar Zoë.

Ze knikte met haar kin naar de tafel van de jury, waar het nogal een commotie bleek te zijn. Heel voorzichtig zette ik mijn voorpoten op het gras en duwde ik mezelf overeind totdat ik zat en het tumult bij de tafel kon zien. Er stond een groepje mensen met hun rug als een muur naar ons en de rest van het publiek toe gekeerd. Achter hen ontdekte ik Guy die met een rood gezicht achteruit in de richting van zijn auto schuifelde. Ik hoorde een van de juryleden zeggen: 'Er is nóóit een geldige reden om een hond op die manier te behandelen. We hebben allemaal gezien wat er gebeurde en je reactie was volkomen onacceptabel. Het kan me niets schelen of je die hond kent, er is geen enkel excuus voor om haar een klap te geven. Of een trap.'

Guy zei iets wat ik niet kon verstaan. Toen deed burgemeester Park een stap naar hem toe. 'Als inwoner en de burgemeester van deze stad, kan ik u verzekeren dat Madrona dit soort gedrag niet tolereert. Het is een forse overtreding van onze statuten wat betreft het welzijn van dieren. Ik raad u aan te vertrekken, voordat we de politie inschakelen.'

Guy struinde weg en ik liet me weer op de grond zakken. Het deed me geen deugd te zien hoe Guy net uit het stadje was verjaagd. Natuurlijk wilde ik niet dat hij akelige geruchten over Zoë en mij bleef verspreiden, maar ik voelde me ook schuldig. Als ik hem niet omver had gesmeten, zou hij me niet hebben geslagen en geschopt.

En ik had zoiets natuurlijk al helemaal niet moeten doen in mijn Spiegelcafé-T-shirt. Was dat iemand opgevallen? Zou het invloed hebben op welk restaurant mensen uitkozen om te gaan eten?

Maar de jury had gelijk. Guy had me geen trap hoeven geven. Er bestond geen excuus om een hond zo te behandelen. Nooit. Als er één ding was wat ik had geleerd van het feit dat ik gevangenzat in een ander lichaam, was het wel dat honden het liefst iedereen te vriend houden, door iedereen aardig gevonden willen worden. Een hond een trap geven omdat je boos bent, is net zoiets als je computer een ram met een sloophamer geven omdat je niet weet hoe je het ding aanzet.

'Nou, ik vrees dat we niet hebben gewonnen,' onderbrak Zoë mijn gedachten. Ze zag er heel teleurgesteld uit en opnieuw vroeg ik me af waarom deze wedstrijd zo belangrijk voor haar was. Als Max er nou was geweest om naar ons te kijken...

'Zullen we gaan? Goed?' Ik hijgde instemmend. Ik was uitgeput en aan alle kanten gekneusd. Om eerlijk te zijn was ik er helemaal aan toe om uit mijn hondenlijf te ontsnappen en terug in mijn mensenlichaam te kruipen, om daarna drie dagen te gaan slapen.

Maar dat was niet wat Zoë van plan was.

'Volgens mij is er een feest aan de gang daar,' zei ze, terwijl ze een oor naar het strand keerde. En er kwamen inderdaad flarden dansmuziek vanaf de luxueuze huizen aan het strand van Kwemah Bay naar ons toe zweven. Toen we wegliepen van het terrein van de gehoorzaamheidsproef, keerde ik mijn poten in de richting van thuis, maar Zoë kwam niet achter me aan. Ze keek naar het strand en zei: 'Kom mee!'

Ik bleef staan, verscheurd door twijfels. Het was tegen zevenen en de zon zou al snel ondergaan. Uit gewoonte wilde ik nu rechtstreeks naar huis. Maar een deel van mij had altijd naar een van die feesten in zo'n strandhuis gewild. Ze waren populair in Madrona en iedereen was er welkom, maar ik was er nog nooit geweest. Ik was te verlegen, dat zei Kerrie tenminste altijd. Te bang, was een betere omschrijving.

Als ik er ooit heen zou willen, waarom dan niet nu, nu ik me kon verschuilen onder mijn vacht? Dit was mijn kans om naar binnen te glippen en net te doen of ik bij Madrona's incrowd hoorde. En, hield ik mezelf voor, door al deze avonturen te ondernemen had ik meer kans om een oplossing voor mijn problemen te vinden dan wanneer ik gewoon thuis bleef zitten. Ik had tenslotte niets te verliezen.

Samen liepen Zoë en ik de heuvel naar het strand af. De hemel boven ons was een grijzig oranje en de septemberavond koelde snel af. We liepen op de muziek af, die afkomstig bleek van een in het licht badend landhuis met tennisbanen en een lange, kronkelige oprijlaan. Achter het gazon lag het strand dat zich naar het water uitstrekte. De voordeur van het huis werd geflankeerd door twee potten met enorme coniferen en uitbundig bloeiende fuchsia's.

'O, rood!' zei Zoë goedkeurend, terwijl ze de voordeur aanraakte (die in mijn ogen grijs was). Zonder een enkele aarzeling draaide ze de knop om en liep ze naar binnen.

De vloeren roken naar citroen en was, vuil van buiten en iets van het strand – zeewier? Overal om me heen waren benen en voeten. De herrie bonkte in mijn oren. Ik hoorde andere honden, een baby die huilde, het getik van hoge hakken waarop werd gedanst.

Achter me begroette Zoë de mensen alsof ze nooit anders had gedaan. Ik had nooit gedacht dat ik dit ooit zou zien: mijn eigen gezicht en lichaam. Ik, die de handen van wildvreemden schudde, een praatje begon. Zoë maakte de zeilinstructeur aan het lachen en bumpte vervolgens met de postbode. De voorzitter van de gemeenteraad haalde een biertje voor haar. Zoë was het middelpunt van het feest. Ze was alles wat ik ooit had willen zijn. En méér.

Bij het zien van haar populariteit kromp ik vanbinnen ineen. Waarom had ik nooit het lef gehad om naar dit soort feestjes te gaan? Om vrienden te worden met mensen die ik altijd al had willen leren kennen? Zoë was niet slimmer, grappiger of cooler dan ik. Nou ja, misschien wel cooler, maar niet slimmer.

Ik sloop weg naar een rustiger hoekje van het huis en was superblij toen ik Max daar aantrof op een bank. Hij zat in een tijdschrift te bladeren en leek heel tevreden zo in zijn eentje. Had ik Hot Max betrapt terwijl hij zich verschool voor alle single vrouwen in huis? Zijn haar was nog vochtig van een late middagdouche en hij had andere kleren aangetrokken, hij droeg nu een voetbalshirt van een andere club. Opeens wilde ik ontzettend graag op zijn schoot springen, ik kon me nauwelijks beheersen.

Toen hij me opmerkte, begon hij te glimlachen.

'Zo'tje! Hoe kom jij hier? Ik had niet gedacht dat dit iets voor Jessica zou zijn om naartoe te gaan.'

Toen hij mijn naam zei, vloog er een schaduw over zijn gezicht. *O Zoë*, dacht ik. *Als je wist hoeveel pijn je hem hebt gedaan. Had je maar bedacht dat Max waarschijnlijk óók een auto heeft.* Ik ging naast de bank staan en draaide mijn oren naar hem toe, die hij meteen begon te aaien. Met een enorme zucht gaf ik me over aan zijn strelingen. Ik vergat de herrie en alle mensen. Hoe langer hij aaide, hoe groter mijn verlangen werd. Ik voelde hunkeringen in me opkomen waarvan ik niet eens wist dat ik ze had. En meer. Iets wat dieper ging. Er ontsnapte me een kreun en ik likte gauw langs mijn lippen om mijn schaamte te verbergen. Twee seconden later vielen mijn ogen dicht. Alles wat er nog toe deed was Max' hand tussen mijn oren.

Plotseling voelde ik een overweldigende behoefte om Max alles te vertellen. Over Zoë, over mij, over hoe leuk ik hem vond. Ik hijgde en probeerde zijn blik te vangen. Toen hij naar me keek, ontmoetten onze ogen elkaar, maar toen keek hij weer weg.

Ik jankte zachtjes en hij richtte zijn blik weer op mij. Een adembenemend moment keken we diep in elkaars ogen. Ik tuurde in zijn koolzwarte pupillen, dieper en dieper, totdat ik zeker wist dat ik zijn ware ziel zag. Er ging een steek door mijn hart. Ik voelde dat er een wereld van begrip tussen ons opening. Max moet dat ook gevoeld hebben; hij moet hebben gezien wie ik werkelijk was. Mijn adem stokte. Mijn hart hield op met kloppen.

Toen verpestte Max het met een glimlach waardoor die prachtige jukbeenderen van hem ongelofelijk mooi uitkwamen.

'Wie is hier een brave hond?' vroeg hij opgewekt. 'Wie is hier de braafste hond van de hele wereld?'

Ik liet me op mijn achterste zakken, diep teleurgesteld. Hij had me aangekeken, maar niets gezien. Non-verbale communicatie was dus duidelijk niet de manier. Als ik hem over de gedaanteverwisseling tussen Zoë en mij wilde vertellen, zou ik een minder subtiel middel moeten gebruiken.

Max zuchtte zachtjes en leunde naar achteren in zijn stoel. 'Hier ben ik dan op een feest vol vrouwen en wat doe ik? Ik zit hier ergens achteraf. Jou te aaien.'

Ik dacht aan alle zomerse jurken en blote topjes op de dansvloer en mijn stemming maakte een duikeling. 'Het probleem is,' ging hij verder, 'dat ik gewoon geen zin heb een nieuw iemand te ontmoeten. Ik wil Jessica.' Zijn hand viel weer op de bovenkant van mijn kop. 'Maar ze is niet geïnteresseerd. Ik denk dat ik tijd nodig heb, voordat ik me weer in het feestgedruis wil storten.'

Dat was haast te veel om te moeten dragen. Meer dan ooit verlangde ik ernaar om een manier te vinden zodat ik hem de waarheid kon vertellen, maar op dat moment was er tumult bij de deur en kwamen er vijf lawaaierige honden binnen. Ze roken naar strand, wind en elkaars urine. Er was een tijd, besefte ik geschrokken, dat de binnenkomst van zoveel honden tegelijk me zowat in een shock had doen belanden. Het was prettig dat ik me nu niet bang voelde, maar gewoon op mijn gemak. Ik kon net zo hard blaffen als elke andere hond en wist dat ik me staande kon houden in de roedel.

Max lachte toen hij de honden zag en stak zijn andere arm uit. Ze kwamen meteen als een vijfkoppig monster aan zijn hand ruiken en likken. Een bastaard herdershond negeerde mijn waarschuwende blik en ging aan de andere kant naast Max zitten. Míjn kant. Er vlamde jaloezie in me op. Haat. Ik kwam overeind en probeerde de hond met mijn schouder weg te duwen, maar toen ik dat aan het doen was glipte er een Jack Russell, het was een vrouwtje, achter me langs om op Max' schoot te springen. Ik draaide me razendsnel naar haar toe en liet mijn tanden zien. Max klikte zachtjes met zijn tong. 'Kom, Zoë. Niet zo jaloers. De andere honden verdienen ook aandacht.'

Ik schuifelde ontzet naar achteren. Gedroeg ik me jaloers? Had ik echt net geprobeerd een hond weg te jagen bij Max? Omdat ik hem geen aandacht gunde? Zoiets had ik nog nooit gedaan.

Het slaat nergens op dat je jaloers bent, hield ik mezelf voor. *Max is niet van jou. En jij bent niet van hem. Dus hou op!*

🦴 Zoë

Dit is het allerleukste feest ooit. Iedereen juicht als ik binnenkom met mijn superkroon en prachtige medaille. Eindelijk begin ik van het leven in een mensenlichaam te genieten. Ik zwaai even naar het publiek en iemand geeft me een geel bruisend drankje dat verdacht veel lijkt op pis. Maar als ik eraan ruik, is het zoet, appelachtig. Ik drink het en de belletjes tintelen in mijn keel.

De mensen dansen en ik dans ook, als een hond die op twee poten kunstjes doet. Ik praat met iedereen en ze zeggen vreemde dingen. Bijvoorbeeld: 'Jess, we hebben je nooit eerder gezien op een feest hier. Leuk dat je er bent.' Ik zeg: 'O, maar ik ben dol op feesten!' en iedereen knikt goedkeurend.

Er komt harde muziek uit twee grote zwarte dozen. Er gaat een rilling door me heen omdat de muziek me aan thuis doet denken, aan mijn vader en moeder. Ze maakten soms ook muziek. Harde, vrolijke muziek. Als ze dat deden, sloten ze mij op in de logeerkamer. Dat vond ik helemaal niet fijn. En als de muziek afgelopen was en alle gasten naar huis, vergaten ze me er soms weer uit te halen en dan raakte ik in de moeilijkheden omdat ik op de vloerbedekking plaste. En één keer vergaten ze me eten te geven. Toen had ik zo'n honger dat ik een kussen opat. Dat bracht me echt zwaar in de problemen. Die fout heb ik nooit meer gemaakt.

Mijn glas is leeg. Ik kijk om me heen en ga naar een lange, smalle tafel met een man erachter die drankjes inschenkt. Er staan mensen voor de lange tafel, maar ze kletsen allemaal met elkaar, dus wring ik me naar voren en haal ik een glas van dat bruisende goedje voor mezelf.

'Hé,' zegt een vrouw in een pindakaaskleurige jurk. 'Hé, je kunt niet zomaar voordringen. Er is een rij hier.'

Ik kijk om me heen maar zie helemaal geen rij. Hoe kan ik dan voordringen? Ik glimlach de vrouw opgewekt toe, maar dan trekt ze nog een ontevredener gezicht.

'Probeer gewoon een beetje beleefd te doen,' zegt ze op een toon waardoor ik me schaam. 'Je weet wel: op je beurt wachten, alsjeblieft en dank je wel zeggen.'

Mijn mond is droog. Er kijken een heleboel mensen naar ons en ze lijken niet erg blij met me. Ik wil het zo ontzettend graag goed doen als mens. Ik doe mijn mond open en zeg: 'Oké. Wat je wilt. Alsjeblieft én dank je wel.'

Maar dan kijkt de vrouw nóg ontevredener. 'Je moet het wel op een toon zeggen alsof je het meent, trut.' Ze rolt met haar ogen en draait zich om. Ik bijt op mijn lip. Mijn gezicht gloeit en iedereen wendt zijn ogen af. Ik hoor iemand mopperen: 'Wie heeft háár in vredesnaam uitgenodigd?' Nu voelen die belletjes opeens niet echt prettig in mijn maag.

Er loopt een vrouw langs die tegen mijn schouder aan stoot. Ze ruikt zoals mijn moeder en plotseling staan mijn ogen vol water. Ik mis thuis. Ik mis Gobbler en zijn rare kattengeluidjes. Ik mis de manier waarop papa zei: 'Naar binnen, Zoë,' als hij mij in mijn hok zette. Altijd als ik te veel gerend en gesprongen had, pakte hij me bij mijn halsband en bracht hij me naar mijn hok. Dan wist ik dat ik rustig moest worden en gaan liggen. Het was fijn als hij dat deed, dan voelde ik zijn vingers onder mijn halsband mijn nek aanraken.

Het water druipt uit mijn ogen en stroomt over mijn gezicht.

Jessica

Ik drentelde de woonkamer in en ving een glimp op van een opgewekte Zoë die werd omringd door de invloedrijkste inwoners
van Madrona. Mijn poten jeukten van verlangen. Ik wilde háár
leven, ik wilde Max, ik wilde weer een mens zijn. Ik kon er niet
meer tegen. Zo zachtjes als ik kon liep ik de woonkamer uit en de
hal door naar wat ik dacht dat de slaapkamers zouden zijn. Een
voor een duwde ik met mijn neus de deuren open en tuurde naar
binnen totdat ik vond waar ik naar op zoek was. In een slaapkamer achter in het huis, ver weg van de herrie van het feest, stond
een computer. Ik duwde de verrijdbare stoel die ervoor stond
weg, ging op mijn achterpoten staan en klauwde naar de muis.
Wonder boven wonder lichtte het scherm op.

Mijn hart begon flink te bonzen en dat kwam niet alleen door
de krachtsinspanning van het maar op twee poten staan. Antwoorden op al mijn vragen, voelde ik, waren heel dichtbij. Ik
opende mijn bek en begon te hijgen terwijl ik de muis naar het
icoontje van de internetbrowser manoeuvreerde.

Het duurde dik vijf minuten voor het me lukte om te dubbel-
klikken met de muis. Het tafeltje waarop de computer stond wiebelde vervaarlijk onder mijn gewicht en mijn hart begon nog
harder te bonzen. Eindelijk opende de zoekmachine en was het
machtige internet van mij. Bijna. Ik moest alleen een zoekwoord
intypen en dan zou alles worden onthuld.

Maar dat typen was vrijwel onmogelijk. Iedere keer dat ik het
toetsenbord met mijn poot aanraakte, drukte ik vier letters tegelijk in. Met mijn neus ging het niet beter. Ik probeerde mijn tong,
maar die was ook te breed om maar één toets in te drukken. Ik
jankte van frustratie. De tafel wiebelde vervaarlijk terwijl ik het
toetsenbord likte, neusde en porde. Niks werkte!

Toen mijn oog op een beker pennen en potloden links van de
computer viel, strekte ik me zo .ver mogelijk uit. Als ik een pen in
mijn bek kon krijgen, kon ik die misschien gebruiken om de toetsen in te drukken. Maar toen ik vooroverleunde om bij de beker
te komen, viel de tafel bijna omver. De fragiele pootjes ervan bo-

gen door als grashalmen in de wind. *O nee!* Ik hield mijn adem in terwijl de tafel in slow motion heen en weer wiebelde.

'Zoë? Ben jij dat? Wat doe je hier?'

De stem maakte me aan het schrikken, vooral omdat ik wist dat het die van Max was. *Nee, niet Max! Niet nu!* Van schrik leunde ik nog zwaarder tegen de tafel aan. Toen ik probeerde me tegen de tafel af te duwen om terug op de grond te springen, gleden mijn poten alle kanten uit. Ik vond nergens houvast. Mijn poten glipten van het toetsenbord en schoven over het tafelblad, zodat ik met mijn borstkas tegen de tafelrand aan viel. Het tafeltje kieperde om in één langzame, vloeiende beweging. Ik kromp in elkaar en durfde niet te kijken. De klap dreunde wel vijf seconden door de kamer. Toen ik eindelijk moed had verzameld en keek, zag ik alleen de onderkant van de tafel. De berg hardware lag erachter en was niet te zien voor mij.

'O, dat is niet zo mooi.' Max' opmerking zorgde ervoor dat ik mijn kop nog verder liet hangen dan ik al deed. Hij kwam naast me staan en wierp een blik achter de tafel. Toen keek hij weer naar mij. 'Domkop.'

Mijn kop ging nog dichter naar de vloer. Het liefst was ik erdoor gezakt, maar in plaats daarvan sloop ik stilletjes naar de deur. Ik was er bijna toen Max me tegenhield.

'Hé, Zo'tje, het is oké. Het is oké.'

Oké? Duizenden dollars aan computerapparatuur in een hoop op de grond en hij zei dat het oké was? Was hij gek, of zo?

'Je bent een hond. Zulke dingen gebeuren. Het is jóúw schuld niet. Hier kun je op rekenen als je alle deuren gewoon open laat staan, terwijl je weet dat je een huis vol honden krijgt.'

Ja! dacht ik. *Ik ben een hond! Wat een geweldig excuus!* Voor het eerst voelde ik me opgelucht dat ik in een hondenlijf zat. En Max was ik erg dankbaar. Veel mensen zouden boos zijn geworden, sommige zouden de hond zelfs hebben geslagen. Max was uit veel cooler materiaal gebrouwen.

'Kom mee,' zei hij, terwijl hij naar de deur toe liep. 'We gaan terug naar het feest. Ik bedenk wel een manier om aan de eigenaars te vertellen wat er is gebeurd.'

In de deuropening bleef hij plotseling staan en hij keerde zich naar me om: 'Het leek net of je stond te typen op die computer, trouwens. Idioot, hè?' Ik gooide mijn kop omhoog en lachte hijgend naar hem. *Kon ik je de waarheid maar vertellen.*

Max hurkte voor me neer en nam mijn kop in zijn handen. Mijn hart bonsde ongemakkelijk in mijn borstkas, zelfs nog harder dan toen de computer viel. Zijn gezicht was zo dichtbij dat ik een sproetje boven zijn linkerwenkbrauw kon zien en het trillen van een spiertje in zijn kaak. Zijn lippen zagen er ongelofelijk zacht uit. Hij knipperde met zijn ogen en zijn donkere winpers fladderden op en neer. Ik slikte.

Toen gaf ik hem een lik.

'Hé, dat is lief.' Hij lachte. 'Gekke Zoë. Je bent een heel bijzondere hond, hè?'

18

Een hond in het maanlicht

Zoë

Het feest heeft me verdrietig gemaakt. Ik heb zitten huilen, zachtjes, in mijn eentje, en nu zit ik op een bank naar de dansende mensen te staren, zonder ze echt te zien.

Ik voel me vreselijk alleen, net zoals thuis, als ik in mijn hok zat. Alleen zit ik nu niet in een hok. Ik ben op een feest, waar ik alles kan doen wat ik maar wil. Rennen, springen, dansen. Maar ik voel me toch ongelukkig. Ik vind mijn nieuwe leven niet leuk. De mensen zeggen altijd van alles tegen me en verwachten dan dat ik het goede terugzeg. Maar hoe moet ik weten wat het goede is? Ik zeg gewoon iets terug en dan kijken ze me aan alsof ik een hond ben en op het tapijt heb geplast.

Een mens zijn is zoveel meer dan duimen hebben, lang zijn en kunnen eten wat je wilt. Dat wist ik eerder allemaal niet. Maar nu ik het wel weet, geloof ik niet dat ik het leuk vind. Als ik een mens moet blijven, kan ik nooit meer aan een lantaarnpaal snuffelen om al het hondennieuws te ruiken, of lange dutjes in de zon doen, of water over iedereen spetteren als ik me schud omdat ik nat ben. Dat zijn stuk voor stuk zulke heerlijke dingen om te doen.

Ik wil weer hond zijn.

En ik wil naar huis.

Zucht. Ik kijk rond naar de honden die op het feest zijn, maar er is er geen een die me een aanwijzing kan verschaffen over hoe ik weer moet terugveranderen in een van hen. Ze zijn allemaal blij en bezig met hun eigen ding en ze merken me niet eens op. Ik denk eigenlijk dat ieder mens hier wel een hond zou willen zijn. Honden zijn de gelukkigste wezens op de wereld. Dat wíst ik alleen nooit.

Ik zie een witte flits en kijk op. Daar is Jessica met dokter Max! Ik ben zo blij hen te zien, dat mijn mond zich in een glimlach vertrekt en mijn hart meteen lichter voelt.

Alleen zien ze míj niet, ze wringen zich door de gasten. Alle vrouwen in korte rokjes en hoge hakken stoppen met dansen om te glimlachen en zeggen: 'Hoi, Max!' Hij zegt hoi terug, maar blijft niet staan om een praatje te maken. Hij gaat op een bankje zitten dat te klein is voor ons alle drie. Jessica springt naast hem.

Een vrouw met een plaatje van een newfoundlander op haar jasje loopt naar hen toe en aait Jessica over haar kop. 'Volgens mij is er hier iemand verliefd op je,' zegt ze, terwijl ze Max aankijkt en lacht. Jessica kijkt naar haar poten, maar ik weet dat ze luistert.

Max laat zijn hand onder Jessica's oor glijden en ze draait zich naar hem om. 'Tja, wat voor een verweer heeft een vent tegen zoiets? Ze is echt een geweldige hond.'

Jessica's bek valt open. Ze ziet er verlegen uit en de punt van haar staart flapt op en neer als een vis op het droge. Als ze geen man en hond waren, weet ik zeker dat ze nu zouden gaan paren, meteen. Maar dat doen ze niet. Niet nu.

De vrouw geeft Max een knipoogje. 'Het lijkt wel of ze ieder woord dat je zegt begrijpt,' zegt ze.

Wat wel op een miljoen manieren grappig is.

Kwamen Jessica en Max maar hierheen, dan konden we met zijn drieën dicht tegen elkaar aan gaan liggen op de bank, net als puppies. Maar ze komen niet. Ik sta op en loop naar hen toe, maar zodra Max me ziet, komt hij overeind en kijkt hij om zich heen alsof hij op het punt staat te vertrekken. Ik zeg 'hoi' en probeer te zwaaien, maar hij loopt naar de deur. Jessica kijkt me bozig aan en gaat achter hem aan. Nu ben ik helemaal alleen. Midden tussen alle dansende mensen en op een feest ben ik alleen. Dit feest is vreselijk. Ik ga weg, nu.

Dan zie ik de tafel in de hoek, die staat helemaal vol met eten!

Niets ervan ziet er zo heerlijk uit als wat ik vandaag in het restaurant heb gemaakt, maar ik moet toch gaan kijken. De koekjes zijn rond, niet in de vorm van een bot, maar ze zien er lekker uit. Ik zie knapperige dingen en grote dingen en kleine hapjes zo groot als de onderkant van een poot.

En chíps!

 ## Jessica

Ik liep achter Max aan naar de deur. Hij ging Zoë duidelijk uit de weg, wat me pijnlijk trof. Er moest toch een manier zijn voor mij om hem duidelijk te maken dat ík niet degene was die hem had afgewezen. Dat 'Jess' zichzelf niet was. En dat ík Zoë niet was.

Toen Max zijn ene arm in de mouw van zijn jas stak, werd ik overrompeld door een vlaag van paniek. Ik móést iets doen. Maar wat?

In een impuls rende ik naar hem toe en pakte de loshangende mouw van zijn jasje in mijn bek.

'Hé, Zo'tje, dit is niet het moment om te spelen.' Hij draaide zich om en wreef over mijn rug. 'Ik zie je een andere keer.'

Maar ik was niet van plan om zijn nee te accepteren. Met de mouw tussen mijn tanden geklemd, sleepte ik hem mee naar de voordeur.

'O, moet je naar buiten? Oké, dat is een ander geval.' Hij trok een hondenriem uit zijn zak en klikte die vast aan mijn halsband. *Mijn god, hij heeft altijd wel een riem bij de hand.*

Ik nam Max mee naar buiten en sleurde hem om het huis heen in de richting van het strand. Er stond een flinke maan halverwege aan de hemel die een bleek licht wierp op het drijfhout en de bossen zeewier die de vloedlijn markeerden. Daarachter lag een groot stuk nat zand. Het strand was vol geuren – zoute, rottende, onbekende geuren die ik het liefst wilde onderzoeken. Maar ik dwong mezelf mijn kop erbij te houden. Dit was veel belangrijker dan welk halfvergaan zeeschepsel dan ook.

Het zand voelde koel en korrelig aan onder mijn poten. Ik rende naar het natte stuk strand en begon geconcentreerd met mijn rechterpoot over het zand te schrapen.

'Ik dacht dat je moest plassen,' zei Max, terwijl hij zijn telefoon checkte op berichten. 'Kom op, Zo'tje, ik ben hier niet om je kuilen te zien graven.'

Ik negeerde hem en werkte stug door. Toen ik klaar was, ging ik hijgend op mijn achterste zitten en bekeek mijn werk. Het was een warrige janboel. De moed zonk me in mijn poten. Dit zou nooit lukken.

'Oké. Klaar? Mooi. We gaan.'

Wacht. Ik had een idee. Iets verder op het strand lag een flinke stok. Ik trok mijn riem zo ver mogelijk uit, rekte mijn hals en toen lukte het me hem te pakken. Ik zette mijn tanden stevig op elkaar, liep naar een schoon stuk zand en begon te schrijven.

IK BEN NIET ZOË

IK BEN

'Ben je klaar om te gaan, Zo'tje? Ik wel namelijk. Het is al laat. Zoë? Wat ben je aan het doen?'

Mijn hart klopte als een razende, zeker nu ik wist dat hij keek. Ik schreef nog sneller, wat betekende dat er een paar letters slordig waren. Mijn 'J' leek op een omgedraaide bibberige 'L' en de 'S' leek meer op een 'Z'. Dus stond er uiteindelijk dit:

IK BEN ZOË NIET

IK BEN JEZZICA

Vrij lelijk. Ik ging hijgend zitten. Ik was moe na al dat geschrijf en verlangde ernaar het water in te rennen en mijn poten in de koelte te baden, maar dat deed ik niet. Ik keek omhoog naar Max, mijn hart vol hoop.

Max bestudeerde mijn schrijfsels, zijn gezicht donker. Plotseling barstte mijn hoofd van de twijfels. Misschien was dit te veel voor een gewoon mens om te verwerken. Hij zou er natuurlijk niets van begrijpen. En zelfs als hij dat wel deed, zou hij alleen maar denken dat Zoë en ik freaks waren. Dit was een afgrijselijke vergissing.

'Wel verdomme! Is dit de een of andere grap? Een trucje dat Jessica je heeft geleerd?'

Ik schudde mijn kop nadrukkelijk heen en weer.

Max lachte. 'O shit, wat voor bier is dat geweest? Ik moet stomdronken zijn. Veel erger dan ik dacht.'

Hij draaide zich om om te gaan, maar ik zette me schrap en blafte tot hij nog een keer naar mijn woorden in het zand keek. Hij fronste zijn voorhoofd. 'Een trucje, hè? Je bent slim, dat moet ik toegeven. Jammer dat je niet echt kunt lezen en schrijven.'

Je gelooft me niet, hè? Ik pakte mijn stok weer op en schreef, hevig door mijn neus hijgend: MAX DIERENARTS.

Max staarde, zijn ogen groot. Toen liet hij zich in het zand vallen.

'Nee. Dat kan niet. Het kan niet dat ik dat net zag.' Ik bleef stilzitten en wachtte. 'Kun je het nog een keer doen?'

Ik pakte mijn stok en schreef: JA ALTIJD. De stok begon pijn te doen in mijn bek, maar dat kon me weinig schelen. Mijn ogen waren strak op Max gericht.

'O shit.' Hij blies langzaam zijn adem uit. 'Ik, eh, weet niet wat ik hiervan moet denken. Dit is raar. Heel, heel erg raar. Maar ik heb je zíén schrijven. Echte woorden. Ik heb het gezíén. Wat ís dit?'

Ik pakte mijn stok weer op en liep naar een stuk zand bij zijn voet.

HELP, schreef ik.

'O, mijn god.' Max' gezicht zag er ontzet uit, alsof hij net getuige was geweest van een auto-ongeluk. Het maanlicht tekende scherpe schaduwen op zijn ontstelde trekken.

Arme Max – ik wist hoe hij zich voelde. Ik vond dit hele gedoe ook nogal angstaanjagend. Was het verkeerd van me geweest om mijn geheim met hem te delen? Was het een te zware last?

Hij wierp zijn handen in de lucht. 'Nee. Nee, ik kan het niet... Je kunt niet van me vragen dit te geloven...' Hoofdschuddend stond hij op. Hij liep van me vandaan het strand over. Ik zag zijn silhouet kleiner en kleiner worden terwijl hij wegliep, zijn schouders opgetrokken, weg van het helverlichte feest. Mijn hart klopte zachtjes, maar ik kon het duidelijk horen. Het was stil. En ik was bang.

Na ongeveer honderd meter bleef Max stilstaan en zette zijn handen op zijn heupen. Het leek of hij een discussie met zichzelf voerde – als ik mijn ogen dichtdeed kon ik hem horen mompelen. Toen boog hij zich voorover, pakte een steen van het strand en smeet die naar de zee. De steen scheerde over het wateroppervlak, sprong een paar keer spetterend op en verdween toen in het zwarte water.

Ik hoorde hem vloeken. Toen kwam Max mijn kant weer uit lopen en mijn hart maakte een sprongetje van blijdschap.

Op een paar meter van me vandaan bleef hij staan en bekeek me alsof ik net uit een ufo was gestapt. 'Ik ben hier alleen maar uit wetenschappelijke nieuwsgierigheid, oké?' zei hij, met één hand opgeheven om me te waarschuwen dat ik niet tegen hem aan mocht springen, hem geen lik mocht geven, of hem niet in de war mocht maken. 'Ik zou mezelf eeuwig haten als ik, nu ik de kans heb, niet probeerde er meer over te weten te komen.' Hij schraapte zijn keel, duidelijk nerveus. 'Ben jij Jessica?' Zijn stem klonk aarzelend, alsof hij hoopte dat ik nee zou zeggen.

Ik knikte.

'Nee! Echt?'

Ik knikte weer. Hij veegde met zijn handen over zijn gezicht en door zijn haar. 'Je bent een mens?'

Ik bleef doodstil zitten.

'Een hond met de hersens van een mens. Probeer je me dat te vertellen?'

Ik knikte langzaam en duidelijk.

'Nee! Nee, ik geloof het niet. Zoiets is gewoon onmogelijk.' Hij liep weer bij me vandaan, maar deze keer draaide hij zich na een paar meter alweer om. 'Echt?'

Echt!

'Maar hoe dan? Hoe kan zoiets in vredesnaam gebeuren? Is het iets blijvends, of wat?'

Wist ik het antwoord maar. Ik schuifelde met mijn poten.

'Wanneer is dit gebeurd? Wacht... was je jezelf... toen we elkaar in de praktijk ontmoetten?'

Die vraag kon ik beantwoorden. Ik knikte.

'Nou, dat verklaart wel het een en ander. Ik vond dat Jess zich nogal vreemd gedroeg. Een soort kinderachtig en raar.' Ik hoopte dat hij nu begreep dat Zoë's interesse in Guy en die man zonder hemd bij háár hoorden. En niet bij mij. 'Is dit al eerder gebeurd?'

Nee.

'De eerste keer, dus. Oké. En hoe maak je het weer normaal? Kún je het weer normaal maken? Je gaat me toch niet vertellen dat dit voor altijd is?'

Opeens had ik het ijskoud. Voor altijd! Daar durfde ik niet eens bij stil te staan. Misschien had ik het hem nooit moeten vertellen. Wat verwachtte ik dat hij eraan kon doen? Me troosten? Hoe kón hij, nu hij wist wat hij wist? Waarschijnlijk had ik onze vriendschap voor altijd verpest. Hij zou nooit meer op dezelfde manier naar me kunnen kijken.

Ik dacht aan Zoë, die binnen op het feest stond te dansen. Ze had het naar haar zin.

Max stond op het punt om naar huis te gaan en dit hele gedoe zo snel mogelijk te vergeten. En ik bleef in mijn eentje achter. Ik, de enige die zich inspande om alles weer normaal te maken. En geen idee had hoe. Ik voelde me veel eenzamer dan ik me als mens ooit had gevoeld. Wat had ik in vredesnaam zitten zeuren dat ik me een buitenstaander voelde in Madrona? Nú was ik pas een buitenstaander, meer dan ooit.

Max' mobiele telefoon ging en we schrokken allebei. 'Sorry,' zei hij, met een blik op het nummer. 'Ik denk dat het een patiënt is. Ik kan maar beter opnemen. Stel dat het een spoedgeval is.'

Hij liep een paar flinke stappen van me vandaan en liet me alleen met mijn gedachten. Ik liet mijn blik over het strand gaan. Dat zou er in het daglicht goudovergoten uitzien. Toen ik besefte dat ik het strand op prachtige dagen had gezien, ging er een steek van pijn door me heen. Dagen waarop de wereld sprankelde en het altijd veranderende zoute water zich bij eb terugtrok om een onderwaterwereld te onthullen die vol kleuren was. Ik had paars met oranje zeesterren gezien, wortelkleurige zeepennen, en anemonen die bloeiden als rozen. Mijn hondenogen zagen die heldere kleuren niet. De wereld was in schoonheid achteruitgegaan en het was me niet eens opgevallen. Welke andere delen van het menselijk bestaan was ik ook kwijtgeraakt? En het ergste van alles: wat was ik compleet vergeten, zodat ik niet eens besefte dat ik het miste?

En toen kwam er een afgrijselijke gedachte in me op. Honden leefden niet lang. Wat had Kerrie gezegd toen Jane Eyre overleed? Dat labradors maar tien tot twaalf jaar leefden? Als Zoë nog een jonge hond was, wat betekende dat dan voor mij? Dat ik nog tien goede jaren voor me had? Als ik geluk had, tenminste!

Tien jaar nog! Plotseling was ik te duizelig om te kunnen blijven staan. Ik werd ineens misselijk. Tien armzalige jaren! Max beëindigde het gesprek en klapte zijn telefoon dicht. 'Het spijt me ontzettend, Zo... eh, Jessica.' Hij kneep zijn ogen even dicht, duidelijk vol afgrijzen over mijn gedaanteverwisseling. 'Ik moet ervandoor. Dat was Carol Johnson... haar Deense dog heeft waarschijnlijk een maagtorsie. Als ik daar niet snel bij ben, kan hij eraan doodgaan. Het is heel ernstig.'

Zijn schoenen stonden al in de richting van de weg gekeerd. Hij bleef nog even staan om over zijn schouder een blik op mij te werpen. 'Kon ik je maar helpen,' zei hij ernstig. 'Echt. Maar dat kan ik niet. Ik ben dierenarts, geen tovenaar.' Er ging een steek van pijn door mijn verscheurde hart. Hij had gelijk. Ik hief een poot op als afscheid en Max, die fantastische, knappe, super-Max begon weg te lopen door het mulle zand. Aan het eind van het strand zwaaide hij nog een keer. En toen was hij verdwenen.

De moed zakte me helemaal tot in mijn poten. Ik kon het niet aan om hier in het romantische maanlicht te blijven zitten peinzen over alles wat ik was kwijtgeraakt, en dus liep ik het strand op, richting huis.

19

De ene poot voor de andere

 Jessica

Ik herinner me niets meer van de wandeling naar huis. Op de een of andere manier kwam ik aan bij de glazen schuifdeuren, glipte naar binnen en hees mijn lijf op de bank. Zoë arriveerde een tijdje later, haar zakken vol chipskruimels, die ze mij aanbood. Ik kon nog niet eens enthousiast raken over eten.

Ze installeerde zich naast me op de bank en viel prompt in slaap. Ze snurkte zachtjes. Ik staarde in het donker voor me uit, knipperend met mijn ogen, terwijl er allerlei beelden door mijn kop schoten. Flarden van gesprekken bleven door mijn kop spoken. En toen ik me omdraaide, zag ik de horden van de hindernisrace opnieuw voor me, voelde ik de blijdschap van de overwinning bij de hond-en-baasje-schoonheidswedstrijd weer. Voor het eerst in mijn leven ging elke herinnering vergezeld van een geur. Geuren die zo sterk waren dat ik ze opnieuw rook, net zo echt als de eerste keer.

Helaas moest ik voor iedere gelukkige herinnering die mijn geest me voorschotelde, twee pijnlijke scènes herbeleven van de tijd op het strand met Max. De geur van zeewier en mosselen werd zo sterk dat ik er misselijk van werd. Max' woorden maalden eindeloos door mijn kop: 'Kon ik je maar helpen. Echt. Maar dat kan ik niet. Ik ben dierenarts, geen tovenaar.'

De ontzette uitdrukking op zijn gezicht spookte door mijn kop. Het was een te heldere reflectie van mijn eigen gedachten en gevoelens: dat ik een freak was, een afschuwwekkend wezen dat veel te snel zou sterven. Mijn leven was geëindigd op het moment dat de bliksem insloeg. Nu bestónd ik alleen maar en sleepte ik me door de tragische epiloog heen.

Na een tijdje begon Zoë's gesnurk me te irriteren. Ik sprong van de bank af en begon door het appartement te ijsberen. Hoe zag het leven er nu voor me uit? Kon ik hier blijven wonen? Hoe moest Zoë de huur betalen? Ik dacht aan de rekeningen die zich waarschijnlijk al opstapelden in de brievenbus en huiverde. Ik kon Zoë niet helpen met dat soort dingen. Ik kon niet schrijven, niet typen, niet praten. Met mijn verstand wist ik wel hoe ik mijn uitgaven in de gaten moest houden en mijn creditcardafschriften moest controleren op fouten, maar ik kon daar niets van aan haar overbrengen. Ik was een soort mummie. Iemand in coma. De tien jaar die ik nog te leven had... Door de stress van mijn huidige bestaan zou ik waarschijnlijk binnen een jaar al onder de groene zoden liggen.

Ik stond voor de glazen schuifdeuren naar de maan te staren. Ik verlangde ernaar om vreselijk te huilen, maar was daar fysiek niet eens toe in staat. Janken was misschien een alternatief, maar ik kon niet riskeren dat de buren wakker werden. Dan zou Zoë moeilijkheden krijgen met de huisbaas en als hij langskwam, zou ze waarschijnlijk iets krankzinnigs zeggen waardoor ze diep in de problemen zou raken. Dus in plaats van te gaan zitten janken, liet ik me maar op mijn buik zakken en legde mijn kin op mijn voorpoten. Mijn hart voelde zo zwaar dat ik bang was dat het mijn ribben zou breken. Alles was me zo helder en duidelijk daar in het maanlicht. Ik had mijn kans met Max gemist. Toen ik nog een mens was, had ik een gesprek met hem kunnen beginnen en een relatie met hem kunnen hebben, maar ik was te verlegen geweest om de eerste stap te zetten. En het was niet alleen een relatie met Max waarvoor ik te schijterig was geweest om actie te ondernemen. Mijn hart bonkte in mijn keel toen ik overeind kwam en naar de voordeur liep. De lila envelop lag nog steeds op de vloer, heel onschuldig. Ik drukte mijn neus ertegenaan en snoof de geuren op die aan het papier kleefden. Pepermunt. Oploskoffie met poedermelk. Mijn ademhaling ging gejaagd toen ik de envelop tussen mijn tanden pakte en mee terugnam naar mijn plekje voor de glazen deuren.

Daar bleef ik een hele tijd naar de envelop op mijn voorpoten liggen staren. Ik had me al zo vaak voorgesteld wat er in de brief in die envelop zou staan: de excuses die ze zou opdissen, de vergeving die ze van me zou eisen. Maar ik had geen idee wat er wérkelijk zou staan. Ik wist niets van haar.

Haastig stond ik op en zette mijn poot op een van de hoeken van de envelop. Voorzichtig schoof ik mijn tanden onder de flap en rukte eraan. De envelop scheurde open en er viel een kaart uit. Lila, passend bij de envelop, met een boeket viooltjes op de voorkant. Mijn hart bonkte in mijn keel toen ik de kaart in mijn bek pakte en die meerdere malen op de grond liet vallen, totdat die openvouwde. Toen draaide ik hem voorzichtig om en las de woorden alsof ik uitgehongerd was.

Beste Jessica,
Ik weet dat ik het recht niet heb erop te hopen, maar het is mijn grootste wens dat je me kunt vergeven – ooit.
Ik ben nooit geschikt geweest een moeder te zijn, hoe erg ik daar ook naar verlangde.
Ik wil dat je weet hoe ongelofelijk trots ik op je ben.
Debra

Ik knipperde met mijn ogen omdat de letters opeens voor mijn ogen zwommen. Bij iedere bonk van mijn hart schoten er een paar woorden uit de brief van Debra door mijn kop. Debra. Trots op me. Nooit geschikt. Hoe erg ik verlangde.

Kon dat waar zijn?

Nee. Nee. Ik schudde mijn kop en duwde de kaart weg. Nee, ze had me in de steek gelaten. Me verlaten. In een tehuis gedaan toen ik nog maar twee jaar was. En in één ding had ze gelijk: ze had niet het recht om op vergeving te hopen. Ik zou de littekens van mijn jeugd, geestelijk én lichamelijk, voor de rest van mijn leven met me meedragen. Het was haar verdiende loon dat dat voor haar ook gold.

Ik klemde mijn kaken op elkaar en richtte mijn ogen weer op de maan, vast van plan om mijn boze gedachten voort te zetten. Maar die laatste zin bleef door mijn kop zeuren. Trots op me. Ze was trots op me. Echt? Hoezo?

Debra kende me helemaal niet. Ze had geen enkel succes van me meegemaakt, geen enkele mislukking. Ze was een soort fantasiefiguur in mijn leven. Ik had dan misschien wel aan haar gedacht en me afgevraagd hoe ze was, maar ze had nooit contact met me gezocht, niet één keer. Het feit dat ze dat nu opeens wel deed, kon echt die meer dan twintig jaar van stilte niet goedmaken. Nog geen fractie ervan.

Doodmoe van al mijn gemaal moet ik in slaap zijn gesukkeld. Toen de telefoon ging, schrok ik me wezenloos. Ik sprong op. Al mijn haren stonden overeind. Mijn gedachten vlogen alle kanten op. Had ik per ongeluk gejankt? Was het Mr. Deeb die belde om te klagen over het lawaai? Nee! Ik hád helemaal niet gejankt. Wie belde er nou in godsnaam op dit uur van de nacht?

Op de bank sloeg Zoë geïrriteerd met haar arm om zich heen in een poging het gerinkel te stoppen. Ze kreunde. De telefoon ging weer. Ik rende erheen en tuurde naar de nummerweergave.

Het was Max.

Zoë

Jessica sleurt me de bank af, ze rukt met haar tanden aan mijn rok. Ik val haast boven op haar. Hoewel ik weet dat mensen voeten hebben, herinnert mijn slaperige lijf zich dat niet meteen en dus wankel ik even op mijn benen voor ik mijn evenwicht vind. Met mijn rok stevig in haar kaken geklemd sleurt ze me naar dat witte herrieding op het bureau.

Ik sta er een tijdje naar te staren. Ik heb zo'n ding wel meer gezien. Mijn pa en ma praatten er soms urenlang in. Maar ik weet opeens niet meer hoe dat ging. Ik herinner me dat ik een stuk van dat ding in mijn hand moet houden, maar het voelt raar en onhandig en ik weet niet wat ik er verder mee moet. Het gerinkel snerpt door mijn hoofd en ik kan maar moeilijk nadenken.

Jessica werpt me die blik toe die ze heeft als haar oren allebei een andere kant op gaan, alsof ze aan de ene een konijn hoort en aan de andere een blaffende hond. Ik weet dat ze wil dat ik iets doe. 'Ik kan er niks aan doen! Ik weet niet hoe het moet!' roep ik uit.

Weer die snerpende herrie. Ik druk mijn handen tegen mijn oren, maar Jessica doet net of die herrie haar niets doet! Ze zet haar twee voorpoten op het bureau en gooit me nog net niet omver. Ze tuurt naar het witte ding en tilt haar poot op alsof ze een vis uit een vijver wil hengelen. Heel langzaam zet ze haar poot op een van de knopjes. De herrie stopt. In plaats daarvan zegt het ding: 'Hallo? Hallo?'

Jessica hijgt en kijkt naar het ding alsof ze het wil opvreten, haar oren staan recht omhoog. Ik heb het gevoel dat die van mij ook rechtovereind staan.

'Dokter Max? Bent jij het? Wat is er aan de hand?' Ik geef Jessica een aai over haar rug omdat ik blij ben dat ze ervoor heeft gezorgd dat dat gesnerp eindelijk is gestopt.

'O gelukkig,' zegt hij. Zijn stem klinkt moe en veraf. 'Je bent er.'

'Ik ben hier,' zeg ik. 'En jij? Waar ben jij?'

'Ik ben thuis. Is, eh, is de hond daar ook?'

'Natuurlijk,' zeg ik onzeker. Waarom maakt hij zo'n grapje? 'De hónd is er ook.'

'Luistert ze mee?'

Jessica, die met haar mond open naar het pratende apparaat staat te glimlachen, blaft kort.

'Mooi,' zegt dokter Max. 'Oké. Ik, eh, ik vroeg me af of ik langs kan komen. Ik wil graag nog wat over alles praten.'

Jessica blaft weer. Twee keer. Haar poten glijden uit over het bureau en ze moet haar best doen om haar evenwicht te hervinden. Haar oren staan zo ver als maar kan omhoog.

'Ja!' zeg ik. 'Kom maar langs. Hoe weet je waar ik ben?'

'Ik heb het adres uit de administratie van de kliniek. Ik ben er zo.'

Het apparaat klikt en dan is het stil.

'Dokter Max?' zeg ik. 'Ben je er nog?'

Geen antwoord. Jessica haalt haar voorpoten van het bureau en loopt naar de glazen deur. Het is donker in het appartement, maar ik kan haar witte staart langzaam zien kwispelen terwijl ze de duisternis in tuurt. Ze ziet er hoopvol uit. En dat vind ik op de een of andere manier hartverscheurend.

Jessica

Toen ik Max' donkere gestalte door het glas van de schuifpui zag, begon mijn hart drie keer zo snel te kloppen. Ik hijgde onrustig terwijl hij het pad opliep en naar het nummer van het appartement tuurde. Hij klopte zachtjes op het glas. Ik krabbelde met mijn poten over de deur totdat hij het begreep en zichzelf binnenliet.

'Dokter Max!' Zoë sprong op van de bank, haar haar bolde aan de ene kant op en zat plat aan de andere. Zelfs in het flauwe licht kon ik de kruislingse imprint zien die de bekleding van de bank op haar wang had achtergelaten. Gelukkig leek Max dat niet op te merken. Hij hield zijn ogen op de grond gericht, alsof hij bang was een van ons aan te kijken. Ik voelde dat ik weer misselijk werd.

Max stak zijn hand in zijn zak en rammelde even met zijn autosleutels. Toen liep hij de kamer door en duwde het lichtknopje om. We stonden allemaal met onze ogen te knipperen vanwege het plotselinge felle licht. Max haalde diep adem en keek snel van de een naar de ander. Zijn blik gleed haastig over me heen en ging toen weer veilig naar de grond.

'Ik heb uren zitten denken en het lukt mijn hersens gewoon niet om het te bevatten.'

'Wat te bevatten?' vroeg Zoë, balancerend op de armleuning van de bank. Ze had er plezier in zich er bijna van af te laten glijden, eerst naar de ene kant, dan naar de andere.

'Eh...' Zijn ogen vlogen even mijn kant op. 'De gedaanteverwisseling. Alles. Jessica heeft het me verteld. Ik weet het.'

Zoë gaapte hem aan, stomverbaasd genoeg om op te houden met haar glijspelletje.

Max legde het verder uit: 'Ik weet wat er met Jessica en jou gebeurd is en dat jij eigenlijk Zoë bent.'

'Echt?' haar ogen werden groot van verbazing. Ze zat nu doodstil. 'Je weet dat ik... ík ben?'

'Jij bent Zoë,' zei hij op gespannen toon. 'Toch?'

'Ja! Dat weet je? O, dat is fantastisch!'

'Ik ben blij dat je er zo over denkt.'

Zoë keek mij aan en grijnsde al haar tanden bloot. Voelde ik me maar half zo opgelucht als zij. 'Daar had ik eerder aan moeten denken,' zei ze. 'Je bent natuurlijk dierenarts! Je maakt honden beter! Dan kun je ons ook terugveranderen!'

'Nee. Nee.' Max schudde zijn hoofd en liep naar haar toe. Toen hij tegenover haar stond, legde hij zijn handen op haar schouders en keek haar recht aan. 'Ik weet niet hoe ik jullie moet terugveranderen. Was het maar waar.'

Zoë verschrompelde als een leeglopende ballon. 'O. Ik dacht echt dat... dat...'

Mijn borstkas deed pijn. Het was een gevoel alsof ik was getroffen door een keiharde slagbal. Alle verwarrende emoties van hoop en teleurstelling die door Zoë heen gingen, waren duidelijk van haar af te lezen en dat was haast erger dan ze zelf voelen. Max zag er ook ongelukkig uit. Ik vroeg me af waarom hij eigenlijk was gekomen. Wat hoopte hij te bereiken? We wisten allemaal dat de situatie hopeloos was. *Alsjeblieft, laat hem niet een van die mensen zijn die ervan houden zichzelf te kwellen.*

Lange tijd zaten we alle drie naar de vloer te staren. Zelfs Zoë deed geen mond open. Mijn gedachten gingen een paar keer naar eten, maar zodra ik me dat misselijke gevoel herinnerde, wilde ik niks meer. Stel je voor: een hond die niet wil eten. Zoë zou zeggen dat dat onmogelijk was.

Uiteindelijk keek Zoë op. 'Zullen we een stuk gaan lopen?' opperde ze. 'Ik voel me altijd beter in de buitenlucht.'

Daar waren we het alle drie over eens. Even later liepen we op straat. Zoë en Max naast elkaar, en ik drentelde als het vijfde wiel aan de wagen achter hen aan. Er kringelden de meest fantastische geuren mijn neusgaten in vanuit de tuinen die aan het trottoir grensden, maar ik negeerde ze allemaal stoïcijns. Ik moest al mijn aandacht bij Max houden. Hij was met een reden naar ons toe gekomen en ik wilde goed luisteren als hij ons vertelde wat die reden was.

Ongeveer halverwege de straat, vlak bij een seringenhaag waar iedere hond uit de buurt tegenaan moest hebben geplast, zei Max: 'Ik kon mijn aandacht nauwelijks bij Carol Johnsons Deense dog houden vanavond. Terwijl ik met hem bezig was bleef ik maar denken: stel dat hem hetzelfde is gebeurd als jullie? Stel dat hij er wel uitziet als een hond, maar dat hij vanbinnen een mens is? Met menselijke herinneringen? Kunnen jullie je dat voorstellen? Een mens in het lijf van een hond die bij me op de onderzoeksbank lag en me hoorde praten over de kansen en risico's van de behandelingsmethoden? Ik kon het gevoel niet van me afzetten dat hij daar lag te luisteren naar alles wat ik zei over zijn toestand. En alles begreep. En de pijn die hij moet hebben gehad! Het liefst was ik opgehouden met wat ik aan het doen was om hem te vertellen dat ik het begreep, dat ik mijn uiterste best zou doen. Maar dat kon natuurlijk niet met Carol Johnson vlak naast me. Ze zou gedacht hebben dat ik gek was geworden.'

Hij zweeg. Terwijl we zo liepen zag ik hem voor me. In zijn praktijk, worstelend met al die gedachten. En ik werd overspoeld door schuldgevoelens. Ik liet mijn kop hangen en mijn staart net zo. Dit had ík hem aangedaan. Als ik niet zo had doorgedreven tot hij mijn woorden in het zand las, zou hij nu niet in deze crisis zitten.

Ik voelde me afschuwelijk. Als er één ding was dat ik absoluut zeker wist over Max, was het wel dat hij echt van dieren hield. Echt een passie voor zijn vak had. Ik dacht aan alle mensen die ik kende, te beginnen bij mijn pleegouders en de hele rits die daarop volgde, die een hekel hadden aan hun werk. De meesten sleepten zich met één oog op de klok door hun werkdag heen, telden hun vakantiedagen en vrije uren, leefden voor het weekend en haatten de maandagochtend. Je kwam zelden iemand tegen die hield van zijn werk – werk waarvoor hij gewoon geschapen was. Om Max zo te horen twijfelen aan zijn kennis en kunde deed me fysiek pijn. Het besef dat ik degene was die die twijfel had veroorzaakt, maakte dat ik het liefst over mijn eigen poten had gekotst.

De hemel zij dank dat er wandelen bestaat, dacht ik. Mijn lijf had nu tenminste iets te doen, terwijl mijn geweten me flink op mijn kop gaf.

Er blafte een hond een paar straten verderop en we bleven alle drie staan om te luisteren. Toen het weer stil was, vervolgde Max: 'Ik bedoel: ik weet dat honden ons begrijpen. Daar heb ik nooit aan getwijfeld. Maar ik dacht altijd dat ze meer begrepen wat we bedóélden, dan wat we echt zeiden. Dat ze onze bedoelingen aanvoelden. Emotioneel gezien zijn ze slimmer dan wij, volgens mij. Oprechter. En trouwer.'

Zoë knikte heftig. 'Ja, dat klopt helemaal. Maar de meeste honden verstaan de woorden niet echt. Niet álle woorden, in ieder geval.'

'Nee? Weet je dat zeker?'

Zoë bleef even stil en tuurde naar haar eigen schaduw die zich onder de straatlantaarn voor haar uitstrekte. 'Nou, ík in ieder geval niet, dat weet ik zeker. Maar nu wel, vreemd genoeg. Nu ik in dit lijf zit, ken ik opeens allerlei woorden en weet ik ook wat ze betekenen. Ik kan zelfs lezen!'

Max liet dat even bezinken. Het viel me op dat hij geen enkele keer naar mij had gekeken sinds we buiten waren. Was het vreemd dat hij het gemakkelijker vond om zijn ogen op Zoë gericht te houden? Gewoon omdat ze eruitzag als een mens? Of was het omdat het hem dwarszat dat ik een menselijke geest had, maar ook een staart?

Hij ademde diep in en liet de lucht toen weer langzaam ontsnappen: een wolkje damp in de nachtelijke buitenlucht. 'Ik weet het niet. Misschien ben ik wel een betere dierenarts als ik denk dat de dieren alles kunnen begrijpen wat ik zeg.' Hij wierp een snelle blik op Zoë. 'Dus, eh, jij bent... Zoë. Een hond.'

'Mm-mm.' Zoë zwaaide met haar armen onder het lopen.

'Eh, je moet dit niet verkeerd opvatten hoor, maar hoe kan ik weten dat je niet gewoon Jessica bent die...'

Krankzinnig is. Zodra ik zijn vraag hoorde, besefte ik hoe dit leek. Ik kon gewoon mezelf nog zijn, maar krankzinnig zijn geworden en daardoor dénken dat ik een hond was. Zou dat niet al mijn rare gedrag van het weekend verklaren? Een gestoord mens zou er geen probleem mee hebben om iemand in zijn gezicht te likken of te plassen in Hyak Park – niet als die persoon werkelijk dacht dat hij een hond was. En Max dacht natuurlijk dat dat de verklaring was. Iets wat de hele wereld zou denken. *En daarom*, hield ik mezelf streng voor, *had je gewoon je kop dicht moeten houden.*

Zoë lachte. 'O nee, dokter Max. Ik ben heus niet krankzinnig geworden en ik ben heel zeker Jessica niet. Ik ben mijn hele leven een hond geweest. Tot aan die bliksem inslag. U had me moeten zien toen ik voor het eerst probeerde op twee benen te lopen. Echt. En bovendien kan ik u vertellen dat deze mensenneus een straf is.'

Achter haar schudde ik mijn hoofd. Dat was allemaal geen bewijs. Iemand die krankzinnig was zou dat soort dingen zo verzinnen. En meer.

'Maar kun je het niet bewijzen?' vroeg Max.

'Natuurlijk kan ik dat niet! Het is gewoon gebeurd! En ik weet niet of het ooit eerder is gebeurd. Ooit. Maar ziet u het dan niet aan Jessica? Ze weet toch duidelijk absoluut niks over hoe ze een hond moet zijn?'

Ik wierp haar een verontwaardigde blik toe – niet dat een van hen zich omdraaide en het zag.

We sloegen een hoek om. Een windvlaag blies bladeren over de verlaten straat. Zoë huiverde even en sloeg haar armen om zich heen terwijl Max vroeg hoe het allemaal was gekomen. Ze vertelde hem hoe we over het plein hadden gelopen toen we allebei werden getroffen door de bliksem. 'Toen ik bijkwam, had ik het vreselijk koud. En ik rook helemaal niets. Ik probeerde op te staan, maar alles aan me was helemaal verkeerd.' Ze beet op haar lip en snoof. 'Ik mis het echt om hond te zijn.'

'Dat begrijp ik,' zei hij, hoewel ik nog altijd enige scepsis in zijn stem hoorde. 'Het is alleen zoveel – té veel – om te begrijpen.'

Zoë gnuifde. 'Poeh, jij hoeft het alleen te begríjpen. Denk je eens in hoe het is om het te moeten dóén. Dat is veel erger. En trouwens, volgens mij moet je het meeste medelijden hebben met Jessica. Voor haar is het nog moeilijker.'

'Hoezo?'

'Nou, je weet wel. Jullie mensen maken overal een probleem van. Zorgen over dit, ongerust over dat. Mensen lopen altijd te piekeren over van alles en nog wat. Stel je eens voor hoe het dan is om geconfronteerd te worden met een probleem dat je écht overkomt!' Ze maakte een gnuivend geluid. 'Mensen proberen altijd de boel op te vrolijken met hun "drankje om me op te beuren" of "een borreltje voor de troost". Maar alles wat dat brengt is dat je ervan gaat stinken en er bozig van wordt. Mensen verdwijnen soms voor weken achter elkaar en komen dan nog ongelukkiger terug dan ze al waren.' Ze schudde haar hoofd. 'Ik kan je vertellen dat het zwaar is om hond te zijn en te zien dat mensen allerlei dingen doen waar ze uiteindelijk verdriet van krijgen. En steeds maar opnieuw en opnieuw en opnieuw. Het is moeilijk hun dat te blijven vergeven. Maar ik denk dat dát nou precies is wat honden voor een mens kunnen betekenen. Wij zijn heel tolerant en vergeven veel.'

Ze schudde haar hoofd en vervolgde na een paar stappen: 'Het is moeilijk te begrijpen, dat wel. Mensen hebben al die spullen, machines en apparaten en allerlei elektronische snufjes. Maar hoeveel genieten ze daar nou van, de hele dag opgesloten in hun huis? Ik snap het niet. Geluk is zo eenvoudig. Het enige wat je nodig hebt is een bal.'

Zoë's observaties verrasten me weer eens. Dacht ze werkelijk dat de mensen degenen waren met wie je medelijden moest hebben? En dat de honden het allemaal veel beter begrepen? Tja, misschien had ze wel gelijk. Tenslotte hoefden honden niet te werken, geen hypotheek te betalen, of de beste ziektekostenverzekering uitzoeken. Ze brachten hun dagen duttend op de bank door. Tuurlijk, ze moesten af en toe wakker worden om ergens tegen te blaffen of een wandeling te maken, maar al met al hadden ze het reuzegoed voor elkaar. Misschien had ze wel gelijk, misschien wáren honden wel veel slimmer dan mensen.

Maar als dat waar was, waarom miste ik het dan zo om mens te zijn?

Max schudde zijn hoofd. 'Soms is het niet gemakkelijk om gelukkig te zijn,' reageerde hij op Zoë's opmerking. 'Niet als de... eh...' Over zijn schouder wierp hij een blik op mij, zo snel dat ik dacht dat ik het me misschien had verbeeld. '... de persoon die je leuk vindt,' vervolgde hij, 'geen menselijk wezen meer is. Dat is verdomd deprimerend.'

De adem stokte in mijn keel. Dat moment voelde als het einde van alles. Ik had hem nog nooit zó graag willen aanraken, hem vast willen houden en willen doen alsof alles wel goed zou komen. Maar dat kon ik niet, doen alsof, zelfs niet tegen mezelf.

Daarna wandelden we een heel eind in stilte. Uiteindelijk viel het Max op dat Zoë bibberde en stelde hij voor weer naar huis te gaan. De hele weg terug werd er gezwegen. Toen we thuis waren, geeuwde Zoë hartgrondig en ze rekte zich zo schaamteloos uit dat ze Max bijna in zijn gezicht sloeg. 'Ik wil naar bed,' zei ze. 'Vannacht heb ik het toch zó koud gehad. Mijn deken was van me af gegleden en ik werd helemaal verkleumd wakker.'

Max keek even naar mij voordat hij antwoordde: 'Misschien moet je een pyjama aandoen.'

Zoë hield haar hoofd schuin. 'Wat is dat, een pyjama?'

'Gemakkelijke kleding die je 's nachts draagt, om in te slapen. Ik denk dat Jessica die wel ergens in haar, eh, slaapkamer heeft.'

Wat was hij toch zorgzaam. Ik draafde naar de slaapkamer in de wetenschap dat Zoë achter me aan zou komen en raakte met mijn neus de lade aan waarin mijn pyjama's lagen. Toen Zoë die opentrok, ging ik op mijn achterpoten staan en trok er mijn favoriete uit: een lichtgele, dunne, mouwloze zomernachtpon. Zoë wierp er een vluchtige blik op en snoof.

'O, kijk eens!' kraaide ze, terwijl ze een blauw flanellen pyjama met voeten eraan omhooghield. 'Konijntjes! Ik ben dol op konijntjes. En wat zit er nou boven op die voeten? Konijnenoortjes?' Ze stond nog steeds te peinzen over het mysterie van konijnensnuitjes met oortjes eraan op de voeten van een pyjama, toen we Max vanachter de deur hoorden zeggen:

'Zoë, wil je dat ik je help om iets uit te zoeken wat je morgen aan kan trekken?'

'Nee hoor. Nergens voor nodig. Ik heb al kleren voor overdag.'

Ik liet drie paniekerige blafjes achter elkaar ontsnappen. Ze kon toch onmogelijk drie dagen achter elkaar in dezelfde kleren blijven lopen? Dan zou ik echt doodgaan van schaamte.

'Ik denk niet dat Jessica wil dat je deze kleren aan blijft houden,' merkte Max op vanaf de andere kant van de deur, de lach duidelijk hoorbaar in zijn stem. 'Mensen vinden dat over het algemeen niet gepast. Je hoort iedere dag andere kleren aan te hebben.'

Zoë keek spottend. 'Iedere dag? Belachelijk.'

Ik blafte nog een keer en gaf met mijn kop een flinke stoot tegen haar knie.

'Au! Oké, oké. Ik zal iets anders aandoen, hoewel ik niet inzie waarom. Jíj verkleedt je nooit!' zei ze tegen mij. 'Nóóit. Maar goed. Als mensen dat doen. Mij best. En wat moet ik dan aan, dokter Max?'

Het bleef lang stil aan de andere kant van de deur terwijl Max deze vraag overdacht. *Ik kan maar beter snel zijn*, dacht ik, *voordat hij iets afgrijselijks voorstelt*. Ik rende naar de halfopen pyjamalade en tikte met mijn poot op de lade erboven. Om te beginnen moest ze schoon ondergoed aan.

Zoë ging ernaartoe om in de la te kijken, net zo nieuwsgierig als een kind dat zijn verjaardagscadeautjes openmaakt. Met mijn neus raakte ik de eenvoudige, doch praktische blauwe slip aan die bovenop lag, met een vrolijk geruite beha eronder. Maar Zoë griste de beha die daaronder lag tevoorschijn.

'O, rood! Mooi!' Ze hield de beha ondersteboven voor zich en knikte goedkeurend. Als ik had kunnen praten, zou ik geprobeerd hebben haar op een ander idee te brengen (tenslotte kon ze daar moeilijk een wit topje over aantrekken). Maar dat kon ik toch niet, dus besloot ik het maar zo te laten. Dat ze schone kleren aantrok was het voornaamste. De kleurkeuze was een subtiliteit die kon wachten.

Binnen een paar seconden had Zoë zich helemaal uitgekleed. Met haar blote billen naar me toe, boog ze zich over de la en rommelde erin rond totdat ze het rode slipje ontdekte dat bij de beha hoorde. Dat slipje had ze al snel aan, maar de beha vormde een probleem.

'Hoe moet deze?' vroeg ze, terwijl ze probeerde een van de schouderbandjes over haar hoofd te trekken. Ze knielde op de grond zodat ik haar kon helpen en ik trok de twee schouderbandjes zo goed en zo kwaad als het ging over haar armen omhoog totdat ze de beha min of meer aanhad. Ik kan wel zeggen dat er één ding nog vreemder is dan je eigen lijf naakt voor je te zien, en dat is om je naakte zelf te helpen aankleden.

Ik stond op het punt om haar te helpen de sluiting vast te maken, of dat in ieder geval te proberen, toen Zoë opsprong, naar de deur rende en die openduwde. 'Kijk, dokter Max, kijk eens wat een mooi rood pakje!' Ze deed er een vreugdedansje bij.

Max had zijn ogen niet nog wijder kunnen opensperren. Hij stond als aan de grond genageld, zijn mond hing open. 'Eh,' was het enige geluid dat hij maakte. Toen hij zijn mond weer dichtdeed en diep moest inademen, voelde ik een vleugje trots. Max leek mijn uiterlijk wel aantrekkelijk te vinden. Maar toen zijn blik op mij viel, waren we allebei meteen weer terug in de werkelijkheid. Ik zag aan zijn ogen dat hij heel goed wist dat Zoë eigenlijk een hond was en geen vrouw. En ik voelde me plotseling heel beschaamd over wat Zoë aan het doen was.

Max stamelde: 'Oké, Zoë, waarom ga je de rest van je kleren niet uitzoeken? Mensen horen meer aan te hebben dan alleen dat.'

Ze knikte, maar toen ze zich omdraaide om terug naar de slaapkamer te gaan, bleef ze weer stilstaan. 'Dokter Max, kunt u de achterkant voor me vastmaken? Dat kan ik zelf niet.'

Max ademde weer diep in. Ik wilde mijn kop het liefst achter mijn poten verstoppen, maar dwong mezelf om te kijken terwijl

Max een stap naar voren deed en het haakje dichtmaakte. 'Klaar,' zei hij, terwijl hij een tikje op Zoë's schouder gaf. 'Maar hoe moet dat morgen dan?'

'O, dan hoeven we hem niet vast te maken, hoor,' zei Zoë. 'Ik slaap er wel in. Waar is die pyjama met die konijnenvoeten?'

Een halfuur later hadden Max en ik Zoë op de bank geïnstalleerd. Ze lag trots met haar konijnenvoeten te wiebelen die we per se niet hadden mogen toedekken met een deken. Op de salontafel lagen een twinset en een rok klaar voor de volgende ochtend, samen met een schone onderbroek (mijn toevoeging) en een paar sandalen die Max had opgediept uit mijn kast. Ik was hem vreselijk dankbaar dat hij dit met me had gedaan. Het leek een beetje alsof we Zoë's ouders waren.

Toen Zoë was ingestopt, liep Max met grote stappen naar mijn bureautje en klapte daar mijn laptop open. Er ging een vlaag van opwinding door me heen. Ik voelde het van mijn neus tot in het puntje van mijn staart, die begon te kwispelen. Ik ging naast hem staan en legde mijn kin op de rand van het bureau zodat ik het scherm kon zien.

'We kunnen het in ieder geval proberen, vind je niet?' vroeg hij. Mijn staart sloeg tegen de vloer. 'Je weet maar nooit wat we vinden.'

*M*aar na drie uur hadden we nog maar weinig gevonden. In ieder geval niets wat geestelijk gezond leek. Max had wel allerlei sites aangeklikt die ervaringen van buiten je lichaam treden beschreven... Plus een site over het bestaan van hagedismensen die de wereld zouden regeren, iets over aliens uit regio 51, en een site om te melden dat bigfoot was gesignaleerd. Hij las de ene pagina na de andere en gaf het uiteindelijk gnuivend op. Toen begon hij met zijn vingers op het bureaublad te trommelen. En even later typte hij weer een reeks nieuwe zoektermen in om die te proberen.

Mijn ogen hadden moeite om op het scherm gefocust te blijven en na een hele tijd gaf ik het op en ging op de vloer liggen. Ik voelde een enorme behoefte om mijn kin op Max' voeten te leggen, maar die weerstond ik. Dit was allemaal al zo vreemd voor hem. Ik moest dankbaar zijn dat hij bij me in dezelfde kamer was en niet méér willen. En ik was hem ook dankbaar. Heel dankbaar. Zo samen zitten, met alleen het zachte klikken van de muis en af en toe binnensmonds gemompel van Max, stelde me gerust, zoals de regen die op het dak tikt als je in slaap probeert te vallen. Alleen het idee dat hij in de buurt was, zorgde ervoor dat ik me veilig voelde. En voor ik het wist, sliep ik.

Toen ik wakker schrok, was Max bezig de stijfheid uit zijn schouders te rekken. Die prachtige schouders van hem. Hij keek op me neer en onze ogen ontmoetten elkaar in het flauwe lichtschijnsel van het computerscherm. Ik kon aan zijn gezicht zien dat hij geen oplossing had gevonden. Er was geen briljante NASA-wetenschapper die klaarstond om onze zaak in handen te nemen, geen voorbeelden van situaties als die van ons die werden opgelost door diepe meditatie. We zaten nog even vast als eerst.

'Ik heb wel iets gevonden, maar niet veel,' zei hij zachtjes om Zoë niet wakker te maken, die met haar gezicht in een kussen gedrukt op de bank lag te snurken. 'Maar één ding weet ik wel, als ik op internet afga, komt het wisselen van lichaam veel vaker voor dan je zou denken. Er is een heleboel over te vinden. Dat kan natuurlijk allemaal onzin zijn, maar op een gegeven moment moet je je toch afvragen waarom zoveel mensen hun tijd besteden aan het schrijven over dingen die niet bestaan.' Hij streek met zijn hand over zijn gezicht en het was duidelijk dat hij over die vraag piekerde.

'Ik moet bekennen dat ik een week geleden hartelijk zou hebben gelachen om de meeste dingen die ik ben tegengekomen. Het lijkt allemaal nogal belachelijk. Maar nu, nu ik jou ken... tja...' Hij trok zijn schouders even op, alsof hij wilde zeggen dat alle krankzinnige idioten op de wereld door mij opeens geestelijk gezond leken. Wat eigenlijk ook zo was. 'In ieder geval hebben alle sites een aantal dingen gemeen: ze zijn het erover eens dat zo'n verwisseling spontaan gebeurt en dat voor de mensen die het overkomt het er achteraf over vertellen het allermoeilijkste gedeelte ervan is.'

Hij staarde naar het scherm en schoof wat met de muis heen en weer. 'Het is nogal verdrietig om te lezen. Veel mensen schrijven dat ze erg in de put zaten tijdens hun verwisseling en het liefst zelfmoord wilden plegen, maar dat dat niet kon omdat ze bijvoorbeeld in het lijf van een paard gevangenzaten en geen handen hadden. Heel triest allemaal.' Hij wierp een snelle blik mijn kant op. 'Ik hoop niet dat jij je zo voelt. Ik bedoel, op de middelbare school had ik een vriendinnetje dat heel depressief kon zijn. Echt depressief. Dat is het ergste wat ik ooit heb meegemaakt.'

Ik wilde meer horen: over dat vriendinnetje en over wat hij online wijzer was geworden. Ik likte mijn lippen en deed mijn best een heel aandachtig luisterend gezicht te trekken.

Hij vouwde zijn armen achter zijn hoofd. 'Er is niets ergers dan moeten aanzien dat iemand zich zo triest voelt en er niets aan kunnen veranderen. Ik werd er gek van.' Hij lachte wrang. 'En nu is het weer zo, hè? Dezelfde situatie. Ik ben een wetenschappelijk onderlegd iemand, maar ik kan helemaal níéts bedenken om je te helpen. Ik bedoel, ik heb altijd geweten dat ik de helft van alles wat er mis is bij een hond niet zou kunnen oplossen, maar ik had nooit verwacht verslagen te worden door zoiets als dit.'

We waren allebei een tijdje stil. Max staarde voor zich uit en ik probeerde me uit alle macht niet gedeprimeerd te voelen. Ik wilde Max opvrolijken, geen verdrietige molensteen om zijn nek zijn, de volgende gebroken vrouw die hij niet kon helpen. Maar toch bleef de melancholie naar binnen sijpelen. Zonder hem te kunnen omhelzen, kussen of zelfs zijn hand maar aan te raken, vond ik het moeilijk om blij te zijn. Niet nu we samen al zoveel hadden meegemaakt.

Toen ik om me heen keek in mijn donkere appartement moest ik mezelf even knijpen. Waar was ik mee bezig? Vóór dit gebeurde had ik alleen maar zitten jammeren over hoe eenzaam ik me voelde, hoe geïsoleerd ik was in een stadje vol hondenliefhebbers. Toen zou ik er alles voor hebben gegeven alleen maar te wéten dat Max me leuk vond, om het nog niet te hebben over het feit dat hij nu de halve nacht naast me zat.

Ik moest mijn treurende hersens opkikkeren. Het was tijd om te waarderen wat ik had, in plaats van te jammeren over wat ik niet had. Met een tevreden zucht stiefelde ik naar zijn stoel toe en liet me daar weer neerzakken. Mijn staart lag bijna op zijn voeten. Heel langzaam en voorzichtig zodat hij het misschien niet eens zou merken, leunde ik tegen zijn benen aan.

Hij zei niets, maar ging ook niet verzitten. Toen hij weer begon te praten, zou ik zweren dat hij iets optimistischer klonk.

'Een van de meest genoemde dingen was dat mensen denken dat het iets in hun verleden is wat een rol speelde bij die verwisseling. Dat het iets belangrijks uit hun persoonlijke geschiedenis is waardoor ze niet terug in hun eigen lijf kunnen. Een vrouw...' Hij stopte. Ik kon zijn gezicht niet zien maar ik stelde me voor dat hij zijn kaken over elkaar schoof, in dubio of hij het me wel of niet zou vertellen. '... oké, dit klinkt misschien volkomen krankzinnig, maar een vrouw beweert dat ze in een spin veranderde omdat ze, toen ze klein was, iedere spin die ze tegenkwam door de wc spoelde. Dat ze het verdiende om in een spin te veranderen – dat is tenminste wat zij gelooft. Ze zegt dat ze nog altijd nachtmerries heeft over het kolkende water in de rioolbuizen. In ieder geval kon ze niet terug in haar lichaam tot ze had erkend dat het vreselijk wreed is om spinnen op die manier te doden. Toen heeft ze zichzelf gezworen dat ze spinnen de rest van haar leven in bescherming zou nemen. En toen keerde ze weer terug in haar eigen lichaam. Ik weet niet precies wat dit verhaal betekent, maar...' Zijn stem stierf weg.

Ik slaakte een zucht. Gek genoeg fleurde het verhaal over die rare spinnenvrouw me behoorlijk op. Niet dat ik kon bedenken wat ik goed te maken had met de honden op deze wereld, ik had nooit in mijn leven een hond kwaad gedaan. Maar toch: het was misschien een spoor, hoe vreemd ook. Daar moest ik eens een nachtje over slapen. Maar niet nu. Slapen kon ook nog als Max weg was.

20

Tot de dood ons scheidt

 Jessica

Ik werd wakker op de bank, met mijn poten om Zoë heen geslagen alsof we een stelletje puppies waren. Ik geeuwde en met een
tevreden gevoel rekte ik me uit. Totdat me de herinneringen aan
de avond daarvoor te binnen schoten. Ik had er alles voor over
om die hele scène op het strand uit de geschiedenis te kunnen
knippen en uit Max' en mijn geheugen te wissen. Maar als ik dat
soort dingen had gekund, zat ik nu hoogstwaarschijnlijk niet zo
in de penarie.

Zoë werd wakker doordat ik zo lag te woelen. Ze deed haar
ogen een voor een open en wreef met haar handen over haar gezicht. Ze zat op haar hoofd te krabben toen de telefoon ging.

Ik was eerder bij de telefoon dan zij en keek op het schermpje
wie er belde. *Nee! Zij niet! Nee! Iedereen was oké, maar zij niet!*
Zoë sprong als een haas overeind en spurtte mijn kant uit. Ik
probeerde haar nog af te weren met mijn achterste, maar ze reik-
te gewoon over me heen.

'Ik weet nu hoe het moe-oet,' zei ze zangerig, terwijl ze de
speakertoets indrukte met haar wijsvinger.

Ik zat als aan de grond genageld, bang voor wat ik zou horen.
Maar ook bang om me te verroeren.

'Hallo?' zei ze gretig in de hoorn terwijl ze mij een knipoogje
gaf. Ze dacht waarschijnlijk dat het Max was die belde.

'Hallo? Jessica?'

De stem aan de andere kant van de lijn bezorgde me een steek in mijn hart. Het was een stem die me bekend voorkwam, maar ook weer niet. Een stem die jonger klonk dan ik had verwacht. Ik voelde mijn hart overslaan terwijl ik onrustig van de ene poot op de andere wipte. *Ophangen!* schreeuwde ik Zoë in gedachten toe. *Ophangen! Nu! We kunnen nog ontsnappen! Als je nú ophangt! Dan kunnen we ons nog verschuilen voor haar. Als je nu...*

'Ja, met Jessica,' zei Zoë met een idiote grijns. Ze was duidelijk te stom om op te hangen, daar zou ik zelf voor moeten zorgen. Ik sprong op, vloog op de telefoon af en probeerde die een ram met mijn poot te geven, waardoor ik mijn evenwicht verloor en tegen het bureau aan knalde.

'Met Debra,' hoorde ik de stem zeggen. Het was duidelijk dat ik de telefoon niet had geraakt. 'Debra, je moeder.'

Mijn maag kneep samen en draaide zich om. Ik tilde mijn poot weer op om een klap op het toestel te geven, maar deze keer schoof Zoë het hele apparaat uit mijn buurt voordat ik het kon raken.

'Mijn wát? Mijn móéder? Heb ik een moeder?'

We stonden allebei als bevroren, en ik kreunde in afwachting van wat de stem aan de andere kant van de lijn besloot te zeggen.

'Ja,' zei Debra. En daarna: 'Het spijt me zo vreselijk van alles, Jessica. Ik wil het je allemaal zo graag vertellen. Persoonlijk, als je dat goedvindt.'

Zoë keek fronsend naar de telefoon. Ik probeerde dicht naast haar te gaan staan zodat ik de verbinding met mijn neus kon verbreken, maar ze tilde het toestel op zodat ik er niet bij kon. 'Hoe bedoelt u, persoonlijk?'

'Dat ik je graag zou ontmoeten. Als jij dat ook wilt,' ging Debra haastig verder. 'Ik weet dat je dat misschien niet wilt en daar heb ik natuurlijk begrip voor... Ik heb overal begrip voor, wat je maar wilt. En ik hoef niets van je, alleen een gesprek. Ik weet dat je me waarschijnlijk haat. Ik wil je alleen maar vertellen hoe het was en hoe erg het me spijt.' Ze zweeg even. 'En je graag zien.'

Ik kon nauwelijks ademhalen. Ze wilde me zien. Ze was trots op me. Ze had me in de steek gelaten toen ik een bolwangig meisje van twee was. En nu wilde ze me zien! Om haar excuses aan te bieden. Wat moest ik daar in vredesnaam van denken? Kon ik haar vertrouwen? Durfde ik het aan om haar te ontmoeten?

'Oké,' antwoordde Zoë zonder enige aarzeling. 'Tuurlijk. Wanneer? Waar?'

'Eh... wat vind je van vandaag? Ik weet dat je in Madrona woont. Ik moet in de buurt zijn en ik dacht dat ik misschien langs kon komen.'

Vandaag? Vandaag? Nee, absoluut, absoluut niet. Vandaag zal nooit lukken, nooit, nooit...

'Vandaag is prima,' zei Zoë. 'In het park?'

Terwijl ik daar als verdoofd zat, maakten Zoë en Debra – mijn móéder, Debra – een afspraak in het park voor twee uur die middag. Ik keek snel op de klok en was verbaasd te zien dat het al tien uur in de ochtend was. Die afspraak was dus al over vier korte uurtjes. Ik zou ziek worden. Nee, niet ziek. Ik zou verdwenen zijn, nog beter. Zoë kon me niet dwingen om te gaan, niet als ik het gewoon weigerde. Zij kon alle idiote dingen doen die ze maar wilde, maar ík ging gewoon niet mee. Gewoon níét.

Zoë hing op en keerde haar gezicht naar me toe. Ze keek ontzettend opgetogen. 'Je móéder! Ben je niet blij? Je gaat je moeder vandaag ontmoeten!' Ik wendde mijn blik af. Ze rende om me heen, om aan de andere kant van me te gaan staan. Ik merkte dat ik naar het litteken op haar arm staarde, het litteken dat ik altijd had gehad, maar waarvan ik niet wist hoe ik eraan kwam. Dat wílde ik waarschijnlijk ook niet weten.

'Dit is zo geweldig! Misschien zie ik mijn moeder ook wel vandaag, dan is het voor ons allebei de beste dag ooit.'

Ik draaide mijn kop de andere kant op, om haar weer niet te hoeven aankijken. 'Waarom doe je zo? Ben je niet blij? Wil je haar niet zien?'

Ik hield mijn gezicht van haar afgedraaid. Ik kon haar gewoon niet aankijken. In al haar onschuld had ze me verraden. Ze had alle rust en veiligheid die ik in al die jaren had opgebouwd tenietgedaan. Ik was er niet klaar voor om Debra te zien. Ik wilde haar haten, meer dan ieder ander menselijk wezen op deze aarde. Zoë kon dat niet begrijpen en ik kon het niet aan haar uitleggen. Ze zou gewoon moeten accepteren dat ik niet naar het park ging om twee uur. Ik wilde Debra niet ontmoeten, niet vandaag, niet morgen, nooit niet.

*I*k dacht dat die beslissing me rust zou geven, maar dat was niet zo. Ik ijsbeerde door het appartement, onzeker over wat ik met mezelf aanmoest. Ik voelde me gespannen, maar toen ik mezelf afvroeg waar ik bang voor was, kon ik maar één ding bedenken: dat ik vreesde dat Zoë me zou aanlijnen en me zou dwingen Debra te ontmoeten. En natuurlijk haatte ik het idee dat Zoë, ook als ik de afspraak zou boycotten, waarschijnlijk wél zou gaan. En dan zou ze Debra natuurlijk omhelzen en haar terug in mijn leven verwelkomen. Oké. Er was maar één manier om dat te voorkomen. Vóór twee uur moest ik terug zijn in mijn eigen lichaam.

Wat natuurlijk gemakkelijker was gezegd dan gedaan. Ik piekerde al zó lang over dit hele probleem dat ik niet dacht dat ik nog iets nieuws zou kunnen bedenken. Maar Zoë wilde ook graag terug in haar eigen lijf. Dat had ze gisteravond gezegd. Als ze aan mijn kant stond en we samenwerkten, zou dat dan iets uitmaken? Onze kansen vergroten? Was er een idee dat ik nog niet had geprobeerd? Ja! Ja! Dat wás er.

Ik hees mezelf van de bank waarop we weer waren gaan liggen en liep de keuken in om te kijken hoe laat het was. Kwart over tien. Om halfzes moest ik mijn toespraak op het plein houden, ten overstaan van iedereen. Gek dat dat me nu nog maar nauwelijks zorgen baarde.

Ik wekte Zoë met een blaf en raakte met mijn neus de twinset aan om haar eraan te herinneren dat ze andere kleren aan moest. Dat hele aankleedproces nam drie keer zoveel tijd in beslag als had gemoeten, maar uiteindelijk lukte het ons om met de kleren aan en de sandalen vastgegespt door de schuifdeuren naar buiten te stappen. We hadden nog een halfuur om iets te eten te vinden, voordat we naar het Hondenbruidskapelletje op het grasveld moesten. Het leek een mooie dag voor een bruiloft – en de op-één-na grootste schok van ons leven.

*H*ondenbruiloften zijn al een lange traditie tijdens het Natte Neuzenfestival, maar als je het mij vraagt, is het een van de meest belachelijke dingen die ooit zijn verzonnen. De harige bruiden en bruidegommen doorlopen de hele riedel van de huwelijksgelofte tot en met het uitwisselen van de ringen, maar het 'en ze leefden nog lang en gelukkig'-gedeelte wordt hun nooit gegund. Hun baasjes hebben hun leven lang een foto als herinnering, en de honden krijgen een stukje cake met kipsmaak.

Een paar leden van het organisatiecomité waren helemaal gecharmeerd van die hondentrouwpartijen en waren een halfjaar bezig te bedenken hoe de trouwkapel, een grote witte tent die midden op het grasveld werd opgezet, moest worden versierd. De kleuren van dit jaar waren zeegroen en abrikoos.

'Mrs. Sweetie is al vijf keer getrouwd,' had Malia Jackson iedere keer verzucht wanneer de Hondenbruidskapel ter sprake kwam. 'Dit jaar breekt ze met de traditie en draagt ze een lila jurk. Hè, Mrs. Sweetie?' Op dat moment keerde Malia zich altijd naar Mrs. Sweetie toe en krabde ze haar onder haar oor. Wat, ik moet het toegeven, Mrs. Sweetie fijn leek te vinden.

Hoe dichter we bij de tent kwamen, hoe nerveuzer ik werd. *Zoë kan maar beter geen rare ideeën in haar hoofd halen en me uithuwelijken*, dacht ik. *Ze heeft al zo'n puinhoop van mijn leven gemaakt.* Ik kon me niets ergers voorstellen dan getrouwd zijn met een hond – en al helemaal als die door Zoë was uitgekozen. Maar als het ons lukte weer terug in ons eigen lijf te komen, was zíj in ieder geval degene die met de gebakken peren zat en de vrouw was van een incontinente pitbull. Ik niet.

De tent lag voor ons, maar Zoë en ik bogen af naar de rij stalletjes ernaast, zodat we wat snackjes konden nemen als ontbijt. Niet dat ik daar bezwaar tegen had. Ik vond de hapjes daar over het algemeen heerlijk. Ik moet zelfs tot mijn schaamte bekennen dat de hondenkoekjes me geweldig begonnen te smaken. Vooral die met kaas en lever.

Uiteindelijk belandden we in de tent, waar al tientallen hond-met-baasstelletjes op witte klapstoeltjes zaten. Zoë's aandacht werd getrokken door een vrouw in een citroengele jurk op de achterste rij die met luide stem maar bleef herhalen: 'Ik ben toch zó dol op bruiloften.' Overal waren kanten sluiers te zien: ze hingen over de rugleuningen van de stoelen, lagen bevallig gedrapeerd op de koppen van de honden. Een paar honden hadden een soort schort om hun nek hangen met daarop de afbeelding van een kostuum of jurk. Ze leken kleine mensjes met een hondenkop.

Voor in de tent stond een met madeliefjes versierd baldakijn op een verhoging, met een houten lessenaar eronder. Een rode loper leidde door de middengang de weinige treden op naar de plek waar getrouwd moest worden. Ik keek om me heen, nerveus op zoek naar de dingen die ik nodig had. Maar mijn blik bleef steken bij Max.

Hij was gekleed in een donker pak en had een abrikooskleurige bloem in zijn knoopsgat. Dat zou er bij ieder ander belachelijk hebben uitgezien, maar Max gaf distinctie aan het geheel. Hij zag er in een pak net zo op zijn gemak uit als in zijn Sounders t-shirts. Het jasje zat als gegoten om zijn schouders en de zwarte wol benadrukte de donkere nuances van zijn haar en ogen. Er speelde een klein glimlachje om zijn mond, waardoor zijn prachtige jukbeenderen nog beter uitkwamen dan anders. Mijn hart maakte een eigenaardig sprongetje toen ik hem zo naast het baldakijn zag staan, alsof híj de aanstaande bruidegom was. *Hij is de bruidegom helemaal niet, trut*, gaf ik mezelf op mijn kop. *Hij speelt de trouwambtenaar. De arme ziel.*

Over alle hoofden en harige oren heen kreeg Max me in het vizier. Onze blikken vonden elkaar. Zijn donkere ogen hadden alles wat ik wenste, maar de sprankeling erin werd getemperd door moedeloosheid, frustratie en het gebrek aan oplossingen voor mijn probleem. Met mijn kop naar beneden draaide ik me om en schuifelde weer terug over het middenpad. Ik merkte het nauwelijks als er iemand, mens of hond, tegen me aan botste.

Bijna wenste ik dat ik hem nooit had ontmoet.

De trouwerijen gingen beginnen. Door de luidsprekers klonken de eerste tonen van een blikkerig 'Daar komt de bruid'. De aanwezigen waren opeens allemaal druk bezig met het schikken van de sluiers en kostuums van hun hond. De honden zelf leken allemaal te weten dat er straks cake met kipsmaak voor hen was en hun kwispelende staarten tikten juichend in allerlei ritmes tegen de vloer. Mijn eigen staart hing omlaag, bijna tot op de rode loper.

Malia Jackson, met Mrs. Sweetie – in het lila, zoals beloofd – in de kromming van haar arm genesteld, liep naar voren.

'Goedemorgen allemaal,' begon ze met een lichte trilling in haar stem, 'en welkom in de Hondentrouwkapel, waar we de liefde in al haar soorten en maten vieren, mét vacht en zonder.' Ze begon uit te leggen hoe de ceremonies in hun werk zouden gaan en benadrukte dat we na afloop allemaal buiten zouden samenkomen om de pasgetrouwde paren te bestrooien met vogelzaad (rijst was slecht voor de vogels blijkbaar).

Plotseling voelde ik een vriendelijke hand in mijn nek. 'Wacht even,' hoorde ik Max' stem boven me zeggen. 'Ze zullen het gek vinden als je niet aan de riem loopt.' Zijn ogen vlogen even naar de leden van het Natte Neuzen Comité dat langs de rand van de tent zat als een rij trotse moeders van de bruid. Zijn hand gleed langzaam over mijn nek naar de ring aan mijn halsband. Mijn mond viel open in een diepe zucht.

Ik weet niet waar ik het lef vandaan haalde om omhoog te kijken, maar toen ik dat deed, wierp hij me zo'n vriendelijke en begripvolle blik toe dat mijn hart er bijna van stilstond. Hij schrok niet terug van mij, hoe bizar mijn situatie ook was. Als ik mens was geweest op dat moment, waren de tranen me waarschijnlijk in de ogen gesprongen. Als hond voelde ik me helemaal week van vreugde worden.

Max liep met me terug naar Zoë die langs het middenpad zat en naar de citroengele vrouw staarde. Ze beet op haar nagels. Max trok zachtjes haar hand weg van haar mond, schudde 'nee' met zijn hoofd en legde de lus van mijn hondenriem in haar vingers. Ze glimlachte naar hem op en hij gaf haar een paar klapjes op de bovenkant van haar hoofd. Toen ging hij weer terug naar het baldakijn waar er getrouwd zou worden.

🦴 Zoë

Ik zie haar. Ze zit vlakbij op een stoel. Mij ziet ze niet, haar ogen zijn gericht op de bloemen en de kanten versierselen op het podium.

Ze ziet er gelukkig uit.

Dat vind ik fijn. Ik wil dat ze gelukkig is. In mijn ideale wereld is ze altijd gelukkig, samen met mij, haar hond. Misschien, als het Jessica lukt ons gauw weer te verwisselen, kan ik vandaag nog wel naar huis! Ik wil naar haar toe rennen, net zoals ik in het park naar papa toe rende, maar ik doe het niet. Mensen hebben hun eigen rare regels en een daarvan is dat je geen mensen opzijduwt. Als je het mij vraagt hebben mensen maar een saaie manier van leven met al die stomme regels, maar ik heb intussen een harde leerschool gehad en weet dat je er beter aan kunt voldoen. Anders is iedereen heel koud en onaardig tegen je en doen ze of je er niet bij hoort. En dat is veel erger dan een klap met een krant.

In plaats van op haar af te rennen, ga ik achter haar zitten en kíjk ik alleen maar naar haar. Als ik naar voren leun kan ik haar bloemachtige geur ruiken en mijn hart doet pijn van verlangen naar huis. Ik moet haar aandacht zien te vangen, haar laten zien dat ik ben veranderd. Dat ik prijzen heb gewonnen voor gehoorzaamheid, schoonheid en behendigheid, dat ik er klaar voor ben om de perfecte hond voor haar en papa te zijn.

Alles wat ik wil is dat we voor altijd bij elkaar zijn. Dan zal ik de schoonste en rustigste hond ooit zijn. Als het Jessica lukt ons te verwisselen, zal alles perfect zijn.

☕ Jessica

Terwijl ik achterin zat en naar Max keek, voelde ik mijn vastberadenheid groeien. Mijn plan was drastisch, gevaarlijk zelfs, maar ik had geen keus. Ik kon mijn leven als hond niet langer meer volhouden en wist dat Zoë er ook naar verlangde om zichzelf weer te zijn. Hoe langer ik naar Max keek, hoe wanhopiger ik werd.

Ik schuifelde heen en weer met mijn voorpoten. Naast me zat Zoë in gedachten verloren te staren naar een vrouw met van die ronde Jackie O-oorclips in, die haar neus depte met een tissue. Ik vroeg me niet af wat ze dacht. Ik had belangrijkere dingen aan mijn hoofd.

Achter het podium lag een ingewikkeld netwerk van verleng-kabels dat naar de enorme luidsprekerboxen liep die ieder aan een kant van het baldakijn stonden. En over de grond van de tent lagen nog veel meer kabels, sommige ervan, die naar de geluids-tafel leidden, waren tegen de vloer vastgeplakt. Een zwart snoer verbond de microfoon met de luidsprekers. Ik wist niet al te veel van elektriciteit, maar het leek me dat er ergens in al die snoeren wel genoeg kracht moest zitten om Zoë en mij met een schok in onze eigen lijven terug te krijgen. Dat hoopte ik in ieder geval.

Alle ogen waren nu gericht op het podium waar een Deense dog met een smokingstrikje om de 'woef-gelofte' aflegde tegen een nerveus uitziende blonde keeshond. De keeshond was in kant gehuld en kon niet ophouden zichzelf te krabben. De Deense dog blafte toen hij een vuilniswagen hoorde voorbijkomen, waardoor zijn bruidje van schrik een plasje op de vloer deed.

Max glimlachte goedaardig naar hen. Zo ging het nou een-maal op hondenbruiloften.

'Beloof jij, Mitzi, al je speeltjes met Brutus te delen, zelfs je fa-voriete piepballetje? En jij, Brutus, beloof je dat je nooit op Mit-zi's kop zult kwijlen?'

Brutus en Mitzi beloofden dat blijkbaar, want, hoewel geen van beiden een woord zei, Max haalde twee glimmende ringen tevoor-schijn om aan hun halsband te hangen als symbool van hun le-venslange devotie aan elkaar. Mitzi snoof aan haar ring en likte eraan. Brutus probeerde in die van hem te bijten en moest worden afgeleid met een hondenkoekje uit de zak van zijn baasje.

Zodra het koekje tevoorschijn kwam, begon mijn staart uit zichzelf te kwispelen en hij roffelde, samen met ongeveer vijfen-twintig andere hondenstaarten, tegen de vloer.

Niet nu! Niet nu! Dit was een belangrijk moment, geen moment om afgeleid te worden door lekkere jusachtige kip, nee, lever, nee naar ham smakende koekjes, die je het water in de bek deden lopen. Ik schudde met mijn hoofd en focuste me weer op Max.

Max knikte ernstig tegen de twee honden. 'Ik verklaar u nu tot hond en hond,' vertelde hij hun. Het publiek barstte los in een applaus en de Deense dog en het keeshondje werden weggeleid. Ik stond op om te doen wat ik moest doen.

Ik gaf een ruk aan mijn hondenriem om Zoë's aandacht te trekken en begon naar het middenpad te lopen. Ze kortte de riem wat in zodat ze vlak bij me was en ik voelde haar voetstappen op het tapijt achter me. Mijn hart bonkte tegen mijn ribben. Ik trok haar mee naar voren en vermeed oogcontact met Max. Het laatste wat ik nu kon gebruiken was een vragende blik van hem die me zou afleiden van mijn doel. Als dit lukte, zou ik later tijd genoeg hebben om het uit te leggen.

Ik sloot me af voor alle geluiden van het publiek en glipte het podium op, waar ik, Zoë met me meesleurend, naar de achterkant van een van de luidsprekers draafde. Daar klemde ik het verlengsnoer tussen mijn tanden en trok er zo hard ik kon aan. Wonderlijk genoeg kwam het snoer los en opeens had ik zomaar een levenslijn tussen mijn kaken.

Mijn volgende stap was het vinden van water. Ik had ergens een kan op een tafel zien staan, naast de cake met kipsmaak, en ik rende er via de snelste route heen. Langs Max. Maar toen ik in de buurt van de microfoon kwam, bracht een afgrijselijk gepiep me geschrokken tot stilstand.

Uit de microfoon kwam een akelig hoog, gillend geluid. Iedere haar op mijn lijf ging ervan overeind staan. Ik kon opeens niets meer zien, niet nadenken. Het leek het einde van de wereld.

Mijn kaken gingen vanzelf van elkaar en het snoer viel uit mijn bek. Ik rende weg alsof ik achterna werd gezeten door de duivel, sprong van het podium af en dook onder de tafel waar de cake op stond. Bevend verschool ik me achter het kleed dat tot op de grond hing... en plaste op de vloer.

Gelukkig hield het gillende gekrijs op. Toen ik een tijd lang nerveus had liggen hijgen, met mijn hoofd dicht tegen de grond aan, was ik weer in staat om iets te denken. *Het is de feedback van de microfoon*, schoot het door mijn hoofd. *Het snoer moet feedback hebben veroorzaakt. Het is oké. Niks aan de hand. Ik ga helemaal niet dood.*

Maar ik was helemaal van slag en voelde me warrig en half-dronken. Toen ik weer wat helderder kon zien, durfde ik eindelijk mijn snuit onder het tafelkleed uit te steken.

In de tent was een totale gekte losgebarsten. Alle honden waren helemaal over de rooie. Ze hadden stoelen omgesmeten, mensen omvergelopen, het met madeliefjes beklede baldakijn op zijn kant gegooid. De helft van de honden blafte en de andere helft kefte met het schrille geluid van kleine honden. Er probeerde een aantal honden te vluchten en die sprongen zo hard tegen het tentdoek op dat de tentpalen begonnen scheef te zakken.

Achterin waren een buldog en een collie in een gevecht verwikkeld. De hondenbaasjes renden alle kanten op, hun riemen bleken een groot gevaar omdat de mensen erover struikelden en in de bergen omgevallen stoelen werden gesleurd.

De honden raceten in hordes van de ene kant van de tent naar de andere. Ze probeerden allemaal, net zoals ik, weg te komen. Binnen een paar seconden zaten er nóg vijf honden onder de tafel. Een daarvan, de Deense dog-bruidegom, raakte verward in het tafelkleed en begon angstig met zijn enorme poten te slaan. Hij haalde uit naar het kleed, de rokken van een paar vrouwen en zijn arme, ongelukkige keeshond-bruidje, dat zich tussen mijn poten probeerde te verschuilen.

Het keeshondje begon te keffen. De Deense dog sloeg naar alles wat bewoog. Er wrongen zich nóg drie honden onder de tafel. Er werd gegromd. Ik ontblootte mijn tanden.

Voor ik het wist zat ik verstrikt in een wirwar van vachten en kon ik de ene hond niet van de andere onderscheiden. De Deense dog sprong op en bonkte met zijn gigantische kop tegen de onderkant van de tafel. Ik hoorde gekef, vervaarlijk gegrom, iets breken... Er sprongen twee honden tegelijkertijd omhoog, allebei in een poging hun kop boven die van de ander te krijgen. De tafel werd opgetild, wiebelde vervaarlijk en viel weer terug op de vloer. Toen beet er iemand in de staart van de Deense dog.

Op het moment dat hij uit zijn dak ging, tilde iemand een hoek van het tafelkleed op en werd er een hand naar binnen gestoken, die mijn halsband pakte en me onder de tafel vandaan sleurde – zoals een brandweerman een kind uit een brandend huis redt. Happend naar adem kwam ik tevoorschijn, mijn oren tuitten van de pijn.

Achter me viel de tafel om en kwam met een ijzingwekkende bons op de vloer terecht. Iedereen, mens en hond, was opeens stil, in afwachting van wat er nu ging komen. De stilte werd doorbroken door het krijsen van een vrouw.

'Nee! Stomme, stomme honden dat jullie ook zijn! Jullie hebben het helemaal verpest! Verpést!'

Niet van plan erachter te komen wát het was dat ze hadden verpest, schoten er aan alle kanten honden onder de tafel vandaan. Allemaal, behalve de Deense dog die nog steeds in het tafelkleed verward zat. Ik lag bevend op adem te komen naast Zoë. Toen ik mijn ogen opendeed, speelde er zich van alles voor me af: Max die een hele bundel hondenriemen in zijn handen had en de zich verdringende honden bij de ingang van de tent opving; de vrouw met de oorclips die als een insect op de vloer lag met de hele kipsmaaktaart boven op haar. Nee, ik deed mijn ogen liever weer dicht. Zoë hield me met armen zo sterk als staal stevig vast. Ik leunde tegen haar aan. Ik had gefaald: het was me niet gelukt ons terug te veranderen, het was zelfs niet eens gelukt om ons een schok te geven. Alles wat ik voor elkaar had gekregen was het verknoeien van een geweldige Natte Neuzenfestival-traditie.

Maar toch, terwijl ik daar zo zat, veilig in Zoë's armen, werd ik overspoeld door dankbaarheid en iets wat bijna een vredig gevoel leek. Zoë had me gered. Ondanks haar eigen wensen en behoeften had ze zichzelf in de chaos geworpen en me bevrijd. Dat was een cadeau. Een cadeau dat ik nooit zou vergeten.

Ik draaide mijn kop naar haar toe en likte haar gezicht.

🦴 Zoë

Jessica likt me en haar tong voelt nat op mijn kale huid. Dat maakt me aan het lachen en terwijl ik dat doe, likt ze me weer.

Tegelijkertijd maak ik me zorgen om wat ik nu moet doen. Mijn moeder, de moeder uit mijn oude leven, ligt op de grond met de cake met kipsmaak op haar buik. Ze ziet eruit als een enorme hondenschotel. Ik wil heel graag naar haar toe om wat van die cake te eten, maar dat doe ik niet. Een hele roedel andere honden is er al druk mee bezig.

De honden likken mijn moeder van top tot teen, maar ze lacht niet. Ze krijst en haar gezicht is rood. Een woedend, hysterisch rood. Ik wil iets tegen haar zeggen, maar het moet wel het goede zijn. Het goede voor mensen. En ik ben bang dat ik dat niet kan.

Ik zie dat ze haar tanden ontbloot naar een hond met puntige oren en dan weet ik plots wat ik moet doen. Ik ga naar haar toe en duw de honden van haar vandaan. Ze kijkt naar me op alsof ze een pup is, alsof ze wil dat ik haar optil. Dus doe ik dat ook. Ik trek haar overeind totdat ze weer op haar benen staat en eet stiekem maar een heel klein beetje van haar jurk. Als ze niet kijkt. Mijn moeder ziet er heel slordig uit. Ze is net een langharige hond die in een hoop bladeren heeft liggen rollen. Ze blijft steeds dingen van haar jurk vegen, zelfs als alle hondencake met kipsmaak al op de grond is gevallen. Ik weersta de aandrang de cake van de vloer te eten. Ik zou het graag willen, maar een terriër is me voor. Twee happen en weg is de cake. Terriërs zijn altijd snel in dat soort dingen.

Mijn moeder keert zich naar me toe. 'Dank je wel,' zegt ze. 'Wat een nachtmerrie! Ik wíst dat ik niet naar zoiets toe moest gaan, niet als er zoveel van die onbesuisde honden zijn. Maar ik ben zo dol op bruiloften en mijn vriendin zei dat het leuk zou zijn.'

'Vond u het niet leuk dan?' vraag ik. Ik had het super naar mijn zin gehad.

Ze schudt haar hoofd op een 'natuurlijk niet'-manier. Ik vind het jammer dat te horen, het maakt me onzeker dat ze niet van iets genoten heeft wat ik juist geweldig vond. We kijken allebei nogal teleurgesteld.

Dan komt er een vrouw met een woedend gezicht op ons af. Ze heeft een poedel in een paarse jurk op haar arm, die naar me gromt. Als er niemand kijkt, laat ik haar mijn tanden zien en ze houdt er meteen mee op.

De woedende vrouw bijt me toe: 'Jessica Sheldon, ik had verwacht dat je meer verantwoordelijkheidsgevoel had als hondenbaasje!'

Wat? Waarom schreeuwt ze zo naar me? Heeft ze niet gezien dat ik Jessica onder de tafel vandaan heb getrokken?

'Je hond zomaar het toneel op laten rennen. Ze had wel gewond kunnen raken! Of dood kunnen zijn! Met elektriciteit moet je altijd oppassen!'

Ik doe mijn mond open om te zeggen dat ik geen hond ken die Elektriciteit heet, maar mijn moeder is me voor: 'Ik moet helemaal van de kaart zijn geweest. Dat ik je niet had herkend! Dit is allemaal jouw schuld! Je zou gearresteerd moeten worden! Een boete moeten krijgen! Die hond van je is een gevaar voor de maatschappij!' Ze doet een paar stappen naar achteren alsof we vreselijk naar poep stinken. Mijn gezicht voelt heet en ongemakkelijk. Dit was niet de bedoeling. Absoluut niet. Ik wilde dat het tot mama doordrong hoeveel prijzen ik had gewonnen en hoe getalenteerd we waren. En ik wilde juist niet dat ze terug zou denken aan die cake met kippensmaak waaronder ze bedolven werd omdat Jessica zich niet goed gedroeg.

Maar daar zie ik dokter Max aankomen! Er gaat een golf van opluchting door me heen. Dokter Max weet altijd iets goeds te zeggen. Ik weet eigenlijk zeker dat hij een alfa is. Hij richt zich tot mijn moeder en de woedende vrouw. Hij zegt: 'Jessica heeft een zware taak op haar schouders genomen. Zorgen voor een zwerver als Zoë is niet niks. Ik weet zeker dat ze haar best heeft gedaan om de hond in toom te houden. En er is niemand echt gewond geraakt, toch?'

'Nee,' zegt de woedende vrouw. 'Maar de bruiloftskapel is geruïneerd!'

Max kijkt haar meelevend aan en dat kalmeert haar. Ik denk dat ze dokter Max wel leuk vindt.

'Kom,' vervolgt hij. 'Laten we het van de positieve kant bekijken. Die cake was een doorslaand succes.'

Achter me hoor ik Jessica een vreemd snuivend geluid maken. Iedereen draait zich om om naar haar te kijken. Zelfs mijn moeder houdt ermee op onzichtbare cakekruimels van haar jurk te vegen en kijkt. Haar ogen worden groot.

'Wist u dat deze hond de hond-en-baasje-schoonheidswedstrijd heeft gewonnen?' gooi ik eruit terwijl ik op Jessica wijs. 'Ze is gekroond als de mooiste hond van de stad. En ze heeft de zilveren medaille gewonnen bij de hindernisloop. Ze is werkelijk ontzettend braaf!'

Mijn moeder maakt een ongelovig geluid.

'Het is wáár,' vervolg ik. 'We hebben de medailles. Ze is gewoon een geweldige hond. Wie haar ook in huis zou nemen zal er nooit spijt van krijgen. Nooit.'

Uit de keel van mijn moeder ontsnapt een verstikt geluid en ze draait zich om. Ik wil net zeggen: 'U mag haar meenemen.' Maar ik ben te laat. Mama is verdwenen.

21

Hondse schaamte

 Jessica

Na de ramp met de cake verdween het publiek redelijk snel de Hondenbruiloftskapel uit. Max bracht alle honden en hun baasjes weer bij elkaar en kwam daarbij zelfs nog tussenbeide om voor Zoë op te komen tegen Malia Jackson. Arme Malia. Kon ik haar maar uitleggen dat het niet Zoë's fout was dat de hondenbruiloften waren verpest, maar de mijne. Om precies te zijn wilde ik dat ik een heleboel dingen aan een heleboel mensen kon uitleggen.

De groep vrijwilligers van het Natte Neuzenfestival zwermde de tent binnen om de decoraties op te ruimen en alles klaar te zetten voor het verhuurbedrijf dat de tent en de stoelen had geleverd. Het geluidsteam pakte de luidsprekers, de geluidstafel en alle elektriciteitskabels in. Malia haalde de met madeliefjes versierde baldakijn uit elkaar en Max hielp haar daarbij. Binnen de kortste keren was de hondentrouwkapel weer weg en de poort weer een jaar lang gesloten voor de hondenliefde.

Zoë scharrelde rond en zocht met de punt van haar schoen of ze nog stukjes cake in het gras kon vinden. Ze had heel vreemd gereageerd op die vrouw in het geel. Op een manier die ik niet begreep. Ik moest mijn uiterste best doen om me te concentreren op het gepraat van de mensen, want ik werd steeds afgeleid door bijzondere geuren. Zo wist ik bijvoorbeeld allang dat ze geen cake meer in het gras zou vinden omdat ik zelf al tien minuten had besteed om het hele stuk methodisch af te snuffelen. Op dit moment ging ik met mijn neus de randen van de tent langs om stil te staan op de plekken waar er een hond had geplast.

De wonderen van mijn hondenneus waren fenomenaal. Ik kon een geur opsnuiven, bijvoorbeeld de urine van een oude lassiehond, en die minutenlang in mijn neus vasthouden. Als mens zou ik hebben moeten uitademen om opnieuw te kunnen snuiven om te kunnen bedenken wat ik rook. Maar als hond snoof ik de geur op en wist ik meteen al heel veel en als ik dan opnieuw snoof, rook ik allerlei nieuwe details vol informatie. Iedere keer dat ik snoof, was het alsof ik aan een nieuw hoofdstuk van het meest fascinerende boek ter wereld begon.

Toen Max naar me toe kwam lopen, moest hij me op mijn schouder tikken om mijn aandacht te krijgen. Ik draaide me onwillig om. Niet alleen omdat ik net iets heel bijzonders had geroken, maar ook omdat het zien van Max me verdrietiger dan ooit maakte. Als ik niet kon terugveranderen in een mens, hadden wij tweetjes geen toekomst. Dan was alles al voorbij tussen ons, voordat het zelfs maar was begonnen. Een deel van mij wilde dat hij gewoon wegging en me met rust liet.

'Hé,' zei hij zachtjes, terwijl hij naast me neerhurkte. Mijn oren en staart hingen naar beneden. Ik dacht aan mijn besluit van de avond daarvoor: dat ik vrolijker moest doen, en ik probeerde te kwispelen met mijn staart, maar de rest van mijn lijf bleef een soort Droefus de hond.

'Maak je geen zorgen, we lossen het wel op.' Hij stak zijn hand uit om me te aaien, maar aarzelde toen. Mijn mens-zijn vormde een vreemdsoortige barrière tussen ons, die me nog neerslachtiger maakte.

Een ding lukte me in ieder geval: ik wist ver genoeg uit de buurt van Zoë te blijven, zodat ze me niet aan de riem kon doen. Ik wilde de rest van de ochtend echt wel in haar buurt zijn. Wat moest ik anders? Maar vanmiddag was ik van plan ongemerkt te verdwijnen. Ik hoefde er niet bij te zijn als Zoë Debra ontmoette.

Ik moet het Max nageven: hij is echt goed met honden, zelfs het soort dat eruitziet als een mens. Nu hij wist dat Zoë de persoon was die in mijn lijf zat, leek hij precies te weten hoe hij met haar om moest gaan. Hij gaf haar speelse klopjes op haar hoofd, kwam in halve stoeipartijen met haar terecht en bood haar, als hij het even niet meer wist, een lekker hapje aan.

Ik was aangenaam verrast en dankbaar toen ik zag dat het personeel van het Spiegelcafé stoeltjes en tafeltjes buiten op het plein had gezet. Het was er druk met mensen en hun honden. Een briljant idee, vond ik. Ik vroeg me af wie dat had verzonnen. Max en Zoë gingen aan een tafeltje aan de rand van het terras zitten en bestelden iets voor de lunch. Ik, een tweederangsburger, ging onder de tafel liggen, tegenover Zoë. *Zolang er niemand koffie over me heen morst, lig ik hier goed.*

Het was een opluchting te zien dat het Spiegelcafé prima draaide. Alle tafeltjes buiten zaten vol en er stond een gezonde rij, helemaal tot op straat, voor de deur van de espressobar. Toen we aankwamen, moest ik me beheersen om niet rechtstreeks naar binnen te gaan zodat ik kon checken of Kerrie nog steeds achter het fornuis stond. Maar toen ik het eerste voorafje dat naar buiten werd gedragen zag, was ik blij dat ik de verleiding had weten te weerstaan. Niemand maakte calzones zoals Kerrie. En niemand maakte de borden zo smaakvol op als Theodore. De keuken had beter personeel dan het in maanden had gehad, en ik kon me er beter niet mee gaan bemoeien.

Ondanks de hemelse geuren van kipsalade, fruitsorbets en vooral hamburgers, wist ik mijn gedachten los te rukken van alle hondenverleidingen en me op mijn menselijke zorgen te focussen. De minuten verstreken en ik voelde me steeds rustelozer worden. Het was me niet gelukt om ons terug te veranderen en nu wist ik het echt niet meer. Wat kon ik nog meer proberen?

Kerrie kwam het Spiegelcafé uit lopen, haar schort vlekkerig met chocoladevegen en pompoenkledders. Ik sprong op en kwam onder de tafel uit, blij haar te zien. Ze legde haar hand op mijn kop en lachte.

'Hier heb je die hond die een lepel in mijn hand drukte,' zei ze met een grijns door haar amberkleurige bril naar Zoë. 'Ik neem aan dat jij daar iets mee van doen had?'

Zoë keek haar zó niet-begrijpend aan dat het een Oscar waard was.

'Natuurlijk heb je dat gedaan,' vervolgde Kerrie. 'Ach, het doet er ook niet toe. Ik ben niet van slag, ik vind het juist heerlijk om terug te zijn in de keuken.' Ze keek op me neer en knipoogde. 'Hoewel ik geen idee heb hoe jij dat kon weten. Ik neem aan dat Ariël gelijk had wat jou betreft.'

Even later liep Kerrie bij me weg om naast Zoë te gaan staan. 'Jess, lieve vriendin, ik moet het je nagelen. Dit Natte Neuzenfestival is werkelijk een supersucces! Ik had nooit gedacht dat jij in je eentje zoveel reclame zou kunnen maken. Het gaat nog veel beter dan ik ooit heb durven hopen.' Ze stak haar hand uit en gaf een kneepje in Zoë's arm. Zoë straalde.

'Niet dat het nou zo geweldig begon,' vervolgde ze. 'Op een gegeven moment kon ik je wel wurgen, maar gelukkig kon ik je toen niet vinden!' Het zonlicht schitterde op haar enorme gele oorbellen. 'Maar het heeft allemaal geweldig uitgepakt. Zelfs de serveersters werken zonder al te veel ruzietjes samen. En mijn hemel, je bent gewoon beroemd! Bijna iedere klant die binnenkomt zegt dat hij jou ergens in de stad heeft gezien en dacht dat hij dat Spiegelcafé maar eens moest proberen. Iedereen heeft van jou en die witte wervelhond van je gehoord.' Kerrie knipoogde opnieuw naar me. 'Jij en dat T-shirt van je hebben ons hartstikke veel klandizie bezorgd.'

Nu was het mijn beurt om te stralen.

'Ja, we hebben een hoop wedstrijden gewonnen,' was Zoë het met haar eens. 'Zoë is echt de beste hond die je je maar kunt wensen. Zeg dat maar tegen iedereen die je tegenkomt! Hé!' Opeens schoot ze overeind uit haar stoel. 'Die hond zit daar te poepen!'

En wég vloog ze. Terwijl Kerrie haar nagaapte, probeerde Max de boel te verdoezelen. 'O, heel goed, ik ben blij dat ze daarop afgaat,' zei hij. 'Mensen moeten echt leren om de boel op te ruimen achter hun hond.'

Iets verderop stond Zoë duidelijk in tweestrijd naast de hond. Zo te zien wilde ze het liefst neerknielen om eens goed te ruiken, maar niet met zoveel mensen om zich heen. Met een inwendige

zucht besefte ik dat ze in nog maar twee dagen als mens al geleerd had om zich bewust te zijn van de buitenwereld. Met wee-
moed dacht ik terug aan haar uitbundige dans op 'Louie Louie'
en ik vroeg me af of die spontaniteit nu voorbij was. Als dat inderdaad zo was, vond ik dat een tragedie.

Kerrie zakte op de stoel neer waaruit Zoë net was opgestaan.
Ze wierp een blik op Zoë en boog zich vervolgens naar Max toe.
'Ik ben blij te zien dat jullie nu kennis hebben gemaakt. Jess vindt
het lastig om andere mensen te ontmoeten.'

O geweldig. Nu gaat Kerrie al mijn minpunten onthullen.

'Is ze verlegen?' vroeg Max.

Kerrie haalde haar schouders op. 'Niet echt. Ik denk dat de situatie waarin ze is opgegroeid haar erg remt. Het haar onmogelijk maakt te voelen dat... dat ze de aandacht waard is, denk ik.
Snap je wat ik bedoel?'

Ik hapte naar adem en keek weg. Een pijnlijk gevoel, zo'n
beetje als een ijzeren vuist, omklemde iets ergens in mijn borstkas.

'Nee, eigenlijk niet,' antwoordde Max. 'Hoe bedoel je?'

'O, heeft ze je dat niet verteld?' Kerrie beet op haar lip en
staarde naar het tafelblad. 'Tja, ik wil niet uit de school klappen.'
Ik hield mijn adem in en wachtte. Kerrie was net een grote zus
voor me en ik wist dat het een van haar beschermingstactieken
was om mensen dingen te vertellen waarvan ze dacht dat ik die
nooit zou delen met een ander. Ze hing het liefst meteen alle vuile
was buiten. In één keer. Soms was dat een hulp voor me, maar
soms was het alleen maar pijnlijk. 'Nou, Jess heeft het niet gemakkelijk gehad. Ze heeft in tehuizen gezeten. Ze is veel van hot
naar her gesleept. Haar biologische moeder heeft haar in de steek
gelaten toen ze nog maar een baby was. Kun je je dat voorstellen? Ik kan me niet indenken hoe je zoiets als moeder kunt doen.
Als ik me voorstel hoe het moet zijn om je ongewenst te voelen...'

Kerrie liet een haperende zucht ontsnappen. Ik wist dat ze aan
haar eigen zoontje dacht, zich voorstelde hoe een jeugd zoals de
mijne zijn persoonlijkheid zou vervormen. Als ik haar hoorde,
zag ik mezelf als een beschadigd, verknipt persoon voor me, be-

dekt met een dikke laag littekenweefsel. Beschadigd als ik was, hoe kon ik ooit iemand zoals Max waardig zijn?

'Dat is natuurlijk verschrikkelijk,' zei Max. Hij keek omlaag naar mij, maar ik kon zijn blik niet aan, ik kroop onder de tafel en staarde uit over het plein. Er wandelde een gezin over de keitjes, beide ouders hadden een peuter aan de hand. Een, twee, drie... hup! Een, twee, drie...

'Maar er zijn veel mensen die een moeilijke jeugd hebben gehad,' vervolgde hij. 'Dat hoeft geen levenslange veroordeling te zijn.'

Nee?

'In Jess' geval, heb ik zo mijn twijfels.' Ik hoorde Kerries oorbellen rinkelen. Ze moet haar hoofd hebben geschud. 'Alles in haar leven is uiteindelijk daarop terug te leiden. Haar werklust, de moeite die ze heeft om te ontspannen en zichzelf te zijn. Zelfs die rare houding die ze heeft ten opzichte van honden, heeft er op de een of andere manier mee te maken. Ik weet niet wat ik moet denken van die witte hond waar ze zo gezellig mee rond loopt te darren. Ik ben bang dat ze zichzelf probeert te dwingen over haar angst voor honden heen te komen, louter op wilskracht. En daar maak ik me zorgen om.'

Plotseling kon ik hun gesprek niet meer verdragen. Ik haatte het als mensen medelijden met me hadden en om te moeten aanhoren hoe zielig ze mijn jeugd vonden. Dat was eigenlijk erger dan met die jeugd te moeten leven. Ik vond het afschuwelijk om te moeten horen dat mijn verleden op die manier aan Max werd onthuld. Het zou hem alleen maar van me af drijven.

Ver achter me schreeuwde Zoë: 'Hé! Iemand heeft hier kauwgom achtergelaten!' Dat was het sein voor mij. Zo stilletjes als ik kon gleed ik onder de verste kant van de tafel uit en draafde ik het plein over. Ik schoot het smalle steegje in dat langs Madronese Eieren liep. In de schaduw bleef ik staan wachten totdat mijn hart ophield met bonken en ik spitste mijn oren om naar het plein te luisteren. Niets. Ik hoorde niemand roepen.

Ze hadden niet gemerkt dat ik ervandoor was.

🦴 Zoë

Dokter Max hoort me als ik zeg: 'Hé! Iemand heeft hier kauw-gom achtergelaten!' en hij komt naar me toe. Ik wijs hem op het stuk kauwgum. Het liefst raapte ik het op om er lekker op te gaan bijten, maar mensen kijken je raar aan als je zoiets doet. En ik heb er genoeg van om steeds raar te worden aangekeken. Dus in plaats daarvan laat ik hem de frisbee die ik heb gevonden zien.

'Gooi eens!' zeg ik. Dat doet hij en ik ren erachteraan. Maar als ik de frisbee te pakken heb en hem terugbreng, voel ik me leeg, als een leeggelopen ballon. Frisbees doen me aan thuis den-ken. Op een keer kwam er een jongen bij ons op visite en hij gooi-de de frisbee voor me in de voortuin. Dat was een van mijn aller-, allerleukste dagen.

Dokter Max vraagt: 'Wat is er?'

Ik zeg: 'Ik moet echt terug naar mijn mensen toe, maar ik weet niet hoe ik daar moet komen. Kun jij me naar hun huis brengen? Niemand anders kan het vinden. Kun jij dat niet?'

Dokter Max kijkt me peinzend aan en dan stelt hij me wel honderd vragen over mijn baasjes. Hij wil weten hoe hun huis eruitziet ('heel groot, met gras ervoor') en hoe lang ik daar al woon ('eeuwen!'). Hij vraagt naar mama en papa en ik vertel hem dat mama die cake op haar jurk kreeg in de bruiloftskapel.

'Ze had een gele jurk aan. En ze rook naar bloemen. Ze ruikt altijd naar bloemen.'

Dokter Max verdwijnt een hele tijd in het Spiegelcafé en als hij er weer uit komt heeft hij een papier in zijn hand.

'Jessica wacht wel op ons als we even weg zijn,' zegt hij, terwijl hij me meeneemt naar zijn auto. Dokter Max draait het raampje naar beneden zodat ik mijn hoofd naar buiten kan steken als ik dat wil. Hij zet muziek op en mijn voeten beginnen ervan te jeu-ken. Eindelijk ben ik op weg naar huis. Iedere keer als we een hoek om rijden die ik herken zeg ik: 'Hé, die plek ken ik!' en dan wijs ik met mijn wijsvinger. Max vindt dat hartstikke leuk.

'Ik heb zo'n vermoeden,' begint hij, 'dat we niet gewoon maar op bezoek gaat bij vrienden van je. We gaan naar je thuis, is het niet?'

Ik wist wel dat dokter Max een genie is.

'Ja! Ja, precies!' Ik word overspoeld door dankbaarheid. Als ik een hond was, zou ik een lik over zijn wang geven, maar als mens moet ik een boel woorden aan elkaar rijgen om te laten zien wat ik voel. Het is allemaal zo kil. Als je liefde voelt, waarom kun je dat dan niet gewoon uiten? Maar ik heb geleerd dat mensen nu eenmaal zo zijn. Ze praten liever over iets dan het te laten zien.

'Dank je wel, dokter Max,' zeg ik, en ik meen het uit het diepst van mijn hart. 'Dank je wel dat je me brengt. Ik heb het al aan een heleboel mensen gevraagd, maar niemand wilde me helpen. Niemand wilde me naar huis brengen.'

Hij glimlacht en ik ben blij dat ik de juiste woorden heb gezegd. Ik steek mijn hoofd uit het raampje, maar dat doe ik maar even, want mijn haar waait door de wind in mijn neus. Als mijn hoofd weer binnen is, zegt dokter Max: 'Mag ik je nog wat dingen vragen? Over hoe het is om hond te zijn?'

'Tuurlijk,' zeg ik. 'Daar weet ik alles van.'

Hij vraagt hoe het voelt om naar de dierenarts te gaan, hoeveel pijn het doet als je een prik krijgt, of ik wel eens bang ben en wanneer. Ik vertel hem dat harde geluiden en akelige geuren me nerveus maken. En waarom ik het vreselijk vind als mijn nagels worden geknipt. Ik hou er sowieso helemaal niet van als iemand aan mijn voeten komt. Hij vraagt een heleboel over pijn en lijkt blij te horen dat dingen meer pijn doen in mijn mensenlichaam dan ze in mijn hondenlijf deden. Dan vraagt hij waar ik vroeger vaak aan dacht (hotdogs) en waar ik over droomde als ik sliep (rennen). Het zijn allemaal gemakkelijke vragen.

'Ik vond dat je fijn rook toen ik je voor het eerst ontmoette,' zeg ik. Hij lijkt verbaasd. 'Je ruikt gewoon naar jezelf, niet helemaal naar geparfumeerde zeep. Daar word ik altijd rustiger van. En ik vind het nooit erg om naar de dierenarts te gaan. Het is juist spannend, omdat het er naar katten ruikt.'

Dan praten we een tijdje over katten. Dokter Max weet veel over katten.

'Zal ik je eens iets grappigs vertellen?' vraagt hij en hij kijkt me aan vanuit zijn ooghoeken. Hij lijkt zo erg op een bol-ogig hondje dat ik in de lach schiet. 'Het is geen grap,' zegt hij. Maar dan schiet hij ook in de lach. 'Toen ik klein was, wilde ik echt, écht een hond worden. Serieus. Als volwassenen aan me vroegen wat ik later wilde worden, zei ik altijd: "Een Duitse herder." Is dat niet idioot? En ik dacht ook dat alle kleine hondjes jong waren en dat ze als ze groter werden in een grote hond veranderden. Dus bijvoorbeeld dat dwergpoedels baby's waren en ze, als ze ouder werden, in gewone Deense dogs veranderden.'

Hij schudt zijn hoofd. Ik schud mijn hoofd ook en omdat ik aardig probeer te zijn, zeg ik maar niet hoe ontzettend stom hij was om dat te denken. Als er íémand niet op een Duitse herder lijkt, is het dokter Max wel.

'Eh,' zegt hij met een schuine blik op mij. 'Ik vind het vervelend om te vragen, maar kun je me nog een keer vertellen hoe het nou precies ging, die gedaanteverwisseling?' Ik rol met mijn ogen en hij zegt: 'Ik weet dat je me het al een keer hebt verteld. Maar misschien kan ik, als ik alle details ervan nog eens precies hoor, een manier bedenken om jullie te helpen. Je weet maar nooit.'

Ik vertel hem werkelijk alles wat ik me herinner, maar de frons in zijn voorhoofd wordt alleen maar dieper. Hij mompelt dingen als 'elektrische impulsen' en 'energieoverdracht', maar ik denk dat hij gewoon maar wat voor zich uit blaft. Dat heb ik zo vaak gedaan. Het is leuk om te doen, maar je bereikt er niks mee.

Uiteindelijk geeft hij het op. Maar hij heeft nog steeds een heleboel vragen voor me. 'Hoe ben je eigenlijk je baasjes kwijtgeraakt? Weet je dat nog?'

Ik voel een steek in mijn hart bij die vraag. Ik wil er niet echt aan terugdenken. Ik herinner me dat ik thuis in mijn hok zat en ik herinner me ook dat ik later in mijn eentje door Madrona zwierf en de zee rook. Maar ook dat ik me toen vreselijk alleen voelde. Zelfs het eraan terugdenken geeft me weer een rotgevoel. Ik was overal bang voor, en nerveus, en mijn hart deed constant pijn. Dat begon pas minder te worden toen ik Jessica tegenkwam.

'Ik wil er niet over praten, dokter Max.' En hoewel hij knikt en niet verder vraagt, zijn mijn ogen opeens heel waterig.

Jessica

Ik sjokte door een donker steegje, aangetrokken door de geur van hotdogs en voortgestuwd door de wens om zo ver mogelijk van mijn vrienden vandaan te zijn. Ik had een gevoel alsof ik stenen had ingeslikt, mijn borstkas deed enorm veel pijn. Voor mij was alles met Max voorbij. Ik was een hond. Hij een mens. En alsof dat nog niet erg genoeg was, zat Kerrie hem op dit moment tot in detail uit de doeken te doen hoe ik in de steek was gelaten door mijn moeder. En dat ik mijn vader nooit had gekend. En was opgevoed door mensen die werden betaald om dat te doen. Dat was het dichtste bij het hebben van ouders dat ik ooit was gekomen. Niet het soort gezin waaruit je iemand graag tot je vrouw wil maken.

Hoe dichter ik bij de achterkant van Madronese Eieren kwam, hoe sterker – voller, vleziger, vetter – de geur van hotdogs werd. Bedwelmd door wat ik rook en half in een delirium, kon ik alleen nog maar bedenken dat hotdogs wel 'hotdogs' moesten heten omdat hotdogs het enige zou moeten zijn wat een hond te eten kreeg. Toen ik dichter bij de hoek kwam, hoorde ik stemmen. Ik vertraagde. Kwijlend keek ik om het hoekje.

Aan de achterkant van Leisls restaurant lag een kleine, rommelige achtertuin zonder gras, waar overal oud kinderspeelgoed rondslingerde. Het schoot me te binnen dat Leisl boven het restaurant woonde. Ik keek om me heen, op zoek naar de honden die ze fokte, maar ik kon alleen Foxy ontdekken, die met een klein meisje van een jaar of tien met vlechtjes in haar haar aan het spelen was. O ja, Leisl had een dochtertje. Met veel moeite wist ik haar naam uit mijn geheugen op te diepen, het leek wel alsof ik een anker moest ophalen dat diep in de modder was verzonken. Anya, zo heette ze.

Die kennels van Leisl moesten ergens anders zijn. Of was Leisl misschien opgehouden met fokken?

Er zat een oudere vrouw met duifgrijs haar aan de terrastafel te roken. Even vroeg ik me af of Leisl ooit had overwogen die troep uit haar tuin op te ruimen en er een terras voor het restaurant van te maken, net zoals wij bij het Spiegelcafé hadden. Maar die gedachte verdween al snel weer uit mijn hoofd omdat ik alleen maar kon denken aan hotdogs. Toen ontdekte ik waarom ik daar opeens zo'n enorme zin in had: Leisl kwam de achterdeur uit lopen met een schaal vol hotdogs en roereieren.

Anya kreunde: 'O mam, niet wéér eieren.'

De oudere vrouw tikte de as van haar sigaret in een klein zilverkleurig asbakje. 'Wees dankbaar voor wat je krijgt, jongedame.' En tegen Leisl snauwde ze: 'Nou, dat werd onderhand tijd.'

'De keuken raakte een beetje achter met de lunches. Ik moest even bijspringen,' zei Leisl, terwijl ze de schaal op de tafel neerzette. Ze draaide zich om en met haar handen op haar heupen zei ze op een toon die stekelig was van ergernis: 'Anya, je broek zit onder de modder. En kijk Foxy eens! Ik had hem helemaal schoon!'

Vanbinnen kromp ik ineen voor Anya. *Wees perfect*, wilde ik haar toefluisteren. *Zorg dat je schoon, gehoorzaam en perfect bent, dan zal ze altijd van je houden.*

Leisl struinde op Foxy af terwijl ze mopperde: 'Kijk nou, hij heeft overal stekels in zijn vacht hangen.' Ze greep hem bij zijn halsband beet, hoewel Foxy volgens mij als ze hem had geroepen heus wel was gekomen. Zijn oren hingen triest naar beneden toen ze hem naar de deur sleurde. 'Jij blijft hier,' beet ze hem toe. Foxy staarde naar de grond.

'Als je zijn vacht beter had bijgehouden, hadden jullie die schoonheidswedstrijd wél gewonnen,' merkte Leisls moeder op.

Leisl wierp haar een dodelijke blik toe. Toen richtte ze zich tot haar dochter: 'En jij, jongedame, hier komen en eten. En ik wil geen gezeur horen, begrepen?'

Ze gingen aan tafel zitten en begonnen te eten. Er hing een wolk van vijandige onvrede om hen heen. Ik voelde een steek van teleurstelling omdat ze duidelijk niet van plan waren iets van hun hotdogs af te staan. Ik had jaloers op hen moeten zijn – zij hoorden tenslotte bij een gezin. Iets waar ik altijd van had gedroomd. Maar in plaats daarvan had ik medelijden. Daar zaten ze dan, op maar een paar centimeter van elkaar vandaan, maar ze deden geen enkele poging om aardig tegen elkaar te zijn. Leisls moeder deed Leisl pijn en Leisl deed Anya weer pijn. Dus begon Anya te jammeren, wat weer op Leisls zenuwen werkte, waardoor ze iets kattigs tegen haar moeder zei. Ze konden geen van allen anders omdat ze gevangenzaten in hetzelfde patroon.

Ik ben blij dat ik Debra niet ken, dacht ik, als het zo gaat in gezinnen. Alleen maar katten op elkaar. Daar heb ik geen behoefte aan. Ik kan me beter voor haar verscholen blijven houden hier in Madrona. Tuurlijk, ik had vragen, er waren dingen die ik wilde weten. En ja, ik was nieuwsgierig naar de vrouw uit wie ik was geboren. Ik vroeg me af wat ze zou zeggen, hoe ze zou doen. Of we in bepaalde dingen hetzelfde waren. Maar geen enkel antwoord was het waard om mijn privacy in te ruilen tegen de haat die ik zag in Leisls gezin.

Opeens kwam er uit het niets een bries opzetten en kwamen de windvlagen van alle kanten. De hemel was helemaal helder, maar door het steegje waar ik stond waaide een harde wind, mijn T-shirt flapperde om mijn lijf. In Leisles achtertuin belandde de wind in een soort trechter en kolkten er papiertjes en stof van de grond op. Anya's blonde haren wapperden alle kanten op en de wind rukte haar stoel van de ene kant naar de andere. Op een gegeven moment kwamen de poten zelfs los van de grond en even leek het of de hele stoel weg zou waaien. De twee vrouwen sprongen op om de stoel allebei aan een kant vast te grijpen. En net zo snel als de wind was komen opzetten, ging ze weer liggen.

'Tjee, daar ging je bijna,' zei Leisl lachend, terwijl ze even over het hoofdje van haar dochter streek. Anya keek naar de twee vrouwen op, haar ogen groot van angst maar tegelijkertijd blij en opgelucht. Ze leek zo geschrokken dat ze op het punt stond in tranen uit te barsten, maar toen zij haar moeder zag lachen, deed ze hetzelfde. Algauw zaten ze alle drie te grinniken, hun schouders op exact dezelfde manier opgetrokken.

Moeders en dochters. Kerrie noemde de relatie tussen hen het 'ultieme mysterie'. Ik had me altijd buitengesloten gevoeld als ze dat zei, alsof ik net buiten de lichtcirkel van een lamp die iedereen bescheen in het donker stond.

Er ritselde weer een briesje langs mijn oor. Plotseling wist ik dat ik er ook bij wilde horen en ingewijd wilde worden in dat mysterie, zelfs als dat me verdriet zou doen. Misschien was mijn denken net zo goed vastgeroest in een vicieuze cirkel, zat ik óók gevangen in een patroon. Ik draaide me snel om en voor ik me kon bedenken, spurtte ik terug naar het Spiegelcafé.

22

Hond op huis aan

 Zoë

Eindelijk! Mijn eigen huis! Ik beef helemaal van opwinding. Dokter Max stopt de auto en stapt uit, maar ik blijf zitten. Als hij mijn portier opendoet, vraagt hij: 'Is er iets?'

Ik weet niet hoe ik hem moet vertellen dat ik zenuwachtig ben over wat er gaat gebeuren. Voor we hier aankwamen, was het gemakkelijk om te denken dat papa en mama dolblij zouden zijn als ze mij voor de deur zagen staan. Tenslotte kan ík haast niet wachten tot ik hen weer zie. Maar ik kan de blik die mama op Jessica wierp en het feit dat ze toen niet zei dat ze haar mee terug naar huis zou nemen, niet uit mijn hoofd zetten. Waarom had ze dat niet gedaan?

Dokter Max steekt zijn hand uit. Ik leg de mijne in die van hem en voel zijn kracht door onze handpalmen heen helemaal mijn arm in stromen. Hij helpt me de auto uit en ik denk dat ik nooit dapper genoeg zou zijn geweest om naar de voordeur te gaan, als hij er niet bij was geweest. Denken is één ding, maar doen is heel wat anders. Nu ik er ben, voel ik me opeens heel misselijk.

Ik sta op het pad dat naar de voordeur leidt en kijk om me heen. Het is veranderd hier. Er is minder gras dan vroeger, en iemand heeft aan de straatkant een nieuw bloemperk aangelegd. Daar hadden we er nooit een, er was alleen een perk in de achtertuin. Daar groef ik altijd kuilen in. Zouden ze dat nieuwe bloemperk hebben aangelegd omdat ík er niet meer ben?

Dokter Max loopt met me het pad op en we blijven staan voor de voordeur.

'Oké, laten we een plan van aanpak afspreken. We bellen aan en dan doet er waarschijnlijk iemand open. Wil je dat ik het verhaal hou? Ik denk dat dat misschien het beste is.'

Ik knik.

'Je moet goed onthouden,' vervolgt hij, 'dat je geen hond bent. Je bent niet Zoë. Je bent Jessica. We zijn hier om te vragen of ze een hónd terug willen nemen, niet jóú. Zelfs als ze ja zeggen, kun je niet zomaar naar binnen stormen.'

Terwijl hij dat zegt, begint mijn keel helemaal te prikken. 'Dokter Max,' zeg ik stilletjes, 'maar als ze nou geen ja zeggen?'

Zijn lippen worden een dunne lijn. 'Daar denken we over na als dat gebeurt. Als het al gebeurt. En als ze ja zeggen, dan moeten Jessica en jij in ieder geval eerst van lichaam verwisselen. Jouw familie verwacht niet dat er een mens bij hen komt wonen.'

'Maar ik wéét niet hoe ik terug in een hond kan veranderen,' fluister ik.

'Ja, dat begrijp ik. Ik weet het ook niet,' zegt dokter Max. 'Ik hoop gewoon dat het feit dat we hier zijn – en iets dóén – op de een of andere manier helpt. Je weet het maar nooit, toch? Het maakt... het maakt misschien iets los. Kosmisch gezien. Ik weet het ook niet, maar misschien? Dus laten we met jouw familie gaan praten en kijken wat er gebeurt. Onthoud goed dat je voor hen niet op de Zoë lijkt die zij kennen. Je ziet eruit als Jessica. Een mens.'

'Ja,' zeg ik.

Dokter Max glimlacht en geeft een kneepje in mijn hand. Even voel ik me heel opgewonden: mijn papa en mama kunnen tenslotte álles. Zelfs rund-met-leverhondenbrokken uit het niets tevoorschijn toveren. Misschien kunnen zij alle problemen wel oplossen.

We stappen de paar treetjes naar de voordeur op en Max drukt op de bel. Dan wachten we. En wachten we. Ik bijt op mijn lip en probeer me geen zorgen te maken.

De deur gaat open en het is mijn moeder. Ze heeft een roze

jurk aan waar ik hoop van krijg: roze lijkt veel op rood. En máma draagt het. Ze heeft haar oorclips ook in en ze ruikt bloemig, precies zoals altijd. Ze kijkt naar mij en dan naar Max. Dan kijkt ze weer naar mij.

'Jij! Ben jij het? Van vanmorgen? Met die vreselijke hond?'

Ik ben bang iets verkeerds te zeggen, dus tuur ik naar mijn voeten in plaats van haar antwoord te geven.

Max zegt: 'Hallo, ik ben dokter Nakamura. Ik ben de dierenarts uit Madrona. Ik kom hier langs in verband met een hond. Uw hond, Zoë.'

Ik sla mijn ogen op naar mama. Ze kijkt raar, alsof ze net is betrapt terwijl ze uit de vuilnisbak stond te eten.

'Wij hébben helemaal geen hond.'

Dokter Max zegt vriendelijk: 'Uw hond, Zoë? Ze is aan komen lopen bij mijn praktijk. Ik dacht dat u opgelucht zou zijn om te horen dat alles goed met haar is.'

Nu ziet mama er niet alleen raar uit, ze klínkt ook raar. Ze vraagt: 'Bent u van de politie?'

'Nee, mevrouw,' zegt dokter Max. 'We willen alleen graag weten wat er is gebeurd en een verloren hond weer thuisbrengen bij haar baasjes. Er zit hier niemand in de problemen.'

Mijn moeders ogen schieten heen en weer. Dan blijven ze rusten op de vloer van het portiek. Als ze weer begint te praten, klinkt haar stem dun en afstandelijk. 'Ze was gewoon... ze was gewoon nooit de juiste hond voor ons. Te onstuimig, te luidruchtig. Te groot. We hebben haar alleen genomen omdat we hier bij de rest van de inwoners wilden passen, in een stadje dat helemaal verliefd is op honden. Twee jaar geleden hebben we haar meegenomen vanaf het Natte Neuzenfestival. Ze hadden er een stel puppies te koop. Maar ze werd zo groot en ze was gewoon een ramp. Altijd dingen breken, kuilen graven en dingen kapotscheuren. Rennen door het huis. Janken in haar hok. De auto achternajagen.'

Mijn hart maakt een duikeling als ze al mijn fouten opsomt.

'Het is nog een jonge hond,' zegt dokter Max. 'Met wat training kan ze dat allemaal afleren.'

Mama kijkt dokter Max recht aan. Ze ziet er angstig uit, alsof ze wordt achternagezeten door een gemene, grommende hond.

'Die hond komt hier niet terug in huis. Al die rotzooi, die vuiligheid. Geen sprake van. Niet nóg een keer.'

Dokter Max kijkt alsof er honderden gedachten door zijn hoofd razen. Zijn mond gaat open, maar er komen geen woorden uit. Ik denk dat hij misschien boos is. Ikzelf heb moeite met ademhalen.

'Dus u hebt haar ergens achtergelaten?'

Mama begint de deur dicht te doen. 'Mijn man heeft het gedaan. Ze hoort ergens anders te wonen, ergens met meer ruimte. Bij een andere familie. Niet bij ons.'

'Maar júllie zijn mijn familie!' gil ik. Ik doe een stap naar haar toe, maar ze duikt weg achter de deur. Die valt in het slot. Recht in mijn gezicht. Ik duw mijn mond tegen de spleet van de brievenbus en roep zo hard ik kan: 'Júllie zijn mijn familie!'

☕ Jessica

Ik stormde het steegje door en probeerde aan iets anders te denken, zodat ik mezelf niet van mijn plan af zou brengen. Toen ik de hoek naar het plein om draafde, liep ik bijna tegen Carmelita Sanchez op, de eigenaresse van de Crazy Music Store, recht tegenover het Spiegelcafé. Ze deinsde naar achteren om een botsing te vermijden – of dat dacht ik in ieder geval – totdat ik de uitdrukking op haar gezicht zag. Het vertrok van afschuw, alsof ze het in mijn nabijheid gewoon niet kon uithouden. Haar handen vlogen naar haar borst, alsof ze absoluut niet in aanraking met mij wilde komen, zelfs al was dat per ongeluk.

Haar afkeer van honden had niet duidelijker kunnen zijn als het in hoofdletters op haar voorhoofd stond geschreven.

Het bizarre was dat ik tot dan toe had gedacht dat ze een van de hondenliefhebbers was. Ik kende Carm al jaren. Ze had altijd in het comité van het Natte Neuzenfestival gezeten en iedereen beschouwde haar als een modelburger van Madrona, juist vanwege haar liefde voor kwispelstaarten. Zelf had ze geen hond, maar niemand zette daar vraagtekens bij.

Nu zag ik hoe ze werkelijk was. Precies hetzelfde als ik altijd was geweest. Iemand die deed alsof.

Ik rende weer verder, blij Carm van mijn aanwezigheid te kunnen verlossen. Nu ik wist hoe ze zich voelde, voelde ik ongewild hetzelfde voor haar. Als zij míj niet leuk vond, vond ik haar ook niet leuk.

Terwijl ik van haar wegdraafde, was het niet haar afkeer van honden die me het meest verbaasde, maar eerder de snelheid waarmee ik die had opgemerkt. Toen ik in mijn mensenlijf zat, had Carm me altijd voor de gek weten te houden. Maar als hond had ik haar onmiddellijk herkend als de enige van het plein die een hekel had aan honden. Ik dacht terug aan al die jaren dat ik gemaakt naar honden had geglimlacht terwijl ik eigenlijk het liefst was weggerend, en voelde mijn maag ineenkrimpen van schaamte. Hadden al die honden me net zo doorzien als ik Carm nu?

Ik had me in ieder geval als een watje gedragen en me schuldig gemaakt aan alle klassieke fouten die iemand die bang is voor honden maakt: wegrennen, gillen van angst, mijn hand snel wegtrekken bij een snuffelende neus. Ik was altijd nerveus als er honden in de buurt waren en dat had hén natuurlijk ook nerveus gemaakt.

Ik voelde me een idioot.

Toen ik bij het Spiegelcafé aankwam, was ik blij te zien dat er nog altijd veel gasten zaten. En bijna iedereen had een zakje met Spiegelcafé-koekjes bij zich. Ik dwaalde door de mix van Nikes, Rockports en Crocs op zoek naar iets wat me aan Zoë deed denken. Of aan Max. Hoe meer schoenen ik zag, hoe meer ik overrompeld werd. Overal waren schoenen en overal werd er gekletst, de lucht was gevuld met geroezemoes. Mijn oren schoten heen en weer.

'Heb je de Viervoetersschotel geprobeerd? Die is echt super.'

'Joey, hier blijven.'

'O, ik moet ontzettend plassen.'

'Gaan jullie naar de sluitingsceremonie? Wat zijn ze daar eigenlijk van plan?'

Mijn ogen schoten wijd open. De sluitingsceremonie, waar ik een toespraak moest houden! O, ook dat nog! Ik drentelde zenuwachtig in het rond, vanbinnen jankte ik het uit. Wat kon ik doen? Niks. Helemaal niks. Daar moest ik nog erger van janken. Ik spitste mijn oren om te luisteren of ik Max' stem hoorde, maar dat zorgde er alleen voor dat er een bonkende koppijn kwam opzetten. De mensenwereld was een soort mistige wolk ergens hoog boven mijn hoofd. Ik kon proberen me erop te focussen, maar over het geheel ging het over vrij onbelangrijke dingen en maakte het me alleen maar in de war. Hoe langer ik luisterde, hoe groter mijn ontreddering werd. Alles wat ik kon bedenken, was dat ik Max en Zoë moest vinden.

Verdwaasd liep ik naar de hondenwaterbak op het plein en dronk daar gulzig uit. Er dreef een wit, schuimend laagje op, maar dat kon me niks schelen. Ik móést gewoon iets drinken om mijn oververhitte hersens af te koelen. Na vijf flinke slobbers wist ik weer wat me te doen stond: ik moest weten hoe laat het was.

Ik zocht het plein af en kreeg de grote klok boven de juwelierswinkel in het oog. Ik kon het moeilijk zien, maar kneep mijn ogen tot spleetjes en tuurde tot ik de grote en de kleine wijzer kon onderscheiden. Zeventien minuten voor twee. Tijd om te gaan.

🦴 Zoë

Ik verdrink in mijn verdriet. We zitten in de auto en dokter Max rijdt. Mijn hart is te gebroken om ergens aan te kunnen denken. Ik kan alleen maar verstikte, beverige geluiden maken en de tranen blijven maar uit mijn ogen stromen.

Dokter Max geeft me een stuk wit papier aan. Ik neem er een hap van.

'Nee, nee,' zegt hij, terwijl hij het uit mijn mond trekt. 'Het is niet om te eten, het is een tissue. Om je neus aan af te vegen.'

Dat doe ik en dan ben ik wat minder druiperig. Maar dat duurt maar heel even, want dan denk ik weer aan wat mama zei.

Over mij. Dat ik beter bij een ander gezin kon gaan wonen. 'Niet bij ons,' zei ze.

Niet bij hen!

Ik slaak een jammerkreet. Dokter Max geeft een ruk aan het stuur en meteen weer een ruk de andere kant op.

'Maar ik wíl zo graag bij hen wonen! Ik wil naar huis!'

'Dat weet ik, dat weet ik,' zegt dokter Max. Zijn gezicht ziet er grommerig uit. En wazig, omdat mijn gezicht helemaal nat is. 'Ik weet dat je dat wilt.'

Hij rolt het raampje naar beneden. Ik steek mijn hoofd naar buiten en jank de zieligste, hartverscheurendste en meest hartgrondige jammerkreet ooit. En nog een. Dat was ik lang blijven doen als dokter Max me niet naar binnen had getrokken.

'Ik weet dat je van streek bent,' zegt hij. Hij kijkt nog steeds zo grommerig. Ik snap niet waarom hij zo grommerig is – het is toch eerder verschrikkelijk verdriet. 'Ik had echt gehoopt dat het beter zou verlopen.' Hij zucht. 'Herinner je je nog hoe het ging? Toen ze je achterlieten in de stad?'

Ik zit te bibberen in mijn stoel. Als ik met mijn ogen knipper, zie ik stukjes van mijn herinnering voor me. Papa die met me in de auto rijdt, ik die mijn neus tegen het raampje druk. Ik die te horen krijg dat ik mijn neus niet tegen het raampje mag drukken. Ik die naar een schapendoes blaf. Ik die hoor dat ik niet mag blaffen.

Dan gaan we de auto uit. Ik ben opgewonden. Ik snuif overal om me heen, zoals ik altijd doe. Papa lijkt een beetje anders dan anders. Hij ruikt zenuwachtig, maar dat viel me toen niet op. Maar nu, nu ik erover nadenk, herinner ik me die geur. Ik word er misselijk van.

'Ik ben misselijk,' zeg ik.

Dokter Max zet de auto meteen aan de kant. Hij springt eruit om mijn portier open te doen.

Ik leun naar buiten en geef over op straat.

Dokter Max geeft me weer een wit papier en nu weet ik dat ik het niet moet opeten. Ik veeg er mijn neus mee af. Maar dan schudt hij zijn hoofd en zegt: 'Nee, deze keer is het voor je mond. Je kunt er van alles mee afvegen.'

Dat doe ik en het helpt, maar het doen van al mensendingen is heel vermoeiend. Een mens zijn is veel werk. Hoewel het normaal niet zoveel werk is als nu ik me de dingen probeer te herinneren. Ik wil niet meer denken aan die rotdag, maar dokter Max vraagt het me zo vriendelijk met zijn ogen. Ik zucht diep en beverig en vraag mijn geheugen om verder te denken.

Ik herinner me opnieuw hoe nerveus papa rook en voel me daar weer rot door, maar deze keer hoef ik niet over te geven. Ik had mijn riem om. Papa bond de riem vast aan een dikke ijzeren paal. Hij gaf me een paar klapjes op mijn kop. Hij keek niet naar me. Ik dacht dat dat betekende dat hij zo terug zou zijn. Dus ging ik zitten om te wachten.

Hij stapte in de auto, wat ik heel vreemd vond. Maar ik dacht dat hij gewoon zo terug zou komen. Dat had hij tot dan toe altijd gedaan. Dus waarom zou het nu anders gaan?

Ik wachtte. Ik geeuwde en wachtte nog wat langer. Ik ging liggen en legde mijn kop op mijn poten. Ik viel in slaap. Ik werd wakker en wachtte nog langer.

Na een hele tijd wachten werd het donker. Ik had honger. Maar ik bleef wachten.

Er kwam een blonde labrador voorbij en ik gromde ernaar. Ik was nerveus geworden van al dat wachten. En ik had honger. En ik was bang. Papa had er nog nooit zo lang over gedaan om terug te komen.

Ik viel weer in slaap en toen ik wakker werd, had ik het koud en een heel akelig gevoel in mijn maag. Misschien van de honger, dat weet ik niet. Overal om me heen klonken vreemde geluiden, maar hoe hard ik ook aan mijn riem rukte, ik kon niet weg. Ik probeerde of blaffen hielp en dat hielp inderdaad. Ik bleef blaffen totdat iemand schreeuwde dat ik mijn kop moest houden.

Later was ik heel moe, maar kon ik niet slapen. Ik probeerde wat heen en weer te drentelen, maar mijn riem was te kort. Toen ik heel, heel lang in het donker had zitten wachten, vloog er iets groots en flapperigs vlak over mijn kop. Ik blafte ernaar en rukte aan mijn riem. En die keer brak de riem los van mijn halsband. Ik vluchtte weg en verstopte me achter een vuilcontainer totdat het licht werd. Ik schrokte twee hamburgerpapiertjes op die er lagen en kotste die later weer uit.

'Papa heeft me daar achtergelaten en is niet meer teruggekomen,' zeg ik.

Dokter Max tuurt naar de grond. 'Wat erg voor je, Zoë. Het spijt me ontzettend dat je dat hebt moeten meemaken.' Hij staart over mijn schouder in het niets. 'Ik ben stom geweest. Ik had je niet mee moeten nemen. Dat was stom, ik had beter moeten weten.'

'Maar je kon toch niet weten dat ze me niet terugwilden? Ik was heus niet héél stout, echt niet.'

'Natuurlijk was je dat niet,' zegt hij. 'Maar ik had het kunnen bedenken. Ze hebben helemaal niet naar je gezocht, geen briefjes of iets dergelijks opgehangen in Madrona. Ik had het kunnen weten. Dat is het rotste van dierenarts zijn: dat je dit soort dingen soms meemaakt.'

'Nou, dat is nog lang niet zo erg als het zélf te moeten meemaken,' zeg ik op scherpe toon. Ik kijk naar dokter Max en in een flits dringt het tot me door dat hij ook een mens is, net zoals alle anderen. Hij kan de ene minuut van me houden en de volgende van me af willen. Hoe kan ik me ooit veilig voelen bij hem? Hoe kan ik me ooit veilig voelen bij welk mens dan ook? Het liefst had ik me meteen omgedraaid en was ik gewoon bij hem vandaan gelopen. Weg van hem, van mijn huis en van alle mensen van de wereld. Als ik alleen ben, kan niemand me nog in de steek laten.

Ik overweeg serieus om dokter Max daar op de straat te laten staan en weg te rennen, als me iets afgrijselijks te binnen schiet. Ik ben nu óók een mens! En zelfs al word ik ooit weer een hond, dan weet ik toch niet hoe ik me in mijn eentje moet redden. Ik denk terug aan hoe bang en kwetsbaar ik me voelde toen ik alleen door Madrona zwierf en ik weet dat ik dat nooit meer wil meemaken. Ik móét wel bij mensen wonen om iets te eten te krijgen. Maar toch denk ik niet dat ik hen ooit nog echt zal vertrouwen.

'Jessica kan wel precies hetzelfde doen als zij,' zeg ik. 'Het kan best dat ze me nu in huis heeft genomen, maar me over een tijdje naar een stad brengt en gauw wegrijdt. Wie zegt dat ze zoiets níét gaat doen?'

Dokter Max' ogen staan somber en het lijkt of hij niet goed weet wat hij moet zeggen. 'Ik weet dat het iets heel moeilijks is om van je te vragen,' zegt hij, 'maar je zult haar moeten vertrouwen.'

Iedere vezel in mijn lijf verzet zich tegen dat idee. Maar wat voor keus heb ik? Bovendien: als ik aan Jessica denk, voel ik mijn hart een heel klein beetje opengaan, alsof mijn hart haar het liefste wél zou vertrouwen. Dokter Max schraapt zijn keel.

'Wist je dat Jessica niet eens op zoek was naar een hond, voor ze jou ontmoette? Maar ze vond het goed dat je met haar mee naar huis ging. Dat was een groot risico voor haar. Ze móést je wel vertrouwen, precies zoals jij haar nu moet vertrouwen. Jullie moeten allebei aardig voor elkaar zijn. Dat is de enige manier waarop zoiets kan werken.'

Ik maak een snuivend, snotterig geluid. 'Ik wil haar wel helpen om gelukkig te zijn,' zeg ik. Mijn ogen zijn weer helemaal nat, maar ik voel me niet zo verdrietig meer nu ik aan Jessica denk. Aan haar denken vrolijkt me op. 'Denk je dat ze mij ook wil helpen gelukkig te zijn?'

'Ja. Ja, dat denk ik zeker.'

Daar denk ik een tijdje over na. Eigenlijk wil ik alleen maar aan mijn familie denken en nergens anders aan, omdat ik, als ik aan iets anders denk, het gevoel krijg dat ik het opgeef en hen laat gaan. Maar ik doe het wel, en denk in plaats van aan hen, aan Jessica. Dan vraag ik: 'Dokter Max, denkt u dat ik ooit weer een hond word?'

Dokter Max zucht diep. 'Ik weet het niet, Zoë. Echt niet. Maar ik hoop het. Jij niet?'

'Ja,' zeg ik. 'Heel erg.'

☕ Jessica

Zodra ik bij het park aankwam, besefte ik hoe stom dit plan was. Er waren tientallen paartjes en gezinnen die over het gras slenterden en hun honden uitlieten. *Hoe kan ik haar hier ooit herkennen? Hoe kan zij Zoë ooit herkennen?* Ik overwoog even om het hele plan aan de wilgen te hangen en terug naar het Spiegelcafé te gaan, maar bedacht toen dat dat geen zin had; de mensen naar wie ik op zoek was waren dáár tenslotte ook niet. Dus sprong ik boven op een picknicktafel en probeerde zo het park te overzien.

De gezinnen konden worden uitgesloten. Debra zou in haar eentje zijn, dat wist ik zowat zeker. En ik betwijfelde of ze een hond had. Ik herinnerde me vaag iets terwijl ik daarover nadacht, iets wat met honden te maken had, maar toen ontglipte het me weer. Mijn ogen zochten de mensenmassa af, en nog een keer, en nog een keer...

Het was een beweging die steeds werd herhaald die uiteindelijk mijn aandacht trok. Een kleine vrouw in een spijkerbroek keek voor de derde keer in drie minuten op haar horloge. Ik sprong van de tafel af en liep haar richting uit. Haar haar was lichter dan het mijne en grijzend, in een korte *bob* geknipt tot net onder haar oren. Ik ging een paar meter van haar vandaan zitten en probeerde haar te bekijken zonder al te opvallend naar haar te staren en nam haar donkergrijze vest, haar nerveuze ogen en haar versleten bruine tasje in me op. We leken ongeveer van dezelfde lengte en haar gezicht was net als het mijne ovaal van vorm, maar wat langgerekter. En haar kin was scherper. Ook haar mond was anders: breder. En ze had rode lipstick op, terwijl ik altijd alleen maar lipgloss opdeed. Maar toen ze haar wenkbrauwen fronste en een blik op haar schoenen wierp, maakte mijn maag een salto. Ik had op mijn eigen gezicht vaak precies dezelfde uitdrukking gezien.

Het was dus waar. Ze was echt mijn moeder. Haar handen waren hetzelfde als die van mij en ze droeg turkooizen oorbellen die er precies zo uitzagen als mijn eigen lievelingspaar. Wat bizar. Haar zien was als op de kermis in een lachspiegel kijken, een spiegel die mijn gezicht twintig jaar ouder maakte. En toch was ze duidelijk een andere persoon, met de mond van iemand die al heel lang rookt en een Ierse vriendschapsring om haar vinger. Er borrelde een hele reeks vragen in me op. Ik werd er bang van, er laaide plotseling zoveel hoop in me op. Betekende die ring dat we Iers waren? Had ik Iers bloed? Hadden we familie in Europa? En mijn grootouders, leefden die nog? Had Debra meer kinderen gekregen? Kinderen die ze wél had gehouden en had grootgebracht? Had ik misschien een broer? Of een zusje?

Mijn hoofd bonkte. Ik draaide me om en deed mijn ogen dicht. Kon ik al dat zonlicht maar buitensluiten.

23

Moeders en dochters

 Zoë

'Hoe laat is het? Waar is de hond? Waar is Zoë?' Mijn stem klinkt hoger dan anders. 'Waarom is ze niet hier?'

De vrouw met de rinkelende oorbellen bijt op haar lip. 'O, verdomme. O nee! Ze moet zijn weggewandeld. Het is mijn schuld. Ik werd naar de keuken geroepen en ben daarna constant druk aan het werk geweest.'

'Maar hoe laat is het nu?'

Kerrie kijkt me fronsend aan, maar werpt daarna een blik op haar horloge. 'Even over tweeën. Wil je dat we de Vereniging voor Verloren Viervoeters waarschuwen? Of zullen we meteen zelf gaan zoeken?'

'Nee.' Ik schud mijn hoofd en ga er op een drafje vandoor. 'Ik vind haar wel. Ik weet waar ik moet zoeken!'

Er fladdert een angstig gevoel door me heen terwijl ik ren. Vanmorgen leek het me een geweldig plan om Jessica's moeder te ontmoeten. Maar nu ik mijn eigen moeder heb gezien, nu ik snap hoe ze zich voelt, vraag ik me af of Jessica misschien een goede reden had om niet te willen dat ik met haar moeder afsprak.

 Jessica

Toen ik Zoë aan zag komen hollen over het pad vanaf Midshipman's Square, sprong mijn hart op. Ik was blij haar te zien, opgelucht dat ons idiote tweetal weer herenigd zou worden. En hoewel ik betwijfelde of ze de situatie met Debra kon oplossen of zelfs maar wat kon vergemakkelijken (eigenlijk lag het meer voor de hand dat ze die tot een grotere marteling zou maken), zouden we tenminste met zijn tweeën zijn.

Ik wierp een snelle blik op Debra. Toen ze Zoë zag, klaarde haar hele gezicht op, en vervolgens temperde ze die blije blik direct weer, waarschijnlijk bang om er te hoopvol uit te zien. Haar hand ging omhoog om te zwaaien, maar toen aarzelde ze en bedacht ze blijkbaar dat ze dat beter niet kon doen. Ze liet hem omlaag vallen. *Arme ziel*, schoot het onwillekeurig door mijn hoofd. Ze was net zo stijfjes en zich van zichzelf bewust als ik was voordat ik Zoë ontmoette. Ik vermoed dat het in mijn genen zit.

Zoë kreeg mij in de gaten en kwam naar me toe hollen. Ik sprong op en stormde op haar af om haar te begroeten, helemaal blij toen ik haar warme, vertrouwde geur rook terwijl ze haar armen om me heen sloeg.

'O Jessica,' zei ze met haar gezicht in de vacht van mijn nek begraven. 'Er is zoiets ergs gebeurd. Het ergste van alles.' Haar stem klonk verstikt. 'Dokter Max en ik zijn naar mijn huis geweest en hebben mijn moeder gesproken, mijn gezin van voor ik jou ontmoette. Ze zei dat ze me niet terugwil.'

Ik hapte naar adem. Hoorde Zoë bij een gezin? En was Max daar met haar op bezoek geweest? Ach, die arme Zoë. Dát moest het zijn waar ze steeds mee bezig was geweest, proberen terug te gaan naar de mensen van wie ze hield. En nu hadden ze haar afgewezen. Mijn ogen glansden van medelijden.

Zoë keek op mijn poten neer. 'Ik dacht dat mijn familie wilde dat ik mijn hele leven bij hen bleef, maar dat is niet zo. Ze willen dat ik nooit meer bij hen ben. Ik dacht dat ze van me hielden. Maar als dat zo was, zouden ze mij hebben gehouden.'

Die lieve Zoë. Ik drukte mijn neus tegen haar hand. Ze sloeg haar arm weer om me heen en verstopte haar gezicht opnieuw in mijn vacht. Samen ademden we een paar keer diep in. Toen maakte Zoë een walgelijk snotterig geluid, kwam overeind en veegde haar gezicht met de rug van haar hand af.

'Ik wilde je zeggen dat het me spijt,' zei ze, terwijl ze me recht aankeek. 'Ik heb vandaag die afspraak met je moeder gemaakt, maar dat was voordat ik wist dat een moeder ook nee kan zeggen en je niet terug kan willen. Ik heb erover nagedacht en ik denk dat je, als je moeder goed voor je was geweest, blij zou zijn om haar vandaag te zien. Maar je was niet blij. Je was juist boos op me toen ik met haar afsprak. Dus als je haar niet wilt zien, begrijp ik dat best. En dat vind ik prima. We hóéven niet.'

Ik wipte van de ene poot op de andere. Een deel van mij wilde inderdaad meteen rechtsomkeert maken en samen met Zoë weghollen, om nooit meer om te kijken. Hoe klein en weinig intimiderend Debra er ook uitzag: ik was bang voor haar. Ik was bang voor wat ik misschien te weten zou komen, voor het soort persoon dat ze zou blijken te zijn. Het was zoveel gemakkelijker om weg te lopen. En zo eenvoudig.

Maar een ander deel van mij had er genoeg van om altijd de gemakkelijkste weg te kiezen, me altijd te verschuilen in mijn eigen, kleine, veilige wereldje waarin ik nooit een uitdaging was aangegaan, nooit mijn mond tegen Hot Max had opengedaan, nooit met mijn moeder wilde praten. Dat was niet de manier waarop ik wilde leven, dat had ik van Zoë geleerd. En bovendien had ik die hoopvolle uitdrukking op Debra's gezicht gezien toen ze Zoë in het oog kreeg. Ze wilde dit zo graag. Ze wilde míj zo graag. Misschien was dat niet zo geweest toen ik een peuter was, maar nu overduidelijk wél.

Ik stond op, draaide me om en liep naar Debra toe. Zoë kwam achter me aan en toen ik de lach zag die Debra's gezicht oplichtte, was ik blij dat ik had besloten dit te doen.

'Hallo, Jessica. Dank je wel dat je me wilde ontmoeten.' Debra maakte een klein gebaar alsof ze Zoë wilde omhelzen, maar veranderde toen van gedachten en stak haar hand uit op het moment dat Zoë haar ook wilde omhelzen. Het ontaardde in een onhandige begroeting die ergens tussen een handdruk en een omarming in zat. Ze gingen op een bankje zitten en Debra pakte haar tas om die in haar schoot te leggen, maar zette die vervolgens toch maar weer naast zich op de grond terug. Ik ging op het gras voor hen zitten.

'Wauw,' zei Zoë met een blik op Debra. 'Je lijkt zó op mij!'

Debra glimlachte nerveus. 'Je bent een schoonheid. Veel knapper dan ik ooit ben geweest. Dat donkere haar. Dat heb je van je vader, niet van mij.'

Mijn vader? Mijn mond viel open. Wie was mijn vader?

Maar Debra veranderde van onderwerp. 'Het verbaast me dat je een hond hebt. Na wat er is gebeurd, bedoel ik.'

Zoë trok haar wenkbrauwen op. 'Hoezo? Wat is er dan gebeurd?'

Debra's mond ging open en weer dicht, alsof ze niet goed wist wat ze moest zeggen, en misschien wel spijt had van wat ze al hád gezegd. 'Weet je dat niet meer?' Er vloog een schuldige uitdrukking over haar gezicht. Zoë boog zich meteen naar haar toe.

'Nee. Wat is er gebeurd? Wat heb je gedaan?'

Ik schoof dichter naar het bankje toe, niet van plan om ook maar één woord te missen. Mijn hart bonkte zo luid dat ik moeite had om Debra te verstaan.

Debra draaide haar gezicht weg. Ze staarde naar de grond terwijl ze met de rits van haar jasje speelde. 'Ik heb er zoveel spijt van, van de dingen die ik je heb aangedaan toen je nog maar een klein baby'tje was,' zei ze. 'Er gaat geen dag voorbij zonder dat ik wakker word vol schuldgevoelens over alles. Over wat een vreselijke moeder ik was. En er zijn geen excuses voor. Ik kan me niet indenken dat je het me ooit zult vergeven. En dat zal waarschijnlijk ook niet gebeuren, dat weet ik. Ik zag er zo tegen op hierheen te gaan en je alles te moeten vertellen. Maar slechter over me denken dan je nu doet, kán niet, hield ik mezelf voor. Toch?' Ze wierp een schielijke blik op Zoë en staarde toen weer naar de grond alsof daar alle antwoorden lagen.

'Ik heb veel problemen gehad,' zei ze zachtjes. 'Verslavings-problemen. Het is geen excuus. Ik heb zélf al die rotzooi gerookt en gespoten. Ik had een rotjeugd achter de rug en wilde het liefst nergens meer aan denken, ontsnappen. Toen ik dertien was dronk ik al stiekem. En ik was nog maar een kind, net zeventien, toen ik erachter kwam dat ik zwanger was van jou. Na je geboorte, toen je vader er al vandoor was, raakte ik verwikkeld in een relatie met een foute man. Hij was heroïnedealer. De problemen werden alleen maar groter en groter.' Ze sloeg haar ogen op naar Zoë. 'Ik heb nooit iets gebruikt toen ik in verwachting van je was, dat zweer ik. Toen je vader weg was, ben ik een tijd helemaal clean geweest. Ik werkte als verzorgster voor de kinderen bij een leuk gezin. Het was een van de fijnste periodes in mijn leven, mijn zwangerschap van jou. Toen ik zover was dat ik niet meer kon werken, heb ik in een opvanghuis gezeten. Het was geen fantastisch leven, maar ik was in ieder geval clean. Clean en nuchter.'

Debra ademde hortend in. 'Pas na je geboorte begonnen de problemen écht. Nadat ik die heroïnedealer had leren kennen. Door hem raakte ik verslaafd en vanaf dat moment werd mijn hele leven daardoor bepaald. Vanaf die dag kon niets me meer interesseren, helemaal niets, behalve de volgende shot. Jij was nog maar een baby, een piepklein baby'tje, en je moeder...' Ze schudde haar hoofd alsof ze geen woorden had om te beschrijven hoe ze over zichzelf dacht. 'Er waren periodes waarin je dagenlang niet werd verschoond. Periodes waarin de buren zeiden dat je urenlang had gehuild, maar ik was te erg van de wereld om dat in me op te nemen. Ik heb vreselijke dingen gedaan. En dat zijn dan nog maar de dingen die ik me herinner. Soms sloot ik je op in de kast, als er bijvoorbeeld mensen langskwamen om te gebruiken of iets te kopen. Ik herinner me nog dat ik op een gegeven moment zag – je moet toen bijna twee zijn geweest – dat je je handje onder de deur uit stak. Op zoek naar mij, naar iemand. En ik deed net of je er niet was.' Haar schouders beefden. 'Dat zal ik mijn leven lang niet vergeten. Ik had nooit een baby mogen krijgen.'

Mijn god. Dit was nog erger dan ik had gevreesd. En aan de andere kant, ook minder erg op de een of andere manier. Ik had altijd gedacht dat ze me had afgestaan omdat ze me niet wilde. Het was nooit in me opgekomen dat ze zelf zulke zware en levensgrote problemen kon hebben. Of dat het beter voor me was om naar een pleeggezin te gaan, in plaats van bij haar te blijven. Ik dacht aan mezelf, dat arme kind dat haar best deed om uit die kast weg te komen en er ging een huivering door me heen. Plotseling voelde ik me ziek.

Debra legde haar tasje weer in haar schoot en hield dat tegen zich aan geklemd. 'Die vriend, die dealer, had een hond. Ik probeerde lief voor dat beest te zijn, ik heb altijd van honden gehouden, maar hij werkte er hard aan om het beest vals te maken, en alles wat ik deed was zinloos. Hij wilde die hond alleen voor de show, om mensen die hem wilden belazeren af te schrikken. En als waakhond. Het beest kreeg nooit op vaste tijden eten, altijd alleen maar wat hapjes uit zijn hand, om het beest volkomen van hem alleen afhankelijk te maken. Naar hem te laten luisteren. Eigenlijk behandelde hij mij net zo. En het werkte. Die hond en ik hadden waarschijnlijk álles voor hem gedaan.'

Er gleed een blik over haar gezicht die ik niet kon thuisbrengen. 'Ik heb je meerdere malen alleen gelaten met die hond. Ik heb geen idee wat er gebeurde als we weg waren, maar het leek altijd goed te gaan, tot je bijna twee was. Ik kwam thuis, toevallig nuchter omdat ik niet genoeg geld had om te scoren, en trof je krijsend aan met het bloed aan één kant uit je hoofd gutsend.' Debra zweeg, haar ademhaling ging snel. 'Ik denk dat je de kastjes in de keuken had opengemaakt en er wat crackers in had gevonden. En dat de hond je toen had aangevallen, je gezicht toetakelde en je armpje openbeet! Ik was zó bang. Ik heb je het hele eind naar het ziekenhuis gedragen. En toen de kinderbescherming daar aankwam, ben ik ervandoor gegaan. Ik liet je gewoon achter. Ik kon je niet mee terugnemen naar huis, niet naar die situatie daar. Alles was beter voor je dan het leven dat je bij mij had. Alles.'

Debra was intussen in tranen. Ze voelde in haar tasje, waarschijnlijk op zoek naar een tissue. Ik sprong op, draaide me om en struinde weg. Mijn litteken! Nu wist ik waar dat mysterieuze litteken van me vandaan kwam. Geen wonder dat ik mijn hele leven al bang was voor honden. Mijn vacht stond rechtop van woede. Hoe kon ze me daar zomaar hebben achtergelaten? En die hond. Ik werd gewoon misselijk als ik eraan dacht wat er daarna met die hond was gebeurd. Had dat dealervriendje van haar hem afgeschoten? In elkaar geschopt? Omdat die rothond zo uitgehongerd was dat hij een peuter molesteerde voor een cracker? O, ik wilde iets kapotmaken. Iets kapotbijten. Terug in de tijd gaan en dat hele appartement met de grond gelijkmaken.

Toen ik terug kwam drentelen, zag ik Zoë naar me kijken. Naast haar zat Debra te snikken in een tissue. Ik ging dicht bij Zoë staan en legde mijn kin in haar schoot. Ze aaide over mijn kop, mijn oren, mijn snuit. Ik was helemaal van streek, had het gevoel alsof ik een puzzel was die helemaal in stukjes lag. Misschien zou ik op een dag blij zijn dat ik dit allemaal had gehoord, maar op dit moment wilde ik het liefst alles uit mijn geheugen wissen.

Boven me hoorde ik Zoë zeggen: 'Dat was inderdaad het beste.'

Debra en ik schrokken er allebei van. 'Dat was inderdaad het beste, om mij af te staan. Ik had zelf niet verwacht dat ik dat zou vinden, maar het ís gewoon zo. Jullie waren niet in staat om voor een kindje te zorgen. Of voor een hond.' Ze bleef over mijn kop aaien en toen ik opkeek keek ze met een liefdevolle blik op me neer. Toen boog ze zich naar me toe en fluisterde in mijn oor: 'Je hebt zoveel liefde in je. Ik denk dat je geluk hebt gehad.'

Geluk? Ja, hoor! Geluk dat ik een junk als moeder had? Geluk dat ik in pleeggezinnen was opgegroeid? Ik stelde me Debra voor, zesentwintig jaar jonger, haar gezicht vernield door de drugs, rennend door de straten met een kind in haar armen bij wie het bloed uit haar hoofd en arm stroomde. Ja, misschien had ik geluk gehad. Mijn pleegouders hadden me niet alles gegeven wat ik nodig had, maar me altijd een veilig thuis gegeven, voor me klaargestaan, met kleren en genoeg te eten. Ik was er nooit in een kast opgesloten of in mijn eentje achtergelaten, had nooit op zoek moeten gaan om iets te eten te vinden. Misschien had ik inderdaad geluk gehad.

Hoewel ik het liefst met mijn kop op Zoë's veilige schoot was blijven liggen, vermande ik me en ging naar Debra toe. Ze schrok even, maar liet haar vingers toen door de dikke vacht in mijn nek glijden. Zachtjes aaide ze over mijn kop. Toen wierp ze een zijdelingse blik op Zoë. 'Ik ben zo blij,' zei ze, 'zo blij hoe je uiteindelijk bent geworden. Hoe goed het met je gaat.'

Ze liet een beverige zucht ontsnappen. 'Tien jaar geleden ben ik afgekickt,' zei ze terwijl ze omlaag, naar mij, staarde. 'Ik ben nu tien jaar clean. Dat is een enorme mijlpaal voor me en die wilde ik markeren door een ontmoeting met jou. Je bent mijn enige dochter, mijn enige kind. Ik was zó jong toen ik je kreeg. En de jaren erna waren heel zwaar. Maar nu ik al tien jaar van de drugs af ben, wilde ik dat vieren door een nieuwe bladzijde in mijn leven te beginnen en jou te zien. Ik ben je heel dankbaar dat je bent gekomen. Je hebt een goed hart. Dank je wel.'

*O*nze ontmoeting met Debra duurde maar kort. Na alle tranen waren we te moe om nog veel langer te praten. En ik stond verbaasd van mezelf: toen Debra vroeg of we elkaar nog een keer konden ontmoeten, kwispelde ik onwillekeurig met mijn staart. Ik zal wel hebben gedacht dat de volgende ontmoeting nooit moeilijker kon zijn dan deze, en bovendien wilde ik graag meer weten over mijn vader en mijn grootouders. En over hoe Debra's leven verder was geweest. Hoe was het haar gelukt om af te kicken? Wat deed ze nu? En hoewel ze in de verste verte niet leek op een moeder, wilde ik ergens heel diep in mijn hart dat ze trots op me was.

Natuurlijk kon ik haar, nu ik een hond was, niets vertellen over het Spiegelcafé, of Max, mijn dromen, wat ik hoopte. Maar misschien zou ze genoeg van Zoë horen om het nog een keer te zeggen, dat ze blij was te zien wie ik was geworden, hoe goed het met me ging.

Debra zei dat zij de volgende keer háár hond, een kruising van een basset en een dashond, ook zou meenemen. Toen ze weg was, kon Zoë gewoon niet ophouden met lachen over hoe die hond eruit moest zien. 'Die lijkt vast op een gigantische hagedis,' zei ze, terwijl ze probeerde te lopen als een komodovaraan. 'Een enorm lijf met piepkleine pootjes!'

Ze rekte zich uit. 'Ik ben zo blij dat we nu weer met z'n tweetjes zijn. Het is zo'n zware dag vandaag. Mijn moeder, jouw moeder... En dan hoor ik ook nog van alle kanten dat ik straks een toespraak of zoiets moet houden.' Ze lachte en gaf een paar goedmoedige klapjes op mijn rug. 'Waarom moet alles zo moeilijk zijn? En zo eng? Want het is éng om ons te zijn, gevangen in het verkeerde lichaam.'

Ik hijgde instemmend, lucht gevend aan mijn verwarde gevoelens.

'Hier zit je dan,' vervolgde ze, 'gevangen in een hondenlijf, terwijl je graag wilt paren met dokter Max. En ik zit vast in een mensenlijf waarmee je helemaal niks kunt ruiken. We zullen allebei heel, heel dapper moeten zijn. En lief tegen elkaar. Hoe eng het ook is, we zullen het ermee moeten doen. Gewoon door moeten, hoe slecht dat tot nu toe soms ook uitpakte. Maar nu hebben we elkáár gelukkig, en dat maakt alles al veel minder erg dan eerst. Voordat ik jou tegenkwam, voelde ik me zo verloren en in de war. Maar nu heb ik jou, een vriendin. Dat is een grote verbetering.' Onze ogen ontmoetten elkaar begripvol. 'Ik weet dat je echt van me houdt, net zoals ik van jou.'

Mijn hart maakte een sprongetje van geluk. Ik hield inderdaad van haar, van die gekke wildebras die ze was. Echt. En ik vond het zo vreselijk dat ze in de steek was gelaten door haar baasjes. Net zoals ik door Debra. Maar in haar geval was het nog veel erger. Haar baasjes hadden haar langs de kant van de weg achtergelaten, omdat ze genoeg hadden van haar. Mijn moeder had me afgestaan zodat ik een beter leven zou krijgen, omdat dat van haar zo'n enorme puinhoop was.

Ik wilde Zoë alles geven waar ze naar verlangde. Liefde, kameraadschap, stoeipartijen in het park. Ik wilde haar helpen bij het runnen van het Spiegelcafé. Ik wilde haar zelfs álle pompoenkoekjes geven, hoewel ik daar zelf dol op was.

'Jessica,' zei ze. 'Ik durf mensen niet echt te vertrouwen. Als jij me net zo in de steek laat als mijn familie, denk ik dat ik niet meer wil leven. Maar ik weet dat jij veel meer van me houdt dan de mensen bij wie ik woonde. Dus wil ik je iets vragen, hoewel ik het ook nogal eng vind.' Ze ademde diep in. Ik zat doodstil en wachtte af. 'Mag ik voortaan bij jou horen? En zijn we dan een gezin?'

Ze vroeg het op zo'n open, kwetsbare manier, dat mijn keel plotseling dichtzat. Zoë, uitgerekend Zoë, zei de woorden die ik altijd had willen horen. Dat pijnlijke gat in mijn hart dat er al die jaren had gezeten, stroomde plotseling vol met een gevoel dat ik niet herkende. Totdat ik naar Zoë opkeek en plotseling wist wat het was. Thuis. Ik hóórde bij iemand.

Als antwoord likte ik haar gezicht net zo lang totdat ze giechelend in het gras neerviel.

Zoë

Jessica en ik lopen een heel eind door het park en dan koop ik met het geld dat in mijn zak zit twee enorme broodjes. We gaan in het gras zitten om ze op te eten. Dan valt ze heel erg lang in slaap, terwijl ik naar een stel kinderen kijk dat aan het voetballen is. Als ze wakker wordt, schudt ze zichzelf uit en trippelt ze om me heen zodat ik weet dat het tijd is om te gaan. De zon staat nu lager aan de hemel. Samen rennen we naar het restaurant. We voelen ons zo licht als de zonneschijn. Als ik een blik op Jessica werp, zie ik een enorme grijns op haar gezicht. Ze straalt van geluk en mijn glimlach wordt nóg breder dan hij al was.

We komen bij het Spiegelcafé aan en de vrouw met die grommende poedel op haar arm komt naar ons toe om te zeggen dat het bijna tijd is voor de toespraak. Kerrie is zo blij ons te zien, dat ze ons allebei een koekje geeft. 'Veel succes, meid,' zegt ze. 'Ik moet achter mijn fornuis blijven, maar ik zal aan je denken terwijl je daar op het podium staat. Ik weet zeker dat je het fantastisch zult doen!'

Jessica en ik lopen achter de poedelmevrouw aan naar een groot grasveld. Terwijl we wachten moeten we eerst een heleboel geklets van andere mensen aanhoren. Bla... bla... bla... Een mevrouw van de Vereniging voor Verloren Viervoeters zegt dat het een geweldig Natte Neuzenfestival is geweest dat jaar. Dat het fantastisch is om zoveel hondenliefhebbers in Madrona te hebben. En dat de honden het ook zo naar hun zin hebben gehad.

Het publiek is tevreden. Dan kondigt ze mij eindelijk aan: 'Jessica Sheldon, mede-eigenaar van het Spiegelcafé en verantwoordelijk voor de zakelijke organisatie van het Natte Neuzenfestival.' Ze gebaart dat ik het toneel op moet komen.

Ik zet mijn glimmende overwinningskroon op en controleer of de medaille om mijn hals goed zichtbaar is. Ik ben heel trots op het feit dat we het zo goed hebben gedaan in de wedstrijden. Hoewel het me er niet meer om gaat een goede indruk op mijn mama en papa te maken, ben ik blij ermee te kunnen pronken omdat het bewijst wat Jessica en ik samen kunnen. Als team.

Ik geef Jessica een paar klopjes op haar rug en samen beklimmen we het trapje naar het podium. Daar gaan we achter een grote houten doos met een glimmend ding erop staan. Ik stel me voor hoe mooi ik glinster en glimlach. Iedereen glimlacht terug.

Dan ben ik een tijdje stil. Er is me – óns – zoveel gebeurd tijdens dit festival, dat het moeilijk lijkt dat allemaal in woorden te vatten. Ik kuch even. 'Dank u,' zeg ik. Mijn stem galmt over de hoofden van het luisterende publiek. 'Ik ben blij hier te zijn, maar ik heb helaas iets triests te vertellen.' Ik kijk naar de mensen om te zien of iedereen wel oplet. 'Wij moeten ons heel diep schamen.'

Het publiek ademt hoorbaar in en schuifelt op haar stoel. 'Ja,' ga ik verder, 'ons diep moeten schamen. Omdat we allemaal van honden houden. Maar er zijn honden in ons midden die diepongelukkig zijn. Bang en eenzaam zijn. En denken dat de wereld hen niet wil.'

Het is muisstil. Ik voel me slecht dat ik iedereen zo ongelukkig maak, juist nu ze zo blij waren. Maar ik moet wel. Het is te belangrijk. Ik ontdek dokter Max in het publiek en zijn gezicht overtuigt me nog meer.

'Voor honden is de band met hun baasjes het allerbelangrijkste in hun leven. Ze geven niet om auto's of werk en geld. Ze zijn niet geïnteresseerd in er mooi uitzien of populair zijn. Ze geven om hun baasjes. Het gezin waar ze bij horen. En als dat hun wordt afgenomen, als een baasje zijn of haar hond in de steek laat en langs de kant van de weg aan een boom bindt of achterlaat bij de dierenarts, is het leven van zo'n hond verwoest. Dan is zo'n hond doodsbang en eenzaam, moet hij het zelf maar zien te redden in een grote, boze wereld.

En het ergste van alles is: hoe kan zo'n hond ooit weer een mens vertrouwen? Ze zijn verraden door de mensen van wie ze het meest houden. Hoe moet een hond daar ooit overheen komen?'

Ik laat mijn blik weer over het publiek gaan terwijl ik pauzeer om mijn woorden goed te laten doordringen. Dan kijk ik omlaag naar Jess. Ze kijkt op en knippert met haar ogen en kwispelt met haar staart.

'Gelukkig hebben honden een bijzonder talent. Ze munten uit in vergiffenis schenken. Als zo'n arme hond iemand kan vinden die werkelijk van hem houdt, iemand die hem nooit, maar dan ook nooit in de steek zal laten, kan hij leren iemand weer te vertrouwen. Wij, mensen die van honden houden, hebben de verantwoordelijkheid om zo'n hond onder te brengen bij het juiste gezin. Een baasje dat wél begrijpt hoe kostbaar het vertrouwen van een hond is. Iedereen in deze stad is dol op honden,' vervolg ik. 'Dus moeten wij dit probleem met z'n allen kunnen oplossen. We mogen niet achteroverleunen en doen alsof het niet bestaat. We moeten in actie komen en baasjes voor dit soort achtergelaten honden zoeken die hun een thuis geven, een nieuwe familie voor hen vinden. Voor altijd.'

Ik stop even om adem te halen en tot mijn verbazing begint iedereen te klappen. Het is geen juichend, maar een serieus applaus. En dat geeft me een goed gevoel, want als mensen serieus zijn, kunnen ze belangrijke dingen voor elkaar krijgen.

Ik zie dokter Max opstaan in het publiek en héél hard klappen.

'Iedereen kan erbij helpen,' zeg ik, over het applaus heen. 'Iedereen hier in het publiek heeft de verantwoordelijkheid te helpen waar hij kan. Dat zijn we deze honden verschuldigd. En als we samenwerken, kunnen we bijzondere dingen bereiken. Daar ben ik van overtuigd. Wie wil er meehelpen?'

Er gaan een stuk of twintig handen de lucht in en dan gaan er meer mensen staan. Ze klappen en juichen. Mijn keel wordt dik van emotie. Naast me kwispelt Jessica zo hard met haar staart dat ik bijna bang ben dat die eraf vliegt. Ik glimlach naar het publiek. 'Dank u wel. Namens de honden: dank u wel.'

Er breekt weer een applaus los. Ik sta op het punt het podium af te gaan, als ik Jessica's warme adem op mijn been voel en bedenk dat ik nog één ding wil zeggen. Ik kijk naar alle honden in het publiek. Ze kijken zo vol vertrouwen, zo blij. En dan praat ik rechtstreeks tegen hen.

'Ik was niet van plan zo'n serieus praatje te houden hier vandaag. Maar er is me een paar dagen geleden iets fantastisch overkomen. Iets geweldigs. Een enorm gelukkig toeval. Ik ontmoette haar,' zeg ik en ik wijs naar Jess die hijgend naar me opkijkt. 'Deze hond en ik hebben een pact gesloten. We hebben elkaar beloofd dat we voor altijd bij elkaar horen, wat er ook gebeurt. Voor altijd. En dat is me het meeste waard van alles.' Ik tik op de houten kist en Jessica gaat op haar achterpoten staan. Ze legt haar voorpoten naast mijn handen. Dan gaat ze met haar neus naar het glimmende ding en jankt zo hard als ik mezelf nog nooit heb horen janken. 'Whoe-ha-a-a-a!' Het is net of ze zegt dat ze het helemaal eens is met alles wat ik heb gezegd. De mensen juichen en juichen en als ze naast een hond zitten, omhelzen ze die totdat hun staart kwispelt als een gek. Ik omhels Jessica ook. En haar staart kwispelt ook als een gek.

24

Honden op drift

 Jessica

Toen Zoë begon met haar toespraak, stond de wereld even stil. Meteen vanaf het allereerste begin kuchte er niemand meer en zat er niemand meer te schuifelen op zijn stoel. Zoë hield ons allemaal in de ban door de ernst van haar toon. Toen ze het over in de steek gelaten honden had, voelde ik mijn hart samentrekken van medelijden. We hadden samen al zoveel meegemaakt en konden zoveel van elkaar leren. Ik voelde me bevoorrecht dat ik haar kende.

Malia kwam het podium op om het publiek te herinneren aan de data van het volgende Natte Neuzenfestival – ieder jaar in het eerste weekend van september! – en moedigde iedereen aan er dan weer bij te zijn. En toen was het opeens voorbij, het Natte Neuzenfestival. Malia gaf een dikke knipoog aan Zoë en zei dat het stadje het op prijs zou stellen als ze volgend jaar voorzitter van het festival zou willen zijn. Er kwamen mensen naar Zoë toe om haar de hand te schudden, die haar met glanzende ogen vertelden hoe ze het waardeerden dat ze een lans had gebroken voor thuisloze honden. Er kwamen ruim tien mensen zich als vrijwilliger aanmelden voor de nieuw op te zetten organisatie. Malia stelde voor die 'Familie voor Altijd' te dopen. Dat leek een uitstekend begin.

Op een gegeven moment pakte Max mijn hondenriem uit Zoë's hand en leidde hij me weg van alle mensen. We gingen naast elkaar op het gras zitten. We zeiden niets. We zaten alleen maar. Naast elkaar. Het was duidelijk dat we geen van tweeën wisten wat we moesten doen. Er was geen oplossing voor ons probleem en toch voelde ik dat we het nog niet hadden opgegeven. Het was alsof we door een onzichtbare kloof van elkaar werden gescheiden. Onze harten één, onze lichamen ver uit elkaar. Ik schoof naar hem toe totdat mijn heup de zijne raakte. Hij stak zijn hand aarzelend uit en gaf een aai over mijn kop. Toen boog hij naar me toe om me een zoentje op mijn slaap te geven. Ik denk dat we er ons allebei ongemakkelijk onder voelden, maar het was een ontroerend tedere eerste kus. Daarna ging hij, licht blozend, weer rechtop zitten met zijn handen zedig naast zich op het gras. Ik zat heel stil en probeerde niet te hard te hijgen.

Een paar minuten later kwam Zoë aan rennen met een zilveren Natte Neuzenfestival-ketting. Ik herkende die ketting als de tweede prijs van de 'beste hond'-verkiezing.

'Kijk,' zei ze stralend, 'er staat "beste hond" op. Die kreeg ik van Malia.' Ze liet de ketting trots aan me zien. 'Hij is voor ons, voor ons samen, omdat wij de beste hond zijn.'

Max keek haar glimlachend aan en zei: 'Als mens heb je het vandaag anders ook prima gedaan.'

Zoë's glimlach verdween en ze keek plotseling heel ernstig. 'Dat ik die toespraak heb kunnen houden maakt het het helemaal waard om mens te zijn. Ik ben zo blij dat ze naar me luisterden.'

'En dat niet alleen,' voegde Max eraan toe. 'Ze voegen de daad ook bij het woord en dat is het allerbelangrijkste.'

Aan de andere kant van het grasveld liep Leisl met Foxy door het publiek te paraderen. Foxy had de 'woeffie' om zijn hals, een gouden medaille van wel een kilo met daarin de datum en het profiel van Spitz gegraveerd. Foxy moest een paar andere wedstrijden hebben gewonnen. 'Beste kunstje', ongetwijfeld, om die woeffie te verdienen. Zoë's medaille was van plastic en vederlicht, maar Foxy's medaille zag er akelig zwaar uit. Ik was absoluut niet jaloers op hem.

'Foxy heeft ook een ketting om,' zei Zoë die mijn blik volgde. 'Maar die is lang niet zo mooi als die van ons.' Ze bewoog haar ketting heen en weer in het licht en keek trots naar de mooie schittering. 'Zijn mens denkt dat zíj de mooiste hebben, maar ze heeft het helemaal mis.'

Ze mocht het dan mis hebben, maar Leisl liep enorm te pronken met het feit dat ze had gewonnen. In haar gretigheid om voor zo veel mogelijk foto's te poseren, had ze Foxy's riem laten vallen. Met een slinkse zijdelingse blik op haar, glipte Foxy weg tussen het publiek, waarschijnlijk om op jacht te gaan naar hotdogs.

Zoë, Max en ik zaten in stilte bij elkaar naar de mensen te kijken, totdat Max weer een spoedtelefoontje kreeg. Iemand had een puppy te veel worstjes gegeven bij Madrona Masquite, en Max was bang dat de hond een acute ontsteking van de alvleesklier had. Voor hij vertrok streek zijn vinger even langs mijn oor, zo vederlicht dat het bijna niet te voelen was. Het was een belofte. Ondanks de problematische situatie waarin we verkeerden, zouden we hem snel weer zien.

Zoë en ik bleven samen op het gras zitten, totdat ik een verandering in de lucht opmerkte en mijn neus omhoogstak om de wind op te snuiven. Hoewel het vroeg in de avond was, was de hemel al donker en had die een dieppaarse kleur. Er stond geen zuchtje wind. Er hing iets zwaars in de lucht, iets dreigends. Storm.

'Je hebt je oren gespitst,' hoorde ik Zoë zeggen. 'En ik zie je neus bewegen. Wat is er? Ruik je hotdogs?' Ze snoof. 'Ik ruik niks. O... een regendruppel!'

Ik kwam overeind en gromde zachtjes om haar aandacht te trekken. Zij sprong ook op. Als er storm op komst was, moesten wij zorgen dat we er middenin zaten. Misschien konden we het beste naar het strand gaan, waar we de lucht beter konden zien en zo zouden weten welke kant we op moesten.

Ik zette het op een drafje en hoorde Zoë gelukkig achter me aan komen. We jogden naar beneden en waren al snel bij de ijssalon, waarna we via Waterfront Park helemaal tot aan de rotsen van de oude pier renden. Lang voordat ik het strand kon zien hoorde ik de zeemeeuwen al krijsen, die duikvluchten maakten boven mijn hoofd. Ergens in het westen rommelde de donder zachtjes. Plotseling voelde ik een kille bries langs me heen strijken. Zoë had opeens kippenvel.

'Hé, wat is dat?'

Zoë bleef plotseling staan en tuurde over de wilde rozenstruiken naar iets wat ik niet kon zien. Maar ik kon het wel horen: een paniekerig plonzend geluid, onderbroken door een wanhopig, gorgelend happen naar adem. Zelfs al zag ik niet waar het vandaan kwam, ik hoorde de paniek. Mijn maag kneep samen van angst.

Boven ons raasde de donder. De hemel beefde. Naast het pad zwiepten de pijnbomen heen en weer in de wind, hun toppen bogen samenzweerderig naar elkaar toe en hun takken staken zwart af in het dreigende licht van de storm. De golven die normaliter zo vriendelijk het strand op kabbelden, overstemden bijna alles met het lawaai waarmee ze tegen het strand beukten. Ik had meer stormen meegemaakt, een heleboel zelfs, maar nog nooit zo'n heftige.

Zoë en ik drongen door de bosjes en raceten een zandpad af dat uitkwam op het strand. Het water was in het avondlicht zo grijs als staal en vol gevaarlijke golven. Bij het diepere gedeelte joeg de wind eroverheen en maakte witte kuifjes op het donkere water. Te midden van de chaos leek de pier een fragiel skelet van een lang uitgestorven zeedier.

Zoë wees op iets wat een meter of zes van de pier vandaan in het water lag, maar ik had het al gezien. Het was de kop van een hond die steeds onderging in het kolkende water en dan weer bovenkwam. Een hónd. Het kostte me een volle seconde om te begrijpen wat ik zag: er was een hond aan het verdrinken. Er liep een ijskoude rilling over mijn rug.

Ik had nog nooit zo sterk de behoefte gevoeld om te maken dat ik wegkwam, zo ver weg als ik maar kon. Het horen en zien van die hond maakte me zo doodsbang dat ik plotseling een metaalachtige smaak in mijn mond proefde. Mijn maag draaide zich om. Ik kon nauwelijks ademhalen. Het liefst had ik mijn kop onder mijn poten verstopt en alles laten verdwijnen.

Ik was zo bang dat het wel leek of ík het was die verdronk, alsof ikzélf het zoute water voelde branden in mijn keel en wanhopig vocht om boven te blijven. Zonder een blik op de hond wist ik wat hij voelde, wat hij dacht. Zijn neus zat vol smerige strandluchtjes en de koude, doordringende geur van de oceaan. Zijn oren hoorden alles wat er op het strand gebeurde, maar vooral hoorden ze zijn eigen geplons, zijn verstikte ademhaling en het paniekerige bonken van zijn bange hart. Ik wist wat hij voelde. En dat maakte dat ik er het liefst als een speer vandoor ging.

Achter ons rolde de donder, die warm en uitnodigend klonk. Ik zag in gedachten het plein voor me, droog en vol opgewekte mensen, ver weg van gevaar en verdrinking.

Ik draaide me om naar Zoë en ving haar blik in het schemerige licht. Er vibreerde magie in de lucht. Zonder woorden wisten we dat dit, deze rommelende donder, onze kans was. Nu, vanavond, op dit ogenblik, hadden we onze enige kans om getroffen te worden door de elektrisch geladen zilveren bliksem waardoor we van lichaam gewisseld waren. Het zou nog één, misschien twee keer weerlichten en dan was onze kans verkeken. In Madrona onweerde het maar zelden. En ik had er maar één keer een meegemaakt die zo voelde als deze. Twee dagen geleden, toen deze nachtmerrie begon.

Met heel mijn hart wilde ik nu op het plein zijn. Samen met Zoë bij Spitz' hondenhok staan en wachten op de bliksem die ons weer zou terugveranderen. Ik zag Max' gezicht voor me. En Kerries gezicht, en dacht eraan hoe fantastisch het zou zijn weer een vork in mijn hand te kunnen houden, om op twee benen te staan, te praten!

We moesten ons omdraaien en als de sodemieter naar het plein racen, of het grasveld, of waar dan ook waar de kans groot was dat de bliksem zou inslaan. Dit was onze kans. We moesten egocentrisch zijn, aan onszelf denken, aan ons eigen belang.

Maar mijn maag kneep samen bij het horen van dat wanhopige geplons. Iedere keer dat ik de hond paniekerig naar adem hoorde happen, kromp ik ineen. Ik kon die hond toch niet zomaar achterlaten? Dat kón gewoon niet. Dan was het alsof ik mezélf gewoon liet sterven. Of Zoë. Als ik me omdraaide en vertrok, zou de rest van mijn leven een farce zijn. Zoë's toespraak echode nog na in mijn hoofd en net zoals alle inwoners van Madrona voelde ik me verplicht een hond in nood te hulp te schieten. Zelfs al kostte me dat mijn eigen toekomst.

Ik wierp een snelle blik op Zoë en zag meteen dat zij er hetzelfde over dacht als ik. We draaiden ons allebei om en stormden in de richting van de pier. Daar renden we over de trillende houten planken naar het einde ervan. Het bliksemde en even was de hemel helverlicht. *Die was het*, dacht ik vol spijt. *Dat was onze bliksem.* Even later sprongen we allebei het water in. De kou sneed door mijn longen. Naar adem snakkend kwam ik boven. Ik begon meteen als een razende met mijn poten te peddelen om mijn kop boven water te houden. Naast me was Zoë sneller dan ik bijgekomen van de kou en al op weg naar de hond in nood. Terwijl ik achter haar aan spartelde, zag ik dat het Foxy was die lag te verdrinken. Iets zwaars om zijn nek trok zijn kop steeds onder water. Hij vocht als een bezetene en zijn ogen rolden wild in hun kassen terwijl golf na golf over zijn oren sloeg. Ik blafte om Zoë aan te sporen nog sneller te zijn en peddelde met alle kracht die ik in me had.

Toen Zoë Foxy bereikte, trok er een huivering van opluchting door me heen. Ze sloeg haar arm om zijn borstkas en trok hem omhoog. Foxy's kop was nu helemaal boven water. Foxy hijgde en sputterde op een akelige manier. Toen ik bij hen was, zwom ik om hen heen naar de voorkant, zodat Foxy's gewicht voor een deel op mijn rug rustte terwijl we naar het strand zwommen. Het was heel eng. Mijn kop werd vaker dan ik kon tellen overspoeld door een golf, maar het beeld van het grijze strand voor me zorgde ervoor dat ik volhield.

En toen strompelden we eindelijk het water uit en vielen uitgeput op het natte zand neer.

Zoë

We liggen op het strand en het is zo koud dat ik niet kan stoppen met bibberen. Na een tijdje zie ik Foxy opstaan, maar hij is blijkbaar duizelig en kan niet goed lopen. Hij doet een paar stappen en begint dan te kotsen. Er komt een plas zout water uit en ik peins er niet eens over om eraan te gaan ruiken. Ik ben al te lang een mens nu, vermoed ik. Die gedachte maakt me triest, maar als ik naar Foxy kijk, vrolijk ik weer op.

Jessica en ik komen hijgend overeind. Foxy loopt nog steeds in cirkeltjes en schudt steeds hard zijn kop heen en weer. Ik snap niet wat hij aan het doen is tot het tot me doordringt dat hij dat zware ding om zijn nek probeert kwijt te raken. Ik loop naar hem toe en trek het los, trots op het feit dat ik handen heb. Het is een breed rood lint met een grote medaille eraan. De woeffie-medaille. Ik zie weer voor me hoe hij wanhopig in het water lag te spartelen, hoe hij steeds maar opnieuw kopje-onder ging en word opeens zo woedend dat ik het ding een flink eind weg smijt – hoewel het een rood lint heeft. Heel mooi.

De wolken aan de hemel zijn verdwenen. Het is stil, het onweer is voorbij. Jessica komt naar me toe en schurkt tegen mijn been. Ik hurk neer, steek mijn hand uit en aai zachtjes over haar kop. Naast elkaar kijken we naar Foxy die het water uit zijn neus snuit.

'Hij redt het wel,' zeg ik. 'Foxy redt het wel.' Jessica ademt diep in en uit. 'Zelfs al kunnen we niet terugveranderen,' zeg ik, 'we hebben een goede daad verricht. Het is misschien triest voor ons, maar het was het juiste om te doen.' Jessica leunt dichter tegen me aan en ik heb het gevoel dat ze trots op me is. Trots is op óns. En dat maakt me blij ondanks mijn somberheid. Mijn blije gevoel is zoiets als het vlees in een worstenbroodje: je ziet het niet aan de buitenkant, maar het lekkerste zit binnenin.

Als Foxy weer normaal kan ademen, kijkt hij om zich heen alsof het de eerste keer is dat hij het strand ziet. Hij veegt een paar keer met zijn poot over zijn bek. Dan draait hij zich om. Na een paar passen springt hij tegen me op. Hij legt zijn kop tegen onze schouders, die van Jessica en mij. We omhelzen elkaar en zuchten allemaal diep. Foxy likt ons allebei wel vijftig keer. Hij is heel blij en dankbaar en dat is ook net zo heerlijk als het binnenste van een worstenbroodje.

25

Verblind door het licht

 Zoë

Jessica en ik sjokken met Foxy naar de boog die de toegang vormt tot het stadsplein. We zijn allemaal te moe om te rennen. Als we daar aankomen, kijkt Foxy ons beiden ernstig aan en ik kan wel raden wat hij denkt. Zijn leven thuis is moeilijk met een baasje dat weinig van honden begrijpt. Ze denkt dat ze alles van honden weet, maar dat is helemaal niet zo. Niet zoveel als ik. Niet zoveel als Jessica.

De hemel is wolkeloos en helder. Nadat Foxy naar huis is vertrokken, kijken Jessica en ik allebei naar de lucht, maar er valt niets te zien, geen wolken, geen vliegtuigen en ook geen bliksemschichten. Het is één groot, schemerig, blauw laken. Als ik nou toch voor altijd een mens moet blijven, kan ik maar beter genieten van al die mooie kleuren die ik nu kan zien. Ik heb nooit geweten dat het er zoveel zijn.

We gaan op weg naar huis, allebei in onze eigen gedachten verzonken. Ik denk aan het avondeten. Hotdogs zijn zó lekker dat ik ze best iedere dag zou willen eten. Of anders zo'n grote, sappige biefstuk als ze in de keuken van het Spiegelcafé hebben.

Ik ben zo verdiept in mijn biefstuk dat ik eerst niet merk dat Jessica niet meer naast me loopt. Ik vermoed dat ze is blijven staan om aan iets te ruiken, of een urinespoor achter te laten, of haar neus in een lekkere vuilnisbak te steken. Dat is een van die fijne dingen die ik nu niet meer kan doen. Die gedachte probeer ik meteen weer te verdrijven door me die biefstuk weer voor de geest te halen.

Dan hoor ik geroep achter me. Het is een man die iets schreeuwt. Eerst denk ik dat het met hotdogs te maken heeft, maar dat is niet zo. Hij schreeuwt boos: 'Hé, jij daar!' Eerst denk ik dat hij mij bedoelt. Maar dan snap ik het: Jessica! Ik draai me te snel om en struikel bijna over mijn eigen voeten.

Midden op het plein zie ik Jessica tegenover een grote man staan. Het is de man die met me wilde spelen op de dag dat ik Jessica ontmoette. De woorden KITTIAS COUNTY staan op zijn rug. Vorige keer leek het me leuk om met die man te spelen, maar nu heb ik opeens kippenvel. Ik zie zijn witte busje staan en ik krijg het ijskoud. Ik begin te rennen.

De man heeft twee zwarte dingen in zijn handen, die hij op Jessica gericht houdt. Ze loopt achteruit, maar de man is groot en angstaanjagend en kan snel zijn als hij wil. Ik ren zo hard dat mijn voeten over de stenen vliegen. Ik ben bang voor Jessica en kan nauwelijks ademhalen. Ik moet sneller, nog sneller, nog sneller.

De man hoort mijn voetstappen en keert zich om, maar hij houdt zijn zwarte geweren op Jessica gericht.

'Achteruit! Uit de weg, mevrouw,' zegt hij op een ik-zou-maar-doen-wat-ik-zeg-toon. 'Ik heb deze hond eerder meegemaakt. Hij is vals. Niet in de hand te houden. Zo'n beest als dit kan niet zo-maar los rond blijven zwerven. Dus achteruit, dan los ik het probleem op.'

Jessica staat als een standbeeld zo roerloos tegenover de man. Misschien weet ze niet hoe gevaarlijk hij is, net zoals ik dat niet begreep toen ik hond was. Of misschien is ze bang dat ze niet snel genoeg weg kan komen als ze ervandoor gaat. Hoe dan ook, ik moet haar redden.

'Nee!' gil ik. 'Niet doen!' Hij ziet hoe snel ik op hem af spurt en richt, alsof hij vóór ik bij hem ben nog gauw wil vuren. Hij gaat op Jessica schieten, ik weet het zeker.

Ik duik voor haar, precies op het moment dat hij schiet. Er vliegen twee metalen pinnen uit de geweren die recht op ons af komen. Achter me is een lichtflits en dan barsten er twee hete dingen uit elkaar tegen mijn lijf, een op mijn buik en een op mijn schouder. Ik ruik iets brandends en het voelt heter dan een bliksemschicht. Er komt een baan blauw licht vanaf de man naar ons toe, als een lange magische staart. Ik word erdoor verblind en ik zie lichtgevende kronkels en stippen voor me. Dan verdwijnt het felle licht en wordt alles zwart.

Jessica

Het eerste wat ik dacht was dat mijn lijf in tweeën was gebroken en in brand stond. Zelfs met mijn ogen dicht was het licht zo fel dat ik ervan ineenkromp. Ik strekte mijn poten voor me uit, blij de koelte van de keitjes te voelen, iets wat niet zo verschrikkelijk heet was.

Ik was er eeuwig met mijn ogen stijf dichtgeknepen blijven liggen, alleen de gedachte aan me bewegen deed al pijn. Maar toen hoorde ik Zoë kreunen naast me. Ik wist weer hoe ze zich vóór me had geworpen toen ik te verlamd was om me te kunnen bewegen. Ze moest geraakt zijn door die stroomstootwapens. Ik deed mijn ogen open, want hoeveel pijn ik ook had, die van haar moest nog veel erger zijn.

Het schemerige avondlicht was verdwenen en het hele plein was donker. Ik ving een witte glimp op, de hondenvanger deed het portier van zijn busje open. Ik hoorde hem gespannen in zijn mobiele telefoon praten.

'Ik was bezig een valse hond te vangen,' zei hij met schorre stem. 'Ja, in Madrona. Ja, ik wéét dat ik alles precies volgens de regels moet aanpakken hier. Ik wéét het, oké? Ja. Nou, eh, ik wilde de hond vangen maar er kwam een vrouw tussenbeide. Ze sprong voor hem.' Hij zweeg even. 'Ik, eh, ik denk dat ik hen allebei een stroomstoot heb gegeven.'

Ik luisterde niet meer naar wat hij verder zei, maar kneep mijn ogen tot spleetjes en tuurde de duisternis in, op zoek naar Zoë. Ik zag niet goed. Het draaide voor mijn ogen en ik zag witte stippen, maar ik was er vrij zeker van dat ik haar twinset en zwartwit geruite rok nergens zag. Ik kon alleen vaag een witachtige vorm onderscheiden, maar dat zou wel aan mijn ogen liggen en was dus niet interessant.

Hijgend probeerde ik op te staan, maar mijn voorpoten gleden uit over de natte keitjes en ik viel. Hard. Ik hapte naar adem en knipperde met mijn ogen om die rare blauwe lichtflitsen die ik steeds zag te laten verdwijnen. Ik zag zo slecht dat ik bijna dacht dat ik...

Nee!

Nee! Dat kon niet.

Toch?

Ja! Ik had handen!

Zoë

Als ik wakker word, is het eerste wat ik doe heel diep inademen. Dan snuif ik. En nog een keer. En dan weet ik het zeker, zelfs voordat ik mijn ogen opendoe. Alle geuren zijn weer terug. Ik kan de eieren en de biefstukken van de restaurants ruiken, het gemaaide gras, de aarde onder de bomen op het plein. Ik kan zelfs de plas ruiken van twee honden die een urinespoor hebben achtergelaten op de boom die het dichtste bij is, een piepkleine chihuahua en een enorme Berner. Ik snuif de lucht op door mijn hondenneus en word overspoeld door een enorme vreugde.

Dan sta ik op. Op mijn hóndenpoten! Ik draai als een dolle in het rond, totdat ik zelfs in mijn eigen staart hap, zó gelukkig ben ik!

Ik stop en hijg. Ik zie dat Jessica met een enorme grijns naar me staat te kijken. Ik race naar haar toe en begin haar enthousiast te likken. Ik kan de blijheid gewoon proeven op haar stralende gezicht.

Ze lacht en knuffelt me en ik moet ook lachen. Dan buigt ze naar me toe en geeft me een dikke zoen op mijn kop. Ik voel me zo uitverkoren, zo speciaal, alsof al het licht van de sterren ín me zit.

We dansen en springen allebei in het rond. Net puppy's. Maar als die gemene man naar ons roept ('Hé mevrouw, gaat het wel?') rennen we gauw weg. We hollen langs het hok van Spitz en het Spiegelcafé, langs de rand van het plein en het steegje in. De hele weg naar huis blijven we hollen, zo hard we kunnen, omdat dat zo heerlijk is.

We komen bij Jessica's huis en stoppen voor de glazen deur. Ze zet haar schouder ertegenaan, duwt hem open en gebaart dan met een grote grijns en een zwiep van haar arm dat ik naar binnen kan.

Een deur! Ik vind het zó spannend. Ik wiebel heen en weer, klaar om naar binnen te springen. Jessica lacht naar me en ik ben blij dat ze er is. Mijn hart is zo vol blijdschap, net een voetbal die vol lucht zit. Ik hou van haar. En ik ben dol op deuren! Vooral op deze, want die is van mijn thuis.

26

Poten, voeten, en handen

Twaalf uur later...

 Jessica

Zoë, zo dol op deuren als ze is, rende natuurlijk als eerste door de voordeur van het Spiegelcafé.

Eenmaal binnen liepen we meteen de gang in en naar de keuken. Onze voetstappen werden gedempt door het tapijt.

'Sorry, lieverd,' zei ik toen we bij de klapdeuren waren, 'maar deze keer zul je hier moeten blijven wachten. Maar is het misschien een idee om achter het kantoortje te kijken of er iets lekkers in de vuilnisbakken te vinden is?'

Zoë's bek ging open en met een brede grijns drentelde ze terug door de gang. Ik glipte de keuken in. Kerrie stond achter het fornuis en toen ze zich omdraaide gaf ik haar de allerdikste knuffel die ik maar geven kon.

'Dank je wel,' zei ik. 'Dank je wel dat je de allerbeste vriendin op deze aarde bent. Ik zou niet weten wat ik zonder jou zou moeten beginnen.'

Toen ik Kerrie losliet en ze een stapje naar achteren deed, waren haar ogen vochtig. 'Waar heb ik dat zo plotseling aan verdiend?'

Ik lachte. 'Ik wil alleen dat je weet hoeveel onze vriendschap voor mij betekent. En dat het me spijt dat ik niet altijd even open tegen je ben geweest. Ik had je alles over mijn verleden moeten vertellen. En over die lila enveloppen van mijn moeder. Het was niet omdat ik je niet vertrouwde, ik vertrouw je juist volkomen. Ik wist alleen niet wat ik er allemaal van moest vinden en dus wist ik ook niet wat ik erover wilde zeggen.'

'Je had helemaal niets hoeven vertellen,' zei Kerrie. 'Dat hóéft helemaal niet.'

'Maar dat wíl ik juist wel. En nu zie ik ook in hoe stom ik ben geweest, omdat jij me waarschijnlijk had kunnen helpen om erachter te komen wat ik van die brieven van Debra vond en dat zou me enorm hebben geholpen. Ik heb het allemaal opgekropt en daardoor heb ik me gedragen als een houten klaas. Het spijt me echt.'

'Nou,' Kerrie keek neer op de lepel in haar hand, 'ik wil me ook verontschuldigen. Dat ik zo idioot was om niet meer in de keuken te willen werken. Het was overduidelijk dat we zaten te springen om een kok. Als ik eraan denk hoeveel geld en ergernissen we hadden kunnen voorkomen als we Guy niet hadden hoeven aannemen...' Ze schudde haar hoofd en haar bungelende amberkleurige oorbellen rinkelden.

Ach, die lieve Kerrie. Ik pakte haar hand, de hand met de lepel erin en kneep er even in. 'Luister,' zei ik met een lachje. 'Dit is voor ons allebei een jaar van persoonlijke groei geweest. Maar we hebben een geweldig Natte Neuzenfestival gehad, het Spiegelcafé bestaat nog en wij zijn nog altijd vriendinnen.'

'Vriendinnen blijven we altijd,' zei ze, terwijl ze met haar lepel door de lucht zwaaide en deed alsof ze me er een klap mee wilde geven. 'Altijd! En nu mijn keuken uit! Ik moet koken!'

*O*veral waar ik kwam begonnen de mensen te glimlachen als ze Zoë zagen, en hun glimlachjes golden ook voor mij. Met Zoë naast me was ik de persoon die ik altijd had willen zijn: populair. De warmte waarmee de mensen me tegemoet traden vond ik haast net zo fantastisch als het feit dat ze een praatje met me wilden beginnen. Dan hadden we een gesprekje en aaiden ze Zoë intussen, en voor het eerst in mijn leven begreep ik wat daar leuk aan was.

In de wachtkamer van dierenarts Max zag Zoë een hond, een

Franse buldog, waar ze me mee naartoe trok. Het leek een aardige hond en zijn baasje knikte vriendelijk naar ons, dus hurkte ik voor de hond neer en hield mijn hand naar hem uit met een verwelkomende glimlach. Toen hij me met mijn vingertoppen zijn kin liet krabben, ging er een golf van trots en dankbaarheid door me heen. Voor het eerst in mijn leven wist ik zeker dat me niets zou gebeuren, ook al was ik maar op een paar centimeter afstand van een hond. Dat had ik altijd helemaal mis gehad: ik was zélf degene die alle problemen veroorzaakte met mijn negatieve en afwijzende gedrag. Het bleek dat ík eerst van honden moest houden, voordat zij van míj konden houden.

We bleven niet lang bij de buldog omdat we ergens achterin een bekende stem hoorden. Ik zag dat Zoë haar oren spitste en voelde dat die van mij hetzelfde deden, maar schoot toen in de lach omdat ik me herinnerde dat ik geen hondenoren meer had.

Ik weet niet wie er sneller was, Zoë of ik. Hoewel het waarschijnlijk niet de bedoeling was dat wij de praktijkruimte zomaar binnen struinden, deden we het toch, en liepen we langs de receptie alsof we een afspraak hadden. Max stond met een assistente te overleggen.

'We moeten een volledig bloedbeeld van Roscoe hebben,' zei hij, terwijl hij een kaart aan haar overhandigde. 'Zorg dat je...'

Toen hij ons zag, vormde zijn mond nog een paar woorden, en hoe hij het wist, weet ik ook niet, maar het was duidelijk dat hij het zag. Zijn ogen straalden. Misschien kwam het omdat ik schone kleren aanhad en er niets binnenstebuiten zat? Wat het ook was, Max keek naar me en mijn hart begon drie keer zo snel te kloppen. Ik slikte en glimlachte nerveus. Zelfs met zijn assistente erbij keek hij op een manier naar me waardoor ik het gevoel had dat ik in mijn blootje stond. En warm, van top tot teen.

'Eh, Marcie,' zei hij zonder zijn blik van me los te maken. 'Heb je een momentje?' Hij liep langs haar heen en deed de deur links van hem, naar een van de onderzoekskamertjes, open. Maar in plaats van achter de onderzoekstafel te gaan staan, liep hij het kamertje door om op een stoel neer te ploffen.

Ik deed de deur achter me dicht en bleef er glimlachend met

mijn rug tegenaan staan. Zoë rende op Max af en was zo opgewonden dat ze zowat op zijn schoot sprong. Hij krabde achter
haar oren, aaide over haar snuit en liet haar zijn gezicht likken,
maar intussen bleef hij zijn ogen op mij gericht houden, alsof ik
zomaar zou kunnen verdwijnen.

'Is het echt waar?' vroeg hij na een hele tijd. 'Echt?'

Blij haalde ik mijn schouders op. 'Lijkt er wel op. Ik voel me
heel erg als mezelf.'

Zijn glimlach verbreedde. 'Nou, kom hier dan.' Hij stak zijn
hand naar me uit. Ik greep hem vast. Hij trok me op de stoel
naast zich. Zoë kwam naar me toe en likte mijn wang en Max en
ik krabden allebei in haar nek, onze handen raakten elkaar zo
vaak als toevallig uitkwam. Na een tijdje hield hij op met haar
aaien en liet hij zijn hand in plaats daarvan over de mijne glijden.

'Ik ben zó blij,' zei hij. Zijn blik ving de mijne en ik zag een wereld van gedachten en gevoelens, iets wat een leven lang zou kos-
ten om die allemaal te doorgronden. Mijn hart sloeg over bij de
gedachte alleen al. Maar dat leven lang hád ik nu. Een leven lang.

'Ik ook,' antwoordde ik, mijn stem verstikt van emotie. Ik
streek over Zoë's kop en wist dat ik uit naam van ons allebei
sprak. 'Ik ook.'

Hij leunde naar me over en ik deed hetzelfde. Toen onze lippen elkaar vonden, voelde ik een brok in mijn keel. Zijn mond
voelde zo zacht, zo perfect. Onze kus werd dieper en ik kon me
niet inhouden, ik móést met mijn vingers door zijn dikke zwarte
haar strijken.

Ik voelde zijn handen op mijn rug, ze trokken me dichter tegen
hem aan. Ik verlangde ernaar om nóg dichter bij hem te zijn, met
hem te versmelten, één met hem te zijn. We hadden zo lang moeten wachten. Toen we ons van elkaar losmaakten, voor heel even
maar, moesten we allebei naar adem happen omdat alles zo intens voelde. Toen omvatte Max mijn wang met zijn hand en trok
hij me weer tegen zich aan. Mijn verstand ging op nul terwijl ik
mezelf verloor in zijn kus.

Het was Zoë die ervoor zorgde dat we ons losmaakten uit onze omhelzing. Ze blafte ongeduldig. Max lachte even naar haar

en begon me weer te kussen. En toen hij zijn lippen van de mijne losmaakte, tilde ik mijn gezicht op en kuste ik hem een voor een op die prachtige jukbeenderen van hem. *Dit is nog maar het begin*, zei ik tegen mezelf. *Nog maar het begin.*

Zoë

Dokter Max heeft een talent voor aaien. Als hij mij aait, kan ik gewoon niet ophouden met kwispelen, zo groot is dat talent van hem. Als hij naar Jessica kijkt, hebben zijn ogen zo'n verlangende blik, net zoiets als wanneer een bordercollie naar een tennisbal kijkt. Haar gezicht verkleurt steeds, ik weet dat het rood wordt, hoewel ik dat nu niet meer kan zien. Misschien komt het door de warmte. Dat denk ik in ieder geval. Ik ken de mensen nu zo goed dat ik een medaille met 'hondengenie' erop om mijn nek zou moeten hebben.

Jessica en dokter Max zijn diep in gesprek. Ze vertelt hem het geweldige nieuws van het Spiegelcafé. Ze hebben al het geld dat ze nodig hadden verdiend tijdens het Natte Neuzenfestival, zelfs genoeg voor een generator. En het tijdschrift *Woef!* komt binnenkort langs omdat ze een artikel over Jessica en mij willen schrijven. Dan nemen ze een foto van ons, heeft Jessica verteld, en dan doen we onze glitterende kampioenskronen op.

Als ze samen lachen, lach ik ook. En als dokter Max zich naar Jessica buigt en Jessica hetzelfde doet, kussen ze elkaar, en wordt mijn glimlach nog breder. Ze hebben zoveel geluk dat ze mij hebben. Als ik niet hierheen was gegaan met Jessica, zou dokter Max nooit hebben geweten dat hij wil dat zij bij zijn familie hoort. En Jessica zou nooit hebben geweten wat een alfa hij is. Echt, ik zou niet weten hoe mensen het zonder ons, honden die hun de weg wijzen, zouden moeten redden. Mijn vroegere familie waardeerde het nooit wat ik hun te zeggen had, maar Jessica wel, ze begrijpt het het beste van iedereen op de hele wereld.

Ik krijg genoeg van dat gekus van hen en begin de kamer te onderzoeken. Het ruikt er naar hondenkoekjes en ik neem de tijd om ze te proberen te vinden. Daarna ruik ik aan alle plekken waar zenuwachtige honden hebben geplast. Een van de hoeken ruikt naar katten. Daar blijf ik een hele tijd rondscharrelen om meer te weten te komen over katten. Ik ben blij dat ik op die kattenplas ben gestuit, zodat ik nu beter weet hoe die is. Soms heb ik zin om een kat te likken. Gewoon om te proeven hoe die smaakt.

Als ik klaar ben met ruiken, ga ik zitten. Ik kijk naar mijn twee mensen. Jessica is superknap, nog knapper dan toen ze nog hond was. Dokter Max heeft zijn witte jas aan met tennisschoenen eronder, dus ik denk dat hij me straks wel mee zal nemen voor een wandeling. In het park. Of over het plein. Of misschien wel naar het strand! Maar op dit moment beginnen ze elkaar alweer te kussen, dus blijf ik nog maar een tijdje rustig zitten wachten. En nog langer zitten wachten... Ik had nooit gedacht dat kussen zó lang kon duren. Ik hoop dat ze opschieten en nu eindelijk eens gaan paren. Als we dat hebben gehad, kunnen we tenminste weer aandacht besteden aan de dingen die echt belangrijk zijn. Zoals wandelingen. En hotdogs eten. En lekker op de bank liggen, of een deur in gaan, of een kat likken. Dat soort leuke dingen.

Dokter Max neemt ons mee voor een wandeling. Ik loop vooruit en wijs de weg. Ik wil naar het plein omdat daar vaak andere honden zijn. Maar de hemel wordt opeens vreemd donker als we er bijna zijn. Ik heb het koud, zelfs onder mijn vacht. Jessica bibbert. Dokter Max slaat zijn arm om haar heen.

'Wat raar,' zegt hij. 'Het weerbericht had helemaal geen storm voorspeld.'

Ik kijk om naar Jessica. Onze ogen vinden elkaar en we besluiten allebei op hetzelfde moment om niet verder te lopen.

'Waarom blijven we hier niet even staan,' oppert Jessica, terwijl ze gebaart naar de arcade die de ingang naar het plein vormt. 'Zoë kan hier lekker wat rondsnuffelen en ik voel me prettiger als we een eind van Spitz vandaan blijven als het zulk slecht weer is. Je snapt wel...'

Dokter Max en zij beginnen weer te vrijen, dus ga ik zitten en kijk naar de lucht. Die wervelt stormachtig in de rondte en wordt alsmaar donkerder. De regen spettert om mijn poten. Ik hoor het donderen en dan zie ik iets bewegen op het plein, vlak bij Spitz' hondenhok. Het is Foxy met die vrouw aan zijn leiband. Ze schreeuwt iets, ze lijkt boos op Foxy. Het klinkt als: 'Waarom kun je niet meer zijn zoals Zoë? De hele stad is dol op haar. Ze is gewoon perfect! Waarom kun jij nou nooit eens perfect zijn?'

Ik hoor Foxy luid blaffen alsof hij iets terugschreeuwt. Hij trekt aan de riem. Alsof hij ergens anders naartoe wil. Dan maakt een bliksemflits alles wit en helverlicht. Ik zie hen allebei vallen. Maar mijn ogen zijn te verblind om te kunnen blijven kijken.

Als ik weer wat kan zien, liggen de vrouw en Foxy ver uit elkaar. Foxy staart naar zijn poten; hij tilt ze een voor een op en bekijkt ze alsof er kauwgom aan geplakt zit. Alsof hij ervan in verwarring raakt. De vrouw kijkt van haar handen naar haar voeten en weer terug. En nog een keer naar haar handen. Dan probeert ze op te staan, maar valt ze voorover op haar gezicht.

Ik kijk op naar Jessica. Zij kijkt naar mij. En we glimlachen verstolen naar elkaar.

Dankwoord

Het mooie aan een boek over honden schrijven, is dat je, als je geluk hebt, wordt omringd door allerlei getalenteerde mensen die ook dol zijn op honden: liefhebbers van natte neuzen en kwispelende staarten. Heel, heel veel dank aan mijn redacteur, Kristin Sevick, voor haar heldere en wijze opmerkingen en haar enorme gevoel voor humor. Kristin heeft dit boek keer op keer in een betere richting gestuurd, waardoor het verhaal, de setting en de hoofdpersonen beter tot hun recht kwamen. Ik ben dankbaar voor het werk van alle mensen van Tor/Forge, die eraan hebben meegeholpen dit boek tot een realiteit te maken. Mijn dank gaat ook uit naar mijn literair agent, Kevan Lyon, redster van West Highland terriërs en boekenliefhebber. Het is een genot geweest om met Kevan te werken en ik voel me een geluksvogel dat ik een van haar klanten ben.

Veel lezers hebben me geholpen mijn weg te vinden tijdens het ontstaan van dit boek. Ik kan Suzanne Selfors niet genoeg bedanken voor haar filmische blik en bereidheid om steeds maar weer over dit boek te praten. Mijn geweldige, kritische lezersgroepje, Susan Wiggs, Sheila Roberts, Kate Breslin en Anjali Banerjee, verdroeg versie na versie van dit boek en gaf me iedere keer opnieuw weer bruikbaar en interessant commentaar. Sarah Kostin, Barb Martin en Dawn Simon hebben alle drie de eerste versie gelezen en mij geweldige feedback gegeven. Dank ook aan Judy Hartstone voor de uitdrukking 'Family Forever', een gedachte die ze prachtig illustreerde door haar liefdevolle zorg aan Sadie, de zwerfhond die ze in haar gezin had opgenomen. Ik sta bij jullie allemaal in het krijt.

Vanzelfsprekend was dit boek er nooit geweest zonder de hulp van onze eigen honden: Lucky en Kota. Kota is de inspiratie geweest voor Zoë. Ze houden allebei van een goede grap, lekkere hapjes en deuren in gaan. En als laatste, maar zeker niet als minste, ben ik mijn echtgenoot Kol eeuwig dankbaar, die me niet alleen introduceerde in de fascinerende hondenwereld, maar ook altijd in me heeft geloofd, zelfs als ik zelf vol twijfels zat. Kol heeft me iedere keer weer opgepept. Als iemand het verdient om overladen te worden met likken in zijn gezicht en van blijdschap haast omver te worden gesprongen door een hond die Zoë heet, is hij het.